Ulrike Schweikert

Nachtmahr 2
Die Schwester der Königin

Ulrike Schweikert

Nachtmahr 2
Die Schwester der Königin

Roman

penhaligon

Für meine Freundin Sylvia Schmid
und für meinen geliebten Mann Peter Speemann.

FSC
www.fsc.org
MIX
Papier aus verantwortungsvollen Quellen
FSC® C014496

Verlagsgruppe Random House FSC® N001967
Das für dieses Buch verwendete FSC®-zertifizierte Papier
Super Snowbright liefert Hellefoss AS, Hokksund, Norwegen.

1. Auflage

Umschlaggestaltung und -motiv: www.buerosued.de
Herstellung: sam
Satz: Uhl + Massopust, Aalen
Druck und Einband: GGP Media GmbH, Pößneck
Printed in Germany
ISBN 978-3-7645-3085-3

www.penhaligon.de

Prolog

LUCY

Irgendwo im Westen versank die Sonne, und die Nacht brach herein. Sie konnte es nicht sehen. Hier zwischen den felsigen Wänden herrschte Tag und Nacht das gleiche trübe Dämmerlicht, doch sie spürte es, und in ihrem Geist sah sie den glutroten Ball zwischen schroffen Felsen versinken, die sich durch ihre letzten Strahlen in eine Feuersbrunst zu verwandeln schienen. Das bei Tag tiefblau schimmernde Wasser verwandelte sich in Lava, die tosend zwischen den steil aufragenden Felswänden hindurchschoss. Jäh erlosch das Glühen und wich einem sanften rosa Schimmern, bis auch dieses zerrann. Zurück blieben der Fluss und die nun schwarzen Felsen, deren Silhouetten sich scharf vom immer dunkler werdenden Nachthimmel abhoben, an dem sich die ersten Sterne zeigten.

Lucy hatte keine Ahnung, ob es draußen wirklich so aussah, wie sie es sich in ihrer Fantasie ausmalte. Sie konnte sich nicht erinnern, die Umgebung über ihr bei ihrer Ankunft gesehen zu haben. Oder etwa doch? Es war schon so lange her. Fast fünf Jahre waren verstrichen, in denen ihr nichts blieb als ihre Fantasie, die sich mit ihren Erinnerungen vermischte. Mit der Wirklichkeit mochte sie sich schon lange nicht mehr beschäftigen. Sie war zu trostlos: ein steinerner Raum mit einem schmalen Bett. Kein Fenster, kein noch so schmaler Spalt, der eine Verbindung zur Welt über ihr hergestellt hätte. Die einzige Lichtquelle war eine schwache Glühbirne, die an einem Kabel von der hohen Decke hing. Unerreichbar. Die Kette an ihrem Fußgelenk, die fest in der Wand verankert war, war zu kurz. Und auch die Stahltür mit der vergitterten Luke in der Mitte, welche die Eintönigkeit der Felswand an der gegenüberliegenden Seite durchbrach, war außerhalb ihrer Reichweite.

Lucy saß reglos auf ihrem Bett, die Augen halb geschlossen. Sie konnte die Schritte ihrer Bewacher vor der Tür hören. Einmal am Tag öffnete sich die Pforte, um einen Mann in schwarzer Uniform einzulassen, der ihr Wasser und Essen brachte und ihren Eimer für die Notdurft austauschte. Die Männer wechselten sich ab, doch es waren stets die gleichen Typen: große, muskulöse Kerle mit wettergegerbter Haut und kurz geschnittenem Haar. Sie trugen Waffen, und stets wartete noch ein zweiter Mann vor der Tür. Normalerweise sprachen ihre Bewacher kein Wort mit ihr und mieden ihren Blick. Lucy spürte, wie schwer es ihnen jedes Mal fiel. Neugier mischte sich mit Verlangen und mit Furcht, die Lucy zuerst erstaunte und dann mit Triumph erfüllte. Die muskulösen Männer mit ihren Waffen fürchteten sich vor einem zierlichen, achtzehnjährigen Mädchen!

Nein, das stimmte nicht ganz. Mit dem Mädchen, das während des Tages in seinem Verlies saß, glaubten sie, leicht fertig zu werden, doch das Wesen, das sie bei Nacht erwartete, jagte ihnen Angst ein. Vielleicht zu Recht! Vermutlich hatten sie deshalb strenge Anweisung, die Tür während der Nacht nicht zu öffnen, trotz der Kette um Lucys Bein, die ihren Bewegungsradius auf wenige Meter einschränkte.

Die Nacht schritt voran. Bald würde es Mitternacht sein. Lucy spürte, wie ihr Körper zu vibrieren begann. Dies war das einzig Aufregende ihrer trostlosen Tage. Gleich würde es geschehen. Sie musste keine Uhr schlagen hören. Ihr Körper wusste genau, wann es Zeit wurde, sich zu verwandeln.

Wie jede Nacht begann es mit einem ziehenden Schmerz, der ihr wie Lava durch die Adern rann. Ihr Körper zuckte, und es fühlte sich an, als würde er seine Form auflösen und fließen, um eine neue Gestalt anzunehmen. Ein Reißen unter den Schulterblättern beendete die Wandlung.

Lucy riss die Augen auf. Wie schon so oft blickte sie sich mit Staunen um. Ihre Sinne waren geschärft, und sie sah und spürte so viele Dinge, die sie während des Tages nicht wahrnehmen konnte. Lucy roch den Schweiß der beiden Männer vor der Tür, der von Hitze und Erschöpfung sprach, doch wenn sie sich wandelte, schoben Erregung und Lust die Erschöpfung der Männer beiseite. Sie roch ihre Furcht, wenn sie sich tiefer in die dunklen Gänge zurückzogen, obgleich ihr Geist und ihr Körper danach schrien, näher zu treten und die stählerne Pforte zu öffnen, die ihnen den Blick auf das wundervolle Wesen verwehrte.

Lucy erhob sich von dem schäbigen Bett. Sie kam sich wie eine Königin vor. Auch ohne einen Spiegel wusste sie, dass sie wunderschön war. Nein, perfekt! Ihr Haar fiel ihr in goldenen Locken über den Rücken, ihre Brauen und langen dunklen Wimpern rahmten ihre tiefblauen Augen ein, deren Blick so fesselnd war, dass ihm keine Menschenseele widerstehen konnte. Ihr Körper war schlank, die Brüste fest, die Taille schmal. Sie sah an ihren langen Beinen hinunter bis zu den wohlgeformten Füßen, ohne auch nur den kleinsten Makel zu entdecken. Jeder Mensch musste diesem Wesen zu Füßen liegen. Lucy wusste, sie war nicht nur schön, sie war mächtig!

Zu dumm, dass es keinen gab, der ihrem Ruf folgen konnte. Ihre Gedanken tasteten nach den Männern draußen vor der Tür. Sie lockte und zog sie an, doch ihr Geist griff ins Leere. Sie hatten längst die Flucht ergriffen und sich irgendwo hinter meterdicken Felswänden und Stahl in Sicherheit gebracht.

Lucy stieß einen heiseren Schrei aus und stampfte frustriert auf. Die kaum sichtbaren Schlitze unter ihren Schulterblättern öffneten sich. Durchscheinende Flügel entfalteten sich und peitschten durch die Luft. Ihr Körper erhob sich und schoss der felsigen Decke entgegen, bis die Kette an ihrem Bein sich straffte und sie mit einem Ruck zurückriss.

Lucy schrie erneut auf, mehr aus Frust denn aus Schmerz. Ein paar Mal schlug sie noch mit den Flügeln, doch sie wusste, dass es nicht helfen würde. Mit einem klagenden Ton ließ sie sich auf den Boden zurücksinken und faltete die Flügel ein.

Sie musste hier raus! Sie brauchte ihre Freiheit. Sie musste durch die Nacht fliegen, ihre Sinne geschärft auf der Jagd nach Beute. Hier drin würde das stolze Wesen verkümmern und irgendwann qualvoll verenden.

Ihre Hände ballten sich zu Fäusten. Die langen, spitzen Fingernägel bohrten sich in ihre Handflächen, bis das Blut hervorquoll.

Alles in ihr lechzte nach Luft, nicht nach diesem abgestandenen, staubigen Gemisch, das sich aus der Klimaanlage quälte. Sie verlangte nach frischer, unverbrauchter Nachtluft. Nach dem Sturmwind, auf dessen Wogen der Adler dahingleitet.

Lucy öffnete den Mund, aber es kam kein Laut aus ihrer Kehle. Wie erstarrt blieb sie in der Mitte ihres Kerkers stehen, bis ein erneutes Zittern die Rückverwandlung ankündigte, und ein zitterndes, junges Mädchen mit verfilztem Haar und ausgemergelten Wangen in der Felsenkammer zurückblieb.

Kapitel 1

LORENA

»Genug für heute«, ertönte die Stimme der Lady in ihrem Geist. Sie sprach nur selten laut, dennoch war Lorena klar, dass sie keinen Widerspruch duldete. Das Wort der Lady war Gesetz, und niemand wagte es, sich darüber hinwegzusetzen.

Lorena betrachtete den Saum des altmodischen Gewands und traute sich nicht, die Lider weiter zu heben. Nur einmal hatte die Lady ihr gestattet, ihr Gesicht kurz anzusehen, aber ihr waren nur die Augen in Erinnerung geblieben. Das Gesicht war so zeitlos, so ohne Ecken und Kanten, dass es zu fließen schien. Der Blick jedoch war scharf und durchdringend und schien jedes noch so tief verborgene Geheimnis aufspüren zu können.

Lorena zögerte. Sie rührte sich nicht von der Stelle, obgleich sie die Aufforderung durchaus verstanden hatte. Es kostete sie all ihre Beherrschung, sich dem stillen Befehl zu widersetzen.

»Du kannst jetzt gehen!«, verdeutlichte Morla in scharfem Ton und trat zwischen Lorena und ihre Herrin, der sie bedingungslos diente. »Mylady hat dich entlassen.«

»Ich habe aber noch so viele Fragen«, beharrte Lorena, die spürte, wie ihr der Schweiß ausbrach und an den Schläfen herabrann, und blieb sitzen. Ihr war klar, dass sie den Machtkampf gegen die Lady nicht gewinnen konnte, dennoch versuchte sie, so lange wie möglich standhaft zu bleiben. War sie nicht Eclipse, die lang Erwartete, die die Nachtmahre in eine neue, bessere Zeit führen sollte? Dann hatte sie auch das Recht, Fragen zu stellen und auf Antworten zu beharren!

Du bist Eclipse, und du hast das Recht, Fragen zu stellen und Antworten zu erhalten, doch für heute ist es genug. Ich werde dir rechtzeitig alles mitteilen, was du wissen musst. Geh jetzt. Es warten noch andere Aufgaben auf dich.

Wie von einer fremden Macht gesteuert, erhob sich Lorena und tappte unbeholfen auf die Tür zu, die sich vor ihr öffnete. Myladys Butler Carter hielt die Tür auf und schloss sie dann hinter ihr. Unschlüssig blieb Lorena in der Halle stehen und ließ den Blick schweifen, bis er an einer Gestalt hängen blieb.

Eine Frau saß lässig in einem mit rotem Brokat bezogenen Sessel und starrte gelangweilt vor sich hin. Als sie Lorena bemerkte, sprang sie auf. »Da bist du ja endlich. Ich dachte schon, du bleibst die ganze Nacht dort drin. Gibt es interessante Neuigkeiten?«

Lorena sah die andere Frau an und fühlte sich plötzlich erschöpft. Sie war so wunderschön, groß, schlank, rassig, mit einem schmalen Gesicht und dunklen Augen, umrahmt von dichtem, schwarzem Haar, das ihr offen über den Rücken fiel. Ihre sinnlichen Lippen waren rot geschminkt. Sie hatte sich in ihre Nachtmahrgestalt gewandelt und sah Lorena mit blitzenden Augen an.

»Raika, was tust du hier?«

»Ich habe auf dich gewartet.«

»Das sehe ich«, antwortete Lorena ein wenig zu barsch. Ihre Gefühle für Raika waren zwiespältig. Sie war der erste andere

Nachtmahr, den Lorena kennengelernt hatte, doch Raikas Art, wie sie mit ihrer »Gabe«, wie sie es nannte, umging, missfiel Lorena, die es zeit ihres Lebens eher als einen Fluch empfunden hatte. Natürlich gab es Momente, da sie die Wandlung genoss und die Freiheit, die ihr die Flügel verliehen. Der Rausch des Fliegens war unglaublich! Aber Raikas skrupellose Weise, sich jeden Mann, nach dem sie gerade Appetit verspürte, untertan zu machen und dann wieder wegzuwerfen, stieß sie ab. Menschenleben waren für Raika nicht viel wert. Und außerdem hatte sie sich an Jason vergriffen!

Lorena spürte den Knoten in ihrer Brust. Nein, an Jason wollte sie jetzt nicht denken. Das war vorbei. Sie konnte sich nicht vormachen, ihn nicht mehr zu lieben. Ganz im Gegenteil. Sie liebte ihn so sehr, dass sie entschieden hatte, ihn nicht mehr zu sehen. Sie würde ihn mit ihrem Verzicht retten und verhindern, dass ein Nachtmahr seine Seele verdarb.

Es sollte sich eigentlich edel anfühlen, doch sie schmeckte nur Bitterkeit.

»Und, willst du mir nicht verraten, was die Lady gesagt hat?«, erkundigte sich Raika und kam mit wiegenden Hüften näher. Ihr Blick war die reine Verführung, aber das funktionierte nur bei Männern. Lorena konnte sie damit nicht bezwingen.

»Wir haben miteinander gesprochen, aber ich denke nicht, dass dich unser Gespräch etwas angeht«, wehrte Lorena kühl ab.

»Du bist noch immer sauer«, stellte Raika fest. »Wegen Noah oder wegen Jason?«

»Sauer ist nicht das richtige Wort«, erwiderte Lorena. »Wir passen einfach nicht zusammen. Ich werde dich niemals verstehen und du vermutlich mich nicht.«

Raika zuckte mit den Schultern. »Na und? Wir gehören dennoch zu einer Familie. Wir sind Nachtmahre!«

Lorena nickte müde. »Ja, das sind wir, und das wird in Zukunft mein Leben noch mehr bestimmen. Daran werde ich mich wohl gewöhnen müssen.«

»Es gibt Schlimmeres«, sagte Raika, brach dann aber ab, als sich eine Tür öffnete und zwei in schwarzes Leder gekleidete Frauen eintraten. Die Jüngere war sehr groß, bestimmt einen Meter und neunzig, und hager. Sie hatte ein schmales Gesicht und trug ihr schwarzes Haar kurz geschnitten. Die andere Frau war bereits Mitte vierzig. Maddison war nicht so groß wie Sienna, doch auch ihr Körper wirkte durchtrainiert. Beide Frauen hielten Schwerter in den Händen. Sie gehörten zu den Guardians der Lady. Raika betrachtete sie interessiert.

»Das Outfit ist cool«, sagte sie. »So etwas muss ich mir auch zulegen.«

Während Maddison sie nur kalt musterte, lächelte Sienna.

»Hast du dir Myladys Angebot überlegt? Willst du mit uns trainieren und Guardian werden?«

Raika winkte ab. »Nein, danke, das ist mir zu anstrengend. Ich finde nur eure sexy Lederkluft gut, und ich hätte auch gern so ein Schwert.« Sie trat auf Sienna zu und strich ehrfürchtig mit dem Finger über die kunstvoll gefertigte Waffe.

»Man muss sich diese Waffe verdienen!«, mischte sich Maddison ein. »So wie Grace es im Moment tut. Sie strengt sich an und trainiert viel. Sie wird es weit bringen.«

Raika trat zurück. »Das hört sich nach Schweiß und Disziplin an.«

Sienna nickte. »Ohne das geht es nicht.«

»Dann verzichte ich lieber auf das Schwert«, sagte Raika ohne Bedauern.

»Schade«, meinte Sienna und trat auf Lorena zu. Sie neigte den Kopf und suchte dann ihren Blick. »Eclipse, wir werden dich nach Hause begleiten. Wir sind jetzt für deine Sicherheit verantwortlich.«

»Ich heiße Lorena!«, sagte diese schärfer, als sie es vielleicht beabsichtigt hatte.

Siennas Miene blieb unbeweglich. »Wie du wünschst. Gehen wir?« Doch Lorena bewegte sich nicht vom Fleck.

»Wenn Raika nicht will, ist das ihre Sache, aber ich möchte es lernen.«

Sienna blinzelte verwirrt. »Was meinst du?«

Lorena streckte die Hand nach dem Schwert aus. »Ich möchte lernen, so wie ihr mit dem Schwert zu kämpfen. Sollte ich mich nicht selbst verteidigen können? Mylady hat mir von den Wanderern und dem Councillor erzählt, der meinen Tod will.«

Sienna drehte sich zu Maddison um, die nun mit energischem Schritt zu ihr trat. »Du brauchst dich nicht zu sorgen. Wir werden dich beschützen und dafür sorgen, dass die Wanderer nicht an dich herankommen. Hier in der Nähe von London kann dir nichts passieren. Dafür sorgt Myladys mächtige Magie.

Lorena kniff die Augen ein wenig zusammen. Sie spürte einen bitteren Geschmack auf der Zunge. »Du meinst, ich kann darauf vertrauen?«

»Aber ja!«, bekräftigte Maddison. »Wir tun alles, was in unserer Macht steht.«

»Und wenn das nicht genug ist?«, fragte Lorena leise. »Wo wart ihr, als die Wanderer meine Schwester Lucy entführten? Und wie konnte es passieren, dass meine Mutter die Treppe hinunterstürzte und sich das Genick brach, als eure Leute bei uns im Haus waren?«

Sienna zuckte zusammen. Maddison dagegen hielt mit steinerner Miene Lorenas vorwurfsvollem Blick stand. »Das war ein bedauerlicher Unfall, den keiner beabsichtigt hatte.«

»Ein bedauerlicher Unfall, ja? So wie die Leiter, von der meine Großmutter gefallen ist, sodass sie seither im Rollstuhl sitzt, oder wie die durchgeschnittene Bremsleitung im Auto meines Vaters, die zu seinem tödlichen Unfall führte?«

»Davon wissen wir nichts«, behauptete Sienna. »Das geht sicher auf das Konto des Councillors und seiner Männer.«

»Wir wollten immer nur dein Bestes«, fügte Maddison hinzu. »Nichts ist uns so wichtig wie deine Sicherheit.«

Lorena schnaubte. »Das glaube ich gern, doch geht es hier wirklich um mich?«

»Es geht um den Fortbestand der Nachtmahre!«

»Oh ja, das ist das Allerwichtigste«, sagte sie sarkastisch.

Ein weicher Ausdruck legte sich auf Siennas schmales Gesicht. Sie legte sanft eine Hand auf Lorenas Arm. »Ja, das ist wichtig. Wir sind alle eine Familie und füreinander da. Die Wanderer sind unsere Feinde, die seit jeher versuchen, uns zu vernichten. Nur wenn wir geschlossen gegen sie antreten, haben wir eine Chance zu überleben.«

Noch immer nicht besänftigt, trat Lorena einen Schritt zurück. »Warum wollen uns die Wanderer vernichten? Was haben wir ihnen getan, um solch unauslöschlichen Hass zu erzeugen?«

Maddison lachte bitter. »Das Schlimmste, was eine Frau tun kann! Wir haben uns der männlichen Herrschaft entzogen. Wir ordnen uns keinem Mann unter und nehmen uns, was uns Spaß macht. Denkst du, das nimmt die Männerwelt einfach so kampflos hin? Wir rütteln an den Grundfesten der meisten Gesellschaften, die sich über Jahrtausende hinweg entwickelt haben, seien sie nun christlich, jüdisch oder muslimisch. Oder sieh dir Länder wie Indien an. Was ist eine Frau dort wert? Wie wird sie behandelt? Überall auf der Welt müssen sich Frauen unterordnen, auch wenn die Emanzipation in den westlichen Ländern manches abgemildert hat. Denkst du wirklich, die Männer würden ihren Herrschaftsanspruch kampflos aufgeben? Wir sind ihnen ein Dorn im Auge und der Stachel in ihrem Fleisch.«

»Aber lieben sie uns nicht auch? Begehren sie nicht unseren schönen Körper und wünschen sich nichts mehr, als dass wir all ihre heimlichen sexuellen Träume erfüllen?«

Maddison nickte. »Oh ja, wir sind der fleischgewordene Traum jeder Männerfantasie – mit einem kleinen, für sie unschönen Detail: Wir haben die Macht, und wir entscheiden, wann wir uns etwas nehmen oder etwas geben. Wir ordnen uns niemals einem Mann unter und geben ihm Macht über uns. Es geht um unseren freien Willen!«

Lorena trat wieder vor und griff gedankenverloren nach dem Schwert. »Und diesen freien Willen müssen wir mit Waffengewalt verteidigen.«

»Genau!«, rief Raika, die erstaunlich lange geschwiegen hatte. »Ich finde es toll. Hast du die beiden jemals kämpfen sehen? Es ist atemberaubend. Man kann sich nicht vorstellen, wie ein Wanderer oder gar der Councillor selbst dagegen bestehen könnte. Von normalen Menschen wollen wir gar nicht erst reden!«

Lorena nickte. »Ja, ich habe es gesehen. Deshalb möchte ich es lernen. Selbst wenn ich mir nicht so recht vorstellen kann, dass wir – wie im Mittelalter – mit dem Schwert gegen irgendwelche Wanderer, oder wie diese Typen heißen, angehen. Es ist einfach faszinierend, wie wundervoll grazil und wendig die Guardians sich bewegen können. Es gleicht mehr einem irrsinnig schnellen Tanz denn einem Kampf.«

Sienna nickte. »Ja, aber lass dich nicht täuschen. Der elegante Tanz endet mit dem Tod, blitzschnell und präzise!«

In diesem Moment öffnete sich die Tür zum Salon der Lady. Alle fuhren herum und starrten Morla an, die geräuschlos in die Halle glitt. Ihrer Miene war nichts zu entnehmen. Waren sie zu laut gewesen? Hatten sie Mylady gestört und würden nun gerügt werden?

Morlas Blick schweifte über die beiden Guardians und heftete sich dann auf Lorena. Raika ignorierte sie mal wieder.

»Mylady nimmt dein Begehren erfreut zur Kenntnis. Dein Unterricht wird nach Einbruch der Dunkelheit beginnen. Nun aber werden dich ihre Guardians nach Hause begleiten. Du wirst den Tag über ruhen, um dem Training gewachsen zu sein. Der Wagen wird dich rechtzeitig abholen und nach Gryphon Manor zurückbringen.«

»Ich muss den ganzen Tag über arbeiten«, protestierte Lorena. »Ich kann mich nicht einfach ins Bett legen.«

»Mylady wird das regeln. Du wirst diese Woche nicht zur Arbeit gehen.«

Lorena wagte nicht zu widersprechen, fragte sich aber im Stillen, wie lange das gut gehen konnte. So, wie sie ihren Chef einschätzte, würde es nicht lange dauern, bis sie ein Kündigungsschreiben auf ihrem Schreibtisch finden würde. Natürlich standen ihr Urlaubstage zu, und er konnte auch nichts sagen, wenn sie eine Krankmeldung vorlegte, aber wenn Mr. Holwood nicht mehr überzeugt davon war, dass einer seiner Mitarbeiter den nötigen Einsatz für die Bank brachte, dann fand sich schnell ein Grund, denjenigen loszuwerden.

Lorena schob den Gedanken beiseite und nickte Morla zu. »Ich werde mich bereithalten. Gute Nacht.«

Sie folgte den beiden Guardians zu der großen schwarzen Limousine mit den abgedunkelten Scheiben, die draußen bereitstand. Raika schloss sich ihnen an.

»Fährst du auch mit?«, fragte Lorena.

Raika schüttelte den Kopf, dass ihr schwarzes Haar flog. »Ich brauche noch ein wenig frischen Wind um die Nase. Ich nehme lieber mein Bike.«

Sie schwang ihr Bein über den Sattel der schweren Maschine und ließ den Motor aufheulen. Kies spritzte auf, als sie mit durchdrehenden Reifen anfuhr und dann die lang gezogene Auffahrt zum Tor hinunterschoss. Die hohen, schmiedeisernen Flügel, die auf beiden Seiten von steinernen Gryphons bewacht wurden, hatten sich gerade erst einen Spalt weit geöffnet, als Raika in wahnwitzigem Tempo nach draußen auf die Straße schoss. Ihr Jauchzen vermischte sich mit dem Lärm des Motors, dessen Röhren rasch in der Ferne verklang.

Lorena sah ihr kopfschüttelnd hinterher. Raika war so wild und unbeherrscht. Tief in ihrem Innern war sie auf die ungezügelte Lebensfreude ein wenig neidisch. Wenn Raika nur nicht so skrupellos wäre. So etwas wie ein Gewissen kannte sie nicht.

»Wollen wir?« Sienna hielt Lorena die Wagentür auf und ging dann auf die andere Seite, um sich neben sie zu setzen. Maddison nahm auf dem Beifahrersitz Platz. Der Fahrer war ein großer, vierschrötiger Mann mit kurz geschnittenem rotem Haar, der, wie alle Männer, die Mylady auf ihrem Herrensitz dienten, kaum jemals ein Wort verlor. Wie Carter blickte er mit regloser Miene vor sich hin und öffnete nur den Mund, wenn er direkt angesprochen wurde.

Was hatte die Lady mit diesen Männern gemacht, dass sie zu solch willenlosen Marionetten geworden waren? Lorena starrte auf seinen rasierten Nacken und unterdrückte ein Schaudern. Die Macht der Nachtmahre war großartig, aber auch erschreckend. Sie dachte an Noah, den charmanten Schwarzen, den sie vor einigen Monaten in einer Jazzbar in ihrem Wohnviertel kennengelernt hatte und der sich dann unter Raikas und ihrem Einfluss zu einem jähzornigen Schläger und schließlich zum Mörder seines besten Freundes gewandelt hatte. Raika behauptete zwar, sie habe Noah ihr Gift eingeflößt, doch Lorena war sich nicht sicher, ob nicht auch ihr Einfluss seinen Charakter verdorben hatte. Für Männer waren Nachtmahre eine gefährliche Gesellschaft. Zum Glück hatte sie das rechtzeitig erkannt, ehe sie Jason hatte schaden können. Nun würde ihm nichts mehr geschehen. Die Stichwunde an seiner Schulter würde heilen, und dann konnte er ein neues Leben beginnen, eine andere Frau finden, sich verlieben und eine ganz normale Familie gründen. Lorena gönnte es ihm. Gerade weil sie ihn so sehr liebte, verzichtete sie auf ihn.

Verdammt, warum schmerzte der Gedanke so schrecklich? Warum nur fühlte es sich so gar nicht gut an?

Sie sah die dunkle Landschaft an sich vorbeihuschen. Es herrschte das übliche englische Winterschmuddelwetter. Kalt und regnerisch. Keine weiß verschneite Winterlandschaft wie früher daheim in Deutschland. Für einen Moment gestattete sie sich, an ihre Kindheit zu denken, als sie noch eine ganz normale Familie gewesen waren. Als Lorena noch nicht gewusst hatte, was in ihr schlummerte. Als ihre Eltern noch gelebt hatten und Lucy, ihre kleine Schwester, die sie mit so viel Misstrauen und Eifersucht beobachtet hatte. Sie hatte so viel falsch gemacht. Und dann war Lucy verschwunden und ihre Eltern auf mysteriöse Weise zu Tode gekommen.

Lorena versank in ihre Grübeleien, während der Wagen Oxford hinter sich ließ und Richtung London fuhr.

Lange Zeit hatte sie gedacht, Lucy wäre ermordet worden, doch nun hatte sie erfahren, dass ihre Schwester noch lebte. Dass dieser Councillor und seine Männer sie entführt und seitdem in ihrer Gewalt hatten. Sie mochte es sich gar nicht vorstellen. Lucy war erst drei Jahre alt gewesen, als sie verschwunden war. Und nun musste sie – Lorena begann zu rechnen – achtzehn Jahre alt sein? War das möglich? Ja, Lucy, ihre Schwester, die sie als kleines Kind das letzte Mal gesehen hatte, war nun eine junge Frau. Aber wo war sie? Wo hielt man sie gefangen, und wie ging es ihr?

Lorena hatte gefragt, gebohrt und gedrängt, doch keiner war bereit, ihr eine zufriedenstellende Antwort zu geben. Weil die Nachtmahre selbst nicht genau wussten, wo sie war? Nicht einmal Mylady?

Lorena konnte es nicht sagen. Eines jedenfalls schwor sie sich, sie würde nicht nachgeben. Sie würde Lucy nicht noch einmal im Stich lassen!

Die schwarze Limousine erreichte den Stadtteil Notting Hill und bog in die Portobello Road ein. Vor dem kleinen, bunten Häuschen, in dessen Erdgeschoss Mr. Gordon Antiquitäten verkaufte, hielt er an. Es war vier Uhr am Morgen, und Lorena hoffte, dass keiner der Nachbarn um diese Zeit aus dem Fenster schauen und diesen nicht gerade gewöhnlichen Wagen vor ihrer Tür sehen würde. Zuerst stiegen die beiden Guardians aus und sahen sich aufmerksam um, ehe Sienna ihr die Tür aufhielt.

»Gute Nacht Lorena, ruh dich aus. Wir holen dich gegen sechs Uhr wieder ab.«

»Ich kann auch mit meinem Wagen nach Oxford kommen«, protestierte sie. »Ist das nicht weniger auffällig?«

Maddison lächelte grimmig. »Wir haben den Auftrag, deine Sicherheit zu gewährleisten. Wir werden uns keinen Fehler erlauben. Wir holen dich ab. Mach dir keine Sorgen wegen des Wagens. Wenn wir es nicht wollen, wird er den Menschen nicht auffallen. Ihr Geist ist so leicht zu beeinflussen«, fügte sie in verächtlichem Ton hinzu.

Lorena zog ihren Schlüssel aus der Tasche und öffnete die Haustür. »Dann gute Nacht und bis später«, sagte sie und zog sich in die dunkle Diele zurück. Dort wandte sie sich noch einmal um und sah dem Wagen nach, der im Nebel der Nacht verschwand. Kaum war er um die Ecke gebogen, schob sie die Tür wieder auf und trat auf den Gehweg hinaus. Prüfend ließ sie den Blick schweifen. »Wo versteckst du dich?«, fragte sie halblaut. »Denkst du, ich habe dein Motorrad nicht erkannt?«

Raikas Gestalt löste sich aus einem Durchgang schräg gegenüber und kam auf Lorena zu. »Du bist wachsamer, als ich gedacht hätte. Du hast dazugelernt. Das ist gut.«

»Lungerst du deshalb vor meiner Wohnung herum, um mich zu testen, oder gehörst du auch zu meinen Bewachern?«

Raika schüttelte den Kopf. »Ich hatte den Auftrag, ein

Auge auf dich zu haben, aber ich bin mir nicht sicher, ob das noch gilt, nun, nachdem du offiziell in die Arme der Lady heimgekehrt bist und die Guardians dich bewachen, wobei ich mich frage, warum sie weggefahren sind. Denken sie, wenn du in deiner Wohnung bist, kann dir nichts mehr passieren? Das ist lächerlich! Wenn der Councillor oder einer seiner Wanderer vorbeikäme, wären eine Haustür und ein paar Schlösser sicher kein ernst zu nehmendes Hindernis.«

»Vielleicht sind noch andere Guardians in der Nähe?«, vermutete Lorena.

Raika sah sich um und zuckte dann mit den Schultern. »Vermutlich, aber deshalb bin ich nicht hier. Ich wollte dich etwas wegen Jason fragen.«

»Was gibt es da zu fragen?«, gab Lorena schroff zurück. »Ich rufe jeden Tag im Krankenhaus an und erkundige mich nach seinen Genesungsfortschritten. Es geht ihm schon viel besser. Ich denke, er wird in einigen Tagen entlassen.«

Raika machte eine wegwerfende Handbewegung. »Ich dachte mir gleich, dass der Stich nicht so schlimm war, aber was ich eigentlich wissen will, ist, wirst du wieder mit ihm zusammenkommen?«

»Ich wüsste nicht, was dich das angeht … Aber nein! Ich habe mich entschieden.«

»Und Mylady? Hat sie nichts dazu gesagt?«

»Nein, hat sie nicht.«

Raika schwieg und kaute auf ihrer Unterlippe. »Seltsam. Sie sagte, dass es wichtig sei, dass du mit ihm zusammenbleibst, und dass eure Nachkommen … Nun ja, ist ja egal. Das wollte ich nur wissen.« Sie wandte sich um und kehrte zu ihrem Motorrad zurück.

»Warum? Was hast du vor?«, rief ihr Lorena nach, doch da

heulte schon der Motor auf, und das Motorrad schoss durch die Portobello Road davon. Mit einem mulmigen Gefühl sah Lorena ihr hinterher.

Lucy fuhr aus ihrem Dämmerschlaf auf. Sie schlief nie besonders tief und auch immer nur kurze Phasen. In ihrem Verlies mit der immer gleichen trüben Glühbirne an der Decke fehlte ihr der normale Tag-und-Nacht-Rhythmus. Nur ihre Verwandlung um Mitternacht gab der Eintönigkeit eine Struktur. Jetzt war es erst früh am Abend, doch irgendetwas hatte sie aufgeschreckt. Etwas war anders.

Lucy kroch auf allen vieren auf die Tür zu, bis die gespannte Kette an ihrem Bein sie aufhielt. Sie lauschte und versuchte, all ihre Sinne auf die Männer hinter der Tür zu konzentrieren. Wie so oft vernahm sie die plärrenden Laute eines Fernsehers oder eines Radios, deren Nachrichtensprecher ihre einzige Informationsquelle darstellten. Darüber erhoben sich die Stimmen zweier ihrer Bewacher. Sie stritten. Lucy konnte ihren Unmut spüren. Etwas passte ihnen nicht. Sie waren frustriert und zornig. Auf wen?

Auf die Gefangene und auf ihren Vorgesetzten, der sie diese Nacht zum Dienst eingeteilt hatte.

Warum? Was war an dieser Nacht anders als an anderen? Lucy überlegte und versuchte zu verstehen, was der Fernsehsprecher sagte.

Silvester? War heute Silvester? Ging wieder ein Jahr zu Ende?

Lucy überlegte. Ja, das konnte stimmen. Vor etwa zehn Nächten hatte sie es wieder gespürt. Die Nacht der Nächte. Die absolute Finsternis. Wintersonnwende. Ihre ganz besondere Nacht. Die Nacht der Eclipse, wie Lucy früher manches Mal genannt worden war. Lucy wusste nicht so recht, warum, aber es gefiel ihr.

Sonnenfinsternis.

Ja, sie wollte der Schatten sein, der die Sonne besiegte. Kaum einer Unterrichtsstunde war sie aufmerksamer gefolgt als der über die Sonnen- und Mondfinsternis, über die Sonnwenden und Tag- und Nachtgleichen. Sie hatte schon damals gespürt, dass diese Naturphänomene irgendetwas mit ihr zu tun hatten. Wie so oft machte sie sich Vorwürfe, nicht genauer nachgefragt zu haben. Früher, als sie noch bei Linda gelebt und täglich neue Dinge hatte lernen müssen. Sie hatte Bücher gelesen und war mit ihr durch die Natur gewandert, wo Linda ihr die Namen jeder Pflanze und jedes Tieres genannt hatte. Damals hatte Lucy es nicht richtig geschätzt, war oft frech und widerspenstig gewesen. Damals hatte sie auch nicht geahnt, dass diese Zeit nach ihrem dreizehnten Geburtstag jäh enden würde, um von da an ohne jede Abwechslung in diesem Verlies davonzurinnen.

Es war kurz nach ihrer ersten Wandlung gewesen. Das wusste sie noch genau, und sie ahnte, dass genau das der Grund dafür war, warum man sie Linda weggenommen und hierher an diesen trostlosen Ort gebracht hatte.

Aber was hatte man mit ihr vor? Wollte man sie einfach nur gefangen halten, bis sie irgendwann starb? Oder hatte sie noch eine andere Aufgabe zu erledigen?

Tief in ihrem Innern wusste Lucy, dass es so sein musste. Vielleicht hätte sie es anders auch nicht ausgehalten.

Lucy konzentrierte sich wieder auf die beiden Männer vor der Tür. Sie stritten miteinander. Worum ging es? Um Las Vegas, die glitzernde Stadt der Spieler in der Wüste von Nevada. Dorthin wollten sie, zur größten Silvesterparty weit und breit, doch sie durften ihre Gefangene nicht unbewacht lassen.

Lucy spürte, wie sich ihr Mund zu einem schadenfrohen Lächeln verzog.

Ach, ihr Armen. Bringe ich euch um euer Vergnügen? Das tut mir aber leid. Wie wäre es, wenn ihr mich mitnehmt und wir zusammen nach Las Vegas gehen würden? Wäre das keine gute Idee?

Lucy suchte nach den Gedanken der Männer, doch in ihrer normalen Gestalt hatte sie keine Chance, sie zu erreichen, und noch war die Nacht nicht hereingebrochen, sodass sie sich nicht wandeln konnte.

»Wenn du meinst, dass das gut geht, dann machen wir es so«, hörte sie den einen sagen.

»Es wird gut gehen, aber du musst schwören, dass niemals jemand davon erfährt. Wenn es dem Councillor zu Ohren kommen würde …«

Der andere stöhnte. »Dann würde er uns in Stücke reißen!«

»Ja, das würde er, aber er ist weit weg in London. Also, abgemacht?«

»Abgemacht!«

Die beiden hatten sich ein Stück weit von der Tür zurückgezogen und ahnten sicher nicht, dass die Gefangene ihrem Gespräch mit ihrem scharfen Gehör folgen konnte. Oder es interessierte sie nicht. War das Mädchen doch angekettet und konnte niemandem gefährlich werden.

Sie hörte, wie sich die Schritte der beiden Männer entfernten. Dann war es still. Nicht einmal der Fernseher lief. Es war so totenstill, dass Lucy ihren eigenen Atem hören konnte und ein fernes Rumpeln, das sich durch den Fels fortzupflanzen schien.

Und nun?

Ihre Wächter waren fort, doch konnte ihr das irgendwie nützen? Nicht, solange es ihr nicht gelang, sich von der Kette zu befreien. Aber wie? Lucy zerrte daran. Sie hatte es monatelang immer wieder versucht und dann frustriert aufgegeben.

Die Nacht brach herein, und Lucy wandelte sich, um mit den Kräften des Nachtmahrs noch einmal den Kampf gegen ihre Fesseln aufzunehmen.

Vergeblich.

Schwer atmend ließ sie sich auf das Bett sinken. Da kehrten plötzlich die Schritte zurück. Lucy hob lauschend den Kopf. War die Party schon zu Ende? Das konnte nicht sein. Es war noch nicht einmal Mitternacht, und doch konnte sie die Schritte einer der Männer hören.

Nein, es klang anders. Unsicher und zögerlich. Das war keiner ihrer üblichen Bewacher. Diesen Mann kannte sie noch nicht. Lucy sog prüfend die Luft ein und sandte die Fühler ihres Geistes aus, um seine Gedanken aufzufangen.

Er war jung. Erstaunlich jung. Vermutlich kaum älter als sie selbst, und er fühlte sich nicht wohl in seiner Haut. Er wusste genau, dass das, was er hier tat, nicht richtig war, und dass auch er Ärger bekommen würde, wenn die Geschichte aufflog. Aber offensichtlich hatte er sich gegen die beiden vergnügungssüchtigen Bewacher nicht wehren können und war nun dazu verdammt, in der Silvesternacht vor dieser eisernen Tür Wache zu schieben. Lucy ahnte, wie sein Blick immer wieder zur Uhr wanderte, um den zäh dahinschleichenden Zeiger zu verfluchen. Seine Furcht roch köstlich, und sie sog den Duft tief in sich ein. Im Geist verfolgte sie sein unruhiges Auf und Ab, das ihn jedes Mal gefährlich nah zu der Tür brachte, die zwischen ihnen aufragte. Vielleicht ließe sich da etwas machen.

Lucy richtete sich gerade auf. Sie schloss die Augen und konzentrierte sich ganz auf den Mann dort draußen, auf seine Wünsche und Ängste.

Es war geradezu lächerlich einfach! Er war so jung. So unerfahren und unschuldig. Sein Geist lag wie ein offenes Buch vor ihr.

Komm, komm zu mir!

Sie spürte, wie ihre lockende Stimme in ihn eindrang. Abrupt blieb er stehen. Noch glaubte er, er bilde sich lediglich etwas ein. Er hielt all die Geschichten und Warnungen, die er über die Mahre gehört hatte, für Schauermärchen und dachte, er sei aus dem Alter raus, in dem man an solche Wunderdinge glaubte.

Ein Fehler, mein Guter, das wirst du schon bald erfahren. Komm, nur ein Stückchen näher zur Tür, dann können wir uns besser unterhalten!

Er kämpfte, und wider Willen stieß er laut Worte des Protests aus.

»Ich darf nicht näher an die Tür, das haben James und Anthony mir eingeschärft.«

Er kam sich selbst albern vor, wie er laut Selbstgespräche führte. Lucy spürte, wie ihm der Schweiß auf die Stirn trat und an seinen Schläfen herabrann.

Verboten, ja und? Bist du ein kleines Kind? Was soll denn passieren? Die Tür ist fest verschlossen, also komm, trau dich!

»Wer spricht da?«

Ich heiße Lucy, und ich erzähle dir noch mehr, wenn du ein wenig näher kommst.

»Lucy? Bist du die Gefangene? Ich darf nicht mit dir sprechen!«

Trotz seiner Worte spürte sie, wie er Stück für Stück näher kam, bis er ganz dicht hinter der Tür stand, den Blick auf das lackierte Metall vor seiner Nase gerichtet.

»Was ist denn Schlimmes dabei?«, schnurrte sie. »Ich bin hier drin und du da draußen. Da kann doch nichts passieren. Ich bin so schrecklich einsam in dieser Nacht, in der alle feiern und fröhlich sind. Darf ich da nicht wenigstens ein paar freundliche Worte hören?«

Sie spürte, wie er in ihren Händen schmolz. Sie konnte ihn kneten wie weiches Wachs. Ihr Mitleid für diese armselige Kreatur schlug in Verachtung um. Es war zu leicht.

»Du hast recht. Du tust mir leid. Es gibt viele Geschichten über dich, weißt du. Über das arme, schöne Mädchen, das hier unten gefangen gehalten wird.«

»Willst du wissen, ob es wahr ist?«

»Was?«

»Ob ich so schön bin, wie man sich erzählt.«

Sie spürte, wie er schluckte. Seine Handflächen ruhten auf dem kalten Metall. Seine Stirn sank nach vorn, bis auch sie die Tür berührte.

»Sie sagen auch, dass du gefährlich bist«, murmelte er, doch sie konnte seine Worte laut und klar in ihrem Geist hören.

»Ein achtzehnjähriges Mädchen, das an die Wand gekettet ist?«, spottete sie. »Ja, es ist bestimmt höllisch gefährlich, einen Blick auf mich zu werfen!«

»Das haben James und Anthony gesagt«, beharrte er.

»Dann lauf am besten so weit weg, wie du kannst«, riet ihm Lucy, doch der junge Mann rührte sich nicht von der Stelle.

»Vielleicht wollen sie dir meinen Anblick einfach nicht gönnen«, fügte sie hinzu. »So wie sie nur sich selbst die große Silvesterparty in Las Vegas gönnen.«

Stille. Lucy spürte, wie er mit sich rang, doch sie ahnte, dass sie bereits gewonnen hatte, und so wunderte es sie nicht, dass kurz darauf ein leises Schaben erklang und in der Luke der Tür ein Gesicht mit großen braunen Augen erschien, die sich voll Staunen auf die Gestalt im Verlies richteten.

»Einen schönen guten Abend«, raunte sie. »Wie du bereits weißt, heiße ich Lucy … Und wie ist dein Name?«

»Ben«, stieß er heiser hervor. »Ich heiße Ben.«

Kapitel 2

DER COUNCILLOR

Die Gulfstream beschleunigte auf der regennassen Startbahn. Der Duke of Roxburgh ließ sich in den weichen Ledersessel drücken und schloss die Augen, bis er spürte, dass das Fahrwerk mit einem letzten Rumpeln den Asphalt verließ und die Nase seines Privatjets sich dem wolkenverhangenen Himmel entgegenreckte. Das Flugzeug gewann rasch an Höhe. Nebelschwaden huschten vorbei. Dann umhüllten dichte Regenwolken den silbernen Körper, dessen spitze Nase sich nach Westen richtete. In zehn Stunden würde er Las Vegas erreichen.

Er sah sich um. Sechs seiner Männer begleiteten ihn. Wie stumme Schatten saßen sie hinter ihm in den luxuriösen hellen Ledersitzen. Auf den ersten Blick hätte man sie für die typischen Geschäftsleute der Londoner City halten können, die sich von den weißen Hemden über die schwarzen Anzüge bis zu den glänzenden Lederschuhen glichen wie ein Ei dem anderen. Ihre Gesichtszüge waren durchschnittlich, die Wangen sorgfältig rasiert, die Haare kurz geschnitten. Doch der Councillor wusste um die Kampfesstärke seiner Warriors, die sowohl mit dem Schwert und anderen Waffen vergangener Zeiten umgehen konnten als auch mit modernen Schusswaffen. *Nun, sie hatten ja auch genug Zeit gehabt, sich ihre Kampfeskünste anzueignen*, dachte er mit einem Schmunzeln. Kein Mensch ahnte, wie alt und erfahren diese Männer waren.

Auch dem Duke sah man sein Alter nicht an, obgleich die Zeit an seinem Gesicht ebenfalls nicht ganz spurlos vorbeigegangen war. Auf den ersten Blick hätte man ihn vielleicht unauffällig nennen können, ein typisch britischer Landadeliger mittleren Alters, lediglich mittelgroß mit grauen Augen und grauem Haar, doch niemand, den der Duke einmal ins Auge fasste, konnte sich seinem stahlharten Blick entziehen, der jedes noch so tiefe Geheimnis zu entdecken schien und jeden Willen zu brechen imstande war.

Winston Campbell ließ die Lider wieder sinken und sandte seine Gedanken voraus nach Westen. Zur Glitzerstadt in der Wüste, Las Vegas, in der wie in kaum einer anderen Stadt heute Nacht das neue Jahr gefeiert werden würde. Doch das interessierte ihn nicht. Sollten die Menschen feiern, ihm stand etwas anderes im Sinn.

Eine schmächtige, blonde Gestalt stieg in seinem Geist auf. Es war mehr als drei Jahre her, dass er sie das letzte Mal gesehen hatte. Er erinnerte sich vor allem noch an ihren zornigen Blick, in dem bereits die Macht zu lesen war, die sie über die Männer besitzen würde, wenn man sie frei herumlaufen ließ. Natürlich hatte er auch ihre Schönheit gesehen und die Kraft der Verführung gespürt, doch er hatte im Lauf seines langen Lebens genug Stärke gesammelt, um sich gegen sie zur Wehr zu setzen. Nein, mit ihm hatte der junge Nachtmahr kein so leichtes Spiel wie mit den normalen Männern, die ihr in Scharen zu Füßen liegen würden, sollte sie welche zu Gesicht bekommen.

Es war nicht einfach gewesen, Männer zu finden, die er ruhigen Gewissens mit ihrer Bewachung betrauen konnte. Trotz ihrer Jugend und Unerfahrenheit war sie eine Gefahr, das wusste er. Der Councillor war nicht so leichtsinnig, die

Macht der Mahre zu unterschätzen. Man brauchte ganz besondere Waffen, sie zu besiegen. Viele Jahre hatte er geglaubt, die Waffe gefunden zu haben, doch der Triumph, der ihn so lange in eine beschwingte Stimmung versetzt hatte, war verflogen.

Eclipse, so hatte er das Mädchen genannt, doch nun wusste er, dass er sich geirrt hatte. Den Nachtmahren war es gelungen, ihn an der Nase herumzuführen. Seine Finger schlossen sich unwillkürlich zur Faust, doch er wusste, dass er auch sich selbst Vorwürfe machen musste. Er war zu leichtgläubig gewesen. Hatte sich nicht selbst darum gekümmert. Nun war es also an ihm, den Fehler zu korrigieren und den Nachtmahren den tödlichen Schlag zu verpassen. Für einige Augenblicke gab er sich der verlockenden Vision hin, all ihre Hoffnungen vernichtet zu haben. Er weidete sich in seiner Vorstellung an ihrem Entsetzen, wenn sie erkannten, dass sie dem Untergang geweiht waren. Doch noch war es nicht so weit. Noch hatte er die wahre Eclipse nicht in Händen, noch wusste er nicht, wer ihr Erwählter war. Damit würde er sich später befassen. Im Augenblick musste er sich überlegen, was er mit dem Mädchen anfangen sollte, das nicht mehr die Königin war, sondern nur noch die kleine, zornige Lucy. War sie nun überflüssig geworden, oder konnte sie ihm auf andere Weise dienen? Vielleicht war es noch immer möglich, sie als Trumpfkarte zu verwenden. Ihm kam eine Idee, die ihm gut gefiel.

Ja, daraus könnte man vielleicht etwas machen. Er musste genauer darüber nachdenken. Er hatte Zeit. Viele Stunden Zeit, bis der Jet in Las Vegas gelandet sein und er das geheime Versteck tief in den Mauern des Hoover Dam erreicht haben würde.

»Hallo Jason.«

Er lag mit geschlossenen Augen im Bett und döste vor sich hin, als die Stimme ihn erschaudern ließ. Für einen winzigen Moment dachte er, Lorena wäre gekommen. Sie würde in ihrer unwiderstehlichen Gestalt als Nachtmahr dort in der Tür stehen, ihn verführerisch anlächeln und ihm sagen, sie wäre endlich zur Besinnung gekommen. Nichts könne sie jemals wieder von seiner Seite reißen. Sie liebe ihn über alles und würde ihr Leben mit ihm verbringen.

Doch es war nicht Lorena, die dort in der offenen Tür stand. Langsam öffnete Jason die Augen und betrachtete die umwerfend schöne Frau, die sich ihrer Wirkung wohl bewusst war. Mit ausgestellter Hüfte stand sie da, die sinnlichen Lippen ein wenig geöffnet. Ihr wundervoll schwarzes Haar fiel ihr über die Schultern.

»Hallo Raika«, sagte Jason müde. »Was willst du?«

Obgleich er sie nicht dazu aufforderte, kam sie herein, schloss die Tür und trat an sein Bett. »Ich komme, um nach dem Patienten zu sehen. Macht man das nicht so? Wie geht es dir? Was ist mit deiner Schulter?«

Jason setzte sich mit einer Grimasse auf. »Tut noch weh, wird aber wieder.«

Raika ließ sich auf sein Bett plumpsen. »Na ja, vielleicht ist dir das eine Lehre.«

»Was für eine Lehre?«

Raika rollte mit den Augen. »Dich nicht in Sachen einzumischen, die dich nichts angehen und denen du nicht gewachsen bist.«

»Der Kerl ist mit einem Messer auf Lorena losgegangen«, brauste Jason auf.

Raika hob nur die Schultern. »Na und? Sie ist ein Nachtmahr! Hast du das immer noch nicht kapiert? Sie braucht keinen Mann, der sie beschützt und sich als Held aufspielt – und den sie dann retten muss.«

Jason ließ sich in seine Kissen zurücksinken. »Danke, das war deutlich. Muss ich sonst noch etwas wissen, oder war's das?«

Raika lächelte. »Nun sei doch nicht gleich eingeschnappt. Freu dich lieber, dass ich hier bin und dir deine Langeweile vertreibe. Gibt es einen grässlicheren Ort als ein Krankenhaus?« Sie rümpfte angewidert die Nase, als sie ihren Blick durch das blässlich grün gestrichene Zimmer schweifen ließ.

Jason betrachtete sie. Er fühlte, wie sein Herz schneller schlug und sein Körper aus seinem Dämmerschlaf erwachte. Er wollte es nicht, doch er konnte es nicht verhindern, dass er auf diese Frau so reagierte.

Nein, korrigierte er sich, nicht auf die Frau, auf den Nachtmahr in ihr, der eine seltsame Macht über Männer besaß.

Die gleiche Kraft, die auch in Lorena wohnte.

Jason stemmte sich wieder hoch. »Warum bist du hier? Hat Lorena dich geschickt?« Er konnte selbst das Flehen in seiner Stimme hören und dachte, Verachtung in Raikas Blick lesen zu können … Oder bildete er sich das nur ein?

Raika setzte die Musterung des Zimmers fort. »Nein, hat sie nicht. Ich habe sie nicht um Erlaubnis gebeten, dich besuchen zu dürfen. Muss ich ja wohl auch nicht, oder?«

Enttäuscht schüttelte Jason den Kopf. »Nein, natürlich nicht, ich dachte nur …«

»Sie habe es sich anders überlegt? Nein, hat sie nicht.«

»Hast du mit ihr gesprochen?«, wollte er wissen.

Raika nickte. »Ja, noch vor wenigen Stunden, aber sie will mit mir nicht über das Thema reden.«

»Das Thema bin ich und unsere Beziehung, die sie mit diesen unsinnigen Argumenten beendet hat …« Jason seufzte.

»Richtig, und noch ist sie leider nicht zur Vernunft gekommen, aber das wird schon wieder. Und wenn nicht«, fügte Raika mit einem gefährlichen Glitzern in den Augen hinzu, »dann hast du ja immer noch mich.«

Jason schloss mit einem gequälten Ausdruck die Augen. »Herr im Himmel, steh mir bei!«

Die schwarze Limousine holte Lorena pünktlich ab und brachte sie nach Gryphon Manor vor den Toren von Oxford. Düster ragten die grauen Steinmauern des Herrenhauses in den Nachthimmel, dessen Sterne sich heute hinter dichten Wolken verbargen. Zu ihrer Überraschung entdeckte Lorena Raikas Motorrad am Rand der Auffahrt. Und da kam auch die Besitzerin schon über den Rasen auf sie zu.

»Hallo Lorena.«

»Guten Abend Raika. Was tust du schon wieder hier? Hast du dich doch noch entschlossen, das Training mitzumachen?«

Raika hob abwehrend die Hände. »Himmel nein, aber ich sehe mir gerne an, wie du schwitzt und dich abmühst.«

»Du meinst, erfolglos abmühst? Hoffst du, ich werde mich lächerlich machen? Den Gefallen werde ich dir nicht tun!«

»Habe ich ja auch gar nicht gesagt«, gab Raika erstaunlich versöhnlich zurück.

Lorena folgte den beiden Guardians in die Halle, wo sie von Morla erwartet wurden. Lorena fragte sich wieder einmal, was Morla war. War auch sie ein Nachtmahr? Sie sah so unscheinbar und farblos aus, dass man sie fast übersehen konnte, wie sie da in ihrem formlosen schwarzen Gewand in der Ecke stand.

Ein Schmerz fuhr durch Lorenas Geist. Sie fühlte Morlas Blick auf sich ruhen. Offensichtlich verfügte sie wie Mylady über die Gabe, Gedanken zu lesen. Sie würde in Zukunft vorsichtiger sein müssen und ihre Überlegungen lieber nur noch außerhalb des Herrenhauses anstellen.

Morla glitt ihnen lautlos entgegen. »Mylady ist über dein Kommen erfreut und wünscht, dass ihr sogleich mit dem Training beginnt.«

Lorena sah an sich herunter. Sie trug Jeans und einen weiten Strickpullover über einer blau-weiß gestreiften Bluse. Oh Gott! Was hatte sie sich nur dabei gedacht? Sie betrachtete die beiden Guardians in ihrer engen Lederkluft, die robust und praktisch schien und dennoch die weiblichen Formen vorteilhaft zur Geltung brachten. So etwas wie Begehren stieg in ihr auf.

»Ich möchte auch solche Ledersachen!«, rief sie unwillkürlich aus. »Ich meine, für die nötige Bewegungsfreiheit«, fügte sie rasch hinzu, als sie Raikas breites Grinsen sah, die ebenfalls keine Mühe zu haben schien, Lorenas Gedanken zu folgen. Die beiden Guardians dagegen schienen nichts Anstößiges an dieser Forderung zu finden. Maddison schickte den Butler mit dem entsprechenden Auftrag davon, und schon bald kam er mit einem schwarzen Bündel zurück und überreichte es Lorena mit einer knappen Verbeugung. Sienna führte sie in ein kleines Nebenzimmer, wo sie sich umkleiden konnte. Lorena wandelte sich zu ihrer Nachtmahrgestalt. Rasch schlüpfte sie aus Pulli und Jeans, die ihr in diesem Körper nicht mehr passten, und zog sich das knappe Lederoberteil über. Sie legte den kurzen Rock an, der nur wenig ihrer Oberschenkel bedeckte, dann schlüpfte sie in die kniehohen Stiefel, die wie angegossen passten. Ihre blonden Locken schlang sie zu einem Knoten und befestigte ihn mit einem Band. Fertig!

Lorena trat vor den hohen Spiegel und drehte sich langsam um die eigene Achse. Sie spürte ein seltsames Vergnügen, als sie sich betrachtete. Wie wunderschön sie war und wie unglaublich sexy sie in dieser Lederkluft aussah. Sie ertappte sich bei dem Gedanken, wie Jason das wohl finden würde, und verbannte ihn sogleich wieder aus ihrem Kopf. Vermutlich würde es ihm gar nicht gefallen, sie so zu sehen, redete sie sich ein. Er liebte Lorena, die ganz normale Frau, die in Kostüm oder Anzug jeden Morgen zur Arbeit in die City fuhr, und nicht dieses Wesen dort im Spiegel. Dieser fleischgewordene Männertraum.

Egal.

Jedenfalls sah sie fantastisch aus, und sie würde sich mit dem Schwert gut schlagen! Selbstzufrieden ruhte ihr Blick auf dem Spiegelglas, bis sie ein Kichern herumfahren ließ.

»Ja, du hast allen Grund, mit deinem Aussehen zufrieden zu sein«, bestätigte Raika.

»Was fällt dir ein?«, schimpfte Lorena. »Kannst du nicht anklopfen?«

»Warum? Ich bin doch froh zu sehen, dass du ein echter Nachtmahr bist. Und nun zeig den beiden Mädels hier, was für eine Kämpferin in dir steckt!«

Mit vergnügter Miene begleitete Raika Lorena in einen Raum im Untergeschoss des Herrenhauses, den sie bisher noch nicht betreten hatte.

»Voilà«, sagte sie mit einer ausladenden Handbewegung. »Es ist angerichtet.«

»Wow«, stieß Lorena aus und sah sich staunend um. Der riesige Raum hätte mit seinem Parkettboden und der langen Spiegelfront auch ein Tanzsaal sein können. Nur die zahlreichen Waffen an den Wänden zeigten, wozu er diente. Lorena strich an den Schwertern und Krummsäbeln entlang. Ihr Blick glitt über orientalisch anmutende Dolche, lange Spieße und Schilde aus verschiedenen Epochen. Vor einer kunstvoll bearbeiteten Armbrust blieb sie stehen.

»Ihr macht mit eurer Waffensammlung ja dem Tower Konkurrenz«, sagte sie, um die Anspannung zu brechen, die sie erfasst hatte.

Maddison verzog keine Miene, doch Sienna lächelte. »Man muss mit allem vertraut sein, was der Gegner aufbietet.«

»Die Wanderer bekämpfen euch mit solchen mittelalterlichen Waffen? Das kann ich mir gar nicht vorstellen. Warum benutzen sie keine Pistolen oder Gewehre?«

»Sicher verfügen sie auch über moderne Waffen«, gab Maddison Auskunft. »Doch ihre Tradition liegt im Schwertkampf, und deshalb müssen wir trainieren, um ihnen ebenbürtig zu sein und sie in ihrer eigenen Disziplin besiegen zu können.«

Sie nahm sich ein Schwert mit goldziseliertem Griff von der Wand und warf Sienna eine ebenso kunstvoll verzierte Waffe zu, die sie geschickt auffing.

»Wie wäre es mit einer kleinen Demonstration zu Beginn?«, fragte Maddison. Lorena nickte begierig und wich bis in die Ecke zurück, um nicht zwischen die Fronten zu geraten.

Raika gesellte sich zu ihr. »Na dann legt mal los, Mädels, und zeigt, was ihr so drauf habt.«

Die beiden Guardians brauchten keine Aufforderung. Sie hoben grüßend die Schwerter, neigten die Köpfe und stürzten dann aufeinander zu. Klirrend trafen die Klingen mit solcher Wucht aufeinander, dass Lorena sich nicht vorstellen konnte, wie man solch einen Schlag abfangen konnte, ohne die Waffe aus der Hand geschleudert zu bekommen. Doch die beiden Guardians schienen damit keine Schwierigkeiten zu haben. Sie wirbelten herum, duckten sich, schlugen wieder zu oder wichen blitzschnell vor dem Streich der anderen zurück. Dann schnellten sie wieder vor, drehten einen Salto rückwärts, liefen zwei schnelle Schritte an der Wand hoch und sprangen mit einem Überschlag wieder zurück. Immer rascher wurde der Tanz der Klingen. Die Frauen glitten so rasend schnell durch den Saal, dass Lorena ihnen kaum mit dem Blick folgen konnte. Sie wusste auch nicht zu sagen, welche der beiden Nachtmahre die Oberhand hatte. Bedrängte Maddison Sienna oder hatte diese sich nur zurückfallen lassen, um sie in eine Falle zu locken? Da entfaltete Sienna ihre Flügel und stieß in die Luft. Maddison folgte ihr sofort, und so tobte der Kampf in der Luft weiter. Die beiden schienen über die Decke zu tanzen, stießen sich ab und kehrten pfeilschnell zum Boden zurück, nur um gleich wieder die Klingen zu kreuzen.

Dann war es vorbei. Lorena konnte nicht ausmachen, wie sie sich verständigten, doch sie blieben plötzlich beide stehen und senkten die Schwerter. Dann falteten sie ihre Schwingen ein und wandten sich ihrem Publikum zu.

Begeistert klatschte Lorena in die Hände. »Umwerfend! Absolut unglaublich.«

»Ja, das war nicht schlecht«, fügte Raika hinzu.

Die Guardians nickten ihren beiden Zuschauern zu, und

sogar Maddison lächelte. Sie schienen weder verschwitzt noch außer Atem zu sein.

Maddison ging zur Wand, nahm eines der einfachen Schwerter aus seiner Halterung und reichte es der neuen Schülerin. Lorena schloss die Finger um den kalten Griff und hob das Schwert langsam an, dass die Lichtreflexe der Deckenlampen über die Klinge huschten. Es war gar nicht so schwer, wie es aussah, und Lorena hatte den Eindruck, es wäre gut ausbalanciert, soweit sie das beurteilen konnte.

Raika kam neugierig näher und strich mit dem Daumen über die Klinge. »Die ist ja gar nicht richtig scharf«, sagte sie enttäuscht.

Sienna lächelte. »Ja, und das wird mein Schwert auch nicht sein, wenn ich mit Lorena übe. Unsere hier dagegen sind mehr als nur scharf!«

Sie zog ein seidig schimmerndes Tuch von einem Holzständer mit unterschiedlich geformten Krummsäbeln, warf es in die Luft und machte eine schnelle Bewegung mit ihrem Schwert. Zwei Hälften des Stoffs segelten sauber in der Mitte getrennt zu Boden.

Lorena schluckte. »Mir ist es ganz recht, wenn wir mit stumpfen Waffen beginnen«, versicherte sie.

»Wo ist denn da der Reiz?«, stichelte Raika.

Sienna zog eine Grimasse. »Ich versichere dir, auch mit diesen Schwertern wirst du es tunlichst vermeiden, getroffen zu werden. Sie bringen dich zwar nicht um, doch auch sie können blutige Schrammen und schmerzhafte Prellungen verursachen.«

Raika winkte ab. »Wir Mahre sind robust. Wenn uns nicht gerade einer das Schwert direkt ins Herz sticht oder den Kopf abschlägt, bringt uns nichts so schnell um.«

Lorena ließ das Schwert sinken und starrte Raika an. »Ist das wahr?«

Raika nickte. »Aber klar. Hast du das nicht gewusst? Es gibt nur noch wenige andere Dinge, die uns wirklich gefährlich werden können – wie Feuer zum Beispiel.«

»Sind wir vielleicht so etwas wie Vampire?«

Raika lachte. »Gibt es die denn wirklich? Ich bin noch keinem begegnet, aber ja, solche Mythen entstehen nicht aus dem Nichts. Es gibt immer ein Körnchen Wahrheit. Aber jetzt fangt an. Ich will etwas sehen, ehe die Nacht vorbei ist und wir uns nicht mehr wandeln können.«

Mit klopfendem Herzen trat Lorena in die Mitte des Raums und stellte sich vor der Spiegelwand auf. Vielleicht wäre sie unsicher gewesen, und diese tief in ihr verankerte Angst vor dem Versagen, die sie durch ihre ganze Schulzeit begleitet hatte, wäre wieder hochgekommen, würde sie in ihrer normalen Gestalt hier vor dem Spiegel stehen. Ein Nachtmahr dagegen fürchtete sich nicht davor, sich lächerlich zu machen. Solche Gefühle waren diesen Wesen fremd. In diesem Augenblick freute sich Lorena nur, etwas Neues zu lernen und sich mit den anderen messen zu dürfen.

Sienna trat vor sie und stellte sich ihr gegenüber, die Spitze des Schwerts gesenkt. »Fangen wir mit den Grundstellungen der Schwertpositionen an«, sagte sie. »Dann zeige ich dir die Fußarbeit. Das Wichtigste ist, dass du schnell in deinen Schritten bist, um niemals aus dem Gleichgewicht zu kommen. Wehe, dein Schwerpunkt ist nicht zwischen deinen Füßen, dann hast du schon verloren. Selbst der schwächste Streich wird dich dann zu Fall bringen oder dir das Schwert aus der Hand schleudern. Merke dir das gut! Nur wenn du einen sicheren Stand hast, kannst du dein Schwert effektiv einsetzen.«

Lorena nickte und wiederholte die Anweisung im Stillen. Sie spürte, wie ihre Hände bebten. Sie wollte endlich anfangen, sich zu bewegen und die Klinge durch die Luft sausen zu lassen.

»Geduld!«, mahnte Sienna. »Die wirst du brauchen. Es erfordert Durchhaltevermögen und viel Schweiß, bis man die Bewegungen wie in Trance beherrscht und die Absichten des Gegners vorherahnen kann. Nur dann haben wir gegen die Wanderer eine Chance.«

Wieder nickte Lorena und versuchte, ruhiger zu atmen und sich auf Siennas Worte zu konzentrieren, die ihr nun die verschiedenen Positionen der Klinge vorführte.

»Wir nennen sie die Grundhuten«, erklärte sie. »Die Bezeichnung stammt noch aus dem Mittelalter. Diese Position mit gesenkter Klinge heißt ›Alber‹. Es ist eine eher defensive Stellung, in der ich mit der Blöße meines Körpers Angriffe des Gegners herausfordere. Ich kann einen Schlag gegen meine Beine abwehren oder eine Paradebewegung ausführen und das Schwert des Gegners nach oben schlagen. Doch kommen wir zu den Angriffspositionen.«

Sienna riss die Schwertklinge so blitzschnell nach oben, dass Lorena einen Schritt zurückwich. Mit erhobenem Schwert hielt sie kurz inne. »Diese Hut nennt man ›vom Tag‹.« Die Klinge kippte nach vorn, sodass die Spitze nun direkt auf Lorenas Gesicht zeigte. Es kostete sie einige Überwindung, nicht weiter zurückzuzucken.

»Diese nennt man ›Ochs‹, die Stellung mit hüfttiefem Griff und schräg nach oben zeigender Klinge ›Pflug‹. Natürlich kann man diese Huten jeweils mittig oder seitlich ausführen, mit entsprechender Fußstellung und Gewichtsverlagerung.«

Sie zeigte die vier Huten noch einmal langsam mit ihren verschiedenen Varianten. Dann ließ sie das Schwert sinken.

»Das waren die Grundhuten.«

»Was? Das ist schon alles?«, rief Raika enttäuscht. »Das kann doch nicht so einfach sein.«

Sienna schüttelte den Kopf. »Nein, es gibt natürlich noch viele weitere Varianten, die wir Kunsthuten nennen, wie beispielsweise ›Zorn‹, ›hängender Ort‹, ›Schrank‹ oder ›Schlüssel‹, doch das wird am Anfang zu kompliziert.«

Sie zeigte, während sie die Worte aussprach, die passenden Positionen, die mühelos ineinander über glitten. Raika seufzte, sagte aber nichts weiter, während Sienna die wichtigsten Schrittfolgen zeigte und Lorena einige Male Nachstell-, Ausfall- und Ausweichschritt üben ließ.

»Du musst schneller werden und flüssiger in der Bewegung. Präzise gesetzte Schritte sind entscheidend für eine exakte und wirkungsvolle Klingenführung.«

Lorena nickte. Ihre Bewegungen kamen ihr leicht und fließend vor, doch Sienna war noch immer nicht zufrieden. Endlich ließ sie Lorena innehalten.

»Gut, jetzt üben wir die Grundhuten. Ich sage sie dir vor, und du nimmst die entsprechende Position ein. Achte auch auf deine Füße und die korrekte Verlagerung deines Gewichts. Fertig?«

Lorena nickte und nahm die Position ›Alber‹ ein.

Zuerst zählte Sienna die Huten langsam nacheinander auf, sodass es Lorena keine Probleme bereitete, die Klinge in die geforderte Position zu bringen.

»Arme durchstrecken, Gewicht mehr nach vorn«, korrigierte Sienna. »Gut, dann können wir das ein wenig schneller versuchen.«

Ein wenig schneller?, dachte Lorena entsetzt, als Sienna loslegte.

»›Vom Tag‹, ›Ochs links‹, ›Pflug rechts‹, ›Pflug links‹, ›Ochs rechts‹, ›Alber‹, ›vom Tag links‹, Haltung, Gewicht mehr auf den rechten Fuß, linker Arm mehr anwinkeln, weiter, ›Ochs rechts‹, Klinge gerade!, Nachstellschritt, Nachstellschritt, Ausfallschritt.«

Sienna hielt inne. »Sortiere dich noch einmal, und dann konzentriere dich. Du musst dich schneller bewegen. Die Übergänge müssen flüssiger werden und die einzelnen Positionen exakter. Du musst den Griff fest umfassen, aber in den Handgelenken flexibel bleiben. Noch einmal. Bist du bereit?«

Lorena atmete einmal tief ein und wieder aus, dann nickte sie. Wieder peitschten ihr die Positionen um die Ohren, immer wieder mit verschiedenen Schrittfolgen kombiniert. Es dauerte nicht lange, da verhaspelte sie sich und musste wieder von vorn anfangen.

Sienna kannte keine Gnade und gönnte ihr auch keine Pause. Lorena spürte, wie ihre Haut zu glühen begann. Sie wischte sich die Hände ab, ehe sie den Schwertgriff wieder umfasste.

»Weiter geht's!«

So leicht sich das Schwert zu Anfang angefühlt hatte, nach einer Stunde üben, wog es Lorena bereits schwer in den Armen. Nach einer weiteren Stunde, dachte sie, den Schwertgriff nicht mehr festhalten zu können. Ihre Oberarme brannten, der Schweiß lief ihr über die Stirn und an den Schläfen herab. Sie unterdrückte ein Stöhnen der Erleichterung, als sich Maddison endlich von ihrem Platz erhob und Sienna Einhalt gebot.

»Genug für heute. Die Lektion muss sich erst einmal setzen. Wir machen dann morgen weiter.«

Lorena nickte. Sie war zu ausgepowert, um zu sprechen. Dabei hatte sie gedacht, in ihrer Nachtmahrgestalt könne sie gar nicht ermüden. Was für ein Trugschluss. Natürlich hätte sie in ihrem natürlichen Körper das Training in diesem Tempo keine halbe Stunde durchgestanden, doch auch ihr Nachtmahr war offensichtlich nicht so stark wie die beiden Guardians.

»Du wirst dich schnell daran gewöhnen und an Ausdauer, Kraft und Schnelligkeit gewinnen«, sagte Sienna, die wieder einmal zu spüren schien, was in Lorena vor sich ging. »Das war für das erste Mal schon sehr gut.«

Das baute Lorena wieder etwas auf, die sich, nun, da sie sich zurückgewandelt hatte, so unbeholfen gegenüber den beiden Guardians vorkam.

Zusammen mit Raika kehrte sie in die Halle zurück. Die Guardians bestanden wieder darauf, Lorena heimzufahren.

Raika bevorzugte ihr Motorrad. »Übrigens«, sagte sie, als sie sich in den Sattel schwang. »Ich war heute im Krankenhaus und habe Jason besucht.«

Lorena starrte sie an. Ihre Gefühle überschlugen sich, doch ehe sie sich entschieden hatte, welche der vielen Fragen, die durch ihren Kopf rasten, sie zuerst stellen sollte, hatte Raika bereits den Motor gestartet und jagte dröhnend die Einfahrt hinunter.

Lorena blickte ihr nach. Verdammt, Raika hatte kein Recht, Jason zu besuchen. Sie verzichtete schweren Herzens auf ihn, damit er von keinem Nachtmahr verdorben wurde, und dafür sollte er jetzt in Raikas Hände geraten? Das durfte nicht sein! Andererseits fiel ihr nichts ein, wie sie Raika davon abhalten konnte, sich ihm zu nähern.

Außer mit einem scharfen Schwert in den Händen.

Lorena ließ sich in die Polster des Wagens sinken und schloss die Augen. Verdammt, was sollte sie nun tun?

Es war bereits kurz vor Mitternacht. Lorena war müde, doch sie konnte nicht einschlafen. Ruhelos wälzte sie sich von einer Seite auf die andere. Gedanken schwirrten ihr durch den Kopf. Von klirrenden Schwertern, von blitzenden Messern – und von Blut. Im Rausch des Zorns unschuldig vergossenes Blut. Nein, sie wollte nicht an Jason denken und nicht daran, ob ihre Entscheidung richtig war.

Lorena schlug die Decke zurück und stieg aus dem Bett. Barfuß ging sie in ihrem kurzen Hemd in die Küche hinüber und sah auf die nächtliche Straße hinunter. Eigentlich hätte sie frieren müssen, doch eine innere Hitze wallte durch ihren Körper und ließ sie die Winterkälte nicht spüren, die durch die undichten Fenster und Türritzen drang. Die Straße war menschenleer. Oder war dort drüben nicht ein Schatten?

Lorena presste die Nase an die Scheibe. Nichts. Sie musste sich geirrt haben. Das Prickeln in ihrem Nacken hatte nichts damit zu tun. Es mahnte sie, dass Mitternacht nahte. Die Stunde der Verwandlung. Die Stunde, die dem ihr oft so fremden Wesen gehörte, das ein Teil von ihr war, ob sie es nun wollte oder nicht. Der menschlichen Lorena war es allerdings gelungen, in den meisten Nächten die Oberhand über den Nachtmahr in sich zu erlangen. Eine winzige rote Pille, nach ihrer Verwandlung in der Nacht von Neumond eingenommen, gab Lorena die Kontrolle über den Nachtmahr und unterwarf die Verwandlung allein ihrem Willen statt dem Schlagen der Uhr.

Es fühlte sich beruhigend an, dass sie nur noch einmal im Monat das wilde Tier in sich fürchten musste und sie sich nicht mehr Nacht für Nacht hier in ihrer Wohnung einsperren musste, um die Triebe zu bändigen.

Was war das für ein Leben, das einen zwang, jede Nacht auf der Suche nach Beute durch die Straßen zu streifen, sich wildfremde Männer zu nehmen und seine Lust auf Sex mit ihnen auszuleben?

Tyler kam ihr in den Sinn und Noah. Der kräftige, gut aussehende Schwarze, den sie im Mau Mau kennengelernt hatte. Was hatten sie für wundervoll wilden Sex miteinander gehabt. Ein Schauder rann durch ihren Körper, als die Erinnerungsfetzen ihren Geist streiften.

Und nun war er tot. Es spielte keine Rolle, ob Raika Schuld an seiner Veränderung und schließlich an seinem Tod traf. Auch Lorena hatte sich der Männer bedient. Sie hatte mit ihnen gespielt und Spaß mit ihnen gehabt. Was für aufregende Nächte!

Wie fade war es nun, von der Arbeit heimzukommen, sich etwas zu essen zu kochen und dann mit dem Kater vor dem Fernseher zu sitzen, um früh in sein eigenes, leeres Bett zu schlüpfen. Die Nacht hatte ihren Reiz verloren.

Und ich bin in der Arbeit endlich wieder ausgeschlafen!

Wie langweilig, ertönte eine Stimme in ihr, die sich verdächtig nach Raika anhörte.

Lorena starrte immer noch auf die Straße hinunter. Die Uhr hatte längst Mitternacht geschlagen, doch sie hatte sich nicht verwandelt. Sie hatte die Kontrolle behalten.

Wie schal der Triumph schmeckte. Wie traurig und leer

sich alles anfühlte. Müsste es neben der Arbeit nicht noch etwas anderes geben, für das sich jeder Tag neu lohnte?

Jason.

Nein, das war vorbei.

Jason war nicht der einzige Mann, der ihren Körper zum Glühen bringen konnte. Sie könnte sich freiwillig wandeln und ein wenig durch die Nacht streifen. Dann behielt sie doch noch immer die Kontrolle, oder etwa nicht?

Schon während sie darüber nachdachte, veränderte sich ihr Körper. Ihr Haar wurde dichter und länger und legte sich in schimmernde Locken, die Linien ihres Gesichts wurden feiner, das Blau der Augen intensiver, die Wimpern dichter. Ihre ganze Figur schien sich zu verschieben, der Busen wurde üppiger, die Taille schmaler, die Beine gewannen an Länge. Lorena konnte sich im Spiegel der Fensterscheibe sehen. Dann spürte sie, wie die Spalten unter ihren Schulterblättern, die ihre Schwingen verbargen, aufrissen. Sie war bereit!

Lorena schlüpfte in ein Top und einen sehr kurzen Rock, zog sich ihre schwarzen Overknees an und lief beschwingt die Treppe hinunter. Der Klang der hinter ihr zufallenden Haustür war noch nicht verhallt, da entfalteten sich bereits ihre Schwingen und trugen sie über die Straße hinweg.

Nur Augenblicke später landete Lorena vor dem Mau Mau. Eigentlich hatte die Bar schon geschlossen, doch der Barkeeper und die anderen Angestellten waren noch dabei, aufzuräumen und zu putzen, und es standen noch einige Stammkunden mit ihrem letzten Bier vor der offenen Tür. Lorena betrachtete die Besucher mit ihren scharfen Nachtmahraugen, denen kein Detail verborgen blieb. Zwei schieden sofort aus. Sie sahen vielleicht nicht mal so schlecht aus, doch allein ihre Haltung verriet, wie viele Komplexe sie zu verbergen versuchten. Nein, mit so etwas wollte sie sich nicht belasten.

Der dritte Kerl war schon interessanter. Ein großer, sehniger Typ mit dunklen Augen und schwarzem Haar, dessen Gene vermutlich einen Mix aus diversen Ländern bildeten. Sein Blick war offen, und er schien auch nicht zu sehr betrunken. Ja, der könnte etwas sein. Lorena trat aus den Schatten, fixierte den Mann und ging dann direkt auf ihn zu.

Sie hatte bereits gewonnen, noch ehe ihre Hände ihn berührten und über seinen durchtrainierten Oberkörper strichen. »Ich hoffe, du hast heute Nacht noch nichts vor?«, gurrte sie.

»Jetzt schon«, antwortete er, legte seine Arme um ihre Taille und küsste sie. Er schmeckte nach Rauch und nach Bier, aber er entfachte ein Feuer in ihrem Bauch und ließ auf mehr hoffen.

»Komm mit mir«, forderte sie ihn auf. »Du darfst mir heute Nacht dienen. Streng dich an! Ich bin anspruchsvoll.«

»Ich auch«, erwiderte er. »Es ist ein Geben und Nehmen!«

Sein selbstbewusster Blick gefiel ihr. Das sollte eine spannende Nacht werden, an deren Ende es nur Gewinner geben würde.

Kapitel 3

FLUCHT

»Du bist wunderschön!«, hauchte der junge Mann, der kein Auge von dem atemberaubenden Wesen abwenden konnte. War das wirklich eine Frau? Eine ganz normale Frau?

Nein, normal war an ihr gar nichts. Sie glich nicht einmal entfernt auch nur einer der Frauen, die er in seinem Leben bislang gesehen hatte. Sie war sogar noch viel schöner als die nackten Models in den Magazinen, die er sich früher heimlich gekauft und sorgfältig vor den neugierigen Augen seiner Mutter verborgen gehalten hatte.

»Hallo Ben«, sagte sie mit einer so betörenden Stimme, dass ihm ganz schwindelig wurde.

»Du bist schön«, stieß er hervor. »So wunderschön!«

Sie lachte, doch es klang ein wenig traurig. »Ja, aber was nützt es, wenn es niemand gibt, der das sieht?«

»Warum sperrt man dich hier ein?«, wollte er wissen.

Lucy warf ihre langen Locken zurück und sah ihn aus ihren tiefblauen Augen an, die ihn nun sicher sein ganzes Leben lang im Schlaf verfolgen würden. »Wenn du es nicht weißt, ich weiß es auch nicht. Jahr für Jahr hält man mich hier gefangen, ohne dass ich je einem Menschen ein Leid zugefügt hätte.«

»Das ist ja schrecklich!«, stieß Ben hervor.

»Ja, das ist es«, bestätigte das wundervolle Wesen mit einem Schmerz in ihrem schönen Antlitz, dass ihm das Herz in der Brust wehtat. »Du kannst dir nicht vorstellen, wie einsam und unglücklich ich hier bin. Keiner spricht mit mir, keiner vertreibt mir die endlosen Stunden tödlicher Langeweile.«

»Wenn es dir gefällt, können wir uns gern noch ein wenig unterhalten«, sagte Ben mit seltsam trockener Stimme. »Die anderen kommen vor dem Morgengrauen ganz sicher nicht zurück.

»Wie lieb du bist!« Sie schlug ihre langen Wimpern nieder und sah ihn dann mit einem Blick an, dass er zusammenzuckte.

»Willst du nicht hereinkommen? Dann können wir uns doch viel besser unterhalten.«

»Nein, das geht nicht!« Erschrocken wich Ben einen Schritt zurück. »Ich darf die Tür unter keinen Umständen öffnen.

»Fürchtest du dich etwa vor mir? Ich bin hier angekettet. Was sollte ich dir tun können? Außerdem bin ich nur ein Mädchen, und du bist ein Mann!«

Sie schwieg und sah ihn nur unentwegt durch das kleine, vergitterte Fenster an. Ihre Worte sanken herab und setzten sich in seinem Geist fest.

Genau, sie hatte recht. Was sollte schon passieren, wenn er die Tür öffnete und ein wenig näher trat, um sie besser betrachten zu können. Sie würden reden, er würde ihr die Langeweile vertreiben, und sie würde ihn mit diesem wundervollen Lächeln belohnen. Ben nickte und kam wieder näher.

»Du hast recht!«

Lucy ließ den jungen Mann nicht aus den Augen. Sie wusste um die Macht ihres Blicks, dennoch war sie ein wenig erstaunt, als seine Hand den Riegel ergriff und ihn mit einem energischen Ruck zur Seite schob. Ein Schlüssel knirschte im Schloss. Dann schwang die eiserne Tür weit auf.

Er tut es wahrhaftig, frohlockte Lucy, die ihr Glück kaum fassen konnte. Nun war er ihr so nah, dass er sich ihrem Willen nicht mehr widersetzen konnte. Sie brauchte ihm nur noch befehlen, ihre Kette am Bein zu lösen und ihr alle Schlüssel zu übergeben, die zu den Türen passten, die noch zwischen ihr und der Oberfläche waren. Und dann war sie frei!

Der Gedanke schmeckte so köstlich, dass sich ihr Atem beschleunigte und ihr Blut in Wallung geriet. Lust flammte in ihr auf, die nichts mit der Aussicht auf Freiheit zu tun hatte. In ihrem Bauch glomm es heiß und strömte durch alle Adern. Lucy spürte, wie ihr Körper sich verspannte und zu zittern begann. Sie starrte diesen jungen, gut aussehenden Burschen an, der ihr Schlüssel zur Flucht war, und dennoch konnte sie sich nicht allein darauf konzentrieren. Das Verlangen war einfach zu groß! Lucy hatte diese Lust schon häufig durch ihren Körper fluten gespürt, vor allem in der Stunde zwischen Mitternacht und ein Uhr, wenn sie sich zum Nachtmahr wandeln musste, doch nie hatte es sie so heftig ergriffen wie in diesem Moment, da sie es am wenigsten gebrauchen konnte.

Du musst hier raus, das ist das Wichtigste! Wenn du erst einmal frei bist, kannst du dir Männer jagen, so viele du willst.

Ja, schon, aber dieser ist jetzt hier, und was schadet es, wenn ich erst ein wenig Spaß mit ihm habe, ehe ich mich davonmache? Die Nacht ist noch jung. Die anderen werden erst in Stunden aus Las Vegas zurückkommen.

Lucy hob langsam die Hand und krümmte den Zeigefinger. »Komm zu mir, mein Hübscher!«

Wie an unsichtbaren Fäden gezogen, tappte Ben auf sie zu. Sein Blick wurde glasig. »Was kann ich für dich tun? Oh, du bist so herrlich. Darf ich dich berühren? Nur ein einziges Mal?«

Seine bettelnde Stimme stieß sie ab, doch sie lächelte ihn weiter an. »Aber ja, komm zu mir, und zeig mir, dass du ein Mann bist!«

Lucy wusste selbst nicht recht, was da über sie kam. Die Vorstellung in ihrem Kopf, was sie mit diesem Mann alles machen wollte, stammte nur aus Büchern und Filmen, die sie vor Jahren heimlich gesehen hatte. Es selbst getan hatte sie bisher nie. Wie auch? War sie nicht seit Jahren hier in diesem Verlies von allen Menschen isoliert? Und dennoch schien der Nachtmahr genau zu wissen, wie er vorgehen musste. Lucy riss Ben die Kleider vom Leib und schlüpfte dann aus ihrem Hemd und der weiten Hose, die ihre schönen Beine verhüllt hatte. Ben stöhnte, als er sie in ihrer vollen Schönheit nackt vor sich stehen sah. Sein Körper zeigte ihr deutlich, dass er mehr als bereit war, ihre Wünsche zu erfüllen.

Lucy schlang ihre Arme um seinen Hals und zog ihn zu sich herab. Ihre Lippen legten sich auf die seinen, die sich erwartungsvoll öffneten. Zum ersten Mal in ihrem Leben küsste sie wie eine erwachsene Frau, auch wenn das keiner hätte vermuten können. Ganz sicher jedenfalls nicht der Mann, der vor Verlangen stöhnte und seinen nackten Körper an ihren presste. Doch Lucy hatte nicht vor, ihn so schnell zu erlösen. Sie zog ihm ihre Fingernägel über die Haut und fuhr ihm mit der Zungenspitze die Schläfe entlang. Seine Finger schlossen sich um ihre Oberarme. Er war noch jung, aber bestimmt kein schwächlicher Junge! Lucy stöhnte vor Lust, als sich sein hartes Geschlecht gegen ihren Bauch drückte. Das

Mädchen Lucy wäre sicher behutsamer vorgegangen. Hätte sich schüchtern in das Neuland vorgetastet, doch der Nachtmahr wusste genau, was er begehrte. Sie stieß Ben heftig gegen die Brust, sodass er das Gleichgewicht verlor und ihre Arme losließ, dann griff sie nach seinem Handgelenk und zwang ihn zu Boden. Unter ihrem Blick streckte er sich willig aus und reckte ihr die Arme entgegen, als sie über ihn stieg und sich auf die Knie niederließ. Sein steifes Geschlecht berührte das ihre, das heiß pulsierend die Vereinigung forderte.

»Erlöse mich!«, bat er und stöhnte auf.

Seine Arme schlossen sich hinter ihrem Rücken, sein ganzer Körper wölbte sich ihr entgegen, doch sie ließ ihn noch ein wenig zappeln. Ihn und ihren eigenen Körper, der genauso nach Erlösung schrie.

Ganz langsam, als hätten sie alle Zeit der Welt, ließ sie sich tiefer sinken. Sie spürte den Widerstand und dann den Schmerz, doch er stachelte ihre Lust nur noch mehr an. Sie presste ihr Gesäß gegen ihn, hob es wieder an, bewegte sich hin und her und dann in immer enger werdenden Kreisen. Dabei lauschte sie seinem Stöhnen und seinem Atem, der wie ihr eigener immer schneller wurde. Er packte sie und zwang sie in einen hastigen Rhythmus, dem sie willig folgte, denn ihr Blut peitschte in heißen Stößen durch ihre Adern.

Lucy warf den Kopf in den Nacken, dass ihre blonden Locken flogen. Sie riss die Augen weit auf und schrie in höchster Lust, als er unter ihr zu zucken begann und sich in sie ergoss. Ben erschlaffte. Seine Arme sanken kraftlos herab. Mit verträumtem Blick sah er zu ihr hoch.

»Lucy, das war das Schönste und Aufregendste, das ich je erlebt habe«, stieß er hervor. »Du bist wundervoll! Ich glaube, ich habe mich in dich verliebt. Wir müssen es auf alle Fälle wieder tun!«

Lucy erhob sich und griff nach ihrer Hose und dem Hemd. »Das glaube ich eher nicht«, sagte sie. »Du wirst jetzt etwas ganz anderes für mich tun. Gib mir die Schlüssel!«

Für einen Moment flackerte die Erkenntnis, was er getan hatte, in seinem Blick. Ben rappelte sich auf.

»Lucy, nein, das kann ich nicht tun. Die bringen mich um, wenn ich dich freilasse.«

Sie konnte die Angst riechen, die ihn überfiel, als er seine Kleider zusammenraffte und versuchte, die Tür zu erreichen, doch Lucy war schneller. Sie zog an ihrer Kette, und Ben stolperte darüber. Dann war sie schon über ihm und drückte ihn zu Boden. Er starrte sie erstaunt an. Eine solche Kraft passte nicht zu der zierlichen Gestalt der jungen Frau.

»Wenn du mich nicht freilässt, dann bringe ich dich um. Es macht also keinen großen Unterschied«, sagte sie kalt. Mit einer raschen Bewegung griff sie in sein Haar, hob seinen Kopf an und schlang die Kette um seinen Hals.

Ben starrte sie fassungslos an, umklammerte aber noch immer seine Hosen.

»Lass sie los!«, sagte Lucy leise und zog dann mit einem Ruck an der Kette. Ben stöhnte. Er japste nach Luft, doch Lucy war stark. Sein Kopf lief rot an, seine Augen traten hervor. Er konnte nicht mehr sprechen, doch Lucy verstand seine unausgesprochene Frage auch so.

Warum? Warum tust du mir das an? Wie kannst du erst solchen Sex mit mir haben und mich dann kaltherzig überfallen? Du bist ein Mädchen!

»Irrtum, du dummer Junge, ich bin ein Nachtmahr, und

ich vergelte nur, was du und deinesgleichen mir angetan haben.«

Sein Blick glitt zur Seite, seine Arme wurden schlaff. Als sein Kopf nach hinten sackte, ließ Lucy die Kette los und griff nach seinen Kleidern. Bens Hinterkopf knallte auf den Steinboden. Reglos lag er da. Blut färbte sein Haar und breitete sich zu einer immer größer werdenden Lache aus, doch das kümmerte Lucy nicht. Fieberhaft durchsuchte sie die Taschen, bis sie einen kleinen Bund Schlüssel in den Händen hielt. Der Kleinste musste zu ihrer Fessel am Bein passen. Lucy hielt den Atem an. Ihre Finger zitterten so, dass sie mehrere Versuche brauchte, den Schlüssel in das Schloss zu schieben. Mit einem Klacken klappte der Metallring um ihren Knöchel auf. Lucy sprang hoch. Den Schlüsselbund in den Händen, stürzte sie aus der Kammer in den Vorraum. Dem Bewusstlosen gönnte sie keinen weiteren Blick. Sie wusste nicht, wie schwer er sich verletzt hatte, ja, ob er überhaupt noch lebte, aber das interessierte sie im Moment auch nicht. Krachend fiel die Tür hinter ihr ins Schloss. Jetzt, nachdem ihr Trieb für den Augenblick befriedigt war, dachte sie nur noch an ihre Freiheit. Ihre Instinkte wiesen ihr den Weg. Die nächste Tür war ebenfalls abgeschlossen, doch einer der Schlüssel passte. Sie entließ Lucy in einen langen, finsteren Gang, der am Fuß einer Treppe endete. Lucy hetzte die Stufen hinauf. Im Laufen riss sie die verwaschene blaue Hemdbluse herunter, sodass sie nun nur noch Hose und ein Trägerhemdchen trug. Die Bluse schlang sie sich um die Hüften.

Endlich erreichte sie das Ende der Treppe, und wieder versperrte ihr eine eiserne Tür den Weg, doch sie konnte die Freiheit bereits riechen und den frischen Hauch des Nachtwinds auf ihrer nackten Haut spüren. Fieberhaft schob sie den Schlüssel ins Schloss und drehte ihn um. Die Tür schwang auf. Ein mächtiges Brausen empfing sie. Lucy trat auf einen schmalen Gittersteg hinaus, der direkt an der Felswand zu kleben schien. Sie stand am Rand einer Schlucht. Senkrecht fielen die nackten Steinwände ab. Lucy schmeckte Staub und den feinen Sprühnebel von Wasser auf der Zunge. Unter ihr schoss ein breiter Strom das Felsental hinab, während sich zu ihrer Linken eine Betonmauer erhob, die bis in den Himmel zu reichen schien. Für einen Moment hielt Lucy verwirrt inne. Was war das? Wo war sie gelandet?

Die glatte Wand spannte sich konkav gewölbt von einer Felswand zur anderen. Eine Talsperre? Ja, und was für eine. So etwas Riesiges hatte Lucy noch nie gesehen, doch sie ahnte nun, wo sie sich befand. Hatten die Männer nicht in Las Vegas Silvester feiern wollen? Wenn sie vorhatten, innerhalb dieser Nacht mit dem Wagen hin- und herzufahren, konnte die Stadt nicht weit entfernt sein. Was bedeutete, dass dieses riesige Stauwerk der Hoover Damm sein musste und dass unter ihr der Colorado River floss. Sie hatte es geschafft. Sie war endlich frei! Lucy riss sich von dem Schauspiel zu ihren Füßen los. Mit einem kaum merklichen Anspannen ihrer Schulterblätter entfaltete sie ihre Schwingen, dann drückte sie sich mit beiden Füßen ab und schoss mit einem Jauchzen in die Luft.

Frei! Sie war endlich frei!

Lucy ließ sich fallen und segelte dicht über dem rauschenden Wasser des Colorado hinweg, der schäumend nach Südwesten dem Pazifik zufloss, dann schlug sie ein paar Mal mit den hauchdünnen Schwingen und schraubte sich in die Höhe, nur um sich dann wieder fallen zu lassen, eine enge Kurve zu drehen und auf die Staumauer zuzufliegen. So kräftig sie konnte, peitschte sie ihre Schwingen durch die Luft, dass ihr Körper nur wenige Meter vom Damm entfernt senkrecht in die Höhe schoss. Sie jauchzte vor Vergnügen, als sie die Kante erreichte und noch immer an Höhe gewann. Ihr Blick glitt über den riesigen Stausee und die schroffen Berge, die ihn umrahmten. Über ihr blitzte der Sternenhimmel, während im Westen plötzlich bunte Lichter in den Himmel stiegen. Silbern, golden, rot, blau und grün. Immer mehr funkelnde Sterne sprühten in den Himmel. Die glitzernde Wüstenstadt begrüßte überschwänglich das neue Jahr. Lucy hielt in der Luft inne und wandte sich dem Spektakel zu.

Willkommen im neuen Jahr, gratulierte sie sich selbst. *Es wird ein ganz wundervolles werden!,* dachte sie und spürte, wie eine Welle von Glück sie überspülte.

Für Lorena endete das alte Jahr mit einem unerwarteten Gespräch. Sie hatte sich den ganzen Dezember über nicht häufig an ihrem Arbeitsplatz blicken lassen und stattdessen ihre restlichen Urlaubstage verbraucht. Natürlich stand ihr der Urlaub zu, doch es war nicht üblich, dass die Wertpapierhändler der HSBC in der Londoner City zum Jahresende hin freinehmen durften. Oft ging es an den Börsen zum Jahreswechsel noch einmal turbulent zu, und außerdem dachte Mr. Holwood, die Weihnachtsfeiertage seien Belohnung genug. Wozu noch Urlaub? Überhaupt schien er der Meinung zu sein, es sei eine so große Ehre, unter ihm dienen zu dürfen, dass sich jeder Mitarbeiter zu glücklich schätzte, um überhaupt den Wunsch nach Urlaub zu hegen, das sagte zumindest David, als sein Urlaubsantrag wieder einmal abgelehnt wurde.

»Lorena, wie machst du das nur?«, erkundigte er sich bei

seiner Kollegin, wehrte dann aber ab, ehe sie auch nur ein Wort sagen konnte. »Nein, schweig, vermutlich will ich das gar nicht wissen. Lass mir mein unschuldiges Gemüt.«

Lorena knuffte ihn in die Seite. »He, was unterstellst du mir? Nein, ich habe mir nicht Mr. Holwoods Gunst auf irgendeine unredliche oder unmoralische Weise erworben. Das denkst du doch nicht ernsthaft von mir?«

David schien zu überlegen, dann schüttelte er den Kopf. »Nein, ich denke, den kann man sich nicht einmal für ein Dutzend Urlaubstage im Dezember schöntrinken.«

Lorena kicherte. »Wie kannst du nur so respektlos von unserem hochverehrten Chef sprechen?«

»Wer ist hier respektlos?«, mischte sich ihre Kollegin Alice ein. Sie tauchte hinter den zahlreichen Monitoren auf, die die Kurse der wichtigsten Aktien und Devisen an den verschiedenen Börsen rund um die Welt anzeigten. Sie strich sich ihr leuchtend rotes Haar aus dem Gesicht und schenkte ihrem Kollegen einen Augenaufschlag. David tauschte einen raschen Blick mit Lorena, der ihr deutlich zeigte, wie sehr ihn Alices Auftritt begeisterte, obgleich die Kollegin eine wirkliche Augenweide war.

»Nichts Wichtiges«, murmelte er. »Ich wollte mir gerade ein Sandwich holen. Kommst du mit, Lorena?« Die beiden entfernten sich rasch, ehe sich Alice ihnen anschließen konnte.

»Was hast du eigentlich die ganzen Urlaubstage getrieben?«, erkundigte sich David, als sie in den Aufzug stiegen. »Gab es so viele Weihnachtsgeschenke zu besorgen?«

»Wohl kaum«, wehrte Lorena ab. »So viel bekommt mein Kater nicht, und die Mitglieder meiner Familie sind seit Langem sehr überschaubar geworden. Meine Großmutter lebt in einem Pflegeheim bei Hamburg und meine Tante, bei der ich während meiner Highschoolzeit in den Ferien gewohnt habe, in Oxford.«

»Und was ist mit Jason?«, erkundigte sich David vorsichtig. »Du hast lange nicht mehr über ihn gesprochen, und ganz ehrlich, ich vermisse das glückliche Funkeln in deinen Augen. Du wirkst stattdessen so angespannt.«

Lorena wunderte sich wieder einmal über die gute Beobachtungsgabe ihres Kollegen. Sie mied seinen Blick, als sie ihm antwortete: »Ich habe mich von Jason getrennt.«

»Was?«

Die Tür öffnete sich, und die beiden durchquerten die pompöse Halle des riesigen Glaskastens. Eine Drehtür entließ sie in den nasskalten Londoner Wintertag. Es regnete leicht.

»Du hast *ihm* den Laufpass gegeben?«

»Ja«, sagte Lorena leise.

David schüttelte verständnislos den Kopf. »Aber wie das? Du bist über beide Ohren in ihn verliebt, das kannst du nicht leugnen, denn ich würde es dir nicht glauben. Was um alles in der Welt hat er angestellt?«

»Nichts«, sagte Lorena unglücklich. *Außer sich für mich ein Messer in die Schulter rammen zu lassen.*

»Dann verstehe ich das nicht. Das musst du mir erklären.«

»Lass es sein. Ich möchte nicht darüber sprechen.«

David orderte ein Sandwich mit Truthahn und biss in das weiche Brot. Sie aßen schweigend, während sie eilig in das Gebäude zurückkehrten. Der Tag lud nicht dazu ein, länger als nötig im Freien zu verbringen. Gemeinsam fuhren sie wieder in den fünfzehnten Stock hoch, den die HSBC mit ihren Abteilungen für Aktien- und Derivatehandel belegte.

»Und, gibt es noch eine Chance, dass ihr beiden wieder zusammenkommt?«, wagte David zu fragen, ehe die Aufzugstür sich öffnete.

Lorena schüttelte heftig den Kopf und blinzelte eine Träne weg. »Nein«, sagte sie heftig.

David holte tief Luft, doch ehe er etwas dazu sagen konnte, kam Alice auf sie zu. Sie streifte David mit einem Lächeln und sah dann Lorena an. Ihr triumphierender Blick verhieß nichts Gutes.

»Da seid ihr ja endlich.«

»Wir waren nicht einmal zwanzig Minuten weg«, protestierte David.

»Und dennoch hat Mr. Holwood zweimal nach dir gefragt, liebe Lorena, und er schien mir gar nicht erfreut darüber, dass du nicht an deinem Platz bist.«

»Lorena hat das Recht auf eine Mittagspause, wie jeder andere Mitarbeiter auch«, schimpfte David.

»Möchtest du das Mr. Holwood sagen?«, erkundigte sich Alice honigsüß. Wie sie das genoss! »Er ist in seinem Büro. Du kannst Lorena ja begleiten, um ihr das Händchen zu halten, wenn sie sich das anhört, was ihr der Chef zu sagen hat. Er schien mir in keiner guten Stimmung zu sein«, frohlockte sie.

David schüttelte über so viel Schadenfreude fassungslos den Kopf. »Es erstaunt mich doch immer wieder, wie viel Gift eine einzige Person versprühen kann.«

»Und mich erstaunt immer wieder, wie blind ein Mann sein kann«, schoss Alice zurück.

»Warum? Weil ich dir nicht zu Füßen liege und mich von dir nicht ausbeuten lasse, wie so manch anderer Kollege? Weil ich mich stattdessen mit Menschen abgebe, die Charakter haben?«

»Geh doch zum Teufel«, zischte Alice. »Aber eines kann ich dir garantieren, du darfst dich schon mal von deiner Lorena verabschieden!«

Sie rauschte davon. Lorena und David wechselten besorgte Blicke. »Meinst du, sie hat recht? Vielleicht hat sie gelauscht und irgendetwas gehört?«

Lorena sah ihren Kollegen verstört an. »Ich habe es befürchtet. Oh nein, ich brauche diesen Job. Ich muss die Heimkosten für meine Großmutter bezahlen, und glaube mir, so etwas ist in Deutschland nicht billig!«

»Sie muss sich irren«, versuchte David, Lorena zu beruhigen. »Oder hast du irgendetwas ausgefressen? Ist dir irgendein großer Deal in die Hose gegangen?«

Lorena schüttelte den Kopf. »Nein, das nicht, aber ich war fast zwei Wochen nicht da.«

»Moment mal, er kann dir nicht erst Urlaub genehmigen und dich dann deswegen an die Luft setzen.«

»Bist du dir sicher?«

David zog eine klägliche Grimasse. »Bei dem bin ich mir leider bei gar nichts sicher.«

Die beiden durchquerten das Großraumbüro. Widerstrebend näherte sich Lorena der geschlossenen Tür, hinter der ihr Chef saß. Das würde unangenehm werden. Sie konnte es spüren.

»Ich kann leider nicht mit reinkommen«, entschuldigte sich David.

»Nein, natürlich nicht …« Lorena seufzte und hob gerade die Hand, um anzuklopfen, als die Tür aufgerissen wurde.

Mr. Holwood stand im Rahmen und starrte sie an. »Da sind Sie ja endlich«, sagte er. »Kommen Sie herein. Ich habe Sie schon überall gesucht.«

Lorena warf David noch einen letzten Blick zu, dann folgte sie ihrem Chef in sein Büro und schloss hinter sich die Tür.

Mr. Holwood kehrte nicht zu seinem riesigen schwarzen Schreibtisch zurück, um sich dahinter zu verschanzen, wie er es sonst tat, wenn er jemandem die Leviten zu lesen gedachte. Er trat zu der ledernen Sitzecke, die direkt vor den bodentiefen Fenstern stand, durch die man einen fantastischen Blick über die Londoner City bis hinunter zur Themse hatte. Zu Lorenas Überraschung waren sie nicht allein. Ein Mann in einem gut sitzenden schwarzen Anzug erhob sich, reichte ihr aber nicht die Hand.

»Gray«, stellte er sich mit angenehm tiefer Stimme vor, »Harrison Gray. Und Sie sind Miss Rittner, nehme ich an.«

»Stimmt, ich bin Lorena Rittner«, bestätigte sie und erwiderte seinen Händedruck. Er war kräftig, doch nicht so fest, dass er ihr wehgetan hätte.

»Setzen wir uns doch«, sagte Mr. Holwood beflissen und lächelte. Schon das allein war seltsam und ließ Lorena hoffen, dass es hier doch nicht um ihre Entlassung ging. Sie ließ sich in den Ledersessel sinken und warf Mr. Gray einen verstohlenen Blick zu. Er war sehr groß, sein dunkles Haar militärisch kurz geschnitten, Wangen und Kinn sorgfältig rasiert. Sie ahnte einen durchtrainierten Körper unter dem Maßanzug und konnte – ganz im Gegensatz zu Mr. Holwoods ausladender Mitte – nicht einmal den Ansatz eines Bauchs entdecken, obwohl sie Mr. Gray auf vierzig oder älter schätzte. Nicht, dass sein Gesicht irgendwelche Falten aufwies oder sie auch nur ein graues Haar entdecken konnte. Es war einfach die Lebenserfahrung, die er mit seiner Gelassenheit ausstrahlte.

Lorena war so mit der Betrachtung ihres Gegenübers beschäftigt, dass sie fast nicht mitbekam, was Mr. Holwood sagte. Erst bei dem Satz: »Ich bedaure es sehr, dass Sie uns verlassen«, schreckte sie auf.

»Was?« Lorena blinzelte. »Ich verstehe nicht«, stotterte sie.

Sie sah, wie ein Lächeln über Mr. Grays Gesicht huschte, während Mr. Holwood eher verärgert wirkte.

»Ich sagte, Mr. Gray hat es sich in den Kopf gesetzt, Sie unserer Abteilung wegzunehmen. Sie werden ab Januar für ihn draußen in der Canary Wharf arbeiten.«

Lorena starrte erst Mr. Gray und dann Mr. Holwood an. »Warum?«, fragte sie verwirrt. »Wie kommen Sie darauf?«

Mr. Gray lachte, während Mr. Holwoods Miene noch düsterer wurde.

»Sie scheinen nicht erfreut, das zu hören, Miss Rittner«, sagte Mr. Gray. »Dabei dachte ich, alle Mitarbeiter hier würden sich die Finger danach lecken, dieses – verzeihen Sie – heruntergekommene Haus verlassen zu können und stattdessen draußen auf der Isle of Dogs im berühmten HSBC Tower zu arbeiten.«

»Ja, schon«, sagte sie zögernd, »doch ich bin hier mit meiner Arbeit ganz zufrieden und verstehe mich gut mit den Kollegen …« *Nun ja, nicht gerade mit Alice, dafür mit David umso besser.*

Mr. Holwood wischte diesen Einwand mit einer ungeduldigen Handbewegung beiseite. »Unsinn. Sie werden befördert, Miss Rittner, ist Ihnen das nicht klar? Sie bekommen einen neuen Aufgabenbereich mit mehr Verantwortung, und es wird sich natürlich finanziell für Sie lohnen: Ich denke, wir sprechen hier von zwanzigtausend Pfund mehr im Jahr!«

»Oh, danke«, sagte Lorena schwach und hatte dabei das

Gefühl, dieser Umstand ärgerte Mr. Holwood, statt dass er sich für sie freute. Und auch ihre eigenen Gefühle waren eher verwirrt als freudig. Woher kam dieses Angebot? Warum wollte Mr. Gray ausgerechnet sie? Wie war er auf sie aufmerksam geworden? Natürlich war mehr Geld immer gut, aber was würde sie dafür tun müssen?

»Ich fühle mich geehrt, Mr. Gray«, sagte sie höflich, »doch worin werden meine neuen Aufgaben bestehen? Ich werde sicher noch viel lernen müssen.«

Er winkte ab. »Ihre Arbeit wird sich nicht so sehr von der unterscheiden, die Sie die vergangenen Jahre verrichtet haben. Sie handeln mit Wertpapieren und Derivaten, nur dass es in diesem Fall um einen neuen Fonds geht und nicht um verschiedene Kunden. Zwei Kollegen wiederum sind dann dafür zuständig, die Fondsanteile anzubieten.«

Lorena nickte. Das hörte sich nicht zu kompliziert an, dennoch verstand sie noch immer nicht, warum man sie ausgewählt hatte und ihr auch noch so viel mehr Geld anbot.

Dann kann ich Jason unterstützen, huschte es durch ihre Gedanken, nur um sich sogleich zu korrigieren. Nein, sie war nicht mehr mit Jason zusammen. Er würde kein Geld von ihr annehmen.

Mr. Holwood erhob sich. »Gut, dann wäre das geklärt. Ich würde sagen, Sie unterschreiben die Verträge und machen an Ihrem Schreibtisch klar Schiff. Nächste Woche melden Sie sich dann draußen im Mutterhaus bei Mr. Gray.«

Auch Mr. Gray stand auf und reichte Lorena noch einmal die Hand. »Ich freue mich auf unsere Zusammenarbeit. Kommen Sie Montag gegen neun direkt zu mir in den vierzigsten Stock hoch. Dann zeige ich Ihnen alles und stelle Sie Ihren Kollegen vor.«

»Danke«, sagte Lorena und sah ihm in die Augen. Er erwiderte ihren Blick, und sie spürte, wie sie sich ein wenig entspannte. Mit Mr. Gray konnte man vielleicht besser auskommen als mit Mr. Holwood. Nur David würde sie vermissen. Sie musste es ihm schonend beibringen. Die Aussicht, ihn zu verlieren, schmerzte sie. Sie hatte nicht gerade viele Freunde, und David war zu einem Vertrauten geworden, der jeden Arbeitstag schöner machte.

Während Lorena ihren Namen unter die Verträge setzte, überlegte sie, ob es für den neuen Fonds vielleicht noch mehr Stellen zu besetzen gäbe. Das würde sie nächste Woche in Erfahrung bringen und Mr. Gray David als geeigneten Kandidaten vorschlagen. Diese Aussicht gefiel ihr. Mit einem Lächeln verließ Lorena das Büro und kehrte zu ihrem Schreibtisch zurück. Sie hatte noch nicht auf ihrem Stuhl Platz genommen, als sich Alice näherte und mit einer Miene falscher Betroffenheit fragte: »Und? Wie ist es gelaufen?«

Lorena mühte sich um eine ernste Miene und zuckte mit den Schultern. »Wie erwartet. Mir bleibt nur noch, meinen Schreibtisch auszuräumen und morgen für alle einen auszugeben.«

Alice blinzelte. »Was? Im Ernst?«

»Ich dachte, du hast damit gerechnet, dass ich hier nicht mehr länger arbeite«, erinnerte sie Lorena.

»Ja, schon, nein, ich meine … Er hat dich wirklich gefeuert?« Sie war verwirrt, und Lorena konnte den Widerstreit ihrer Gefühle an ihrer Miene ablesen. Sie wartete, bis die Schadenfreude die Oberhand gewann.

»Das ist nicht wahr!«, rief David, der mit erschrockenem Gesichtsausdruck zu ihr trat. »Sag, dass du uns auf den Arm nimmst.«

Lorena kostete den Augenblick aus, ehe sie verkündete: »Nein, es stimmt. Ich arbeite ab Montag nicht mehr hier. Ich wechsle in den Tower auf die Dogs rüber.«

David starrte sie an, dann strahlte er. »Du bist befördert worden? Herzlichen Glückwunsch!« Er umarmte sie und wandte sich dann zu Alice um. »Willst du Lorena nicht auch gratulieren?«

Alice starrte sie an, als habe sie auf eine Zitrone gebissen. »Glückwunsch«, presste sie hervor, doch Lorena kam es vor, als wäre sie beinahe an dem einen Wort erstickt.

Kapitel 4

JASON

Die Maschine des Councillors setzte sanft auf dem Rollfeld vor den Toren von Las Vegas auf. Die Bremsen griffen, und er fühlte den Druck des Gurts an seinem Bauch. Der Jet rollte an seinen zugewiesenen Platz, das Dröhnen der Maschinen verebbte.

»Willkommen in Las Vegas«, ertönte die Stimme des Piloten durch den Lautsprecher. Ein großer schwarzer Wagen näherte sich, um den Duke of Roxburgh und seine beiden persönlichen Begleiter aufzunehmen. Die anderen würden mit einem zweiten Wagen folgen.

»Kommen Sie zur großen Party, Governor?«, begrüßte ihn der mächtige Schwarze, der hinter dem Steuer saß. Winston Campbell runzelte lediglich die Stirn.

»Die Silvesterparty!«, legte der Schwarze nach. »Es ist die größte Feier der ganzen Welt. Alle sind auf den Beinen. Tausende Besucher sind bereits in der Stadt. Niemand will sich das Spektakel entgehen lassen. Las Vegas versteht es zu feiern, das kann ich Ihnen versichern!«

»Fahren Sie mich zum Damm«, sagte der Councillor. Seine Stimme war leise, doch der Hüne zog ein wenig den Kopf ein.

»Wie Sie wünschen, Duke. Sie haben Glück, dass der Airport hier im Süden der Stadt liegt, da müssten wir ganz gut durchkommen. In der City geht heute gar nichts mehr.

Der Strip ist bereits gesperrt. Mit dem Auto kommen Sie da heute Nacht nicht mehr durch.«

Der Councillor nickte nur schweigend und unterband damit den Redefluss des Chauffeurs. Der Schwarze presste seine Lippen zusammen und konzentrierte sich auf die Straße. Stille senkte sich herab, die nur durch das sanfte Summen des Wagens durchbrochen wurde, während dieser dem Highway 93 nach Osten folgte. Plötzlich stieg eine erste Silvesterrakete auf und zerbarst Funken sprühend. Goldene Sterne regneten herab, doch keiner der Männer im Wagen sagte etwas.

Winston Campbell brütete noch immer darüber nach, was er dem Mädchen, das nicht Eclipse war, sagen sollte, um sie dorthin zu dirigieren, wo er sie haben wollte. Konnte das funktionieren? Trug sie überhaupt die Macht in sich? Er glaubte, sich zu erinnern, sie gespürt zu haben, doch vielleicht war er zu leichtgläubig gewesen. Vielleicht hatte er sich zu sehr auf die Beteuerungen seiner Warrior verlassen, die sie ihm gebracht hatten. Er schalt sich selbst nachlässig, dass er ihnen geglaubt und es nicht selbst nachgeprüft hatte. Nun hatte er den Vorsprung, den er sicher geglaubt hatte, wieder eingebüßt.

Vielleicht war noch nicht alles verloren. Der Plan, der während des Flugs in ihm gereift war, gefiel ihm. Und dennoch plagte ihn ein seltsames Gefühl. Eine ungewohnte Unruhe ergriff ihn, so als wolle eine Ahnung ihn warnen.

Wieder stieg eine Rakete auf und teilte sich in blaue und grüne Sterne. Winston Campbell sah zu den flüchtigen Lichtern auf, die so plötzlich, wie sie am Himmel aufgetaucht waren, wieder verloschen. Mit einem Ruck beugte er sich zu seinem Fahrer vor.

»Fahren Sie schneller, los, drücken Sie aufs Gas!«

Der hünenhafte Schwarze drückte das Pedal durch, sodass der Wagen mit einem Ruck beschleunigte und dann in einem Höllentempo über den Highway schoss. Natürlich brachen sie jedes Tempolimit, doch wenn der Duke es befahl, war es nicht an seinem Chauffeur, die Anweisung infrage zu stellen. Vielleicht war die Polizei von Nevada heute Nacht zu sehr damit beschäftigt, die feierlustigen Menschen in Las Vegas unter Kontrolle zu halten. Würde sie es überhaupt wagen, einen Duke of Roxburgh aufzuhalten?

Sie trafen auf keine Polizeikontrolle. Der Chauffeur bremste den Wagen erst, als sie sich dem Colorado näherten. Eine schmale Straße verließ den Highway und führte sie in einer weiten Schleife direkt zum Hoover Dam. Die schwarze Limousine fuhr gerade auf die befestigte Dammkrone hinaus, als im Westen das Silvesterspektakel begann. Der Himmel zuckte in allen Farben, funkelte und blitzte, während das Krachen der Explosionen lediglich zu erahnen war.

»Halten Sie an!«, befahl der Councillor. »Sofort!«

Der Chauffeur trat auf die Bremse, und der Wagen blieb mit quietschenden Reifen stehen. Winston Campbell riss die Tür auf und sprang hinaus. Verwirrt wechselten seine Begleiter Blicke und folgten ihm dann nach. Der Councillor hastete zur Brüstung und starrte in die Dunkelheit. Sein Blick galt nicht den aufsteigenden Silvesterraketen, zu denen seine Männer mit kindlichem Staunen aufsahen. Er glaubte, etwas anderes gesehen zu haben, das er hier nicht zu Gesicht bekommen wollte. Seine Hände ballten sich zu Fäusten. Das durfte doch nicht wahr sein!

»Meine Tasche!«, bellte er.

Grant, einer seiner beiden Attendanten, riss sich vom Anblick des funkelnden Himmels los und eilte zum Kofferraum des Wagens. Er riss den Deckel auf und wollte die Tasche herausnehmen, als der Duke bereits neben ihm stand. Er öffnete den Verschluss und nahm einen Gegenstand heraus, der hier an diesem Ort seltsam unpassend erschien, doch keiner der Männer wagte zu fragen. Sie standen nur stumm da und starrten den Councillor an, der wieder an die Brüstung trat, mit einer routinierten Bewegung die Armbrust spannte und sie dann anlegte …

Lorena dachte über ihren ersten Arbeitstag in ihrer neuen Abteilung nach, während die U-Bahn Richtung Notting Hill ratterte. Sie wurde durchgerüttelt, doch ihr Körper war es gewohnt, die Bewegungen der veralteten Bahn auszugleichen, ohne sie in ihren Gedanken zu stören. Lorena versuchte, ihre Gefühle zu sortieren. Natürlich war es beeindruckend dort draußen in der Canary Wharf in einem der höchsten Gebäude Großbritanniens im vierzigsten Stock mit einem Ausblick über die Themse und die Docks zu arbeiten. Mr. Gray hatte sich auch bemüht, ihr ihren ersten Tag angenehm zu gestalten und sie bei der Einarbeitung zu unterstützen. Dennoch nagte ein ungutes Gefühl in ihr. Das eine betraf die beiden Kollegen, mit denen sie diesen Fonds betreuen sollte. Sie waren ihr schon bei ihrer ersten Begegnung unsympathisch gewesen. Da war etwas Kaltes, Lauerndes in ihren Blicken, mit denen sie Lorena abschätzend musterten. Wollten sie nicht mit einer Frau zusammenarbeiten, oder hielten sie sie für nicht erfahren genug in diesem Geschäft?

Lorena wusste es nicht. Die beiden hatten nichts gesagt oder getan, das gegen normale Höflichkeit unter Kollegen verstoßen hätte, dennoch fühlte sie sich in ihrer Gegenwart nicht wohl.

Kein guter Anfang. Lorena konnte nur hoffen, dass sich das mit der Zeit legte. Doch die neuen Kollegen waren nicht das Einzige, was ihr auf den Magen schlug. Mr. Gray hatte ihr das Geschäftsmodell für den neuen Fonds erklärt, der »an ganz spezielle Kunden« verkauft werden sollte. Lorena spürte, wie ihr übel wurde, wenn sie an seine Worte dachte. Fast fühlte sie Erleichterung, dass sie Jason nun nicht mehr erklären musste, worin ihr neuer Job bestand. Sie konnte seine entsetzten Worte in ihrem Geist hören: Zocker und Aasgeier waren vermutlich noch die harmlosen Bezeichnungen, die er für solche Leute hatte, die auf die Pleite von ganzen Staaten wetteten und diese in den Abgrund zu treiben suchten, die mit Nahrungsmitteln zockten und die Preise so in die Höhe trieben, dass sich die Menschen in den Ländern Afrikas und Lateinamerikas sie nicht mehr leisten konnten und hungern mussten. Fonds, die verschiedene Kredite immer wieder in neue Pakete schnürten, um die schlechte Bonität vieler Schuldner zu verschleiern, um so den hochriskanten Papieren einen sicher wirkenden Anstrich zu verleihen. So wurden ehrliche Menschen um ihre Ersparnisse gebracht, während die Fondsmanager und Banken immer reicher wurden!

Lorena versuchte, Jasons anklagende Stimme aus ihrem Kopf zu vertreiben. Sie hatte dort nichts mehr zu suchen. Und überhaupt. Was sollten diese Vorwürfe? Sie hatte weder diese Geschäftsmodelle erfunden noch sich auf diesen Job beworben. Sie war nur ein Rädchen, das die Anweisungen ihres Chefs befolgte und Wertpapiere und Optionen für den Fonds kaufte.

Aber nur mithilfe dieser vielen kleinen Rädchen, die nicht nachfragten, sondern einfach nur funktionierten, war es möglich, dass Hedgefonds so viele Menschen ins Unglück stürzten.

Noch immer Jasons Stimme im Ohr, verließ Lorena die U-Bahn und machte sich auf den Heimweg. Es war ein langer Arbeitstag gewesen und die Dunkelheit längst über London hereingebrochen. Lorena fühlte sich müde und ausgelaugt. Sie war froh, heute nicht mehr nach Gryphon Manor hinaus zu müssen, um ihre Übungsstunden mit den beiden Guardians fortzusetzen. Lorena hatte in den vergangenen Wochen viel gelernt, doch so manches Mal war sie der Verzweiflung nahe gewesen oder wusste nicht, wie sie in ihrer Erschöpfung auch nur noch einen weiteren Schritt vorwärts schaffen sollte. So war Lorena erleichtert, heute Nacht ruhen zu können und einfach nur die Beine hochzulegen. Sie würde ein Bad nehmen, noch ein wenig lesen oder fernsehen und dann ins Bett gehen. Heute Nacht würde sie sich nicht wandeln.

Lorena überlegte gerade, was ihr Kühlschrank noch hergeben könnte, als sie in die Portobello Road einbog und eine Gestalt auf der Treppe vor der Tür entdeckte. Sofort hellwach, fuhr sie zurück und suchte hinter einem parkenden Auto Deckung.

Da saß ein Mann auf ihrer Schwelle, den Kopf in die Hände gestützt. Die Haltung wirkte eher rührend als bedrohlich, dennoch war Lorena alarmiert. Wer war das, und was wollte er von ihr? Mr. Gordons Antiquitätenladen war um diese Uhrzeit längst geschlossen und ihr Vermieter daheim bei seiner Familie. Lorena hatte in den vergangenen Monaten gelernt, vorsichtig zu sein. Sie überlegte, was sie jetzt tun sollte, als sie spürte, wie ihr Herz einen ganz eigenen Rhythmus anschlug. Lorena blinzelte. Das war doch nicht möglich!

Vorsichtig pirschte sie sich zwei Autos näher heran, bis ihre Augen und ihr Geist ihr bestätigten, was ihr Herz ihr bereits verraten hatte.

Jason! Was um alles in der Welt tat er hier? Warum saß er auf ihrer Schwelle und wartete auf sie?

Lorena zögerte. Alles in ihr sehnte sich nach ihm. Sie wollte ihn in ihre Arme nehmen, ihn an sich drücken, seinen Geruch in sich aufsaugen und seine Stimme hören. Gerade weil ihre Sehnsucht so stark war, fürchtete sie um ihre Vorsätze, die doch so vernünftig und selbstlos waren.

Scheiß auf die Vernunft!

Lorena spürte, wie die Winterkälte ihre Beine hinaufkroch. Wenn sie nicht die ganze Nacht hier frierend auf der Straße verbringen wollte, musste sie sich ihm wohl oder übel stellen.

Ich kann stark bleiben! Ich habe es schon einmal geschafft.

Ja, und wozu? Willst du dich lieber in Selbstmitleid suhlen, statt Spaß mit ihm zu haben?

Sie ignorierte die Stimme des Nachtmahrs in sich und schritt forsch auf das Haus zu. »Guten Abend Jason, was für eine Überraschung«, sagte sie mit fester Stimme.

Er erhob sich, trat einen Schritt vor, hielt dann aber inne, ohne sie zu berühren. »Guten Abend Lorena.«

Für einige Augenblicke schwiegen sie und sahen einander mit hungrigen Blicken an.

»Wie geht es dir?«, erkundigte sie sich, als sie meinte, die Spannung nicht länger aushalten zu können.

Er zuckte mit den Schultern. »Falls du die Stichwunde

meinst, die ist verheilt. Ich wurde schon vor einer Woche aus dem Krankenhaus entlassen. Und der Rest: schlecht, mir geht es sehr schlecht. Ich fühle mich einsam. Ich vermisse dich, und ich habe meinen Platz im Orchester verloren, weil ich mit der Schulter vermutlich noch wochenlang nicht richtig Cello spielen kann.«

Lorena schluckte. Was konnte sie darauf sagen? Zumindest auf die schlechte Neuigkeit mit dem Orchester konnte sie eingehen.

»Was? Die haben dich gefeuert? Können die das so einfach? Nicht, wenn du verletzt bist und krankgeschrieben. Du hast doch einen Vertrag!«

»Ja, Verträge hat das Orchester auch. Im Winter gibt es viele Auftritte. Da müssen die Plätze mit guten Musikern besetzt sein.«

Was sollte sie daraufhin erwidern? Lorena stand noch immer auf der kalten, dunklen Straße und starrte ihn an.

»Darf ich mit hinaufkommen? Es ist kalt, und ich warte schon eine ganze Weile.«

Ja, natürlich, komm rauf, und fühle dich wie daheim.

Nein! Auf keinen Fall. Wie soll ich da stark bleiben?

»Aber sicher doch, wie unhöflich von mir. Komm herein! Was willst du trinken? Kaffee oder Tee oder soll ich einen Wein aufmachen?«

»Kaffee bitte.«

Jason folgte ihr die Treppe hinauf in ihre Wohnung. Es fühlte sich so vertraut an. Im Flur oben kam ihnen Finley maunzend entgegen. Der schwarz-weiß gefleckte Kater strich um Jasons Beine und begann zu schnurren.

»Hallo alter Junge«, begrüßte ihn Jason, beugte sich herab und strich über das weiche Fell.

Lorena riss sich von dem anheimelnden Bild los und ging in die Küche, um Kaffee zu kochen. Sie selbst setzte sich Teewasser auf.

»Du kannst schon mal ins Wohnzimmer vorgehen und dich setzen«, sagte sie betont locker und vermied es, ihn anzusehen, doch Jason blieb in der Küchentür stehen und beobachtete sie.

»Lorena, warum tust du mir das an? Ich liebe dich, und ich möchte mein Leben mit dir verbringen.«

Ihre Hände zitterten. Hastig setzte sie den Topf mit dem Wasser ab, ehe er ihr aus den Fingern glitt. »Es geht nicht, das habe ich dir doch erklärt.«

»Du bist ins Krankenhaus gekommen und hast mir irgendwelche verworrenen Dinge erzählt, dass es für mich zu gefährlich sei, mit dir zusammen zu sein, und dass du deshalb edelmütig auf mich verzichtest!«

»Genau so ist es«, sagte sie leise, ohne ihn anzusehen.

»Verdammt, Lorena, wenn du meinst, du müsstest dich für irgendetwas strafen und dafür leiden, dann ist das deine Sache, aber warum strafst du mich? Warum lässt du mich leiden?«

»Es geht eben nicht«, wehrte sie unter Tränen ab.

»Weil du mich nicht mehr liebst? Weil du meiner überdrüssig geworden bist?«

Nun wandte sie sich ihm doch zu und sah ihn aus weit aufgerissenen Augen an. »Nein, das darfst du nicht glauben! Ich liebe dich und würde alles dafür geben, wenn wir als ganz normales Paar zusammenleben könnten.«

Jason trat näher, bis er so dicht vor ihr stand, dass sie seinen Atem auf ihrer Wange spüren konnte, doch er berührte sie nicht.

»Dann tu es einfach!«

»Ich bin aber nicht normal, das weißt du.«

»Zum Glück bist du das nicht. Ist das nicht die ganz besondere Würze? Das große Abenteuer, das uns unser Leben lang in Atem halten wird?«

»Mit einem Nachtmahr zusammen zu sein ist ein gefährliches Abenteuer, das sehr schnell tödlich enden kann, hast du das in dieser Nacht nicht begriffen? Du bist nur knapp dem Tod entronnen. Vielleicht hättest du nächstes Mal nicht so viel Glück? Vielleicht könnte ich mich in unserer nächsten Liebesnacht nicht beherrschen und würde dich mit meinem Gift infizieren. Dann würdest du so enden wie Noah. Willst du das riskieren?«

Jason hielt ihrem Blick stand. »Lass mich überlegen. Es ist mein Leben, nicht wahr? Und ich bin erwachsen und kann selbst entscheiden, welches Risiko ich eingehen möchte. Ich brauche keinen Babysitter, der mich vor Unheil bewahrt, und daher sage ich dir: Ich will dich! Ich bin mir der Gefahr bewusst, aber sie schreckt mich nicht. Alles, was ich will, ist deine Liebe.« Er legte seine Hände auf ihre Arme, beugte sich vor und küsste sie.

Sie hatte sich so fest vorgenommen, nicht schwach zu werden, doch als seine Lippen die ihren berührten und seine Arme sie an ihn zogen, löste sich ihre Selbstbeherrschung in nichts auf. Sie ließ sich gegen seine Brust sinken und erwiderte seine Küsse mit wachsender Leidenschaft.

Vielleicht trieb sie auch der Nachtmahr an, dessen Kräfte mit Einbruch der Dunkelheit erwachten. Sie spürte, wie Jasons Herz schneller schlug und sein Atem unter ihren Händen und Lippen zu einem Keuchen wurde.

Der Kaffee war vergessen. Jason musste sich nicht mehr

aufwärmen, und auch Lorena spürte, wie sie innerlich zu glühen begann, als er ihr Jackett abstreifte und ihre Bluse öffnete. Der schmale Kostümrock fiel zu Boden. Eng umschlungen taumelten sie ins Wohnzimmer und ließen sich auf den Teppich sinken.

»Ich habe dich so vermisst«, sagte Jason und stöhnte auf, als er seinen nackten Körper an ihren drückte. »Wie konntest du mir das antun?«

»Es tut mir leid«, stammelte Lorena zwischen zwei Küssen. »Ich lass dich nie wieder los, ich schwöre es!«

»Das hoffe ich«, brachte er keuchend hervor, während seine Knie sich zwischen ihre Beine schoben. Lorena schloss ihre Hände um seine Pobacken und zog ihn so stürmisch zu sich, dass er mit einem Aufseufzen in sie glitt.

Sie waren zu ausgehungert für irgendwelche Raffinessen. Er bewegte sich mit schnellen Stößen, während Lorena ihn noch anheizte. Sie krallte sich an ihm fest und biss ihm in die Schulter, während seine Stöße immer härter wurden. Es dauerte nur wenige Augenblicke, bis sie beide innehielten und aufstöhnten. Dann sanken sie noch immer eng umschlungen in sich zusammen. Ihr Atem beruhigte sich langsam wieder.

»Wie konntest du mir das alles wegnehmen?«, flüsterte Jason und biss ihr zärtlich ins Ohr.

»Nur um dich zu schützen«, verteidigte sich Lorena halbherzig.

Jason rollte sich von ihr herunter und stützte den Ellbogen auf. »Ach, und da lieferst du mich ohne jeden Schutz Raika aus? Toller Plan, das muss ich schon sagen. Sie war bei mir im Krankenhaus. Wusstest du das?«

Lorena knurrte unwillig. »Sie hat es mir gesagt.«

»Und du bist nicht sofort losgerannt, mich aus ihren Krallen zu befreien? So also bist du um meine Sicherheit besorgt«, spottete Jason, dessen Finger in ihrem verschwitzten Haar wühlten.

»Sie hat es hinterher beiläufig erwähnt, ohne mir die Chance zu geben, ihr die Leviten zu lesen. Was hätte ich denn tun sollen? Sie fesseln und einsperren, dass sie sich von dir fernhält?«

»Oder an meiner Seite bleiben, um ihr mit deinen Krallen ins Gesicht zu springen, wenn sie in meiner Nähe auftaucht«, schlug Jason vor.

Lorena kniff ihn in die Wange. »Das hättest du wohl gern? Zwei Frauen, die sich um deine Gunst schlagen? Vergiss es!«

»Noch besser, zwei Nachtmahre!«, sagte er mit sehnsuchtsvoller Stimme. Lorena war sich nicht sicher, ob er sie auf den Arm nahm oder ob diese Fantasie ihn erneut anfachte. Zumindest regte sich etwas zwischen seinen Beinen.

»Du willst es mit einem Nachtmahr aufnehmen?«, rief sie, und ehe sie sich Gedanken darüber gemacht hatte, wandelte sich ihr Körper in jene wunderschöne Gestalt, der kein Mann widerstehen konnte. Jason setzte sich auf und starrte sie an. Er hatte sie schon öfter so gesehen, doch noch immer spiegelte seine Miene das Staunen wider, das er bei ihrem Anblick empfand. Dieser makellose Körper mit der schmalen Taille und den festen Brüsten, die seidenglatte Haut, die auch im Winter in einem leichten Bronzeton schimmerte, und dieses Haar! Goldene Locken fielen ihr über den Rücken, während er seinen Blick in ihren schimmernd blauen Augen verlor.

»Komm!«, formten die roten Lippen, die zum Küssen einluden.

Jason schüttelte die Erstarrung ab und folgte der Aufforderung. Mit ihrem verführerischen Lachen heizte sie ihn immer weiter an. Sie spielte mit ihm, zog ihn an sich und stieß ihn wieder weg. Beugte sich über den Tisch und bot sich ihm dar, nur um sich ihm nach einigen schnellen Stößen wieder zu entziehen und ihn in einer anderen Position in sich aufzunehmen. Es war ein herrliches und grausames Spiel, in dem der Nachtmahr klar die Oberhand behielt, sich seiner Lust bediente, sich wohlig rekelte und sich das nahm, nach dem er schon so lange verlangte.

Sie hätte die ganze Nacht weitermachen können, doch irgendwann waren Jasons Kräfte aufgebraucht, und er schlief in ihren Armen auf dem Boden ein. Lorena schüttelte ihn und brachte ihn dazu, ihr bis ins Bett hinüberzufolgen, wo er sofort wieder in tiefen Schlaf fiel. Lorena dagegen lag noch lange wach neben ihm und atmete die Mischung aus Lust und Begehren ein, die sich mit seinem frischen Schweiß vermischte. Sie fühlte sich so lebendig, dass sie keine Ruhe fand. Sie sollte sich zurückwandeln und schlafen, das wäre vernünftig gewesen, doch wer wollte in so einer Nacht vernünftig sein? Lorena schlüpfte aus dem Bett, ohne dass Jason sich auch nur rührte. Sie öffnete die Wohnzimmerfenster und sah hinaus in die kalte Winternacht. Es schneite ein paar Flocken, die der Wind ins Zimmer wirbelte.

Lorena spürte, wie sich die Schlitze unter ihren Schulterblättern öffneten. Ohne weiter nachzudenken, stürzte sie sich aus dem Fenster und ließ sich fallen. Ehe ihr Körper auf dem Asphalt aufschlug, breiteten sich ihre Schwingen aus und ließen sie in einem Bogen über den Dächern der Nachbarhäuser aufsteigen. Mit einem Jauchzen schoss sie in die Luft und flog dann über den Hydepark hinweg. Sie ließ sich von den Böen des Winds tragen und fühlte ihren nackten Körper wie Champagner prickeln.

Während Lorena die Freiheit der Nacht genoss, trat ein Mann in den Hof und sah zu dem offenen Fenster hinauf. Eine Weile wartete er reglos, dann ging er um das Haus herum und näherte sich der Haustür. Es dauerte nur ein paar Wimpernschläge, dann knackte es leise, und die Tür sprang auf. Auf Gummisohlen stieg er bedächtig die Treppe hinauf und öffnete ebenso geräuschlos die Wohnungstür. Leise schritt er durch die Wohnung und ließ den Blick aufmerksam schweifen. Die im Wohnzimmer verstreuten Kleidungsstücke ließen so etwas wie ein Lächeln über seine Lippen huschen. Dann trat er ins Schlafzimmer und näherte sich dem Bett, in dem Jason auf dem Rücken lag und mit leicht geöffnetem Mund geräuschvoll atmete. Der Mann beugte sich herab und sah ihn aufmerksam an, dann wandte er sich um und verließ das Haus ebenso leise und unbemerkt, wie er gekommen war.

Lucy sah den Wagen auf den Damm hinausrollen, doch sie achtete nicht auf ihn. Er hielt an. Männer stiegen aus und traten ans Geländer, um das Feuerwerk in der Ferne zu betrachten.

Na und?

Sie dagegen genoss ihre Freiheit, den Wind, der ihr über die Haut brauste und an ihrem langen Haar zerrte, die Bewegungen ihrer Muskeln, die endlich wieder ihre Aufgabe erfüllen durften. Alles war gut. Das Leiden war zu Ende.

Und doch war da ein Ziehen, ein unangenehmer Stich, der sie aus ihrer Schwärmerei riss. Ihre Nackenhaare stellten sich auf, und ihr Herz begann zu rasen. Was war das? War sie einfach zu lange untätig in diesem Verlies herumgesessen? Verlangte ihr Körper nach einer Ruhepause?

Das konnte nicht sein. Sie war ein Nachtmahr. Sie war ausdauernd und stark.

Und doch …

Das unangenehme Gefühl blieb. Sie ließ sich ein wenig tiefer sinken und sah zu den Männern hinunter, die dort unter ihr auf der Staumauer standen.

Das Gefühl verstärkte sich. Es warnte sie und rief ihr zu, sich davonzumachen, so schnell sie ihre Flügel trugen, doch Lucy verharrte noch immer in der Luft.

Was sollte ihr hier oben schon zustoßen? Sie hatte Flügel.

Sie spürte, wie der Blick des Mannes unter ihr sie erfasste und fixierte. Was hielt er da Seltsames in den Händen?

Die Alarmglocken schrillten immer lauter, und endlich war Lucy bereit, auf sie zu hören. Sie schlug zweimal mit den Schwingen und schoss über die Dammkrone hinweg auf den Stausee hinaus, doch sie spürte, wie der Blick des seltsamen Mannes ihr folgte.

Sie kannte ihn, dachte sie noch, als ein Sirren an ihr Ohr drang. Ein stechender Schmerz in ihrem Rücken ließ sie erstarren. Für einen Moment hing sie noch in der Luft, die Schwingen wie versteinert, dann fiel sie immer schneller der Wasserfläche entgegen, in der sich der nächtliche Himmel spiegelte.

Wie wunderschön, dachte sie noch, als ihr Körper die Oberfläche durchschlug und das eisige Wasser in ihre Lungen gepresst wurde.

Der Councillor ließ die Armbrust sinken und sah dem erschlafften Körper nach, der trudelnd vom Himmel fiel und dann ins Wasser klatschte.

»Holt sie da raus!«, herrschte er seinen Attendant an. »Beeilt euch! Es ist mir nicht gedient, wenn sie im tiefen Wasser versinkt und wir sie nicht finden. Bin ich dafür achttausend Meilen geflogen?«

Grant und Hunter rannten los. Vorn, wo der Damm in das natürliche Felsgestein überging, führte eine Treppe hinunter zu einem Steg, an dem ein Motorboot vertäut lag.

»Das wird zu lange dauern«, rief Campbell den Männern hinterher. Die beiden zögerten. Hunter trat an die Mauer und sah hinab, wo das reglose Mädchen mit ausgebreiteten Flügeln im Wasser lag. Er wusste, dass der Duke recht hatte. Sie konnte jeden Moment in der Tiefe versinken.

Hunter stöhnte leise und schlüpfte aus Jackett und Schuhen. Dann kletterte er über die Brüstung und stieß sich kraftvoll von der Mauerkante ab. Mit einem sauberen Kopfsprung tauchte er acht Meter tiefer ins Wasser ein.

Der Chauffeur pfiff anerkennend durch die Zähne. »Ein guter Mann«, sagte er, als der Warrior des Duke wieder auftauchte und mit kräftigen Zügen auf das Mädchen zukraulte, von dem inzwischen nur noch das lange blonde Haar wie ein Algenteppich an der Oberfläche zu sehen war. Der Councillor kommentierte die Bemerkung nicht, sah aber mit einer gewissen Anspannung zu, wie Hunter abtauchte und dann mit der schlaffen Gestalt in den Armen wieder nach oben kam. Grant rannte die Straße entlang bis zur Treppe und eilte hinunter zum Boot, während Hunter ihm mit dem Mädchen im Arm langsam entgegenschwamm.

Schweigend beobachteten der Duke und sein Chauffeur die beiden, bis die Männer zu ihnen zurückkehrten. Der tropfnasse Hunter trug das junge Mädchen in den Armen, dessen Flügel nun verschwunden waren. Sie wirkte sehr jung und verletzlich mit ihrem bleichen, schmalen Gesicht.

Die Augen waren noch immer geschlossen. Das Haar schien nun weniger üppig.

»Ich glaube, sie lebt noch«, sagte Grant.

»Da bin ich mir sicher!«, gab Winston Campbell zurück, legte aber seine Hand an den Hals des Mädchens. Die drei anderen starrten ihn erwartungsvoll an, bis der Duke nickte.

»Ja, sie lebt. So schnell bringt man einen Nachtmahr nicht um. Sie sind wie Schaben, echtes Ungeziefer, das man nur mit den schärfsten Mitteln ausrotten kann. Man muss ihnen schon den Kopf abschlagen, um ganz sicherzugehen«, fügte er grimmig hinzu. Dann wandte er sich ab und ging zum Wagen zurück.

»Wickel sie in deinen Mantel«, wies er Grant an. »Ich will nicht, dass sie den Sitz völlig durchweicht.«

Grant nickte, schlang den Mantel um die Bewusstlose und schob sie auf den Rücksitz.

»Sollen wir sie in ihre Zelle zurückbringen?«

Der Councillor überlegte, dann schüttelte er den Kopf. »Nein, wir werden sie mitnehmen. Aber zuerst will ich nachsehen, wie es ihr gelingen konnte, ihren Wächtern zu entkommen.«

Kapitel 5

WIEDER GEFANGEN

Es war spät geworden. Lorena trommelte nervös mit den Fingern auf ihrer Tasche, bis die U-Bahn endlich Notting Hill erreichte. Sie sprang auf und war als Erste durch die Tür, dann sprintete sie die Rolltreppe hinauf und eilte die Straße entlang, bis sie außer Atem vor dem Antiquitätenladen ankam. Ihr Blick huschte nach oben, und es wurde ihr warm ums Herz, als sie den Lichtschein in den Fenstern sah. Heute wartete nicht nur ihr Kater auf sie. Jason war da und würde sie in die Arme nehmen. Sie merkte, wie ein Lächeln ihre Lippen bewegte. Eilig lief sie die Treppe hinauf.

Die Wohnungstür schwang auf, noch ehe sie oben angelangt war, und Lorena spürte, wie auf den letzten Stufen ihre Knie weich wurden, als sie in Jasons Gesicht blickte, das ihre eigene Sehnsucht widerspiegelte.

»Es tut mir leid, dass ich so spät dran bin«, sagte sie atemlos und lehnte mit einem Seufzer ihre Wange an seine Schulter. Er zog sie fest an seine Brust.

»Das macht nichts. Ich habe etwas gekocht. Nichts Großes, aber ich dachte, du bist nach dem langen Tag bestimmt müde und willst nicht mehr ausgehen.«

»Ach, Jason ...« Sie seufzte. »Du bist das Beste, was mir in meinem Leben passieren konnte.«

»Na, warte mit deiner Lobeshymne, bis du das Essen gekostet hast«, erwiderte er mit einem Lächeln, schloss hinter ihr die Tür und zog sie dann mit in die Küche. »Setz dich! Willst du Wein oder nur Wasser?«

»Wasser reicht, danke.«

Es gab Würstchen und Pommes frites aus dem Backofen, doch er hatte einen frischen Salat mit Tomaten und Paprika in einer großen Schüssel angerichtet. Lorena griff über dem Tisch hinweg nach seiner Hand und küsste sie.

»Es ist wunderbar, so empfangen zu werden. Ich gebe dich nie wieder her!«

In Jasons Miene stritten widersprüchliche Gefühle. »Ich mach das gern für dich, aber ich will ganz sicher nicht ewig den Hausmann spielen.«

»Das wirst du ja auch nicht«, beschwichtigte sie ihn. »Du bekommst sicher ganz schnell wieder ein Engagement, und du hast ja noch deine Klavierschüler.«

Jason zog eine Grimasse. »Ja, super, das ist eine Herausforderung für einen Musiker.«

»Aber sie bringen Geld«, widersprach Lorena. »Die Herausforderung kannst du haben, wenn du dich mit den anderen im Mau Mau triffst und ihr eure Jamsession spielt.«

»Ich will dir nur nicht auf der Tasche liegen«, sagte Jason leise und sah auf seine Würstchen herab, die bestimmt schon kalt waren.

Lorena unterdrückte einen Seufzer. »Das macht doch nichts. Ich verdiene mit diesem neuen Job mehr, als ich ausgeben kann. Dich zu unterstützen, ist für mich völlig in Ordnung. Also lass dir mit der Suche Zeit, und nimm nicht alles, nur weil du Geld dafür bekommst. Du bist ein großer Künstler. Du brauchst ein Engagement, das dem gerecht wird!«

Jason nickte mit trauriger Miene. »Ja, aber die gibt es nicht an jeder Ecke. Vielleicht komme ich zur nächsten Saison wieder in das Orchester rein, sicher ist das aber nicht.«

Schweigend aßen sie ihre Teller leer und wuschen dann ab. Der Kater kam maunzend von einem seiner Jagdausflüge zurück, ließ sich ausführlich kraulen und zog sich dann auf das Sofa zurück. Lorena und Jason folgten ihm ins Wohnzimmer.

Dort zog Lorena ihn in die Arme. »Grüble nicht zu sehr. Es wird sich eine neue Chance auftun, und du wirst bald schon wieder so gut spielen wie zuvor.« Sie küsste ihn, doch sie spürte seine Anspannung.

»Ich wünschte, ich hätte deine Zuversicht«, flüsterte Jason, ließ sich aber mit Lorena auf dem Sofa nieder und gab sich ihren Zärtlichkeiten hin.

Unten löste sich ein Schatten von der Mauer im Hof. Ein Augenpaar fixierte die beiden Silhouetten hinter dem erleuchteten Fenster, die miteinander verschmolzen.

Der Schatten trat auf die Straße hinaus und entfernte sich rasch. Als das Licht einer Straßenlaterne die Gestalt erfasste, huschte der Schein über einen großen Mann in schwarzem Anzug und Mantel, das Haar militärisch kurz geschnitten, die scharfen Züge glatt rasiert. Er bog in die nächste Querstraße ein und öffnete dann die Wagentür eines schwarzen Jaguars. Trotz seiner Größe glitt er, ohne zu zögern, auf den Vordersitz und schloss die Tür. Das Handy bereits in der Hand tippte er eine Reihe von Ziffern und lauschte dem fern klingenden Tuten. Er rechnete im Kopf nach, welche Tageszeit drüben auf der anderen Seite gerade war, als die Stimme an seinem Ohr ertönte.

»Was gibt es?«

»Ich glaube, ich habe ihn, Duke. Er ist gerade bei ihr, und es sieht so aus, als würden sie eine … ich meine ein intimes Verhältnis haben.«

»Sie ist ein Nachtmahr! Sie nimmt sich jeden Mann in ihr Bett, den sie kriegen kann.«

Der Mann im Jaguar schüttelte den Kopf, obgleich der Councillor auf der anderen Seite der Welt es nicht sehen konnte.

»Verzeihen Sie, wenn ich Ihnen widerspreche, aber ich habe sie nun lange genug beobachtet, um zu wissen, dass dies nicht nur irgendein Kerl ist, den sie morgen wieder vor die Tür setzt. Er ist nicht zum ersten Mal hier. Und da ist mehr zwischen den beiden als Sex. Viel mehr! Ich bin mir sicher, wir haben den Erwählten gefunden.«

Drüben in Amerika war erst einmal Stille. Dann räusperte sich der Councillor. »Gut. Das haben Sie sehr gut gemacht. Bleiben Sie an dem Typen dran. Ich will alles über ihn wissen, jedes noch so kleine Detail seines ganzen Lebens, und dann denken Sie sich etwas aus, wie Sie an ihn herankommen und sein Vertrauen gewinnen. Ich verlass mich auf Sie!«

»Das können Sie, Duke. Ich werde Sie nicht enttäuschen.«

Er legte auf, stieg noch einmal aus, kehrte in die Portobello Road zurück und sah sich um. Kein Mensch war zu sehen. Langsam näherte er sich dem Wagen, der gegenüber geparkt war. Es war ein außergewöhnliches Fahrzeug, das nicht durch seine sportliche Karosserie oder seine Geschwindigkeit auf den Straßen ins Auge fiel. Der weiße Oldtimer mit dem matt gewordenen Lack war ein Morris Minor 1000 Traveller, der wegen seines kastenförmigen Holzrahmens Woody genannt wurde. Allzu viele gab es hier in England sicher nicht mehr, und der schwache Motor machte es einem einfach, ihn bei einer Verfolgung nicht zu verlieren.

Der Mann sah ins Innere. Das letzte Mal hatte ein Cellokasten im Fond gelegen. Heute war der Wagen bis auf eine alte Decke, zwei leere Fast-Food-Tüten und einer zerknitterten Landkarte auf dem Beifahrersitz leer.

Er trat noch näher an die Tür, wandte sich einmal um und ließ den Blick in beide Richtungen schweifen. Noch immer war niemand zu sehen.

Mit zwei schnellen Handgriffen hatte er den Wagen geöffnet und untersuchte das Handschuhfach. Die Fahrzeugpapiere lauteten auf »Jason Edison«. Die angegebene Adresse war in einer Nebenstraße in Soho.

Der Mann notierte sich alle Angaben in einem schwarzen Notizbuch, ehe er die Papiere an seinen Platz zurücklegte und die Wagentür wieder schloss. Er warf noch einmal einen Blick zu den nun dunklen Fenstern hinauf und kehrte dann zu seinem Jaguar zurück. Für heute hatte er genug in Erfahrung gebracht. Nun galt es, Pläne für die nächsten Tage zu schmieden. Der Motor heulte auf. Dann schoss der Wagen durch die nächtlichen Straßen von Notting Hill davon.

Sie lag in einem Bett, aber es war nicht das Bett, in dem sie die vergangenen fünf Jahre geschlafen hatte, und es roch auch nicht nach der steinernen Kammer, die sie in dieser Zeit nicht einmal verlassen hatte.

Lucy war noch immer nicht ganz wach, als ihr Geist diese Details bereits registrierte. Dann erinnerte sie sich an die vergangene Nacht. Die ganz besondere Nacht, in der sich nicht nur das alte Jahr verabschiedet hatte, um in ein neues überzugehen. Lucy hatte sich in dieser Silvesternacht von ihrer Kerkerhaft verabschiedet. Ihr war endlich die Flucht gelungen! Sie erinnerte sich an das Glücksgefühl, das sie berauscht hatte, an den Wind auf ihrer Haut und in ihren Haaren, an ihre eigene Kraft, mit der ihre Schwingen sie durch die Luft hatten gleiten lassen.

Und dann?

Was war dann passiert?

Da war dieser Mann auf dem Damm gewesen, der sie mit seinem durchdringenden Blick angesehen hatte. Er hatte etwas in der Hand gehalten. Was zum Teufel war das gewesen?

In dem Moment, als der Schmerz durch ihren Körper fuhr, wusste sie, was sie gesehen hatte: eine Armbrust! Er hatte auf sie geschossen, und er hatte sie getroffen. Sie konnte den pulsierenden Schmerz in ihrem Rücken spüren, wo die Spitze des kurzen Pfeils in ihre Haut eingedrungen war.

Lucy runzelte die Stirn. Sie versuchte, sich zu erinnern, was nach dem Schmerz geschehen war. Bilder zuckten durch ihren Geist. Ihre Glieder gehorchten ihr nicht mehr. Sie geriet ins Trudeln und stürzte auf die schwarze Wasseroberfläche zu. Dann die Eiseskälte, die sie verschlang und in die Tiefe zog.

Und dennoch lag sie nun in einem Bett. Sie war eindeutig noch am Leben, aber nicht mehr in Freiheit. Es war ihnen gelungen, sie wieder einzufangen. Zaghaft öffnete sie die Lider ein wenig.

»Councillor, ich glaube, sie wacht auf. Sie hat sich bewegt.« Die fremde Männerstimme ließ Lucy zusammenzucken.

»Danke, Grant. Sie können jetzt gehen.« Diese Stimme kannte sie. Sie gehörte zu den unangenehmen Augen, die sie letzte Nacht verfolgt hatten.

Schritte entfernten sich. Lucy öffnete die Lider noch etwas mehr und wartete, dass sich das Bild vor ihren Augen klärte.

Der Mann, der vor ihrem Lager stand, hatte graubraunes Haar und eine wettergegerbte, aber erstaunlich faltenlose Haut. Er schien jung und doch auch uralt zu sein. Vielleicht lag das an seinen Augen, die schon so viel gesehen haben mochten, und an seinem gnadenlos durchdringenden Blick, mit dem er sie wie ein hilfloses Insekt zu sezieren schien.

Der Councillor – ja, sie erinnerte sich an ihn. Wie konnte man diesen Mann je wieder vergessen, wenn man einmal das Pech gehabt hatte, seinen Weg zu kreuzen.

»Guten Morgen Lucy«, sagte er leise, holte einen Hocker an ihr Bett und setzte sich.

Lucy zog unwillkürlich Arme und Beine an. Sie waren nicht gefesselt. Keine Kette beschwerte ihren Knöchel. Verstohlen ließ sie den Blick durch den Raum huschen. Er war nicht besonders eingerichtet, dennoch schien es ein normales Zimmer zu sein, kein unterirdischer, steinerner Kerker. Es gab sogar ein kleines Fenster, durch dessen vorgezogenen Vorhang Licht schimmerte.

»Bist du auf der Suche nach einem Fluchtweg?«, erkundigte er sich höflich.

»Vielleicht. Sie haben kein Recht, mich festzuhalten.«

»Wer sollte es mir verbieten?« Nun schien er belustigt.

Lucy rang um Fassung. »Es ist einfach nicht richtig. Ich habe niemandem etwas getan, aber Sie haben mich entführt und mich jahrelang eingesperrt.«

Er nickte. »Das stimmt. Wobei nicht ich selbst dich entführt habe. Sonst wäre dieser bedauerliche Fehler vermutlich nicht passiert.«

»Dass ich mich endlich befreien konnte?«, hakte sie nach,

doch er zuckte nur mit den Schultern. »Sie haben mich wieder eingefangen, dieses Mal, aber ich werde es immer wieder versuchen, und irgendwann wird es mir gelingen. Dann bin ich frei, und ich werde mich an allen rächen, die mir das angetan haben.« Ein wenig irritiert tastete sie unter der Bettdecke ihre Beine ab. Nein, es gab wirklich nichts, das sie in diesem Bett festhielt. Ihr Blick huschte zur Tür. Sie konnte weder Stimmen noch Schritte hören und spürte auch keinen anderen Menschen in der Nähe. Sie war mit dem Councillor allein.

Wie leichtsinnig von ihm! Lucy betrachtete ihn mit zusammengekniffenen Augen.

»Sinnst du über eine erneute Flucht nach, während ich hier an deinem Lager sitze? Törichtes Mädchen!«

Sie konnte das Schmunzeln sehen, das über seine Lippen huschte und in dem ein Hauch von Verachtung mitschwang. Lucy spürte, wie Zorn in ihr aufstieg. »Fürchten Sie sich denn gar nicht vor mir?«, fragte sie.

»Nein, mein Kind.«

»Das sollten Sie aber!«, zischte Lucy.

Er lächelte nachsichtig. »Draußen ist Tag. Du kannst dich nicht wandeln, und selbst wenn, ich denke, ich wäre dir durchaus gewachsen.«

»Seien Sie sich da nur nicht so sicher. Das dachte mein Wächter auch. Dieser Ben, hieß er nicht so?« Lucy hielt inne und starrte den Councillor an. »Was ist mit ihm geschehen?«

»Er ist tot«, erwiderte der Mann trocken. Er zeigte keine Regung. Seine Gefühle waren schwer zu deuten, wenn er überhaupt welche empfand.

»Habe ich ihn etwa getötet?«, erkundigte sich Lucy ein wenig bang. In ihrer Gestalt als Nachtmahr hatte sie keine Skrupel empfunden. Sie hatte nur noch ihre Freiheit im Sinn gehabt, doch jetzt drückte der Gedanke, einen Menschen getötet zu haben, ihr Gewissen.

Der Councillor schüttelte den Kopf. »Nein, du hast ihn nicht umgebracht, obgleich du ihn ganz schön zugerichtet hast.«

»Es war ein Unfall!«

Winston Campbell hob abwehrend die Hand. »Ich will im Detail gar nicht so genau wissen, was vorgefallen ist. Jedenfalls habe ich das beendet, was du angefangen hast.«

»Was? Warum?«

»Er und die beiden anderen, die die Aufgabe hatten, dich zu bewachen, haben ihre Pflichten vernachlässigt. Sie hatten nicht mehr zu tun, als vor deiner verschlossenen Tür zu sitzen und auf den Morgen zu warten. Ist das so schwer? Nun, offensichtlich ja.« Der Councillor beugte sich vor und sah Lucy eindringlich an. »Er hat versagt, und er hat Dinge gesehen, die er nicht hätte sehen sollen.«

»Und die anderen beiden? Die, die nach Las Vegas gefahren sind, um dort die Silvesterparty zu feiern?«

»Ich versichere dir, es war ganz sicher ihre letzte Silvesterparty!«

Lucy starrte ihn entsetzt an. »Sie haben die Männer umgebracht, weil sie auf eine Party gegangen sind?«

Der Councillor sah sie aus seinen kalten grauen Augen an. »Ich habe sie getötet, weil sie sich meinen Befehlen widersetzt haben!«

Lucy spürte, wie es in ihrer Kehle eng wurde. Sie begann zu begreifen, dass dieser Mann gefährlicher war als alles, was sie in ihrem kurzen Leben bisher kennengelernt hatte. Es war keine Aufschneiderei gewesen, als er ihr versicherte, er fürchte sich nicht vor ihr. Ihr schwante, dass er es tatsächlich mit einem Nachtmahr aufnehmen konnte. Hatte er nicht ihre Flucht verhindert? Hatte er sie nicht mit einem einzigen Schuss aus seiner Armbrust vom Himmel geholt?

Lucy seufzte tief. »Was wollen Sie von mir? Warum bin ich hier? Oder sind Sie nur gekommen, sich an meinem Leid zu weiden?«

Der Councillor lachte trocken. »Oh nein, Kind, nicht dieser Blick. So etwas funktioniert bei mir nicht. Ich bin älter, als du es dir vorstellen kannst, und ich habe schon so viele gesehen. Nein, spar dir das für deine Opfer auf, mit denen du deine Spielchen treibst.«

»Es wird keine Opfer mehr geben, wenn Sie mich wieder in diesen Kerker sperren«, sagte Lucy düster.

Wieder lachte er. »Du verkennst mich, wenn du denkst, ich würde dich quälen, nur um irgendwelche finsteren Triebe in mir zu befriedigen. Ich versichere dir, all meine Entscheidungen sind Teil eines großen Plans. *Du* bist Teil des Plans.«

»Und wie lautet dieser?«, erkundigte sie sich misstrauisch.

»Alles zu seiner Zeit. Fangen wir heute damit an, wie es mit dir weitergehen soll.«

»So wie die vergangenen Jahre auch? Ein ereignisloser Tag folgt dem anderen in trostloser Einsamkeit? Nein, Councillor, töten Sie mich lieber, als mich wieder in dieses Verlies zu sperren!«

»Wie melodramatisch! Aber nein, ich habe weder vor, dich zu töten, noch dich in das Verlies, wie du es nennst, zurückzuschicken. Es hat dir nicht gutgetan. Ich denke, dein Geist leidet. Wie schade um den scharfen Verstand, den ich von Anfang an bei dir erahnen konnte. Daher habe ich beschlossen, dich mitzunehmen.«

Lucy richtete sich kerzengerade auf. »Wohin?

»Überall dahin, wo ich auch hingehe. Ah, halt ein, ich sehe die Gedanken hinter deiner Stirn. Du denkst, dabei würde sich schon bald eine Gelegenheit zur Flucht ergeben? Vergiss es. Ich werde in deiner Nähe bleiben, und ich versichere dir, ich verstehe es sehr wohl, einen Nachtmahr zu bändigen!«

»Das sagten Sie bereits, aber wozu wollen Sie mich mitnehmen?«

Der Councillor näherte sein Gesicht dem ihren. Seine Finger legten sich unter ihr Kinn. Es kostete Lucy ihre ganze Selbstbeherrschung, seinem Blick standzuhalten und nicht vor ihm zurückzuweichen. Sie sah in seinen Augen, dass er es wusste und sich darüber amüsierte, doch sie bildete sich ein, auch einen Funken Hochachtung vor ihrer Kraft in ihnen entdecken zu können.

»Dafür gibt es viele Gründe. Ein paar davon sind: Du bist sehr schön und sehr willensstark, mein Kind, und auch intelligent, was wir, das gebe ich zu, in den vergangenen Jahren ein wenig haben brachliegen lassen, aber das können wir ja jetzt ändern. Du hast Kräfte in dir, die sich unter meiner Führung noch steigern und die vortrefflich meinen Plänen dienen werden.«

»Wie kommen Sie auf den Gedanken, ich würde Ihnen mit Ihren Plänen helfen, nachdem Sie mich jahrelang gefangen gehalten haben? Sie meinen, Sie könnten mich zu allem zwingen? Wenn Sie sich da nur nicht täuschen. Ja, ich habe Kräfte in mir, größere, als Sie es sich vorstellen können!«

Der Councillor wich zurück und betrachtete sie, als wäre sie ein wertvoller Gegenstand, den er seiner Sammlung zuzufügen gedachte. »Ich habe nicht vor, dich zu zwingen. Du wirst freiwillig für mich arbeiten.«

Lucy lachte ungläubig. »Das glauben Sie wirklich? Dann sind Sie naiv. Oder denken Sie etwa, meine Angst vor dem Verlies wäre so groß, dass ich alles für Sie tun würde, um nur nicht dorthin zurückzumüssen?«

»Ich glaube, dass du mir genau zuhören und bald schon verstehen wirst, dass es für dich besser ist, mit mir zu kooperieren. Ich habe dir viel zu bieten. Ein angenehmes Leben mit Luxus, schönen Kleidern und gutem Essen …«

»Sie können mich nicht mit Glitzerkram bestechen!«

»Nein? Gut, dann mit interessanter Unterhaltung und, was vielleicht das Wichtigste ist, mit der Befriedigung deiner Rachegedanken?«

»Sie wollen mir helfen, Sie und Ihre Handlanger zu vernichten? Sehr überzeugend«, spottete Lucy, obgleich sie nicht verhindern konnte, dass eine vibrierende Nervosität von ihr Besitz ergriff. Er spielte nicht einfach mit ihr, das spürte sie. Doch warum tat er das dann?

»Nein, ich vertraue einfach darauf, dass sich dein Zorn, wenn du erst alle Tatsachen weißt, auf die richten wird, die ihn wirklich verdient haben.«

Lucy schwang die Beine aus dem Bett und verschränkte die Arme vor der Brust. »Gut, ich höre. Fangen Sie an. Doch ich warne Sie. Sie müssen verdammt gut sein, um mich davon zu überzeugen, dass meine Rache nicht Ihnen allein gelten soll.«

Der Councillor erhob sich und streckte ihr abwehrend die Handflächen entgegen. »Nicht heute und jetzt. Wir haben alle Zeit der Welt, uns in Ruhe darüber zu unterhalten. Ich schlage vor, du gehst jetzt ins Bad, machst dich ein wenig frisch und ziehst dir etwas Vernünftiges an. Ich habe dir etwas bereitlegen lassen, das dir passen müsste. Alles, was du sonst noch so brauchen könntest, findest du im Schrank auf der rechten Seite. Du kannst dir Zeit lassen. Wir fahren erst in zwei Stunden.«

Lucy konnte nicht anders. Es brach aus ihr heraus. »Wohin fahren wir?«

Der Councillor hob die Brauen. »Interessiert? Es geht nach San Francisco.«

»Oh, San Francisco«, rief sie aus und sie spürte selbst, wie ihre Wangen zu glühen begannen und ihre Augen funkelten. Es war albern, dennoch versuchte sie sich an einem gelangweilten Schulterzucken. »Eine Stadt wie jede andere.«

Lucy erhob sich betont langsam und ging auf die Tür zu, auf die der Councillor deutete. Es war ein modernes, weiß gefliestes Bad mit Waschtisch, Dusche und Wanne, mit einem großen Spiegel und mit flauschig weißen Handtüchern. Wie hatte sie das vermisst! Lucy warf Hemd und Hose zu Boden und stieg in die Dusche. Sie drehte das heiße Wasser auf und ließ sich den Strahl auf den Rücken prasseln. Was für ein Genuss! Sie seufzte auf und drehte sich um die eigene Achse.

Ganz egal, was noch kommen würde, diesen Moment würde sie auskosten, solange es ging.

Am Freitagabend stand wieder die große schwarze Limousine vor Lorenas Tür. Sie unterdrückte einen Seufzer. Die Woche war anstrengend gewesen, da Jason sie fast immer erwartet hatte, und sie so nur zu wenig Schlaf gekommen war. Und auch ihre Arbeitstage waren nicht gerade zum Ausruhen. Lorena wurde an ihrer neuen Arbeitsstelle unermüdlich gefordert und kam zwischen den unzähligen Telefonaten kaum dazu, mittags schnell ein Sandwich zu essen, das sie sich bereits auf dem Weg zu den Docklands an der U-Bahn-Station gekauft hatte. Ihre Kollegen behandelten sie nach wie vor mit Zurückhaltung, wenn nicht sogar Ablehnung. Ihre kalte Art belastete Lorena, und sie sehnte sich nach den Stunden, da sie mit Mr. Gray zusammenarbeiten konnte. Nicht nur, dass sich die anderen in seiner Gegenwart zurückhielten, sie hatte das Gefühl, er behandle sie mit besonderer Aufmerksamkeit. Er lobte sie häufig und begleitete seine Anweisungen stets mit einem Lächeln. Vielleicht waren die anderen deshalb so kaltschnäuzig zu ihr? Waren sie eifersüchtig und fürchteten sie, die Neue könnte in der Gunst des Chefs so hoch steigen, dass er ihr unangemessene Vorteile verschaffte?

Das wollte Lorena auf keinen Fall, doch sie hatte auch nicht den Eindruck, Mr. Gray versuche, mit ihr zu flirten. Ihre Gespräche drehten sich stets um die Geschäfte, die sie tätigten, auch wenn er manche Hintergrundinformation mit einer lustigen Anekdote würzte, sodass sich Lorena die Daten besser merken konnte. Außerdem verstand er es, Personen und ihre Eigenheiten kurz und treffend mit einer bissigen Note versehen zu beschreiben, was sie immer wieder zum Lachen brachte.

Das war aber auch das Einzige, was ihr an ihrem neuen Job gefiel. Sie durfte gar nicht darüber nachdenken, was sie da genau tat. Welche Millionenbeträge sie durch die Gegend schob und wer unter diesen zweifelhaften Deals irgendwann zu leiden haben würde. Lorena hoffte nur, dass Jason sie noch lange nicht zu ihren neuen Aufgaben ausfragen würde, denn sie hatte keine Ahnung, was sie ihm sagen konnte, ohne von moralischen Bedenken und Vorwürfen überschüttet zu werden. Im Moment war Jason gedanklich zu sehr mit seinen eigenen Existenzproblemen beschäftigt, als dass er sich um Lorenas Arbeitsalltag gekümmert hätte.

»Was machen wir heute?«, erkundigte er sich, als er sie an diesem Abend mit einem Kuss begrüßte. »Ich dachte, wir gehen weg, aber du siehst erschöpft aus. Wenn es dir lieber ist, können wir auch hierbleiben, und du nimmst mit meinen kläglichen Kochkünsten vorlieb.«

Lorena zog eine Grimasse. »Weder das eine noch das andere. Es tut mir leid, aber ich kann heute Abend nicht. Es wird sehr spät werden, und ich weiß auch noch nicht, wie viel Zeit ich am Wochenende für dich habe.«

Sie sah ihm an, wie er versuchte, seine Enttäuschung zu verbergen, doch er mühte sich tapfer. »Was hast du vor?«, erkundigte er sich so neutral wie möglich.

»Ich bin nicht mit einem anderen Mann verabredet«, sagte Lorena schnell.

»Und wenn, ginge es mich nichts an«, behauptete Jason.

»Ginge es wohl«, widersprach sie. »Es ist, nun ja, ich muss wohin …« Sie zögerte, fuhr dann aber fort: »Um meine Ausbildung fortzusetzen.«

Jason runzelte die Stirn. »Was für eine Ausbildung? Für die Bank?«

Lorena schüttelte den Kopf. »Nein, es hat etwas mit, nun ja, mit Unseresgleichen zutun.«

»Den Nachtmahren?« Er starrte sie überrascht an. »Du triffst dich mit Raika?«

Lorena zog eine Grimasse. »Nein, zumindest nicht freiwillig, aber es könnte schon sein, dass sie mir dort wieder über den Weg läuft.«

»Wo? Was machst du an diesem geheimnisvollen Ort, und wen triffst du?«

Lorena sah ihn an. Sie musste eine Entscheidung treffen. Wenn Jason von nun an zu ihrem Leben gehören sollte, dann durfte sie keine Geheimnisse vor ihm haben. Zumindest durfte dann nicht ihr halbes Leben ein einziges Geheimnis sein. Wenn das den Mahren nicht passte, dann hatten sie eben Pech. Sie war Eclipse, und sie entschied selbst, wem sie was anvertraute. Außerdem hatten sie doch so großen Wert darauf gelegt, dass Lorena wieder mit Jason zusammenkam. Dann mussten sie ihn auch als ihren Partner akzeptieren! Nicht als ihren willenlosen Sklaven, wie all die Männer, die sich sonst auf Gryphon Manor herumtrieben.

»Ich erzähle dir alles auf der Fahrt, wenn du mitkommen willst.«

»Klar will ich!«, rief er und griff nach seiner Jacke.

Zusammen stiegen sie die Treppe hinunter. Jason stieß einen Pfiff aus, als Lorena ihn zu der dunklen Limousine führte, in der der Fahrer und die beiden Guardians noch immer warteten.

»Guten Abend«, grüßte Lorena. »Das ist Jason. Er wird mich heute begleiten. Jason, das sind Maddison und Sienna, Guardians der Lady, die mich im Schwertkampf unterrichten. Foster, Sie können fahren.«

Sowohl Jason als auch die beiden Guardians schwiegen, während Foster den Wagen aus der Stadt lenkte. Lorena hatte ihnen allen etwas zum Nachdenken gegeben.

Kapitel 6

DAS ANGEBOT

Offensichtlich meinte der Councillor seinen Beschluss ernst, nicht von Lucys Seite zu weichen. Er ließ sie zwar ungestört im Badezimmer, doch die Tür hatte kein Schloss, und das Fenster war so klein, dass sich nicht einmal Lucy hätte hindurchzwängen können. Kaum kehrte sie geduscht und gekämmt in dem eleganten Kleid, das er ihr ausgesucht hatte, ins Zimmer zurück, stand er auch schon in der Tür und begleitete sie zu seiner schwarzen Limousine hinaus. Der dunkelhäutige Hüne, der den Wagen steuerte, starrte Lucy neugierig an, verbeugte sich dann aber vor ihr und riss die hintere Tür auf.

»Bitte schön, junge Dame«, sagte er mit tiefer Stimme, während er sie noch immer von oben bis unten musterte. Offensichtlich gefiel ihm, was er sah. Lucy schenkte ihm einen Augenaufschlag und ein aufreizendes Lächeln. Man konnte nicht früh genug anfangen, sich Verbündete zu suchen.

Lucy spürte den Blick des Councillors auf sich ruhen, der um den Wagen herumging und von der anderen Seite einstieg. Ihm schien nichts zu entgehen, und sie hatte den Eindruck, er lache sie im Stillen aus. Lucy ballte die Hände zu Fäusten.

»Fahren Sie, Logan«, wies er den Fahrer an und legte dann eine Hand auf Lucys Faust. »Entspann dich. Du bekommst unschöne Falten im Gesicht, wenn du solche Grimassen ziehst. Das könnte eines Tages deinen umwerfenden Eindruck auf die Männerwelt schmälern, und das möchtest du doch nicht?«

»Ich möchte vor allem, dass Sie mich nicht wie ein kleines Kind behandeln!«, fauchte sie ihn an und entriss ihm ihre Hand.

Der Councillor runzelte die Stirn und betrachtete sie mit einem seltsamen Ausdruck. »So? Du verlangst von mir, wie eine erwachsene Frau behandelt zu werden? Willst du das wirklich?«

Zum ersten Mal gelang es ihr nicht, seinem Blick standzuhalten. Da war etwas in ihm, das ihr Angst machte. Ohne ihm zu antworten, wandte sie den Kopf ab und starrte durch das Fenster, hinter dem die wüstenhafte Landschaft vorbeihuschte. Es war erst kurz vor Mittag. Bis zum Sonnenuntergang musste sie sich noch viele Stunden gedulden, aber dann, versprach sie ihm im Stillen, dann würde er sich auf etwas gefasst machen müssen!

Sie waren seit Stunden unterwegs, und es dämmerte bereits. Lucy versuchte, ihre aufsteigende Unruhe zu unterdrücken. Sie presste die Nase gegen die Scheibe. Gerade erreichten sie eine Stadt namens Bakersfield, was bedeutete, dass sie noch mindestens vier oder fünf Stunden unterwegs sein mussten, ehe sie in San Francisco ankommen würden. In Lucys Kopf arbeitete es. Sobald die Sonne untergegangen war, konnte sie sich wandeln, doch war dies auch sinnvoll? Was konnte sie hier im Auto auf dem Highway ausrichten? Den Fahrer überreden, sie dorthin zu bringen, wohin sie wollte?

Lucy warf dem Schwarzen, der sie über den Rückspiegel immer wieder beobachtete, einen schnellen Blick zu. Sie war überzeugt, mit Logan keine Schwierigkeiten zu bekommen. Eine andere Sache war der Councillor. Er schien sich sehr sicher zu sein, mit einem Nachtmahr fertig werden zu können, doch vielleicht überschätzte er seine Stärke. Dennoch war sich Lucy darüber im Klaren, dass sie mit ihm kein leichtes Spiel haben würde. Sie musste ihn irgendwie überrumpeln oder austricksen. Hier im Wagen konnte sie nicht viel ausrichten. Dann also warten, bis sie in San Francisco waren und alle zu Bett gingen?

Vermutlich würde der Councillor nicht so leichtsinnig sein, ihr ein Zimmer mit einem großen Fenster oder einer unverschlossenen Tür zu geben. Vielleicht war es besser, die Flucht zu wagen, ehe sie ihr Ziel erreichten – obgleich Lucy San Francisco wirklich gern besucht hätte. Sie hatte früher so viel über die Stadt gelesen. Ach was, wenn sie erst einmal frei war, konnte sie jederzeit zurückkehren und sich alles anschauen, was sie interessierte.

Lucy spürte, wie die Sonne, verdeckt von dichten Wolken, hinter dem Horizont verschwand.

»Können wir eine Pause machen? Ich würde gern eine Toilette aufsuchen.«

»Aber natürlich. Logan, fahren Sie die nächste Ausfahrt raus. Die junge Dame möchte sich frisch machen.« Seine Worte klangen spöttisch. Ahnte er, was sie vorhatte? Dann würde er vermutlich persönlich vor der Toilette Wache stehen. Vielleicht gelang es ihr, ihn zu bezirzen, wenn sie sich wandelte. Einen Versuch war es wert.

Der Chauffeur setzte den Blinker und verließ den Highway. Auf dem Parkplatz eines Diners hielt er an, stieg aus und kam um den Wagen herum, um Lucy die Tür zu öffnen.

»Wir warten dann hier auf dich«, sagte der Councillor.

Lucy brauchte all ihre Selbstbeherrschung, um ihn nicht erstaunt anzustarren. Konnte er wirklich so leichtsinnig sein? Oder war er dermaßen von sich überzeugt, dass er sich nicht vorstellen konnte, dass sie diese Gelegenheit zur Flucht nutzen würde?

Logan öffnete die Tür und trat mit einer angedeuteten Verbeugung einen Schritt zurück. Lucy warf dem Councillor einen raschen Blick zu und schwang dann die Beine aus dem Wagen.

»Einen Augenblick!«, rief Winston Campbell und hielt Lucy am Arm fest. »Ich habe hier was für dich.« Etwas legte sich um ihr Handgelenk und schnappte mit einem leisen Klicken zu. »Wir möchten ja nicht, dass du uns verloren gehst.«

Lucy wandte sich ihm langsam zu und sah dann auf ihr Handgelenk hinab. Auf den ersten Blick wirkte das Ding wie ein breites Armband aus grauem und golden schimmerndem Metall, wie das Band einer teuren Uhr, doch Lucy war klar, dass der Councillor nicht vorhatte, ihr zum Abschied ein Schmuckstück zu schenken.

»Was ist das?« Sie sah ihn misstrauisch an.

»Eine, sagen wir, Weiterentwicklung eines erprobten Hundehalsbands.« Er zog einen kleinen schwarzen Kasten hervor, der mit seiner Reihe von Knöpfen wie eine Fernbedienung aussah.

»Hundehalsband?«, brachte Lucy keuchend hervor.

Die Lippen des Councillors zeigten ein liebenswürdiges Lächeln, seine Augen aber blieben kalt. »Aber ja. Es funktioniert mit Strom. Wusstest du, dass Hunde sehr empfindlich auf elektrischen Strom reagieren, genauso wie Nachtmahre! Ich würde dir also nicht raten, dich unerlaubt zu wandeln oder gar deine Schwingen zu benutzen. Es ist auch für einen Nachtmahr lebensgefährlich, aus großer Höhe abzustürzen, wenn sich unter ihm nicht gerade ein Stausee befindet.«

»Sie sind ein Teufel!«, stieß Lucy hervor, die zum ersten Mal vor ihm die Fassung verlor.

Sein Lächeln verblasste. »Nein, nur vorsichtig. Hast du gedacht, mich einfach so überrumpeln zu können? Dann musst du noch viel über mich lernen. Aber wir haben ja alle Zeit der Welt, uns näher kennenzulernen, nicht wahr?«

Sie sagte nichts, sondern starrte ihn nur hasserfüllt an.

»Nun komm schon, Lucy, gräm dich nicht.« Er hob die Hand, so als wolle er ihr über die Wange streichen.

»Fassen Sie mich nicht an, wenn Ihnen ihre Finger etwas bedeuten«, zischte sie, doch das schien ihn erneut zu erheitern.

»Du wolltest die Toilette aufsuchen«, erinnerte sie der Councillor.

»Danke, das hat sich erledigt«, schnappte Lucy und verschränkte die Arme vor der Brust.

»Sie haben die junge Dame gehört, Logan, wir können weiterfahren.«

Mit unbeweglicher Miene schloss der Schwarze die Tür und kehrte zu seinem Platz zurück. Der Motor brummte auf, und der Wagen rollte auf den Highway zurück.

Lucy starrte stumm vor sich hin, während die Dämmerung zur Nacht wurde und die vorbeieilende Landschaft mit dem dunklen Himmel verschmolz.

Irgendwie würde sie dieses Ding schon abbekommen, und dann konnte nichts und niemand sie mehr aufhalten!

»Ich möchte zuerst mit Mylady sprechen«, beharrte Lorena, als sie Gryphon Manor erreichten. Für sie gehörte das riesige, graue Herrenhaus, das mitten in dem von einer hohen Mauer umschlossenen Park aufragte, bereits zu ihrem Alltag, doch Jason sah sich staunend um, als sie den Wagen verließen und vom Kies der Auffahrt die Treppe zum Eingangstor hinaufschritten, das der Butler ihnen aufhielt.

»Ich habe keine Anweisung, Sie zu Mylady zu führen«, sagte der Butler emotionslos wie immer.

»Dann gehen Sie hinein und sagen Sie Ihr, dass ich sie sprechen muss«, beharrte Lorena. »Ich warte hier.« Sie verschränkte die Arme und starrte den Butler finster an, was auf Carter aber keinen Eindruck zu machen schien. Immerhin entfernte er sich und durchschritt die Tür, die zum Allerheiligsten der Lady führte.

Zu Lorenas Enttäuschung wurde sie nicht vorgelassen. Stattdessen erschien Morla lautlos und unauffällig in der Halle.

»Du solltest jetzt dein Training fortsetzen«, sagte sie mit dieser Stimme, die irgendwo aus dem Raum zu kommen schien. »Es gibt nichts, was Mylady im Moment mit dir besprechen müsste.«

»Aber ich will mit ihr sprechen!«, begehrte Lorena auf. »Es ist bereits Wochen her, dass sie mir sagte, es gäbe Hinweise, dass Lucy noch am Leben sei und irgendwo in Amerika festgehalten würde. Was hat die Lady unternommen? Hat sie überhaupt etwas getan? Gibt es irgendwelche Neuigkeiten?«

So einfach ließ sich Morla nicht aus der Ruhe bringen. »Mylady tut alles, was notwendig ist, und wird dich beizeiten informieren.«

Lorena verspürte den Wunsch, mit dem Fuß aufzustampfen, doch das wäre kindisch gewesen. Sie überlegte, wie sie ihre Taktik ändern sollte, um weiterzukommen, als sie die Stimme der Lady in ihrem Kopf vernahm.

Geh jetzt hinunter und setze deine Übungen mit Sienna fort. Du machst dich sehr gut, mein Kind. Überlass alles andere mir. Ich werde dich rufen lassen, wenn es an der Zeit ist.

Auch für Morla schien das Gespräch zu Ende. Sie wandte sich grußlos ab und verschwand wieder hinter der Tür, die zu Myladys Salon führte.

»Lorena, komm, du musst noch viel üben, bis du einem echten Gegner gewachsen bist. Außerdem wollen wir heute mit den Schießübungen beginnen.«

Lorena zögerte noch immer, als der Butler die Haustür erneut öffnete.

»Ja, wen haben wir denn da?«, ertönte Raikas rauchige Stimme. In ihrem figurbetonten Motorradoutfit kam sie in ihren Lederstiefeln in die Halle stolziert. Sie lächelte ihn so verführerisch an, dass Jason rot wurde.

»Guten Abend Raika«, sagte er.

Sie umrundete ihn und betrachtete ihn von allen Seiten, als würde sie ihre Beute inspizieren. Lorena ballte die Hände zu Fäusten. Ihr war klar, dass Raika sie mit diesem Auftritt provozieren wollte, und hatte nicht vor, ihr den Triumph zu gönnen, die Beherrschung zu verlieren und eine Eifersuchtsszene darzubieten.

»Wie geht es dir? Was macht die Schulter?« Raika berührte ihn an der Stelle, an der Noahs Messer in sein Fleisch gedrungen war.

Jason zuckte zusammen, doch Lorena vermutete, dass dies nichts damit zu tun hatte, dass die Wunde noch nicht vollständig verheilt war.

»Danke, alles bestens«, log er mit gepresster Stimme. Lorena spürte, wie schwer es ihm fiel, sich aus Raikas Bann zu lösen und den Blick abzuwenden, doch er schaffte es und sah zu Lorena hinüber, die ihm dafür ein Lächeln schenkte.

»Gehen wir hinunter«, sagte sie und folgte den beiden Guardians in den ihr nun schon vertrauten Übungsraum.

Tief in Gedanken fuhr Jason zurück in die City und suchte sich dann in Soho einen Parkplatz für seinen Morris. Wie üblich musste er fast zwei Blocks zu seiner Wohnung laufen.

Es war Sonntag und es dämmerte bereits wieder, als er das Haus erreichte und die Tür aufschloss. In Gedanken war er noch bei Lorena und dieser verrückten Gesellschaft von Nachtmahren mit ihren seelenlosen Dienern. Jason hatte die Lady, die dort wie eine Art Königin herrschte, nicht zu Gesicht bekommen, doch was er gesehen und erfahren hatte, reichte ihm, um in ihm ein Gefühl von Abwehr zu erzeugen. Diese Frauen nutzten die magischen Kräfte, die sie durch irgendeine seltsame Laune der Natur erhalten hatten, um ihre Lust zu befriedigen und sich Männer untertan zu machen. Sie zerstörten deren Willen und verdammten sie zu einem Dasein als Sklaven. Raika passte wunderbar dazu. Sie war skrupellos und nur auf ihr eigenes Vergnügen aus.

Und Lorena?

Sie war anders. Sie war ein warmherziger, liebevoller Mensch, der Verantwortung für andere und deren Wohlbefinden übernahm. Sie gehörte nicht dazu! Und doch waren diese Treffen und diese Übungen dazu gedacht, sie zu einer der ihren zu machen und sie auf diese verborgene Gesellschaft einzuschwören.

Natürlich hatte sein Herz schneller geschlagen, als sie sich zum Nachtmahr gewandelt und sich in diesem Lederdress mit dem Schwert in der Hand vor ihm präsentiert hatte. Sie war nicht nur schön und sexy. Sie war einfach umwerfend! Mehr als ein Mann sich wünschen konnte. Sex mit diesem Wesen war wie ein Drogenrausch, nach dem man immer wieder verlangte, doch wenn sich die Hormone ein wenig beruhigt hatten, dann sehnte er sich nach Lorena, der ganz normalen Frau, und nicht nach einer Kämpferin in knappen Lederklamotten, die geradewegs einem Comicheft entstiegen zu sein schien.

Und nun saß sie wieder mit diesen Guardians, wie sie sich nannten, in der schwarzen Limousine und war auf dem Weg nach Oxford, um im Herrenhaus der Lady erneut eine Nacht lang ihre Fertigkeiten zu trainieren. Der Gedanke gefiel ihm gar nicht, doch Lorena hatte seine Andeutungen beiseitegewischt.

Sie müsse lernen, sich zu verteidigen, wenn es dieser Councillor und seine Wanderer auf sie abgesehen hatten. Hatten sie nicht bereits ihre Schwester entführt und hielten sie noch immer irgendwo gefangen? Wäre es da nicht leichtsinnig, die Gefahr zu ignorieren und sich nicht vorzubereiten?

Was hätte er sagen sollen? Er würde sie nicht beschützen können, wenn die schwarzen Männer mit ihren Schwertern kamen, um sie zu holen.

Allein die Vorstellung dieser Szene kam ihm albern vor. Früher hätte er sie leichtfertig in das Reich der Fantasie verbannt. Aber früher hätte er auch nicht an Frauen geglaubt, die sich nachts in geflügelte Wesen verwandeln.

»Mr. Edison? Jason Edison?«

Jason fuhr herum. »Ja?«

Ein Mann trat auf ihn zu. Er war groß, mit breiten Schultern und einem kantigen Gesicht. Seine Wangen waren glatt rasiert, das Haar sehr kurz geschnitten. Er trug einen langen, dunklen Mantel, unter dem schwarze Hosenbeine und schwarze Schuhe hervorlugten.

»Sie wünschen?«, erkundigte sich Jason, nachdem er den Mann irritiert gemustert hatte. Er konnte ihn nicht einordnen. Trotz der geschäftsmäßigen Kleidung sah er nicht wie ein Vertreter aus, der ihm eine Versicherung andrehen wollte oder so etwas. Und wie ein religiöser Spinner wirkte er auch nicht. Eher militärisch, trotz der zivilen Kleidung.

Kriminalpolizei?, huschte es durch seine Gedanken. Wenn ja, was wollten die an einem Sonntagabend von ihm?

Der Mann versuchte sich an einem freundlichen Lächeln. »Entschuldigen Sie, dass ich Sie so einfach überfalle. Ich habe es bei Ihrem Dirigenten versucht, doch der sagte, Sie seien krankgeschrieben.«

Aha, vielleicht irgendein Veranstaltungsagent, dennoch war sein Auftauchen hier merkwürdig.

»Das ist richtig«, bestätigte Jason.

Der Mann streckte ihm die Hand entgegen. »Entschuldigen Sie, ich habe mich noch gar nicht vorgestellt. Mein Name ist Ryan Weird. Ich arbeite für einen Zweig der Familie Beaufort. Lord Guillaume hat mich beauftragt, für eine Konzertreihe in seinem Stammschloss Musiker zu engagieren, tja, und da fiel auch Ihr Name. Sie sollen ein Virtuose mit dem Cello sein. Ich würde Sie gerne für seine Reihe »Sommerkonzerte im Schloss« engagieren.

»Ich wurde verletzt. Ich kann noch nicht wieder richtig spielen. Hat Ihnen das mein Dirigent nicht gesagt? Es kann noch Wochen dauern, bis meine Schulter wieder so beweglich ist, dass ich schwierige Passagen spielen kann.«

Er hörte selbst die tiefe Enttäuschung in seiner Stimme, doch es war die Wahrheit, die er nicht verheimlichen konnte.

Der Besucher sah ihn noch immer unverwandt an. »Oh, ich weiß, doch Sie spielen auch Klavier und Saxofon, nicht wahr? Das müsste doch trotz Ihrer Schulter gehen, oder? Mit den Cellostücken warten wir dann eben noch ein wenig. Wir haben bis zum Sommer genügend Zeit.«

Jason starrte den Mann im schwarzen Mantel an und blinzelte. Das hörte sich genauso fantastisch an wie geflügelte Frauen. Davon träumte wohl jeder Musiker, doch es blieb normalerweise bei einem unrealistischen Traum.

Der Mann schwieg einen Moment und gab Jason Gelegenheit, etwas zu erwidern, doch der blickte ihn nur stumm an.

»Können wir das Weitere bei Ihnen in der Wohnung besprechen? Oder darf ich Sie zum Essen einladen?«, fuhr er schließlich fort.

Jason riss sich aus seiner Erstarrung. »Oh, verzeihen Sie mein unhöfliches Verhalten. Ich bin nur so überrascht. So etwas passiert einem Musiker nicht täglich.«

Ein Lächeln huschte über das sonst eher ernste Gesicht des Mannes. »Das glaube ich Ihnen. Ich sehe viele überraschte Mienen, wenn ich mich für den Lord auf die Suche nach Künstlern und anderen besonderen Talenten mache.«

Noch immer leicht benebelt, nickte Jason und öffnete die Tür. In seinem Geist ging er die Zimmer seiner Wohnung durch. Im Schlafzimmer sah es grauenhaft aus. Er hatte die schmutzige Wäsche noch wegräumen wollen, ehe er zu Lorena fuhr, sie aber dann doch auf dem Boden verstreut liegen gelassen. In der Küche stapelte sich gebrauchtes Geschirr. Und das Wohnzimmer? Er hatte versucht, einige Stücke auf dem Cello zu spielen und dann frustriert aufgegeben. Überall lagen Noten herum, doch immerhin besser als Schmutzwäsche.

Ein wenig verlegen führte Jason Ryan Weird ins Wohnzimmer, schob die auf dem Sofa verteilten Blätter zusammen und bot ihm Platz an. »Möchten Sie einen Kaffee oder etwas anderes zu trinken?«

Der Besucher schüttelte den Kopf. Er öffnete die Knöpfe seines Mantels, behielt ihn aber an und setzte sich auf die Kante des einzigen Sessels. Sein Blick glitt über das aufgeklappte Klavier, auf dem Jasons Saxofon lag, über die Zeitschriften und Notenstapel zu dem Stuhl, an dem das Cello lehnte. Ein altes, wertvolles Instrument, das Jasons Familie ihm zu Beginn seines Musikstudiums geschenkt hatte. Jason wusste, dass es ein Vermögen gekostet haben musste, und fragte sich, wessen Ersparnisse dafür draufgegangen waren. Daher war das Cello sein Schatz, den er wie seinen Augapfel hütete. Sorgfältig packte er es nun in seinen Kasten und stellte es in die Ecke, ehe er sich auf das Sofa setzte und den Agenten fragend ansah.

»Was hat der Lord geplant?«, erkundigte er sich. »Was für eine Besetzung soll es sein? Stehen die Stücke schon fest?«

»Das können wir im Lauf der Woche alles ganz in Ruhe durchgehen«, sagte Mr. Weird. Er schob den Mantel auseinander und entnahm seiner Tasche einige zusammengerollte Blätter, die er auf den Tisch legte und mit der Hand ein wenig glättete. »Hier ist der Entwurf des Vertrags. Lesen Sie ihn in Ruhe durch, und unterschreiben Sie dann auf der letzten Seite – wenn Sie das Engagement annehmen wollen.«

»Und ob ich das will!«, stieß Jason hervor. Er nahm den Vertrag, überflog ihn rasch und zog dann einen Kugelschreiber aus seiner Tasche.

»Sie sind meine Rettung!«, sagte er und setzte dann schwungvoll seinen Namen unter die letzte Zeile.

»Wir können uns heute Abend in Ruhe unterhalten«, sagte Lorena. »Ich hoffe, es wird nicht so spät.«

Sie sah ihn über den Tisch hinweg aus rot geränderten Augen an. Es war Montag, halb sieben Uhr, doch Lorena kam es vor wie mitten in der Nacht. Draußen war es noch stockdunkel, und sie war todmüde. Sie war irgendwann nachts heimgekommen und zu dem bereits tief schlafenden Jason unter die Decke geschlüpft, um wenigstens noch ein paar Stunden Schlaf zu bekommen. Ihr tat jeder Muskel weh, und sie hatte bei ihrem gestrigen Training einige Blessuren abbekommen. Zum Glück verdeckte der Hosenanzug ihre blauen Flecken an Armen und Beinen.

Mit trägen Bewegungen tauchte sie ihren Löffel in den lauwarmen Porridge, den sie wie üblich großzügig mit Finley teilte. Er fraß seine Portion – natürlich ohne Zucker und Früchte – begierig unter dem Tisch, während Lorena lustlos in ihrem Haferbrei herumstocherte.

Jason saß ihr bei Eiern und Speck gegenüber und bestrich sich gerade zwei Scheiben Toast dick mit Butter. Der Geruch des Specks bereitete Lorena Übelkeit, doch sie sagte nichts. Es war lieb von Jason, dass er um diese Zeit mit ihr aufstand und dann auch noch Frühstück machte.

»Nein, ich kann heute Abend nicht.«

»Warum? Du spielst doch heute nicht im Mau Mau? Hast du einen Schüler?«

»Nein, ich muss dir leider sagen, dass wir uns die ganze Woche nicht sehen können.«

Der Tonfall war seltsam. Lorena blinzelte. Sie glaubte, sich verhört zu haben. Langsam hob sie den Blick. Da war so ein Glitzern in Jasons Blick und ein Ausdruck in seiner Miene, als würde er gleich platzen.

»Was ist los? Gibt es etwas, das ich wissen sollte?« Mit einem Mal war Lorena hellwach. Sie reckte sich und sah ihn aufmerksam an.

Jason ließ sie noch ein wenig zappeln und aß erst sein Rührei und die Speckscheiben, ehe er ihr antwortete.

»Ich hatte Besuch. Von einem Mr. Weird.«

»Sollte der mir etwas sagen?« Lorena runzelte die Stirn und schüttelte dann den Kopf.

»Er ist ein Agent, der für Lord Guillaume Beaufort arbeitet. Und dieser Lord engagiert mich für seine Sommerfestspiele auf dem Familienschloss.«

Lorena starrte ihn an. Sie musste erst überlegen, ob ihr Gehirn sie noch mit ein paar Traumfetzen verwirrte oder ob Jason diese Worte wirklich gesagt hatte.

»Ein Schloss? Wo?«

Jason hob die Schultern. »Keine Ahnung. Jedenfalls holt er mich nachher um zehn ab. Ich werde die ganze Woche bei den Proben sein. Ich denke, es geht erst einmal darum, dass sich die Musiker kennenlernen und man die geplante Besetzung für die verschiedenen Stücke bespricht.«

»Und er hat dich einfach so engagiert?«, erkundigte sich Lorena ein wenig ungläubig.

»Ja, ich bin gut! Das hat sich herumgesprochen«, sagte Jason ein wenig gekränkt.

Lorena schüttelte den Kopf. »Das bezweifle ich ja gar nicht. Es wundert mich nur ein wenig. Normalerweise bekommt man solche Engagements nicht hinterhergetragen.«

»Nein, aber ich darf doch auch mal Glück haben, oder?«

Lorena erhob sich und ging um den Tisch herum. Sie legte ihre Arme um ihn und küsste ihn im Nacken. »Natürlich darfst du das, und ich freue mich sehr für dich. Aber wie willst du das machen? Kannst du denn schon wieder Cello spielen?«

Jason wehrte ab. »Mr. Weird weiß von der Verletzung. Er sagt, das sei kein Problem. Wir fangen mit den Klavierstücken an. Die Cellostücke kann ich dann später noch üben, wenn meine Schulter wieder ganz in Ordnung ist. Die Festspiele sind ja erst im Sommer.«

Lorena schob ihre Bedenken und das ungute Gefühl beiseite, das in ihr aufstieg, und gratulierte Jason stattdessen noch einmal. Sie küsste ihn zärtlich und machte sich dann auf den Weg zur U-Bahn, um in die Docklands zu fahren. Während der Fahrt hatte sie viel Zeit, über ihre Gefühle nachzudenken. Warum konnte sie sich nicht so recht über das Angebot freuen? Missgönnte sie Jason etwa seinen Erfolg?

Nein, das konnte nicht sein. Sie war stolz auf ihn, wenn er in einem großen Orchester spielte oder bei einer Veranstaltung Applaus für sein Spiel erntete.

Was dann?

Hatte sie sich schon so schnell daran gewöhnt, dass morgens jemand da war, der das Frühstück mit ihr teilte, und dass sie abends in eine hell erleuchtete Wohnung zurückkehrte, wo sie seine Arme warm umfingen?

Zugegeben, es war schön, doch sie hatte kein Problem damit, dass er nun für Proben immer mal wieder einige Tage weg sein würde. Vielleicht war sie einfach nicht ausgeschlafen und zu müde, um sich für ihn zu freuen.

Gähnend lehnte sich Lorena auf dem verschlissenen Sitz

zurück und schloss die Augen. Sie überließ sich dem Ruckeln der alten Bahn und versuchte, noch ein wenig in ihre Träume zurückzukehren, die der Wecker so rüde unterbrochen hatte.

Kapitel 7

EIN ABEND MIT HARRISON GRAY

Das *Four Seasons* lag in der Innenstadt von San Francisco und war für Lucy nach fünf Jahren in einem fensterlosen Verlies fast ein wenig zu viel. Der Councillor hatte eine Suite und mehrere Zimmer für seine Männer gemietet, die oben im zwanzigsten Stock lagen und einen atemberaubenden Blick über die Stadt und die Bucht erlaubten. Lange stand Lucy vor den bodentiefen Fenstern und starrte einfach nur hinaus. Sie beobachtete die Schiffe, die durch das Wasser pflügten, und das Licht, das sich mit jeder vorbeiziehenden Wolke veränderte. Sie spürte, wie der Councillor hinter sie trat, doch sie hielt ihren Blick weiter auf die Bucht gerichtet.

»Das Meer«, murmelte sie.

»Nun ja, nicht ganz. Das ist die Bay von San Francisco. Der Pazifik liegt links von uns im Westen und beginnt sozusagen unter der Golden Gate Bridge.«

»Die Golden Gate«, wiederholte Lucy. »Werden wir sie sehen?«

»Wenn du das möchtest.«

»Oh ja!«

»Später. Und wir werden auch zu dieser Insel fahren.« Er deutete nach Norden in die Bucht hinaus. »Weißt du, was das für eine Insel ist?« Lucy schüttelte den Kopf.

»Alcatraz«, sagte er nur und sah sie von der Seite an. Vermutlich befriedigte es ihn, dass sie bei dem Namen des

Hochsicherheitsgefängnisses zusammenzuckte. Machte es ihm Spaß, sie an ihren Status als Gefangene zu erinnern? Fürchtete er, sie könne dies in der luxuriösen Umgebung des Hotels vergessen?

Lucy versuchte sich an einer unbeweglichen Miene. »*The Rock – Fels der Entscheidung*, ja ich weiß«, sagte sie. »Ich habe den Film mit Nicolas Cage und Sean Connery gesehen. Ist da was Wahres dran? Ist je einem der Häftlinge die Flucht durch die Tunnelsysteme gelungen?«

Der Councillor hob die Schultern. »Ich weiß nicht. Das kannst du die Fremdenführer auf der Insel fragen. Es ist jetzt nur noch eine Touristeninsel. Gefangene gibt es dort keine mehr.«

»Ich weiß«, behauptete Lucy, obgleich sie diese Information erleichterte. Offensichtlich war dies keine versteckte Andeutung gewesen, wo er sie als Nächstes einzusperren gedachte.

Mit einem Nicken verabschiedete sich der Councillor und zog sich zurück. Lucy blieb allein am Fenster stehen, den Blick noch immer auf die Gefängnisinsel gerichtet, die nun in den Strahlen der untergehenden Sonne Feuer zu fangen schien. Das spiegelglatte Wasser der Bay verwandelte sich in flüssiges Gold und wechselte dann zu Purpurrot. Lucy spürte die Unruhe in sich aufsteigen, die sie jede Nacht begleitete, und mit ihr kehrte ihr Wille zur Flucht zurück. Rasch sah sie sich um. In der weitläufigen Suite schien außer ihr keiner zu sein. Wie leichtsinnig!

Lucy sah auf das Armband herab, das sie an den Councillor fesselte. Wenn sie es anbehielt, würde es ihm ein Leichtes sein, sie aufzuspüren, und vermutlich hatte er nicht gelogen, als er ihr androhte, sie auch aus der Ferne mit schmerzhaften

Stromstößen peinigen zu können. Das Ding musste also ab. Das dürfte doch nicht so schwer sein, oder?

Sie betrachtete den Verschluss noch einmal genau und ging dann ins Bad, in dem sie auf dem Waschtisch nicht nur Shampoo, Wattestäbchen und Duschhaube fand, sondern auch ein Nähset mit Nadel, Faden und einer Sicherheitsnadel. Lucy nahm das kleine Päckchen mit in den Salon, setzte sich an den Tisch und schob dann die Nadel in die Vertiefung des Schlosses.

Der Schlag kam so unvermittelt und war so schmerzhaft, dass Lucy mit einem Stöhnen in die Knie ging. Eine Welle der Pein raste durch ihren Kopf, und sie sah Blitze vor den Augen. Ehe sie sich wider aufrappeln konnte, legte sich eine Hand um ihren Arm und zog sie hoch.

Nein, es wunderte sie nicht, in die kalten Augen des Councillors zu blicken. Er schüttelte den Kopf, schien aber nicht ernsthaft erzürnt. Wenn er kein Narr war, musste er so etwas erwartet haben. Und der Councillor war alles andere als ein Narr!

»Du wirst es nicht aufbekommen«, sagte er beinahe sanft. »Habe ich dir das nicht gesagt? Du kannst weder das Schloss knacken noch das Armband zerstören, ohne dass es sehr schmerzhaft für dich wird. Und glaube nur nicht, du könntest das einfacher durchstehen, wenn du dich wandelst. Mahre sind sehr empfindlich, wenn es um Elektrizität geht. Daher würde ich dir nicht raten, es zu versuchen. Wärst du gar in der Luft, würdest du unweigerlich abstürzen. Aber das habe ich dir schon gesagt, nicht wahr?«

Er tätschelte ihre Schulter, dann griff er in seine Tasche und nahm die Fernbedienung heraus, die er ihr bereits im Auto gezeigt hatte. Ehe Lucy fragen konnte, was er vorhabe, drückte er auf einen der Knöpfe, und noch einmal fiel Lucy auf die Knie. Der Schmerz war vielleicht sogar noch stärker und rollte wie ein von Felswänden zurückgeworfenes Echo ein paar Mal durch ihren Körper, vom Kopf bis in die Zehenspitzen und wieder zurück. Lucy kauerte sich zusammen und wimmerte, bis die Pein endlich verebbte. Wieder griff er nach ihren Armen und zog sie hoch. Er nötigte sie, auf einem Stuhl Platz zu nehmen. Lucys Atem ging rasch, ihr Blick huschte hektisch umher, ihre Finger zitterten.

»Das wird bald vorbeigehen«, sagte er mit dieser leidenschaftslosen Stimme, die Lucy frösteln ließ. »Ich hoffe, du merkst dir das gut und wirst in Zukunft die Finger davon lassen. Ich will dich nicht quälen«, fügte er ein wenig sanfter hinzu, »aber wenn du die Vorzüge dieses Hotels statt einer Gefängniszelle genießen willst, dann musst du tun, was ich dir sage. Hast du das verstanden?«

Was blieb ihr anderes übrig, als die Zähne zusammenzubeißen und zu nicken.

Der Councillor tätschelte erneut ihre Schulter. »Lucy, ich weiß, dass du noch immer an Flucht denkst, aber warte es ab, bis ich dir alles erzählt habe. Ich denke, dann wirst du deine Meinung ändern. Wer weiß, vielleicht werden wir beide ein ganz wunderbares Team?«

»Niemals«, zischte sie.

Der Councillor ignorierte ihren Einwurf jedoch und fuhr stattdessen fort: »Wir sind uns gar nicht so unähnlich. Wir sind keine normalen Menschen. In uns schlummern große magische Kräfte. Wir wollen Macht, und wir sind bereit, dafür zu kämpfen.«

»Niemals!«, stieß Lucy noch einmal aus, erhob sich und

eilte ins Badezimmer. Sie schlug die Tür hinter sich zu und schloss den Riegel.

Es war nicht die Flucht, die sie sich vorgestellt hatte, doch es verschaffte ihr wenigstens einige ungestörte Minuten, um sich zu fassen und neuen Mut zu sammeln.

Vier Tage waren vergangen. Vier Tage, an denen Lorena Jason nicht gesehen und lediglich kurz mit ihm telefoniert hatte. Allerdings hatte sie auch nicht viel Gelegenheit dazu gehabt, einsam und allein abends in ihrer Wohnung zu sitzen und ihn zu vermissen. Mr. Gray hielt sie ständig in Atem und betraute sie mit immer neuen Aufgaben, die sich neuerdings bis spät in den Abend zogen.

Doch so arg unrecht war das Lorena gar nicht. Erstens fielen dann die einsamen Abende und das Grübeln aus, und zweitens hielt Mr. Gray sie von den Kollegen fern, in deren Gegenwart sie noch immer das Gefühl hatte, unter ihren eisigen Blicken erfrieren zu müssen.

In Mr. Grays Gegenwart fühlte sie sich wohl, und es gelang ihr sogar, ihre Skrupel zu unterdrücken und nicht zu sehr darüber nachzudenken, was sie da genau machte. Sie genoss es einfach, beschäftigt zu sein und jedes Mal von Mr. Gray gelobt zu werden, wenn ihr ein guter Abschluss gelang.

Gegen acht rief Jason auf ihrem Handy an. Sie saß noch immer an ihrem Schreibtisch und hatte einen Berg von Material vor sich, das sie noch durchsehen sollte, um zu entscheiden, welche Strategie sie am nächsten Tag verfolgen wollten. Lorena sah auf die angezeigte Nummer und entschied, dass es ihr um diese Zeit durchaus zustand, ein kurzes, privates Telefonat zu führen.

»Hallo, mein Liebster, wie geht es dir? Hast du dir schon die Finger wund gespielt?«

»So in der Art«, antwortete Jason. »Es sind wirklich schwere Stücke geplant. Ich werde einiges zu üben haben. Noch bin ich ganz auf mich gestellt. Die meisten Musiker, die später bei den Orchesterstücken mitspielen werden, sind noch nicht da. Mr. Weird ist noch auf der Suche. Ich glaube, es fehlen ihm noch zwei Violinen und eine Bratsche sowie einige Holzbläser. Aber das ist seine Sache. Ich konzentriere mich gerade auf die Klavierstücke, die während des Nachmittags gespielt werden sollen. Wie du weißt, kann ich mit dem Cello noch nicht richtig üben.«

Lorena lauschte dem Klang seiner Stimme und wünschte sich, sie könne ihn sehen und berühren. Seinen vertrauten Geruch einatmen.

»Jedenfalls ist das Anwesen eine Wucht«, sprach Jason weiter. »Ein richtiges Schloss mit unendlich vielen Zimmern und einem riesigen Park, der an einen See grenzt. Da kann dein Gryphon Manor nicht mithalten.«

Lorena unterbrach ihn hastig. Das war kein Thema, das man am Telefon besprach.

»Wann kommst du nach Hause? Ich hoffe, ich kann morgen früher aufhören.«

Auf der anderen Seite herrschte Stille, sodass Lorena für einen Augenblick dachte, die Verbindung wäre unterbrochen worden, dann hörte sie Jason sich räuspern.

»Äh, also, ich komme gar nicht. Mr. Weird meinte, wir sollten uns das Wochenende freihalten, weil er mit einigen Musikern Proben abhalten will, um zu sehen, wie das Zusammenspiel klappt. Soweit ich verstanden habe, reisen morgen noch drei für das Orchester an.«

»Und wann kommst du dann wieder?«, erkundigte sich Lorena, darauf bedacht, dass die Stimme ihre Enttäuschung nicht verriet.

»Ich weiß es noch nicht. Es tut mir leid, doch das ist eine große Chance und wird noch dazu gut bezahlt. Ich muss das tun, versteh bitte.«

»Natürlich verstehe ich das«, beeilte sich Lorena zu versichern. Ich habe hier auch viel zu tun und muss am Wochenende … nun du weißt, auch etwas üben. Vermutlich hätte ich für dich eh nicht sehr viel Zeit. Es ist alles gut. Ich liebe dich und freue mich über deinen Erfolg.«

In diesem Moment spürte sie, wie jemand hinter sie trat. Lorenas Wangen begannen zu glühen.

»Also bis dann, ich versuche, dich anzurufen.« Hastig beendete sie das Gespräch und ließ dann das Handy in ihre Tasche fallen. Lorena wandte sich um. Wie erwartet, stand Mr. Gray vor ihr und musterte sie mit ausdrucksloser Miene.

»Entschuldigen Sie, es ist schon spät, und da habe ich kurz …«

»Mit Ihrem Freund telefoniert? Ja, natürlich«, sagte er mit einem Schulterzucken. Offensichtlich hatte er nicht vor, ihr deswegen Vorwürfe zu machen. Er ließ seinen Blick über den mit Papieren übersäten Schreibtisch wandern. Lorena hatte keine Ahnung, was er dachte, doch sein Blick machte sie nervös. Es ärgerte sie, dass ihre Handflächen feucht wurden. Sie hatte gut gearbeitet und keine Fehler gemacht. Es gab nichts zu beanstanden, oder dachte er, sie sei zu langsam? Sie müsse das Arbeitspensum, das er ihr aufbrummte, innerhalb der normalen Arbeitszeit bewältigen? Das war unmöglich!

Oder doch nicht?

Dann soll er eben noch jemanden einstellen, dachte sie ein wenig erbost. *Geld genug verdient die Abteilung schließlich mit diesem Fonds.*

»Es ist wieder sehr spät geworden«, sagte Mr. Gray, so als sei ihm dies gerade erst aufgefallen. »Machen wir für heute Schluss.«

Lorena nickte und schob die Papiere zusammen, um sie in ihrer Schreibtischschublade einzuschließen.

»Ich weiß nicht, wie es Ihnen geht, aber ich hatte nur ein Sandwich zu Mittag und bin inzwischen sehr hungrig. Wollen wir zusammen etwas essen?«

Natürlich war Lorena auch hungrig, doch sie zögerte zuzusagen. Misstrauisch musterte sie ihren Vorgesetzten. Was bezweckte er mit dieser Einladung?

Mr. Gray trat einen Schritt zurück und hob die Hände. Anscheinend stand ihr die Überlegung auf die Stirn geschrieben.

»Keinerlei Hintergedanken, Miss Rittner, ganz ehrlich. Nur Hunger und keine Lust, alleine in einem Restaurant zu essen. Wir können uns beim Essen über die Arbeit unterhalten oder über andere Dinge reden, wie Sie wollen, und die Rechnung geht an die Spesenabteilung.«

Lorena zögerte noch immer, dann nickte sie. »In Ordnung. Ich hole meinen Mantel.« Sie ging davon und versuchte, die warnenden Stimmen in ihr zum Schweigen zu bringen. Es sah nicht so aus, als wolle er mit ihr flirten, und schließlich wusste er, dass sie in einer Beziehung lebte.

Na und? Er hat mit angehört, dass Jason nicht da ist.

Deshalb sollte er gleich versuchen, die Gunst der Stunde auszunutzen?

Hättest du wohl gern!

Nein, stimmt gar nicht. Mr. Gray sieht zwar gut aus und hat gute Manieren, doch er ist mein Vorgesetzter. Außerdem würde ich Jason nicht hintergehen, nur weil er mal ein paar Tage nicht da ist.

Ach nein? Wirklich nicht? Du würdest ihn nie betrügen? Außer vielleicht mit schwarzen Hünen, denen man wirklich nicht widerstehen kann!

Sie ignorierte die gehässige Stimme, vielleicht auch, weil sie dagegen nichts sagen konnte. Es war passiert. Sie konnte es zwar auf den Nachtmahr in sich schieben, doch dieses Wesen gehörte zu ihr. Es war ein Teil von ihr, und sie musste auch diese dunkle Seite von sich akzeptieren.

»Fertig?«

Sie zuckte zusammen, als Mr. Gray in seinem schwarzen Mantel neben ihr auftauchte. Er bemerkte es nicht oder tat zumindest so, als habe er es nicht gesehen.

»Nach was steht Ihnen der Sinn? Englisch – schnell und fettig – oder lieber Indisch? Chinesisch? Japanisch?«

Lorena entschied sich für das chinesische Restaurant, das gleich um die Ecke im Erdgeschoss einer der Glastürme lag. Es war nicht besonders voll, die Atmosphäre angenehm, die Bedienung freundlich und schnell. Lorena nahm die süßsaure Ente und vorher eine Frühlingsrolle. Mr. Gray entschied sich für ein scharfes Gericht mit Garnelen und Gemüse.

Sie sprachen nicht über die Arbeit. Er beherrschte es, leichte Konversation zu treiben, und er fragte Lorena auch nicht nach ihrem Privatleben aus, sodass sie sich bald entspannte.

»Jetzt geht es mir wieder gut«, sagte sie, als sie den leeren Teller von sich schob, und seufzte.

Mr. Gray sah sie über den Tisch hinweg an. »Ja, so sehen Sie auch aus. Ihr Gesicht hat wieder Farbe bekommen.«

Lorena musste ein Kichern unterdrücken. »Ihres auch«, versicherte sie ihm.

Er lächelte ein wenig kläglich und tupfte sich mit dem Taschentuch über die Stirn. »Das glaube ich gern. Die Garnelen waren verdammt scharf! Wollen Sie noch einen Nachtisch, Lorena? Ich finde, wir sollten das Mr. und Miss langsam weglassen. Ich heiße Harrison.«

Da sie nicht den Eindruck hatte, er würde mit diesem Vorschlag irgendwelche Hintergedanken verbinden, nickte sie. In Großbritannien wurde mit der Anrede ohnehin lockerer umgegangen als in Deutschland. In ihrer alten Abteilung hatten sich alle mit dem Vornamen angesprochen. Das brachte sie auf einen anderen Gedanken.

»Darf ich vor dem Nachtisch doch noch eine geschäftliche Frage stellen?«

»Ich bin ganz Ohr«, sagte Harrison.

»Wir haben ja gerade sehr viel zu tun, und da dachte ich, vielleicht wäre ein wenig Verstärkung im Team nicht schlecht.«

»Denken Sie an jemand Bestimmtes?«, erkundigte er sich mit wachem Blick.

Lorena nickte eifrig. »Ja, an meinen Kollegen David Terrell. Ich habe immer sehr gut mit ihm zusammengearbeitet. Er ist ein umgänglicher Mensch und sucht stets neue Herausforderungen.«

Harrison sah sie mit unergründlicher Miene an. »Ich werde mit David sprechen«, behauptete er, doch Lorena hatte den Eindruck, als wäre er von ihrem Vorschlag nicht erfreut. Dabei kannte er David doch gar nicht. Vielleicht sollte sie das Thema bei Gelegenheit noch einmal ansprechen oder David raten, eine Bewerbung zu schicken. Im Augenblick jedenfalls schien Harrison nicht weiter darüber reden zu wollen. Er bestellte in Honig gebackene Bananen für Lorena, während er selbst es bei einem Espresso beließ.

Das Lokal lichtete sich, bis sie die letzten Gäste waren. Der Besitzer sah immer wieder zu ihnen hinüber, wagte aber nicht zu fragen, ob er die Rechnung bringen durfte.

»Ich glaube, die wollen schließen«, sagte sie.

Harrison nickte. »Kommt mir auch so vor«, stimmte er ihr zu, ohne Anstalten zu machen, den Abend zu beenden.

Lorena rutschte unruhig auf ihrem Platz hin und her.

»Möchten Sie noch etwas? Kaffee oder Tee oder einen Pflaumenwein?«

Sie schüttelte den Kopf. Ein verstohlener Blick auf ihre Uhr zeigte ihr, dass es bereits halb zwölf war.

»Ich denke, ich mache mich jetzt auf den Heimweg. Vielen Dank für die Einladung.«

»Danken Sie der Firma«, wehrte er ab und winkte nun endlich den Kellner heran. Es dauerte noch weitere zehn Minuten, bis sie auf der Straße standen.

Lorena verabschiedete sich und wollte sich auf den Weg zur U-Bahn machen, als Harrison sie aufhielt. »Sie wollen doch nicht etwa um diese Zeit mit der U-Bahn fahren?«

»Warum nicht?«, gab sie zurück. »Irgendwie muss ich doch nach Hause kommen. Ich werde mir ganz sicher kein Taxi bis nach Notting Hill nehmen!«

Er grinste. »Oh, sparsam veranlagt sind Sie auch noch. Eine Tugend, die die Bank sicher schätzt, dennoch muss ich protestieren. Kommen Sie mit mir zu meinem Wagen, ich fahre Sie heim.«

Lorena wollte etwas dagegen einwenden, doch Harrison winkte ab. »Es ist kein so großer Umweg, und die Straßen sind jetzt bestimmt frei, also diskutieren Sie nicht mit mir, ich bin Ihr Chef!«

Sie gab sich geschlagen und folgte ihm zu seinem Wagen. Natürlich ein echtes Angeberauto, wie es sich für einen Manager in der Zockerbranche gehörte. Lorena rutschte in den Ledersitz des anthrazitfarbenen Aston Martin, der mit röhrendem Motor anfuhr.

Sie schwieg, während er in Richtung Londoner City fuhr. Trotz der späten Stunde herrschte hier noch immer reger Verkehr, allerdings kein Vergleich mit dem zähen Schieben während des Tages oder gar dem endlosen Stau zur Rushhour. Ohne auf die Uhr zu sehen, spürte Lorena, wie sich der Zeiger unerbittlich auf die Zwölf zuschob, doch bis auf das Kribbeln in ihren Fingerspitzen blieb sie ruhig. Sie hörte die Kirchturmuhren Mitternacht schlagen, aber nichts geschah. Vor einem halben Jahr hätte sie noch aus dem Wagen stürzen müssen, um sich in irgendeinem dunklen Hinterhof zu wandeln und dann als Nachtmahr eine Stunde umherstreifen zu müssen. Einem hungrigen Nachtmahr, der stets auf Männerfang war und sich keine Beute entgehen lassen wollte! Nun aber konnte sie ruhig abwarten und sich ohne Panik nach Hause fahren lassen.

Für einen Moment schloss sie die Augen und gab sich der Vision hin, was geschehen würde, wenn sie dem Drängen des Nachtmahrs nachgeben würde. Sie sah Harrison Gray plötzlich mit dem Blick des nächtlichen Wesens und konnte nicht verhindern, dass ihr Blut in heißen Wellen durch ihre Adern rann. In Gedanken entledigte sie ihn seines Designeranzugs und berauschte sich an seinem nackten Körper.

In ihrer Fantasie war er perfekt gebaut, mit straffer Haut über den wohltrainierten Muskeln, die Brust unbehaart, der Bauch flach, die Beine kräftig. Bei solch einem Körper fiel sicher auch das Wichtigste des Mannes groß genug aus und war in gutem Zustand. Steif reckte er sich ihr entgegen, fordernd nach ihren Händen, ihrer Zunge und ihrer nassen Scham …

Lorena musste die Lippen zusammenpressen, um nicht laut aufzustöhnen. Sie spürte, wie er ihr einen Blick zuwarf, und sah rasch zur Seite. Zu sehr fürchtete sie, er könne ihre Gedanken erahnen. Sie konzentrierte sich darauf, ruhig zu atmen und die Vision des nackten Körpers aus ihren Gedanken zu verbannen.

Es war verdammt schwer, *nicht* an etwas zu denken! Nein, so ging das nicht, sie musste sich auf etwas anderes konzentrieren. Etwas, das die Hitze in ihrem Körper dämpfen und das Verlangen zum Verlöschen bringen würde.

»Es ist ja schon Mitternacht«, unterbrach Harrison das Schweigen.

Lorena nickte, ohne ihn anzusehen. »Ja, Mitternacht.«

»Eine magische Stunde, finden Sie nicht?«

Sie presste ihre Fingernägel in ihre Handflächen. »Ja? Wie meinen Sie das?«

»Der eine Tag geht, und unmerklich beginnt einen Augenblick später der nächste. Zu dieser Stunde laufen Ultimaten ab, werden Zauber gebrochen oder Magie gewirkt. Sie können in der Literatur unzählige Beispiele finden. Dieser Moment hat die Menschheit von jeher fasziniert.«

Sie entspannte sich ein wenig. Harrison Gray versuchte nur, sich harmlos mit ihr zu unterhalten.

»Was bedeutet Mitternacht für Sie?«, fragte er.

Lorena versuchte sich an einem Lächeln. »Mitternacht mahnt mich, dass es schon spät ist und es eine kurze Nacht wird, wenn wir um acht wieder an unseren Schreibtischen sein wollen.«

Er zog eine Grimasse. »Erinnern Sie mich nicht daran. Sagen wir neun, das ist noch immer früh genug.«

Lorena bedankte sich und löste den Gurt, um auszusteigen, doch Harrison Gray hielt sie zurück. Seine Fingerspitzen berührten ihre Hand, doch er zuckte sogleich zurück. Auch Lorena spürte den elektrischen Schlag, der sich unvermittelt entlud.

»Aua!«

»Entschuldigung.«

Sie mussten sich irgendwo statisch aufgeladen haben. Für einen Moment starrten sie einander verwirrt an.

»Was wollten Sie sagen?«, nahm Lorena den Faden wieder auf.

Er musste sich sammeln, schloss kurz die Augen und sah sie dann erwartungsvoll an. »Wären Sie eventuell bereit, mit mir eine Reise zu unternehmen?«

Lorena starrte ihn an. »Was?«

»Himmel nein, sehen Sie mich nicht so an. Ich spreche hier nicht von einer privaten Lustreise. Das ist kein unseriöses Angebot. Es geht um den Fonds und unsere Zusammenarbeit mit einem Bankhaus in Amerika.«

»Oh, ach so.« Sie spürte, wie sie rot wurde. »Wie dumm von mir. Also, ich weiß nicht. Warum ich?«

»Weil Sie gut sind und noch viel Potenzial haben?«, schlug Harrison vor.

»Danke. Wann ist diese Reise geplant, und wie lange würden wir weg sein?«, erkundigte sich Lorena vorsichtig, die noch nicht wusste, wie sie auf dieses Angebot reagieren sollte.

»So konkret ist das noch nicht«, wehrte er ab. »Ich wollte nur schon einmal vorfühlen, wie Sie dazu stehen. Schlafen Sie mal drüber, und sagen Sie mir in den nächsten Tagen Bescheid.«

Lorena nickte. Ehe sie aussteigen konnte, war Harrison bereits aus dem Wagen, eilte um ihn herum und öffnete ihr die Tür. Sie bedankte sich und ging zum Haus. Er blieb neben dem Wagen stehen, bis sie die Haustür geöffnet hatte und im Flur verschwunden war.

Ein Kavalier der alten Schule!

Oder ein Mann, der genau wissen will, wo du wohnst.

Harrison Gray sah noch einige Augenblicke auf die geschlossene Haustür, dann wandte er sich ab, doch ehe er die Fahrertür erreichte, ließ ihn eine Stimme innehalten.

»Wie ich sehe, haben Sie meine Freundin Lorena sicher nach Hause gebracht. Was für ein prächtiger Gentleman! So etwas findet man nicht mehr häufig in unserer Zeit.«

Harrison Gray starrte schweigend die Frau an, die sich ihm näherte.

»Hübscher Wagen! Ich sehe, Sie haben Geschmack.«

Sie trug trotz der Kälte nur ein enges schwarzes Lederkleid und hochhackige Stiefel, die bis über die Knie reichten. Ihr schwarzes Haar rahmte ein schmales Gesicht mit etwas schräg stehenden Katzenaugen ein. Der Blick aus den dunklen Augen war eindringlich und dazu gedacht, jedem Mann die Ruhe zu rauben und die niedrigsten Triebe in ihm zu erwecken. Die Frau blieb so nah vor ihm stehen, dass er ihren Atem spüren konnte. Süß und verführerisch.

»Oh, hat sie Ihnen die Tür vor der Nase zugemacht? Wie ungezogen! Nicht einmal einen letzten Drink hat sie Ihnen angeboten. Keine Gelegenheit, die Nacht noch ein wenig interessanter zu gestalten.«

Es fiel ihm schwer, seinen Blick von ihrem zu lösen. »Ich hatte nicht die Absicht!«, sagte er.

Die Frau lachte. »Nein, und Lorena offensichtlich auch nicht, das dumme Ding. Sich so einen Leckerbissen entgehen zu lassen, aber wenn sie nicht will, dann sind Sie frei, nicht wahr?«

Um seine Lippen zuckte es. »Frei für Sie?«

Die dunkle Schönheit nickte und schenkte ihm dann ein Lächeln, das einen schwächeren Mann in die Knie gezwungen hätte.

»Ich heiße übrigens Raika, und Sie?«

»Harrison Gray«, stellte er sich vor. »Und Sie sind ganz zufällig um diese Zeit hier?«, fügte er hinzu, ohne Zweifel daran zu lassen, was er darüber dachte.

Raika entgegnete entwaffnend: »Nein, das würden Sie mir nicht abnehmen, nicht wahr? Ich dachte, ich gehe mal bei Lorena vorbei, um die Arme aus ihrem Strohwitwendasein zu erlösen und ein wenig Spaß mit ihr zu haben, doch wie ich sehe, sind Sie mir zuvorgekommen.«

»Wir waren lediglich essen«, stellte Harrison fest und fragte sich, warum er dieser Frau Auskunft gab. Es ging sie nichts an.

»Da wir hier von Lorena sprechen, glaube ich Ihnen sogar«, sagte Raika und zog eine Grimasse. »Die Gute versteht es leider immer noch nicht, sich zu amüsieren. Aber gut, das ist ihr Problem. Das heißt nicht, dass wir die Nacht verschwenden müssen, nicht wahr?«

Sie kam noch näher und streifte seine Lippen mit ihren. Es war ihm, als würde ein Stromstoß durch seine Eingeweide fahren. So sehr er sich auch dagegen wehrte, er konnte ihrem Locken nicht widerstehen.

»Wir fahren jetzt zu mir, nehmen einen Schlummertrunk, und dann sehen wir, was die Nacht sonst noch zu bieten hat«, gurrte sie ihm ins Ohr. »Ich verspreche Ihnen, Sie werden es nicht bereuen! Dies wird die Nacht, die Sie niemals wieder vergessen werden.«

Er sog ihren Duft ein, schmeckte ihren Atem – und er glaubte ihr. Widerstandslos ließ er sich den Wagenschlüssel aus der Hand nehmen und sich zur Beifahrerseite dirigieren.

»So ist es brav! Ich fahre, dann sind wir viel schneller am Ziel.«

Das hatte sie durchaus ernst gemeint, wie er gleich darauf feststellen durfte. Mit quietschenden Reifen fuhr sie an und raste dann in solch halsbrecherischem Tempo durch Notting Hill, dass er all seine Beherrschung brauchte, sich nicht irgendwo festzuklammern. Das würde eine interessante Nacht werden, und Harrison Gray begann zu ahnen, dass er am nächsten Morgen nicht pünktlich um neun im Büro sein würde.

Kapitel 8

VERSCHWÖRUNG

Lucy saß Winston Campbell gegenüber an einem vornehm gedeckten Tisch im Restaurant ihres noblen Hotels in San Francisco. Er war aufgeräumter Stimmung und die Höflichkeit selbst und half ihr bei der Zusammenstellung des Menüs. Den Vorschlag, Austern zu essen, lehnte Lucy ab. Allein die Vorstellung, rohe, glibberige Muscheln zu schlürfen, bereitete ihr Übelkeit.

»Vielleicht hast du recht. Wir versuchen lieber das Lachstatar als Vorspeise.«

»Gibt es hier in diesem Schuppen auch etwas Gebratenes?«, erkundigte sie sich bewusst provozierend.

»Aber sicher. Was willst du? Steak und vorher eine Suppe? Diese scharfe Thaisuppe mit Kokos und Hühnchen ist sehr zu empfehlen. Und wie möchtest du dein Steak? Ich bevorzuge es *rare*, aber wenn du dein Fleisch lieber totgebraten essen willst, bist du zumindest in zahlreicher Gesellschaft. Die Amerikaner sind nicht gerade Feinschmecker, was das betrifft.«

Lucy überlegte, ob sie das Fleisch *well done* bestellen sollte, nur um den Councillor zu ärgern, doch ihr war klar, dass sie mit solch kindischen Aktionen nichts erreichen würde. So entschied sie sich für die empfohlene Suppe und ein Filet Mignon, medium, mit Mais, Brokkoli und Kartoffeln, während der Councillor, neben einer Pastinakenschaumsuppe mit Trüffeln, Thunfisch – natürlich *rare* – auf Rote-Bete-Püree orderte.

Lucy aß mit gutem Appetit. Sie war in ihrem Verlies zwar nicht schlecht verpflegt worden, doch ein vergleichbar gutes Essen hatte sie über Jahre nicht genossen, wenn sie überhaupt jemals so etwas gegessen hatte. So konzentrierte sie sich auf ihr Tatar, das wider Erwarten köstlich war, und dann auf die heiße scharfe Suppe. Erst als sie auf ihr Hauptgericht warteten, sah sie den Councillor wieder an.

»Sie wollten mir erzählen, warum ich meine Rachegedanken nicht allein auf Sie richten sollte.«

Winston Campbell nickte. »Das hast du gut formuliert. Lass mich überlegen, wo ich am besten anfange. Vielleicht zuerst ein Hinweis. Die Nachtmahre sind unsere natürlichen Feinde – seit Jahrhunderten. Sie sind eine Plage, denn sie machen sich mit einem einzigen Tropfen ihres Gifts Männer untertan, um sie als willenlose Sklaven zu halten. Diese dienen lediglich ihrer sexuellen Befriedigung und werden achtlos entsorgt, sobald sie ihrer nicht mehr bedürfen.«

Lucy wollte protestieren, doch er hob die Hand und erstickte ihre Worte im Keim.

»Lass mich weitersprechen. Es ist also seit jeher die Aufgabe der Wanderer, diese Plage zu bekämpfen und sie wenigstens einzudämmen, wenn es uns schon nicht gelingt, sie vollständig auszurotten.«

»Wanderer? Was soll das sein? Das habe ich noch nie gehört.«

»Wir sind die Auserwählten, die Wanderer durch die Zeit, die Unsterblichen, die das Gleichgewicht zwischen Menschen und den unnatürlichen Wesen bewahren«, sagte er in ernstem Ton.

»Was?« Lucy starrte ihn an. »Unsterblich? Wie alt sind Sie? Hundert Jahre oder mehr?«

»Viel mehr.« Der Councillor hob sein Glas mit dem dunkelroten Wein, um genießerisch einen Schluck zu trinken.

Lucy lachte ungläubig. »Dann sind Sie sowas wie die Typen in *Highlander*? Ich kann mich noch gut an den Film erinnern. Christopher Lambert hat die Hauptrolle gespielt, aber ich mochte auch Sean Connery.«

»In vielen Geschichten steckt ein Körnchen Wahrheit.«

Lucy schüttelte den Kopf. »Sie nehmen mich auf den Arm. Wollen Sie mir weismachen, dass Sie mit Schwertern herumlaufen und sich gegenseitig die Köpfe abschlagen?«

»Nein, wir töten nur Nachtmahre«, gab er noch immer ernst zurück.

Die Hauptspeise wurde gebracht. Lucy schüttelte noch immer den Kopf, als der Kellner den Teller vor ihr abgestellt, ihr Glas mit Rotwein gefüllt und sich wieder entfernt hatte.

»Und das soll mich jetzt irgendwie dazu bringen, auf Ihrer Seite zu stehen?«

»Nein, das waren lediglich ein paar erklärende Worte zur Einführung. Iss und hör mir weiter zu!«

Lucy schnitt sich ein Stück von ihrem saftigen Steak ab und schob es in den Mund, während der Councillor fortfuhr.

»Es gelang uns im Lauf der Zeit, die Nachtmahre so weit zu dezimieren, dass sie keine ernsthafte Gefahr für die Menschheit mehr waren. Sie führten unter der Herrschaft ihrer alten Lady nur noch ein zurückgezogenes Dasein, doch dann begann eine Prophezeiung umherzugeistern. Es sollte eine kommen, die die Mahre zu ihrer früheren Macht über die Männer zurückführen sollte. Sie nannten sie Eclipse.«

»Eclipse«, wiederholte Lucy und starrte ihn an. »So haben Sie mich vor vielen Jahren genannt.«

Der Councillor nickte. »Ja, das habe ich – ein Fehler, aber nicht du bist die langersehnte Eclipse, die mit dem Auserwählten den Supernachtmahr zeugen wird. Es ist deine Schwester Lorena.«

Das Fleischstück, das Lucy auf ihre Gabel gespießt hatte, fiel auf ihren Teller zurück, doch sie bemerkte es nicht einmal. »Lorena«, wiederholte sie und blinzelte. »Lorena, ja, ich erinnere mich. Sie war viel älter als ich, und sie mochte mich nicht. Immer wenn keiner hinsah, hat sie mich gepiesackt. Sie war eifersüchtig. Vermutlich zu Recht. Ich meine, sie war unscheinbar, ihre ganze Erscheinung hatte nichts Hübsches oder Liebliches, ich dagegen war ein sehr schönes Kind. Ich erinnere mich, wie meine Eltern mich immer angesehen haben.« Sie schüttelte sich, um die Erinnerung abzustreifen, und sah wieder über den Tisch hinweg in die stahlgrauen Augen des Councillors. »Was ist mit meiner Schwester, der langersehnten Eclipse?«

»Den Nachtmahren war klar, dass wir der Entwicklung nicht tatenlos zusehen würden, daher versuchten sie, die Identität der Eclipse geheim zu halten. Nun ja, ganz so geschickt, wie sie dachten, haben sie sich dabei nicht angestellt. Ich konnte die Spur ihrer Guardians bis nach Hamburg zum Haus eurer Familie verfolgen.«

»Und warum haben Sie dann mich entführt und nicht Lorena?«, wollte Lucy wissen.

Für einen Moment sah sie Ärger in seiner Miene und einen Zorn, der sie in ihrem Stuhl zurückzucken ließ, doch seine Stimme klang nach wie vor kühl.

»Wir sind wohl nicht ganz so unauffällig vorgegangen,

wie wir dachten. Die Lady muss Wind von unserer Suche bekommen haben, und wie nah wir ihrer wertvollen Eclipse bereits gekommen waren. Jedenfalls ist es ihr gelungen, uns zu täuschen und uns Glauben zu machen, *du* wärst die Langersehnte.«

»Das heißt, es war ein Versehen, dass Sie mich entführt haben und nicht meine Schwester Lorena? Sie waren eigentlich hinter *ihr* her?«

Der Councillor nickte und schob sich eine Gabel voll Thunfisch in den Mund. »Ja, so ist es. Ich muss zu meiner Schande gestehen, dass es den Nachtmahren gelungen ist, mich an der Nase herumzuführen. Bis vor wenigen Wochen war ich überzeugt, die Eclipse in meinen Händen zu halten, während die Lady und ihre Mahre heimlich triumphierten und die Geschicke der wahren Eclipse in ihre Richtung lenkten.«

Lucy starrte auf ihren Teller, doch sie sah ihn nicht. »Hat sie es gewusst?«, fragte sie leise.

»Was? Die Lady?«

»Nein, meine Schwester Lorena. Hat sie gewusst, dass ich statt ihrer entführt und so viele Jahre gefangen gehalten wurde?«

Der Councillor wischte sich mit Bedacht den Mund mit der feinen Damastserviette ab, ehe er antwortete. »Was denkst du? Deine Schwester war von Anfang an eifersüchtig auf dich. Du warst ihr im Weg. Natürlich hat sie es gewusst und war einverstanden, dich zu opfern, um ihre Sicherheit zu gewährleisten. Die Lady hätte es nicht gegen den Willen der wahren Eclipse getan!«

»Und sie wussten die ganze Zeit, wo ich gefangen gehalten wurde?«

Der Councillor hob die Schultern. »Zumindest haben sie nichts unternommen, Genaueres herauszufinden, um dich zu befreien. Es passte doch wunderbar in ihren Plan, mich zu täuschen und in falscher Sicherheit zu wiegen.«

Lucy ballte eine Hand zur Faust und stach mit ihrer Gabel tief in das Fleischstück, sodass der blutig rote Saft hervorquoll.

»Sie hat mich für ihre eigene Sicherheit geopfert! Meine eigene Schwester. Ich kann es nicht glauben.«

»Nein? Ich denke, du weißt, dass es wahr ist.«

»Ja«, sagte sie leise. »Ja, ich kann es fühlen. Sie war sicher sehr froh, mich aus dem Weg zu wissen und Mama und Papa wieder für sich allein zu haben. Ihr ist es sicher gut gegangen, während ich hier Jahr für Jahr gefangen gehalten wurde.«

Der Councillor erwiderte nichts, das war auch nicht nötig. Schweigend aß er weiter, während Lucy auf ihren halb vollen Teller starrte. Der Appetit war ihr vergangen. Endlich, als der Councillor sein Besteck auf seinen geleerten Teller legte, sah sie ihn wieder an.

»Was wollen Sie von mir? Warum sind Sie zum Hoover Dam gekommen?«

»Ich wollte dir ein Angebot unterbreiten, um das Unrecht, das an dir begangen wurde, wiedergutzumachen.«

»Was für ein Angebot?«

»Ich gebe dir, was du dir wünschst, und ermögliche dir ein sorgenfreies Leben in Luxus und Schönheit, das dich die unangenehmen Jahre schnell vergessen lassen wird.«

»Und im Gegenzug?«, erkundigte sich Lucy misstrauisch.

»Im Gegenzug erhältst du deine Rache und hilfst mir, die Lady und ihre Eclipse, die dir das alles angetan haben, unschädlich zu machen.«

»Haben nicht *Sie* mich entführen lassen und jahrelang gefangen gehalten?«, korrigierte Lucy, obgleich der Gedanke an Lorena und die Lady ihren Zorn erglühen ließ. Der Councillor lächelte.

»Das ist richtig, aber ich bin der natürliche Feind der Nachtmahre. Nimmt man dem Löwen übel, dass er die Gazelle jagt? Das ist seine Natur. Doch von der eigenen Familie verraten und geopfert zu werden, das ist hart.«

Lucy nickte langsam. »Ja, das ist hart.« Plötzlich stand sie auf und trat auf ihn zu. Sie streckte ihm die Hand entgegen. »In Ordnung. Besiegeln wir den Pakt.«

Falls der Councillor überrascht war, so ließ er es sich zumindest nicht anmerken. Feierlich ergriff er Lucys Hand. »Besiegeln wir den Pakt!«, wiederholte er.

»Und schenken uns von nun an Vertrauen«, fügte Lucy hinzu, ohne ihn aus den Augen zu lassen.

»Aber ja«, sagte er leichthin.

»Dann nehmen Sie mir das Armband ab!«, verlangte sie.

Winston Campbell starrte sie für einen Moment verdutzt an. Dann verzog sich seine Miene zu einem grimmigen Lächeln. »Du bist mir ja eine ganz Listige.« Doch zu Lucys großem Erstaunen nahm er einen kleinen Schlüssel aus seiner Jacketttasche und ließ das Armband aufspringen. »Ist es besser so?«, erkundigte er sich, als er Geschmeide und Schlüssel in die Tasche schob.

»Viel besser!«, bestätigte Lucy. Sie kehrte zu ihrem Platz zurück und schob ihren Teller beiseite. »Jetzt ist mir nach etwas Süßem. Gibt es hier ein ordentliches Dessert? Wie lautet die Empfehlung des Gourmets?«

»Bestell dir die ganze Karte, wenn es dir Spaß macht«, empfahl er und sah dann bei einer Tasse Espresso mit einem gewissen Vergnügen zu, wie Lucy erst eine Crème brulée, dann eine Meringue mit Sahne und Himbeeren und zum Schluss einen Becher Eis in sich hineinschaufelte.

Am Freitagabend stand wieder die schwarze Limousine vor ihrem Haus und brachte Lorena nach Oxford. Jason hatte sie in dieser Woche nur einmal kurz gesehen. Er war seltsam in sich gekehrt gewesen und hatte nur wenig von seinen Proben berichtet. Lorena drängte ihn, ihr zu sagen, was ihn bedrückte, doch er sagte nur, dass ihn die lange Trennung störe … Doch war das alles? Sie war sich nicht sicher und grübelte darüber nach, während der Wagen durch die Dunkelheit glitt. Lorena riss sich erst aus ihren Gedanken los, als sie das Tor von Gryphon Manor passierten. Geräuschlos glitt es vor dem Wagen beiseite und schloss sich dann wieder hinter ihnen.

Kaum hatte Lorena die Halle betreten, forderte sie wieder einmal mit Nachdruck, Mylady sprechen zu dürfen. Zu ihrer Überraschung nickte Morla und führte sie in den Salon, wo die Lady in ihrem üblichen Sessel thronte.

»Setz dich!«, wurde sie mit dieser Stimme, die keinen Widerspruch duldete, aufgefordert.

Lorena ließ sich auf das unbequeme Polster sinken und richtete den Blick auf Myladys Rocksaum. »Danke, dass Sie mich endlich empfangen. Ich versuche schon seit zwei Wochen, zu Ihnen vorgelassen zu werden.« Die Lady sagte nichts dazu, daher fuhr Lorena fort: »Gibt es Neuigkeiten aus Amerika? Haben Sie Lucy endlich aufgespürt? Was für Pläne gibt es, Sie zu befreien?«

»Das muss nicht deine Sorge sein. Wir arbeiten daran.«

»Es ist aber meine Sorge«, ereiferte sich Lorena. »Sie ist

meine Schwester und seit Jahren in den Händen dieses Councillors. Wer weiß, was er ihr angetan hat und ihr Tag für Tag weiter antut. Wir müssen sie da rausholen.«

»Ja, das müssen wir. Sobald wir Klarheit haben, schicke ich meine Guardians los.«

»Ich werde mitkommen!«, beharrte Lorena.

»Nein, das kann ich nicht verantworten. Du wirst hier an deiner Ausbildung arbeiten und dich auf deine Bestimmung konzentrieren.«

»Über die keiner bereit ist, mir Auskunft zu erteilen«, meinte Lorena frustriert.

»Alles zu seiner Zeit, mein Kind, doch nun berichte mir, wie war deine Woche? Du hast eine neue Stelle und viel gearbeitet, habe ich erfahren.«

»Was soll ich Ihnen erzählen? Meine Bewacher haben Ihnen bestimmt einen ausführlichen Rapport geliefert«, gab Lorena schroff zurück.

»Manches wird mir berichtet, ja, aber nur du kannst wissen, wie es in deinem Innern aussieht. Wie du dich fühlst, wie du mit deinem neuen Vorgesetzten zurechtkommst und wie deine Beziehung mit Jason verläuft. Ist mit ihr alles wieder in Ordnung?«

Lorena schnaubte. »Ja, mit meiner Beziehung ist alles in Ordnung, und nein, ich habe nichts mit meinem neuen Chef. Ich war nach einem langen Arbeitstag lediglich mit ihm essen. Jason ist zurzeit bei einem Lord Guillaume oder so und probt für eine Sommerkonzertreihe. Eine große Chance, die sich unerwartet für ihn ergeben hat. Ich freue mich für ihn und gönne es ihm. Das ist nichts, was unsere Beziehung belasten würde.«

»Das freut mich zu hören, doch erzähle mir noch ein wenig mehr von diesem Lord und seinem Agenten, der Jason angeworben hat, und von deinem Vorgesetzten – Harrison Gray, nicht wahr?«

Lorena rollte mit den Augen. »Was wollen Sie wissen? Ich will Sie nicht mit Details langweilen, die man Ihnen bereits berichtet hat.«

Seltsame Fragen stellte die Lady ihr. Lorena konnte den Sinn dahinter nicht erkennen und wusste oft keine Antwort, doch schließlich schien sie zufrieden und entließ Lorena zu ihrer Übungsstunde.

»Sie müssen mir Bescheid sagen, wenn Sie Lucy gefunden haben!«, forderte Lorena, erhielt aber wieder keine zufriedenstellende Antwort. Sie spürte wohl, dass die Lady ihr auswich und sich nicht festlegen wollte. Vermutlich musste sie einen anderen Weg suchen, um an mehr Informationen heranzukommen.

Beschwingt kehrte Lucy zu ihrer luxuriösen Suite zurück. Der Councillor begleitete sie. Er ging ein Stück hinter ihr. Sie konnte seinen Blick in ihrem Rücken spüren. Was war das? Betrachtete er nur das Wild, das er erlegt hatte, oder war da ein anderes Begehren? Lucy dachte an den jungen Wachmann, und in ihrem Bauch begann die Glut wieder zu glimmen. Vor ihrer Suite blieb sie stehen.

Der Councillor schob die Schlüsselkarte in den Schlitz und hielt ihr die Tür auf. »Ich wünsche dir eine gute Nacht«, sagte er.

Lucy trat zwei Schritte ins Zimmer und wandte sich dann zu ihm um. »Sie gehen schon?«

»Es ist spät. Du solltest dich in dein Bett legen und schlafen.«

Lucy schnaubte. »Wie langweilig. Ich habe fünf Jahre lang nichts anderes getan. Das reicht für ein ganzes Leben. Nein, die Nacht ist jung. Ich möchte ausgehen und mich amüsieren!«

»Nicht heute«, widersprach der Councillor, beugte sich vor und hauchte einen Kuss auf ihre Wange. »Schlaf gut.«

Lucy drehte ihm langsam den Rücken zu. »Würden Sie bitte so freundlich sein, mir den Reißverschluss zu öffnen?«

Winston Campbell trat näher. Sie spürte seine Hände in ihrem Nacken und hörte das leise Surren, als der Reißverschluss aufglitt. Seine Berührung war ein wenig wie ein Stromstoß, der durch ihren Körper rollte, allerdings nicht so quälend schmerzhaft wie ihn das Armband verursachte. Es war ein lustvoller Reiz, der die Hitze in ihr weiter anfachte.

Lucy wandte sich um und wandelte ihren Körper in dem Moment, als das Kleid zu Boden glitt.

»Danke, Councillor. Wollen Sie nicht noch ein wenig bleiben? Wir haben etwas zu feiern!«

Da stand sie in ihrer schwarzen Seidenunterwäsche, deren Spitze reizvoll mehr enthüllte als verbarg. Ihre Locken kringelten sich um ihre nackten Schultern, ihre Haut war blass und makellos. Die langen Beine wurden von seidig schwarzen Strümpfen verhüllt, die in schwarzen Lackstilettos endeten. Mit ausgestellter Hüfte stand sie da, den Kopf leicht geneigt, die rot geschminkten Lippen einladend geöffnet. Winston Campbell starrte sie mit unbeweglicher Miene an.

Er war ihr ausgeliefert. Er musste ihr gehorchen. Sie war ein Nachtmahr und hatte in dieser Gestalt die absolute Macht über Männer. Der Gedanke berauschte Lucy. Sie konnte sich nehmen, was sie wollte. Sie konnte ihn rasend machen vor

Begierde, und dann, wenn sie genug hatte, würde sie ihn wegstoßen. Er würde wimmern und um Gnade flehen, doch sie würde ihn eiskalt abblitzen lassen!

Noch immer stand er da und sah sie unverwandt an. Lucy trat aufreizend langsam auf ihn zu, bis ihre Brüste sein Jackett streiften. Sie legte ihre Lippen auf die seinen.

»Sagtest du nicht, ich solle in mein Bett gehen? Eine ganz wunderbare Idee. Komm, Winston, leiste mir ein wenig Gesellschaft. Wir werden uns wunderbar verstehen und unseren Pakt besiegeln!« Sie erhöhte den Druck ihrer Lippen, öffnete sie und fuhr mit ihrer Zungenspitze über seine.

Der Councillor ließ es einige Augenblicke geschehen, dann trat er fast ein wenig hastig zurück. Noch immer war seine Miene starr, doch sie glaubte, seinen inneren Aufruhr spüren zu können.

Gut so! Schmecke meine Macht! Wer beherrscht hier wen?

Für einen Moment glaubte sie, ein Lächeln über seine Lippen huschen zu sehen. Sie hob die Hände, um ihn an sich zu ziehen, doch seine Finger schlossen sich um ihre Handgelenke.

»Sehr schön, meine Liebe«, sagte er, als würde er ein aufdringliches Kind loben. »Aber ich denke dennoch, für heute ist es genug.«

Er ließ sie los, wandte sich ab und ging rasch aus dem Zimmer. Ein Riegel, der ihr zuvor nicht aufgefallen war, rastete ein.

Lucy blieb wie erstarrt stehen, den Blick auf die geschlossene Tür gerichtet. Was bildete sich der Kerl ein, sie zurückzuweisen? Sie war das schönste Wesen der Welt! Jeder begehrte, diesen Körper wenigstens für einige Augenblicke zu besitzen, und er wies sie einfach zurück?

»Das wirst du mir büßen, Winston!«, fauchte sie und ballte die Hände zu Fäusten.

Ruhelos ging sie durch die beiden Zimmer und blieb dann an der Fensterfront stehen, durch die sie über das erleuchtete San Francisco und die Bucht hinaussehen konnte. In der Scheibe spiegelte sich ihr Bild, und sie betrachtete ihren schönen Körper in den verführerischen Dessous mit Wohlgefallen. Jetzt brauchte sie nur noch einen Mann, um das lodernde Feuer in sich zu löschen.

Wie als Antwort auf ihr Sehnen, klopfte es unvermittelt an der Tür, und sie hörte, wie der Riegel zurückgeschoben wurde.

Ah, hatte es sich der werte Herr Duke überlegt und war ihren Armen, und was sie sonst noch zu bieten hatte, doch nicht abgeneigt?

Erwartungsvoll kehrte sie in das angrenzende Zimmer zurück, doch es war nicht der Councillor, der plötzlich vor Lucy stand.

»Oh, verzeihen Sie, Miss«, sagte der Kellner im schwarzen Frack, der eine Flasche Champagner in einem silbernen Kühler mit zwei Gläsern auf einem Tablett balancierte. »Sie haben etwas bestellt?«

»Nein, habe ich nicht, zumindest keinen Champagner, aber Sie können ihn gern hierlassen«, sagte Lucy und verschlang den Mann, der ihr so unerwartet als Geschenk geliefert wurde, fast mit ihrem Blick. Er hatte alles, was sie im Moment begehrte: Er war jung, groß gebaut und sportlich. Seine Züge waren ansprechend, und er schien intelligent zu sein, was in diesem Fall eher zweitrangig war. Lucy hatte nicht vor, tiefschürfende Gespräche mit ihm zu führen.

»Stellen Sie das Tablett ab, und schließen Sie die Tür – von innen!«

Er sah zu ihr auf, als wolle er protestieren, doch unter ihrem zwingenden Blick verschleierten sich seine blauen Augen. Er tat wie befohlen und wandte sich ihr dann zu. Mit einer Geste der Verlegenheit strich er sich durch das kurze blonde Haar. »Womit kann ich Ihnen dienen, Miss?«

»Sie können mir ein wenig Gesellschaft leisten. Uns wird schon etwas einfallen, was uns beiden Freude macht.« Lucy kam näher und griff nach seiner Hand. »Aber nenn mich nicht Miss. Ich heiße Lucy, und du?«

»Ich heiße Gregg, und ich muss sagen, ich habe noch nie ein so schönes Mädchen gesehen wie dich.«

Lucy lachte gurrend. »Das glaube ich gern.« Sie zog Gregg hinüber ins Schlafzimmer und machte sich an seiner Kleidung zu schaffen. Er riss nur die Augen auf und ließ sich widerstandslos ausziehen. Dann stieß ihn Lucy auf das riesige Kingsize-Bett und kauerte sich neben ihn. Mit Lust betrachtete sie den durchtrainierten Männerkörper, aus dessen Mitte sich ihr ein steifer Penis beträchtlicher Größe entgegenreckte. Sie ließ ihre Fingerspitzen über seine Haut wandern und sah, wie sein Körper unter der Berührung erbebte.

Sehr schön!

War die hastige Vereinigung mit dem jungen Wächter in ihrem Verlies am Hoover Dam eher ein Akt der Verzweiflung gewesen, meldete sich nun ein ganz anderes Verlangen in ihr. Sie wollte es auskosten und genießen. Sie wollte, dass Gregg ihrem hungrigen Körper alle Wünsche erfüllte und ihn in Ekstase versetzte.

Lucy beugte sich über ihn und küsste ihn gierig. Ihre Zunge stieß zwischen seine Zähne. Gregg seufzte, verschränkte die Arme um ihren Rücken und erwiderte ihre Küsse, bis sie sich wieder von ihm befreite. Sie öffnete ihren BH und riss den schwarzseidenen Slip herunter.

»Komm«, raunte sie mit heiserer Stimme.

Sie legte sich auf den Rücken, spreizte die Beine und schob seinen Kopf dorthin, wo sie ihn haben wollte. Sie musste Gregg nicht lange bitten. Entweder war er nicht so jung, wie er aussah, oder er hatte dennoch schon einige Erfahrung mit Frauen. Er begann, ihre Brustwarzen sanft mit den Lippen zu kneten, dann saugte er daran, während seine Finger über ihre geschwollenen Schamlippen wanderten, die sich ihm heiß und nass entgegenstreckten. Lucy stöhnte, als die Wogen in ihrem Leib sich immer heftiger auftürmten. Seine Zunge verließ ihre Brüste und wanderte über ihren Bauch hinab zu dem kleinen blonden Dreieck, das ihre Scham bedeckte. Er küsste jeden Zentimeter und ließ dann seine Zunge zwischen die heißen Lippen gleiten. Lucy bäumte sich auf. Die Wogen waren nun aus Feuer und brannten so heiß, dass sie glaubte, es nicht aushalten zu können, doch Greggs große Hände spannten sich um ihre schmale Hüfte und drückten sie in die Daunen. Es gab kein Entkommen. Lucy seufzte und schrie dann, als er endlich von ihr abließ. Ihre Finger krallten sich um seinen harten Penis, sodass nun er aufstöhnte. Für einen Augenblick starrten sie einander an, dann ließ sie ihn los, nur um sein Gesäß zu umfassen und ihn mit einem Ruck zu sich zu ziehen. Sie stöhnten beide auf, so tief fuhr er in sie. Gregg packte ihre Oberarme und stieß einige Male heftig in sie, bis sie sich ihm plötzlich entwand und vom Bett rutschte. Sie vergrub ihre Brüste in den weichen Kissen und streckte ihm ihren Po in aufreizender Geste entgegen. Gregg nahm die Einladung an. Er kniete sich hinter sie, umfasste ihre Taille und schob sich dann immer näher, bis er nicht mehr tiefer eindringen konnte. Lucy gab ein gurrendes Geräusch von sich und wiegte ihren Hintern in einem immer schneller werdenden Rhythmus hin und her. Dann entzog sie sich ein Stück, nur um wieder nach hinten zu stoßen, um ihn ganz aufzunehmen. Es dauerte nicht lange, da konnte sich Gregg nicht mehr zurückhalten und ergoss sich mit einem Aufschrei in sie. Lucy löste sich von ihm und wandte sich zu ihm um. Ihr Hunger schien ihr noch immer ins Gesicht geschrieben, denn Gregg ließ sich auf den Teppich fallen und bat um eine Pause.

»Gut, ich warte«, sagte Lucy und setzte sich im Schneidersitz auf das Bett, ohne den jungen Mann aus den Augen zu lassen. Ihr Blick tastete über jede Stelle vom Kopf bis zu seinen Füßen und wieder zurück.

Gregg erhob sich schwerfällig und kroch auf das Bett, wo er sich lang ausgestreckt fallen ließ.

»Du hast wohl noch nicht genug?«, stellte er fest.

Lucy sah ihn mit funkelnden Augen an. »Aber nein, ich habe Jahre nachzuholen, die ich versäumt habe!«

Gregg stöhnte. »Und das alles heute Nacht?«

Mit einem spitzbübischen Lächeln beugte sie sich vor und ließ ihre Zungenspitze über seinen Bauch wandern. »Warum nicht? Man kann doch zumindest mal damit anfangen, oder?«

Gregg zog sie in seine Arme und küsste sie. »In Ordnung. Ich werde mein Bestes geben.«

»Das erwarte ich auch«, sagte sie leise und half dem erschlafften Penis, sich zur zweiten Runde zu erheben.

Kapitel 9

ELSE MASCHEK

Sie musste kurz eingeschlafen sein. Als Lucy aufschreckte, hatte sie das Gefühl, jemand sei im Zimmer – und damit meinte sie nicht den Kellner, der nackt auf dem Teppich lag und in tiefer Erschöpfung schlief. Noch war es dunkel, doch ihre Augen durchdrangen die Schatten und machten schon bald die Gestalt aus, die neben der offenen Tür stand und zum Bett hinübersah.

»Was wollen Sie hier?«, stieß Lucy in ärgerlichem Ton aus. »Es ist mitten in der Nacht!«

Ihr wurde bewusst, dass sie ebenfalls noch immer nackt war. Mit einer raschen Bewegung zog sie sich das Leintuch vor die Brust.

Winston Campbell lächelte zynisch. »Verzeih, wenn ich mit meinem Eindringen dein Schamgefühl verletze, aber ich dachte, es sei angebracht, dein Spielzeug zu entfernen, ehe das Frühstück heraufgebracht wird. Ich hatte den Eindruck, du wärst mit ihm fertig.« Der Councillor beugte sich über den Mann, der jetzt leise Schnarchtöne von sich gab. »Es scheint mir, der arme Junge hat sich völlig verausgabt.«

»Was geht Sie das an? Verschwinden Sie!«

Lucy fühlte sich plötzlich unsicher und schutzlos. Sie musste sich irgendwann im Schlaf zurückverwandelt haben, und mit der schönen Hülle war auch die undurchdringliche

Selbstsicherheit abgefallen, die sie als Nachtmahr wie einen schützenden Panzer umgab.

Der Councillor hob die Hände und trat einen Schritt zurück. »Ich bin gleich wieder weg, sobald meine Männer hier aufgeräumt haben.«

Er schnippte mit den Fingern. Wie aus dem Nichts traten Grant und Hunter ins Schlafzimmer. Lucy rutschte noch ein Stück weiter zurück und presste sich gegen die Rückenlehne, das Bettuch bis unters Kinn gezogen, doch die beiden Männer schenkten ihr keinen Blick. Mit starrem Ausdruck sammelte Grant die Kleider des Kellners ein und rollte sie zu einem Bündel zusammen, während Hunter seine Arme unter die Achseln des Schlafenden schob und ihn aufrichtete. Er murmelte nur etwas Unverständliches, wachte aber nicht auf. Gemeinsam schleiften sie ihn aus dem Schlafzimmer und schafften ihn dann unbemerkt aus der Suite. Der Councillor blieb noch einmal in der Tür stehen.

»Schlaf noch ein wenig. Ich werde das Frühstück um neun heraufbringen lassen, dann können wir uns in Ruhe unterhalten, wenn es dir recht ist.«

»Und wenn nicht?«, gab sie in aggressivem Ton zurück, doch der Councillor tat so, als habe er diese Bemerkung nicht gehört. Er zog sich mit einer Verbeugung zurück. Sie hörte die Tür klicken, dann war es wieder still in der Suite. Hatte er den Riegel wieder vorgeschoben, oder hatte er etwa vergessen, sie einzuschließen?

Lucy erwog, aus dem Bett zu steigen und nachzusehen, doch sie war so müde. Der Councillor würde so etwas nicht vergessen. Nicht Winston Campbell, der Duke von Roxburgh, der unsterbliche Wanderer.

Lucy sank in die weichen Kissen zurück und schloss die

Augen. Bald war sie wieder im Reich der Träume, die wild und aufregend waren und ihren Puls antrieben. Sie konnte ihren neu erwachten Körper spüren, wie er von Männerhänden erregt und dann befriedigt wurde. Doch sie sah nicht den jungen Kellner, den sie verführt hatte. Die grauen Augen des Councillors blickten auf sie herab, während die Erfüllung in heißen Wellen durch ihren Körper schwappte.

Der Zufall kam Lorena am Sonntag zu Hilfe. Sie kleidete sich gerade für ihre Trainingsstunde um, als sie schnelle Schritte vernahm. Dann hörte sie Graces Stimme.

»Sienna?«

»Ich bin hier. Was gibt es?«

»Ich muss dir was erzählen!«, stieß Grace aufgeregt hervor.

»Nicht so laut«, mahnte Sienna.

Lorena zog ihren zweiten Stiefel hoch und richtete sich dann auf. Sie rührte sich nicht von der Stelle und wagte kaum zu atmen. Die junge Guardian, die wie Lorena noch in der Ausbildung war, klang angespannt. Lorena kniff die Augen zusammen und konzentrierte sich ganz auf Grace, um die hastig geraunten Worte zu verstehen.

»Olivia ist gerade angekommen.«

Lorena runzelte die Stirn. Wer war Olivia? Ein Nachtmahr? Vermutlich, aber was war an ihrer Ankunft besonders?

»Olivia?«, wiederholte Sienna. »Haben die beiden etwas in Erfahrung gebracht?«

»Ich habe gehört, wie sie mit Morla gesprochen hat. Sie sagt, sie seien sehr vorsichtig gewesen, und es wäre ihnen gelungen, den Männern des Councillors unbemerkt zu folgen.«

Nun hielt Lorena die Luft an.

»Und? Haben sie Lucy gefunden?«

»Ja!«, stieß Grace hervor. »Das Versteck, in dem sie anscheinend lange gefangen gehalten worden war, sei leer, doch sie konnten der Spur des Councillor bis nach San Francisco folgen.«

»Der Councillor ist in San Francisco?«

»Ja, und Lucy ist auch dort!«

»Psst! Nicht so laut«, zischte Sienna. »Lorena ist hier unten.«

»Sie darf es nicht erfahren«, erklang nun Maddisons Stimme. »Die Lady will nicht, dass sie sich einmischt. Sie hat andere Pläne mit ihr. Ich habe gehört, dass sie Lorena und Jason zusammen wegschicken will. In irgendein schönes Hotel auf einer Insel weit weg von hier, bis die Sache vorbei ist.«

»So eine Art Flitterwochen?«, erkundigte sich Grace mit einem Hauch von Spott in der Stimme.

»So etwas Ähnliches«, bestätigte Maddison. »Der englische Winter taugt nicht dazu, warme Gefühle zu entwickeln, und die beiden verbringen im Moment kaum Zeit miteinander. Das gefällt Mylady nicht, sagt zumindest Morla. Vielleicht wird es Zeit, ein wenig nachzuhelfen und den beiden einen Schubs zu geben.«

»Wofür? Dass sie heiraten?«, fragte Grace verwundert.

»Was ist hier los?«, hörte sie Morlas zischende Stimme. Sie war nicht laut. Dennoch drangen ihre Worte bis in die letzte Windung jeden Geistes ein und peinigten ihn. »Was soll dieses Geschwätz? Redet nicht über Dinge, die euch nichts angehen und über die ihr nicht Bescheid zu wissen braucht. Es steht allein der Lady zu, sich Gedanken zu machen und Entscheidungen zu treffen. Eure Aufgabe ist es, die Gemeinschaft und vor allem Eclipse zu schützen. Alles andere hat euch nicht zu kümmern. Führt euch nicht wie hirnlose Schwatzweiber auf! Besinnt euch auf eure Arbeit, und tut, was man euch angewiesen hat. Eine lose Zunge kann gefährlicher sein als ein Schwert. Unbedachte Worte in den falschen Ohren haben schon mehr Tod gebracht als scharfe Waffen. Merkt euch das!«

Die drei antworteten nicht, aber Lorena war es, als könne sie sehen, wie sie Morla mit betretenen Blicken anstarrten. Noch einmal fuhr ein Hauch von Kälte wie eine Böe durch den Raum, dann war Morla verschwunden. Wie gewohnt, vernahm man keine Schritte, dennoch konnte Lorena spüren, wie die Anspannung nachließ. Sie wagte noch immer nicht, sich zu rühren, bis Maddison ihre Stimme hob.

»Lorena? Was machst du? Bist du noch immer nicht fertig?«

Lorena trat aus der Kammer, die Hände auf dem Rücken, wo sie vergeblich versuchte, die Schnüre ihrer Korsage festzuziehen. »Tut mir leid, aber ich schaffe es nicht allein. Könntest du mir helfen?« Sie versuchte sich an einer unbefangenen Miene und hoffte, die anderen würden glauben, sie habe in ihrer Kleiderkammer nichts mitbekommen.

Sienna lächelte sie ein wenig übertrieben an und eilte herbei, um ihr zu helfen, während sich Grace mit gesenktem Blick davonmachte. Maddison klappte derweil den Deckel einer Stahltruhe auf, in der ein ganzes Sammelsurium an Handfeuerwaffen lag: verschiedene Pistolen, Glock, Remington, SIG Sauer und Modelle von Heckler & Koch, aber auch größere, halb automatische Waffen.«

»Wir werden heute zuerst unsere Schießübungen fortsetzen, ehe ich dir einige neue Kniffe beim Schwertkampf beibringe.«

Maddison nahm zwei Glock aus der Truhe, wie sie von vielen Polizisten verwendet wurden, und ließ das Magazin mit zehn Schuss einrasten.

»Komm!«

Lorena folgte ihr zum Schießstand, wo sie auf Bilder von vierschrötigen Männern mit militärisch kurzem Haarschnitt schießen musste, die alle schwarze Anzüge und lange Mäntel trugen, unter denen sie vermutlich irgendwelche tödlichen Waffen verbargen.

Lorena ergriff ihre Pistole mit beiden Händen, streckte die Arme durch, zielte und feuerte kurz hintereinander zweimal. Der erste Schuss traf den Gegner in Bauchhöhe. Der zweite hätte vermutlich gerade noch seinen Fuß verletzt.

»Oh nein…« Lorena stöhnte auf. Es war ihr peinlich, schon wieder nicht getroffen zu haben. Dabei hatte sie genau auf die Mitte der Brust gezielt.

»Du darfst nicht daran denken, den Schuss durch das Ziehen des Abzugs auszulösen«, riet ihr Sienna, die hinter sie getreten war. »Dann kippst du die Waffe und triffst zu tief. Lass den Schuss einfach kommen, konzentrier dich auf dein Ziel, und drücke das nächste Mal erst ab, wenn du den Lauf wieder ausgerichtet hast. Ziele aber nicht zu lange, sonst beginnt deine Hand zu zittern.«

»Und der Gegner ist längst über alle Berge oder hat mich bereits erschossen«, fügte Lorena hinzu.

Sienna feixte. »Genau. Und nun versuche es noch mal. Mach ihn fertig! Denk daran, er ist böse und will dich töten.«

Lorena nickte und fixierte den Mann im schwarzen Mantel. Dann hob sie die Waffe, zielte und krümmte langsam den Finger, bis sich der Schuss löste.

Vermutlich wäre er mit einem Loch in der Brust umgefallen, doch Lorena schoss noch einmal und traf ein wenig tiefer auf der linken Seite.

»Der ist außer Gefecht«, lobte Sienna. »Und nun musst du nur noch lernen, schnell zu zielen und abzudrücken, ohne zu verziehen. Ach ja, und auch bei einem Objekt zu treffen, das sich bewegt.«

Lorena rollte mit den Augen. »Wenn es weiter nichts ist«, knurrte sie und schoss dem Mann noch ein Loch in die Stirn.

»Da bist du ja endlich!« Lorena lief die Treppe hinunter und flog geradezu in seine Arme.

Jason fing sie auf.

»Ich habe dein Auto gesehen«, stieß sie atemlos zwischen zwei Küssen hervor.

»Und da hast du es nicht abwarten können, bis ich geparkt habe und die Treppe hinauf in die Wohnung komme?« Jason lachte, küsste sie noch einmal und sah sie zärtlich an. Eng umschlungen stiegen sie die Treppe wieder hinauf und schlossen die Wohnungstür hinter sich.

»Ich habe gekocht«, verkündete Lorena. »Danach können wir dann immer noch ausgehen, falls du deine Freunde im Mau Mau sehen willst. Du hast dich ziemlich rar gemacht.«

»Oder wir bleiben hier und genießen die wenige Zeit, die uns bleibt, für uns ganz alleine«, schlug Jason vor. Er folgte ihr in die Küche und hob die Topfdeckel, um zu sehen, was sie gezaubert hatte.

»Linguine mit Champignon-Sahnesoße und Kalbsgeschnetzeltem«, verkündete Lorena.

»Also typisch englische Küche«, sagte Jason ironisch und bekam dafür einen Klaps mit dem Kochlöffel.

»Willst du lieber Fisch und Chips?«, fragte Lorena. »Dann können wir zur Imbissbude an die Ecke gehen.«

Er nahm sie in die Arme und küsste sie, bis ihr die Luft wegblieb. »Nein, mein Schatz, ich vertraue deinen Kochkünsten. Oh, ist das eine Lemontarte im Backofen?«

»Ja, nur für dich!«

Sie aßen in trauter Harmonie, tranken französischen Weißwein und umschifften geschickt alle Themen, die die Stimmung hätten trüben können. Erst als sie mit einer Tasse Milchkaffee im Wohnzimmer saßen, erkundigte sich Lorena nach seinen Proben und der weiteren Planung.

»Sieht gut aus«, sagte Jason vorsichtig. »Ich spiele gerade mit vier anderen einige Stücke, mit denen uns Mr. Weird schon vorher auftreten lassen will, um zu sehen, wie es läuft. Lord Guillaume hat anscheinend Freunde in Schottland, bei denen er seit einiger Zeit zu Besuch ist. Er will uns gerne hören.«

Lorena musste das erst einmal verdauen. »Das heißt, zusätzlich zu den ganzen Proben fährst du nun auch noch nach Schottland?«, fragte sie dann.

»Ja, am Mittwoch geht es los. Vielleicht sind wir Sonntag bereits zurück. Ich würde dich ja gerne mitnehmen ...«

»Aber?«

Jason druckste ein wenig herum. »Mr. Weird hält das für keine gute Idee. Er will nicht, dass wir abgelenkt werden und zu wenig Schlaf bekommen. Du musst dich wohl bis zum Sommer gedulden, bis du uns spielen hörst.«

»Muss ich mich auch bis zum Sommer gedulden, bis ich dich länger als nur ein paar Stunden am Stück wieder zu Gesicht bekomme?«, fragte Lorena leise.

»Nein«, protestierte Jason. »Ich finde es ja auch nicht gut, aber was soll ich machen? Ich kann doch jetzt nicht alles hinwerfen. So eine Chance bekomme ich nie wieder!«

»Nein, das sollst du ja nicht«, sagte sie mit einem tiefen Seufzer. »Ich vermisse dich nur so sehr.«

»Ich dich auch«, versicherte Jason.

»Und außerdem hatte ich gehofft, du könntest mich ein paar Tage begleiten.«

Überrascht sah er sie an. »Wohin? Willst du wieder nach Hamburg, deine Großmutter besuchen?«

Lorena zögerte. »Nein, ja, ich meine, das auch, aber dann fliege ich nach Amerika.«

»Was?« Jason starrte sie entgeistert an. »Nach Amerika? Ist das ein Scherz? Wozu willst du ausgerechnet jetzt eine so weite Urlaubsreise machen? Das geht nicht! Ich meine, ich kann im Augenblick nicht weg. Später, nach den Sommerkonzerten können wir hinfliegen, wohin und solange du willst.«

Lorena trat ans Fenster und sah auf die nächtliche Straße hinaus. Unten löste sich eine große Gestalt aus dem Schatten des Hauses gegenüber und schritt dann langsam die Straße entlang. Lorena hatte das Gefühl, der Mann würde zu ihr heraufsehen. Das Licht der Straßenlaterne huschte über sehr kurz geschnittenes Haar und glatt rasierte Wangen. Er trug einen langen, dunklen Mantel, der sich im Nachtwind blähte. Dann blieb er stehen, öffnete die Tür zu einem schwarzen Sportwagen und stieg ein, fuhr aber nicht weg, sondern blieb im Wagen sitzen. Vielleicht wartete er auf jemand oder telefonierte.

»So lange kann ich nicht warten«, sagte Lorena leise, den Blick noch immer auf den Wagen gerichtet. »Lucy ist in San

Francisco. Die Mahre haben sie und den Councillor endlich aufgespürt.«

Das musste Jason offensichtlich erst verdauen. »Das ist ja wunderbar«, sagte er schließlich, »aber deshalb musst du doch nicht mit nach Amerika, oder wollen sie dich bei ihrer Befreiung dabeihaben?«

Lorena wandte sich ihm wieder zu und zog eine Grimasse. »Nein, das wollen sie ganz und gar nicht, deshalb spricht auch keiner mit mir. Ich habe es nur durch Zufall erfahren. Vielleicht wollen sie Lucy irgendwann befreien, aber eilig scheinen sie es damit nicht zu haben.«

Jason kam zu ihr und schloss sie in die Arme. »Natürlich wollen sie deine Schwester retten, doch das muss alles gut durchdacht werden«, versuchte er sie zu trösten.

»Ah ja? Meinst du? Ich habe den Eindruck, sie denken, nun käme es ja auf ein paar Wochen mehr oder weniger nicht an«, stieß Lorena erbittert hervor.

Jason zwang sie, ihn anzusehen. »Es klingt vielleicht hart, aber besser, sie lassen sich Zeit, als sie handeln überstürzt und versauen es. Wenn Lucy bei der Befreiung verletzt oder gar getötet wird, nützt ihr das am allerwenigsten!«

Lorena lehnte sich gegen Jason und schloss die Augen. »Was würde ich ohne dich machen. Du hast ja recht. Ich bin so unvernünftig und lasse mich zu sehr von meinen Gefühlen leiten, aber es macht mich wahnsinnig, hier nur rumzusitzen und nichts zu tun, während sie irgendwo an einem schrecklichen Ort gefangen gehalten wird.«

»Das verstehe ich, aber überlass die Planung der Lady. Und wenn es dann losgeht, besteh darauf, dass sie dich mitnehmen. Du bist Eclipse, die Königin der Nachtmahre, auf die sie so lange gewartet haben.«

Lorena drückte ihm einen Kuss auf die Wange. »So werde ich es machen, aber zuerst nehme ich mir zwei Tage frei und fliege nach Hamburg. Ich muss mit Großmutter über alles sprechen. Sie hat ein Recht darauf zu erfahren, dass Lucy am Leben ist.«

»Ich kann leider nicht mitkommen«, bedauerte Jason. Sein Blick glitt über Lorenas Schulter hinweg auf die Straße hinunter. Sie wandte sich um und trat neben ihn.

Der Mann mit dem Bürstenhaarschnitt stieg gerade wieder in seinen Wagen, ließ den Motor mit einem tiefen Brummen an und fuhr dann davon.

»Seltsam.« Jason drückte die Nase gegen die Scheibe und schüttelte mit verwirrtem Ausdruck den Kopf.

»Was?«

»Ich dachte, das dort drüben wäre Mr. Weirds Jaguar gewesen.«

»Das Auto, das gerade weggefahren ist?«

Jason nickte. »Ja, aber das ist nicht möglich. Was sollte er hier um diese Zeit zu suchen haben?«

»Vielleicht wollte er sehen, ob mit seinem Lieblingsmusiker alles in Ordnung ist? Was für ein fürsorglicher Agent!«, spottete Lorena, die das Thema nicht wirklich zu interessieren schien.

»Wohl kaum«, meinte Jason, starrte aber noch immer auf die Straße hinunter, wo der Wagen gestanden hatte. Nun tauchte dort eine andere Gestalt auf, die ihm dafür umso bekannter vorkam. Er schluckte. Lorena spürte, wie sich seine Stimmung veränderte. Sie folgte seinem Blick.

»Das ist auf jeden Fall nicht dein Agent«, meinte sie trocken. »Doch vielleicht will auch Raika wissen, wie es dir geht?«

Raika spürte anscheinend, dass die beiden sie gesehen hatten. Sie hielt inne und winkte zu ihnen herauf. Dann entfaltete sie ihre Schwingen und war einen Augenblick später verschwunden.

Am Freitag nahm Lorena den letzten Flieger nach Hamburg, besorgte sich am Flughafen einen Mietwagen und fuhr dann gleich Richtung Norderstedt weiter. Heute war es bereits zu spät, um die Großmutter in ihrem Pflegeheim zu besuchen, daher mietete sich Lorena in der Pension ein, in der sie auch die letzten Male übernachtet hatte. Sie war seltsam wach und aufgekratzt, obwohl sie die Woche über lange gearbeitet hatte. Ruhelos streifte sie durch die Dunkelheit, wandelte sich in ihre Nachtmahrgestalt und flog über das Land, das ihr früher so vertraut gewesen war. Hier war sie aufgewachsen. Hier hatten sich die Tragödien ihres Lebens abgespielt.

Es war eiskalt. Raureif legte sich über die Äste und Grashalme, doch in dieser Gestalt spürte Lorena die Kälte nicht, und auch die innere Kälte, die sie stets umklammerte, wenn sie an ihre Familie dachte, war als Nachtmahr nicht so schmerzhaft. Lorena glitt über den See, dessen Schilf in der Winternacht erstarrt war. Eine dünne Eisschicht hatte sich gebildet und trübte den klaren Spiegel.

Sie sah das kleine Mädchen mit den blonden Locken vor sich, das hier so gern gespielt hatte, und sie spürte wieder die Verzweiflung der Nacht, in der Lucy verschwunden war und sie ihre Schwester vergeblich gesucht hatte. Dort im Schilf hatte man ihre Kleider gefunden. Irgendwann war die Polizei zu der Überzeugung gelangt, Lucy sei in dieser Nacht ertrunken. Die Eltern hatten einen leeren Sarg begraben. Hatte ihr Vater wirklich geglaubt, Lorena habe ihre

Schwester ertränkt? Hatte er wirklich gedacht, Neid und Eifersucht hätten sie zu solch einer Tat treiben können? Der Schmerz ließ sie aufkeuchen.

Papa, wie konntest du nur? Warum hast du mir nicht vertraut? Warum nicht an mich geglaubt? Ich habe weder Mama noch Lucy umgebracht. Und dich auch nicht!

Und nun war Lucy wieder aufgetaucht. Irgendwo in Amerika. Natürlich hatte Jason recht. Es wäre unvernünftig, nach San Francisco zu fliegen und sich auf eigene Faust auf die Suche zu machen, aber nach so langer Zeit hatte Lorena das Gefühl, sie könnte es sich nie verzeihen, wenn sie diese eine Chance ungenutzt verstreichen ließe.

Am nächsten Morgen stand Lorena um neun Uhr vor dem Pflegeheim, meldete sich am Empfang an und ging dann zu Zimmer achtzehn. Wie bei jedem Besuch fühlte sie ein flaues Gefühl im Magen, als sie anklopfte und auf die Stimme der Großmutter wartete. Man wusste nie, in was für einem Zustand sich Else Maschek befand. Manches Mal flüchtete ihr Verstand an einen Ort, den Lorena nicht erreichen konnte, doch heute klang ihre Stimme klar und fest, als sie die Besucherin hereinrief.

»Lorena, meine Liebe, was für eine Überraschung!«

Die alte Frau saß wie üblich in ihrem Rollstuhl, eine Decke über den Knien, und sah aus dem Fenster, wo mehrere Spatzen auf dem Balkongeländer herumturnten. Irgendjemand hatte Sonnenblumenkerne ausgestreut, und nun balgten sich die flinken, kleinen Sperlinge um die Leckerbissen.

Lorena trat näher, beugte sich vor und gab der Großmutter einen Kuss auf die Wange.

»Geht es dir gut?«

Die alte Dame nickte. »Soweit man das in meinem Alter sagen kann, ja. Es erleichtert mich zu wissen, dass du nicht mehr allein bist. Es ist wichtig, einen Menschen zu haben, der einen liebt und dem man vertrauen kann. Du bist doch noch mit Jason zusammen, nicht wahr?« Sie sah forschend zu Lorena auf.

»Ja, alles in Ordnung«, versicherte sie. Den Kampf und ihre vorübergehende Trennung verschwieg sie lieber.

»Und du hast auch sonst alles unter Kontrolle?«, bohrte Else Maschek weiter.

»Ja, ich nehme die Pillen und kann damit die Wandlung kontrollieren – außer zu Neumond.«

Die Großmutter nickte. »Ja, ich weiß. Und nun sag mir, was dich heute zu mir führt.«

Lorena zögerte. Sie begann, von ihrer neuen Stelle draußen in den Docks zu erzählen und von ihrem neuen Vorgesetzten, Mr. Gray.«

»Du hast dich doch nicht etwa in ihn verliebt?«, hakte Else Maschek nach und sah Lorena scharf an.

»Nein, wir waren lediglich nach der Arbeit zusammen essen, weil es so spät geworden war. Außerdem ist Jason gerade dauernd fort. Er hat ein Engagement bekommen für irgendeinen Lord, der in seinem Schloss Sommerkonzerte veranstalten will, und nun ist er dort ständig zu Proben. Dieser neue Agent scheint ihn kaum mehr aus den Augen zu lassen.«

»Und deshalb versuchst du, Jason mit diesem Mr. Gray eifersüchtig zu machen?«

»Nein!«, protestierte Lorena. »Nein, da ist nichts. Er sieht lediglich gut aus und ist ein angenehmer Chef. Ich muss ja auch oft lange arbeiten und hätte für Jason wenig Zeit. Ich bin froh, dass er engagiert wurde. Er war so deprimiert, als ihn sein Dirigent für den Rest der Saison vom Ensemble ausschloss.«

»Warum denn das?«

Lorena schalt sich innerlich. Nun musste sie doch von der Verletzung berichten, die Jason noch immer behinderte, wenn er Cello spielte. Sie gab nur so wenig wie nötig preis, doch die Großmutter schien das Wesentliche erfasst zu haben.

»Es ist gefährlich, sich mit einem Nachtmahr einzulassen, und es zeugt von Jasons großer Liebe zu dir, dass er dir dennoch treu bleibt. Oder zweifelt er?«

Lorena überlegte und schüttelte den Kopf. »Nein, ich denke, es ist nur die lange Trennung, die uns zu schaffen macht.«

»Dann bist du also nicht gekommen, um über Jason zu sprechen?«, schloss die alte Frau, deren kluger Blick auf ihr ruhte.

»Nein«, gab Lorena zu und platzte dann heraus: »Lucy lebt! Sie ist in San Francisco.«

Else Maschek war einige Augenblicke wie erstarrt, dann blinzelte sie und sah Lorena wieder an. »Bist du sicher? Wie ist das möglich?«

»Der Councillor und seine Wanderer haben sie damals entführt, vermutlich weil sie dachten, sie sei die Eclipse aus der Prophezeiung. Sie haben Lucy seit damals in ihrer Gewalt, aber nun ist es den Mahren endlich gelungen, sie aufzuspüren.«

»Was werden sie nun tun?«, erkundigte sich Else Maschek vorsichtig.

»Sie sagen, sie werden sie befreien, irgendwann, wenn sie

alles in Ruhe bedacht und abgewogen haben«, sagte Lorena. »Aber mich wollen sie nicht dabeihaben«, fuhr sie entrüstet fort. »Mir erzählen sie gar nichts. Ich habe nur zufällig davon erfahren.«

»Und? Ich höre es an deinem Ton, dass du fest entschlossen bist, etwas Leichtsinniges zu tun.«

Lorena seufzte. »Nein, nichts Leichtsinniges, aber ich will nach San Francisco fliegen und sie suchen.«

Else Maschek schwieg lange und dachte über ihre Antwort nach. »Es gibt einen Grund, warum dich die anderen Mahre nicht einweihen und nicht dabeihaben wollen, und den kennst du, nicht wahr? Ich muss dir nicht sagen, dass es die Wanderer eigentlich auf dich abgesehen hatten. Willst du es ihnen so einfach machen und dich leichtfertig in ihre Hände begeben?«

Lorena biss sich auf die Unterlippe. »Dann bist also auch du dagegen, dass ich Lucy suche? Bin ich es ihr nicht schuldig?«

»Selbst wenn die Aussicht auf Erfolg verschwindend gering ist?«, konterte die Großmutter. »Geh in dich, und stelle dir die Frage nach deinem Motiv. Bringst du dich nur deshalb in Gefahr, weil dich noch immer dein Gewissen drückt und du meinst, an deiner Schwester etwas gutmachen zu müssen?«

»Sie ist seit so vielen Jahren unschuldig in Gefangenschaft dieser Wanderer, die weiß Gott was mit ihr anstellen!«, rief Lorena. »Es hätte mich treffen sollen.«

»Mag sein, aber du hilfst ihr nicht, wenn du dich ihnen auslieferst.«

»Das habe ich ja gar nicht vor«, ereiferte sich Lorena.

»Und was genau hast du vor?«, hakte Else Maschek nach.

Lorena schwieg und hob die Schultern. »Ich muss mich eben umhören, und wenn ich herausgefunden habe, wo genau sie festgehalten wird, werde ich sie befreien.«

»Ganz allein?« Die Großmutter hob die Brauen.

»Ich bin ein Nachtmahr! Ich habe Kräfte, über die Menschen nicht verfügen. Ich kann fliegen und, was noch wichtiger ist, mir Männer untertan machen.«

Else Maschek nickte. »Das ist richtig, doch du darfst die Wanderer nicht unterschätzen. Es sind keine normalen Männer, die ihren Schwächen so einfach erliegen. Viele von ihnen sind sehr alt und haben viel Zeit damit verbracht, Nachtmahre zu jagen.«

»Woher weißt du das?«

»Ich hatte Besuch«, sagte die Großmutter nur und wollte nicht näher darauf eingehen. »Kommen wir auf das Thema Amerika zurück.«

»Dann soll ich also nicht fliegen?«

»Nicht jetzt und nicht so unvorbereitet«, sagte Else Maschek mit Nachdruck. »Und auch nicht allein!«

Kapitel 10

SAN FRANCISCO

Es war ein schöner Tag gewesen. Sie waren zur Golden Gate Bridge gefahren und später noch an den Piers der Fisherman's Wharf entlangspaziert. Es roch nach Tang und nach gebratenem Fisch, nach Frittiertem und nach süßem Popcorn. Der Councillor kaufte ihr gebrannte Mandeln. Eine kindliche Sehnsucht erfasste Lucy beim Anblick des Riesenrads, dessen bunte Lichter sich im Wasser spiegelten, doch sie fragte nicht, ob sie mitfahren durfte. Es wäre ihr zu kindisch vorgekommen, und sie fürchtete, von den Männern ausgelacht zu werden. Außer dem Councillor begleiteten sie Grant und Hunter, die stets etwas Abstand hielten, sodass sich der Duke ungestört mit ihr unterhalten konnte, dennoch spürte Lucy, dass sie sie keinen Augenblick aus den Augen ließen. Lucy fragte sich, was sie in den Augen dieser Männer und des Dukes darstellte: die Gefangene des Councillors? Irgendein Nachtmahr und damit einer ihrer Todfeinde, den sie am Ende doch töten würden? Die neue Spionin für den Duke, die er gegen ihre eigenen Schwestern umgedreht hatte?

Lucy wusste es nicht. Es war schwer, die Gefühle des Councillors zu deuten. Er verstand es perfekt, sich gegen jeden Versuch abzuschirmen, etwas über seine Gedanken zu erfahren. Ihr war jedoch bewusst, dass er näher an sie heranrückte, kaum dass die Sonne sich dem Horizont näherte.

Er würde ihr keine Gelegenheit geben, sich zu wandeln und ihm zu entkommen. Vermutlich trugen seine beiden Begleiter irgendwelche Pfeile unter ihren langen Mänteln verborgen, die mit ihrem Betäubungsgift Lucy zur Not vom Himmel holen würden. Sie hatte dem Councillor zwar ihre Hand darauf gegeben, von nun an mit ihm zusammenzuarbeiten, doch sie war überzeugt, dass er sich nicht allein auf ihr Wort verließ. Das konnte sie ihm nicht verübeln. Lucy schwankte ja selbst noch und war sich nicht sicher, ob sie sich an ihr Versprechen gebunden fühlen musste. Es war nur klug von ihm, ihr nicht restlos zu vertrauen.

Noch nicht.

Lucy verwarf den Gedanken an Flucht, der ihr ein so vertrauter Begleiter geworden war. Erleichtert gönnte sie sich den Spaziergang, bei dem sie nur die vielen Eindrücke auf sich wirken lassen, sich an der bunten Vielfalt erfreuen und die verschiedenen Gerüche in sich aufnehmen konnte. Fast fühlte sie sich wie eine der vielen Touristen, die den Pier 39 bevölkerten, zwischen den Souvenirläden herumschlenderten oder sich eine Stärkung in einem der vielen Restaurants gönnten, natürlich mit dem unvergleichlichen Blick über die Bucht.

Wie die anderen Besucher gingen sie hinüber, um die Seelöwen zu betrachten, die sich zu Hunderten auf den hölzernen Plattformen niedergelassen hatten, die vor dem Pier im Wasser schaukelten. Lucy rümpfte die Nase, sah aber fasziniert zu den Tieren, die dicht an dicht faul beieinander lagen, bei vermeintlicher Gefahr aber blitzschnell im Wasser verschwinden oder sich mit Gebrüll aufrichten konnten, um ihr Kampfgewicht von mehreren hundert Kilogramm in die Waagschale zu werfen. Die Anwohner hatten sich irgendwann der Übermacht der Seelöwen gebeugt und das Dock K für den Schiffsverkehr geschlossen.

Die Nacht brach herein, und die feuchte Kälte ließ Lucy frösteln. Der Wind schlief ein, doch nun zogen sich Nebelschwaden über der Bucht zusammen und verschlangen die Inseln und die Schiffe, die noch unterwegs waren. Sie aßen noch eine Portion frittierten Fisch mit Pommes frites und kehrten dann zum Hotel zurück. Der Councillor begleitete Lucy bis zu ihrer Suite und verabschiedete sich dann von ihr. Er schloss die Tür, und sie hörte, wie sich seine Schritte entfernten. Den Riegel hatte er nicht vorgeschoben, doch sie wusste, dass Grant und Hunter sie bewachten.

Mit einem Seufzer trat sie ans Fenster und sah über die erleuchteten Häuser zur Bucht hinüber, die nun unter dem Nebel verborgen lag. Ihre Gedanken begannen zu wandern. Sie ließ ihnen freien Lauf, auch als sie in die Vergangenheit zurückkehrten. Sie sah ein Mädchen, das sich über sie beugte. Verstohlen schaute es sich um, dann griff es in das Kinderbett und kniff Lucy schmerzhaft in den Arm. Lucy hörte sich selbst schreien und dann die liebevollen Stimmen, die manches Mal noch in ihren Träumen auftauchten. Ein Männergesicht beugte sich herab und sah sie mit so viel Liebe an, dass es schmerzte.

»Was hat meine kleine Prinzessin?«, fragte der Mann sanft. Dann tauchte eine Frau auf, die Lucy aus ihrem Bett hob und sich an die Brust drückte. Sie wiegte und küsste sie, bis Lucy aufhörte zu weinen. Doch da war noch das andere Gesicht. Das des Mädchens, das sie gezwickt hatte.

Lorena, ihre Schwester.

Ihr Gesicht war von Wut verzerrt. Lucy glaubte, in ihre Gedanken sehen zu können. Sie hasste das kleine Mädchen, das die Eltern so sehr liebten, und sie würde alles tun, um diesen Eindringling loszuwerden. Hatte Lorena die Wanderer auf ihre Spur gebracht? Hatte sie nicht nur billigend in Kauf genommen, dass die kleine Schwester entführt wurde. Hatte sie das alles gar selbst eingefädelt?

Es war ganz wunderbar gelaufen. Sie war den Eindringling los und selbst in Sicherheit, um nun in Ruhe ihre Stellung als Hoffnung der Nachtmahre zu genießen. Eclipse, die von allen hofiert wurde und die sich der ungeteilten Liebe der Eltern wieder sicher sein konnte.

Und ich wuchs in einem fremden Land bei fremden Leuten auf, dachte Lucy. *Ich saß deinetwegen Jahre in einer Gefängniszelle und habe mein Leben vergeudet.* Sie spürte eine Welle von Hass in sich aufsteigen.

»Lorena«, stieß sie hervor. »Dafür wirst du büßen, das schwöre ich!«

Plötzlich vernahm sie Stimmen vor der Tür. Lucy huschte hinüber und legte ihr Ohr an das Holz. Es waren Grant und Hunter, die, wie sie vermutet hatte, vor der Tür Wache schoben. Was redeten sie da? Wer musste noch packen? Wer würde wann wohin abreisen? Plötzlich fiel ihr auf, dass neben dem Sofa ein gepackter Koffer stand. Der Councillor hatte ihr eine Menge Kleider besorgen lassen, die nun vermutlich sauber zusammengelegt in diesem Koffer steckten.

»Morgen, gleich nach dem Frühstück«, hörte sie Hunter sagen.

Lucys Wut übertrug sich auf den Councillor. Sie waren den ganzen Nachmittag und Abend zusammen unterwegs gewesen, doch er hatte es nicht für notwendig erachtet, sie von der bevorstehenden Abreise zu unterrichten, geschweige denn sie zu fragen, ob ihr das recht wäre.

Er wollte sie als Verbündete? Dann sollte er rasch damit anfangen, sie so zu behandeln!

Einige Worte ließen sie in ihren Gedanken innehalten. Lucy erstarrte. Was war das? Von welchem Gefängnis sprachen die Männer? Hochsicherheitstrakt? Ausbruchsicher? Hatte sie da eben richtig gehört? Der Councillor wollte sie wieder einsperren?

Ihr Zorn überrollte sie so heftig, dass sie am ganzen Körper zitterte. Er hatte sie belogen und versuchte, sie hinters Licht zu führen! Was hatte er ihr versprochen? Ein schönes Leben in Luxus, wenn sie kooperierte, und nun plante er, sie ins nächste Gefängnis sperren zu lassen?

Oh nein! Diese Suppe würde sie ihm versalzen. Sie würde noch in dieser Nacht fliehen, und dieses Mal sollte es ihm nicht gelingen, sie aufzuhalten. Lucy sah durch die riesige Scheibe und klopfte dagegen. Ob es im Zimmer irgendetwas gab, mit dem sie das Fenster einschlagen konnte? Dann müsste sie sich nur noch wandeln und fallen lassen, und endlich wäre sie frei. Wirklich frei! Lucy schloss die Augen und dachte an die schöne Gestalt des Nachtmahrs in sich. Sie spürte, wie sich ihr Körper verwandelte. Mit dem geschärften Blick des Mahrs sah sie wieder in den Nebel hinaus, der ihr die Freiheit versprach. Sie versuchte zu vermeiden, darüber nachzudenken, wohin sie gehen sollte, wäre die Flucht erst geglückt. Zurück nach Europa, zu den Nachtmahren, die sie benutzt und verraten hatten? Ganz sicher nicht.

Was sollte sie dann machen?

Unauffällig und unerkannt hier in Amerika leben, immer mit der Furcht, dem Councillor könnte es irgendwann gelingen, sie wieder aufzuspüren und einzufangen?

Ein Geräusch vom Gang her unterbrach ihre Gedanken.

Der Councillor trat ein, schloss die Tür hinter sich und kam auf sie zu. Lucy empfing ihn mit vor Wut blitzenden Augen, was ihm offensichtlich nicht entging.

»Wer war so unvorsichtig, deinen Zorn zu erregen?«, erkundigte er sich ernst, doch sie glaubte, Spott in seiner Miene zu erkennen.

»Wer könnte das wohl sein?«, gab sie wütend zurück. »Lassen Sie mich überlegen. Vielleicht der Mann, der weiterhin über mein Leben bestimmt, ohne mich auch nur zu fragen? Der nach diesem netten Ausflug genug von meiner Gesellschaft hat und mich lieber wieder einsperren lässt, weil es ja viel bequemer ist, ganz egal, was er versprochen hat? Wer ist er, dass er sich an irgendwelche Zusagen halten muss!«

Der Councillor nickte bedächtig. »Ich entnehme deinen verworrenen Worten, dass du gelauscht, aber nicht alles richtig mitbekommen hast. Also beruhige dich erst einmal. Ich werde dir beizeiten alles sagen, was du wissen musst. Jedenfalls kann ich dir versichern, dass es keinen Grund gibt, mich in solch mörderischem Zorn anzublitzen, als wolltest du mir einen Dolch ins Herz rammen.«

»Das würde ich, wenn ich nur einen hätte«, zischte Lucy und krümmte ihre Hände mit den langen, spitzen Fingernägeln.

»Muss ich um meine Augen fürchten? Gefährliche Katze«, sagte der Councillor noch immer spöttisch und umschloss Lucys Handgelenke. Sie wehrte sich, doch er war stärker und presste ihre Arme an ihren Körper. Er drängte sie gegen die Scheibe, bis sein Gesicht dicht neben ihrem war.

»Du weißt gar nicht, wie schön und verführerisch es dich macht, wenn du zornig bist. Zum Anbeißen!«

»Versuchen Sie es, aber ich warne Sie, Sie werden nicht heil aus der Sache herauskommen!«

»Das fürchte ich auch. Du bist ja ganz außer Rand und Band. Vielleicht sollte ich dir noch einmal einen Roomboy organisieren, an dem du dich austoben kannst. Ein paar Runden wilder Sex sollten dich zähmen. Danach können wir in Ruhe miteinander reden.«

»Ich will nicht irgend so einen dahergelaufenen Typen, den Sie mir zum Fraß vorwerfen«, schrie Lucy im Zorn. »Gehen Sie zur Seite, und lassen Sie mich raus. Ich suche mir meine Männer selber aus.«

Sie versuchte, sich loszureißen, doch der Councillor hielt sie fest. »In dieser Stimmung kann ich dich hier nicht rauslassen. Du bist ja eine Gefahr für die Menschheit«, fügte er belustigt hinzu, was Lucy noch zorniger machte.

»Ach, und Sie sind so ein Menschenfreund, dass Sie das nicht verantworten können?«

Winston Campbell schüttelte den Kopf. »Nein, ich wäre nicht so dreist, das zu behaupten, wobei einem die Kerle schon leidtun können, die in deine Finger geraten. Ob die sich jemals wieder erholen?«

Lucy fauchte wie eine Katze. »Wenn alle Männer so schwach sind wie diese Jungen?«

Er hielt sie noch immer fest. »Du willst es einmal mit einem richtigen Mann versuchen, der dir gewachsen ist? Sei vorsichtig, wenn Gott uns straft, dann erfüllt er uns unsere Wünsche!«

»Es gibt keinen Gott«, gab sie zurück. »Und wenn, dann hat er ganz bestimmt weder Sie noch mich erschaffen.«

Der Councillor sagte nichts. Er starrte sie nur an, bis sie den Blick nicht mehr ertragen konnte.

»Was ist?«, blaffte sie.

»Du weißt nicht, wie unwiderstehlich du bist, wenn du so vor Zorn sprühst«, sagte er.

Lucy kniff die Augen zusammen. »Ach ja? Reizt es Sie etwa, es mit einem Nachtmahr zu treiben? Mit einem der bösen Weiber, die Sie zu vernichten geschworen haben? Wollen Sie wissen, wie so eine schmeckt und wie sie Sie in den Wahnsinn treiben kann? Kommen Sie, nur keine Scheu. Kosten Sie, aber ich übernehme keine Garantie für Ihr Seelenheil!«

Lucy legte den Kopf in den Nacken und öffnete einladend die Lippen. Zu ihrer Überraschung folgte der Councillor ihrer Einladung und küsste sie. Noch immer hielt er ihre Handgelenke umklammert. Sein Körper presste sie gegen die Scheibe, und sein Mund schien ihr die Seele rauben zu wollen. Es war eine Kraft, aber auch eine Leidenschaft in seinem Kuss, die sie nicht erwartet hätte. So etwas hatte sie noch nicht erlebt. Nein, dagegen waren die beiden anderen Männer wirklich unerfahrene Jungen gewesen!

Lucy hasste den Councillor, und dennoch pochte in ihr ein Verlangen, das nach Erfüllung schrie. Es war eine wilde Leidenschaft, der vielleicht nur ein Mann wie er gewachsen sein würde. Einerseits wollte sie ihn besiegen und ihn unter ihren Füßen um Gnade wimmern hören, anderseits lechzte sie nach einem Kampf, der den Namen verdiente. Sie wollte es nicht leicht haben. Sie wollte mit ihm um die Herrschaft ringen!

Endlich ließ er Lucys Arme los und riss ihr stattdessen das Kleid vom Leib. Der Stoff fiel in Fetzen zu Boden. Lucy revanchierte sich, indem sie sein Hemd zerriss. Ihre Fingernägel hinterließen blutige Spuren auf seiner Brust, die erstaunlich fest und muskulös war. Lucy beugte sich vor und biss ihn, doch sie konnte ihm keinen Schmerzenslaut entlocken. Stattdessen beugte er sich herab und hob sie hoch. Er warf sie einfach über seine Schulter und trug sie ins Nebenzimmer. Lucy biss noch einmal herzhaft zu und hinterließ einen Abdruck ihres Gebisses an seinem Oberarm. Keine Reaktion. Spürte diese Kreatur überhaupt nichts? Zumindest zeigte er normale männliche Reaktionen, stellte sie fest, als er sie auf das Bett warf und sich die Hose abstreifte. Obwohl sein Atem im Gegensatz zu Lucys noch ruhig ging, verriet sein Körper seine Erregung.

»Soll ich dich wirklich zähmen, du kleines Luder?«, fragte er.

»Hochmut kommt vor dem Fall!«, stieß sie keuchend aus. »Warten wir es ab, wer hier wen zähmt! Sie werden schon bald um Gnade wimmern!« Sie richtete sich auf, nahm sein steifes Glied in den Mund, biss herzhaft zu und genoss es, wie er zusammenzuckte. Ganz gefühllos war er also doch nicht.

Er packte sie an den Haaren und zog sie zurück. »Wenn du es nicht kannst, dann solltest du es lassen«, sagte er mit aufreizend ruhigem Ton. »Du bist noch jung. Ich kann es dir beibringen.«

Doch Lucy stieß ihn ins Bett zurück und kniete sich dann über ihn. Er sollte betteln! Er sollte um Gnade winseln!

Sie ließ sich tiefer sinken und nahm sein Glied in sich auf. Ihr Zorn hatte sie aufgeheizt, doch er schien noch heißer zu sein. Sie hatte das Gefühl, es würde in ihr brennen. Lucy stieß ihn sich so tief hinein, wie es nur ging, und presste seine Schenkel an ihre. In seinem Gesicht forschte sie nach einer Reaktion, doch noch immer hatte er sich im Griff.

Na warte!

Sie begann sich zu bewegen. Hoch und runter, seitlich, im Kreis. Ihr Becken rotierte in unterschiedlichem Rhythmus. Wenn sie das Gefühl hatte, es würde ihm Lust bereiten, hielt sie plötzlich inne, erstarrte, nur um dann noch schneller fortzufahren. Seine Hände legten sich um ihre Taille. Mal spornte er sie in ihrer Bewegung an, mal versuchte er, sie festzuhalten, sodass sie wieder gegen ihn ankämpfte.

Plötzlich aber hob er sie hoch und richtete sich auf. Sie protestierte, aber er achtete nicht darauf. Er stand mit ihr vom Bett auf und schob ihren nackten Hintern auf eine Kommode. Energisch drückte er ihre Knie auseinander und stieß wieder in sie. Nun bestimmte er den Takt, und Lucy begann zu ahnen, dass der Akt mit dem Roomboy nur ein Geplänkel gewesen war. Hier hatte sie einen ernst zu nehmenden Gegner gefunden!

Sosehr sie sich vorgenommen hatte, einen kühlen Kopf und immer die Oberhand zu bewahren, sie konnte sich der Erregung, die ihren Körper nun unkontrolliert erzittern ließ, nicht entziehen. Seine Hände und Lippen waren überall. Er legte sie über den Tisch und drang von hinten in sie ein, dann zog er sie zum Bett zurück, um sie noch einmal in den Wahnsinn zu treiben. Es war nur ein schwacher Trost, dass auch sein Atem inzwischen stoßweise kam und sie das Zucken in sich spürte, als er den Höhepunkt nicht mehr zurückhalten konnte. Anders als der junge Kellner bettelte der Duke jedoch nicht um eine Pause!

Es war ein zäher Kampf, ein Ringen um die Vorherrschaft. Ja, es herrschte Krieg, bei dem nur der Sieg zählte, und dennoch oder vielleicht gerade deshalb spürte Lucy, wie ihr Körper erwachte. Ungeahnte Türen wurden aufgestoßen, und sie schrie vor Lust. Ihr wurde schwindelig, sie sah Lichtblitze. Sie glühte.

Irgendwann lösten sich die Konturen der Möbel um sie herum auf, und das Zimmer begann zu kreisen. Alles war nur noch eine Woge. Ihr aufgepeitschter Atem fand zu einem gemeinsamen Rhythmus. Sie krallte die Hände in seinen Rücken und spürte seine Finger auf ihrer Haut. Noch ein letzter Akkord, dann sanken sie zusammen in die Kissen.

Lucy hielt die Augen geschlossen. Die Sterne und Lichtblitze verblassten und wichen wohltuender Schwärze. Ihr Atem ging nun ruhig und gleichmäßig. Die Hitze ließ nach und ließ wohlige Wärme zurück. Sie spürte, wie der Schweiß auf ihrer Haut zu trocknen begann. Ein Schatten beugte sich über sie. Sie ahnte seine Bewegung. Eine Decke wurde über sie gebreitet, dann legten sich Lippen sanft auf ihre.

Waren das wirklich dieselben, die noch zuvor so hart und fordernd gewesen waren? Nun waren sie weich und schmeckten angenehm frisch. Lucy rührte sich nicht.

»Schlaf gut, meine tapfere Kämpferin.«

Nur ein Hauch an ihrem Ohr. Vielleicht hatte sie es sich auch eingebildet. Dann verschwand das Gewicht von der anderen Seite des Betts. Leichte Schritte entfernten sich. Die Tür klappte.

Noch im feinen Netz ihrer Träume gefangen, rollte sich Lucy mit einem wohligen Seufzer auf die andere Seite. Sie drückte sich das weiche Daunenkissen, das leicht nach irgendwelchen Blüten duftete, an die nackte Brust und zog mit der anderen Hand die Bettdecke hoch. Nicht, dass es in dem Zimmer hoch über San Francisco kalt gewesen wäre, doch das warme Nest in dem riesigen Bett schenkte ihr ein Gefühl von Geborgenheit. Obgleich sie noch immer nicht richtig wach war, wusste Lucy, dass sie sich nicht mehr in ihrem Felsenverlies am Hoover Dam befand. Sie war frei!

Und sie fühlte sich wohl. Verdammt wohl. Bilder von nackten Körpern huschten durch ihren Geist und ließen sie lächeln. Hände und Lippen und heiße Haut, der rasche Schlag zweier Herzen, das von Lust aufgepeitschte Blut, das immer rascher durch die Adern floss. Sie sah das Gesicht wieder vor sich und glaubte, den zwingenden Blick aus seinen stahlgrauen Augen auf ihrer nackten Haut zu spüren. Die feinen Härchen an ihren Armen richteten sich auf.

Der Councillor? Sie hatte es tatsächlich mit dem Councillor getrieben?

Lucy riss die Augen weit auf und starrte zu dem apricotfarbenen Betthimmel auf.

Wie war das möglich?

Er hatte sie gezwungen. Ihr Entführer und Kerkermeister hatte ihr Gewalt angetan!

Nein, man konnte einen Nachtmahr nicht vergewaltigen. Sie war die Verführerin, welche die Männer mit ihrem Bann belegte und sie in ihr Bett zog. Sie machte sie zu ihren Sklaven, die ihre Lust befriedigen mussten. Sie hatte ihren Gefängniswärter bezwungen, ihn benutzt und gedemütigt!

Nein. Auch das passte nicht. Die Wahrheit war vielleicht ein wenig von allem. Sie waren beide stark. Sie hatten ihre Kräfte gemessen, und sie hatten sich in gegenseitiger Lust gepeitscht und angetrieben.

Wer war als Sieger aus diesem Duell hervorgegangen?

Lucy wusste es nicht. Vielleicht gab es keinen Sieger. Vielleicht war es einfach das längst fällige Gewitter gewesen, das die aufgeladene Atmosphäre in einem Sturm besänftigt hatte.

Was für ein Mann! Er hatte sich gut geschlagen, doch sie hatte ihm nichts geschenkt. Zufrieden lächelte sie in sich hinein, während die Szenen durch ihren Geist huschten.

Sie verspürte Hunger. War es nicht längst Zeit für das Frühstück? Lucy schlug die Bettdecke zurück und setzte sich auf. Worauf hatte sie Appetit? Rührei mit Speck? Auf alle Fälle ein paar von diesen kleinen, mit Schokolade gefüllten Croissants und einen Toast mit Räucherlachs. Und außerdem wollte sie ein großes Glas mit diesem Smoothie aus Südfrüchten.

Während sie in Gedanken ihr Frühstück zusammenstellte, glitt ihr Blick ihren nackten Körper entlang, bis er an etwas hängen blieb, das am Abend zuvor noch nicht da gewesen war. Lucy stieß einen Schrei aus und war mit einem Satz aus dem Bett. Entsetzt starrte sie auf ihren linken Arm. Ein Armband umschloss ihr Handgelenk. Es sah eigentlich ganz harmlos aus und war auch nicht so schwer wie die Stromfalle, an die der Councillor sie zuvor angeschlossen hatte, doch Lucy war sich sicher, dass es sich nicht um ein harmloses Schmuckstück handelte, das ihr Liebhaber ihr nach dieser Nacht als Andenken überlassen hatte. Mit fahrigen Bewegungen versuchte Lucy, den golden schimmernden Armreif abzustreifen. Es ging nicht, nicht einmal mit viel Seife. Er war zu eng, und natürlich konnte man ihn auch nicht einfach öffnen, um ihn aufzuklappen. Lucy griff nach ihrer Nagelfeile, hielt dann aber inne. Sie hatte ihren Versuch, das erste Armband zu knacken, noch in schmerzhafter Erinnerung.

In diesem Moment öffnete sich eine Tür. Wie eine Furie

stürzte Lucy aus dem Bad in das große Zimmer hinüber, das einer der Kellner gerade mit einem üppig gedeckten Frühstückswagen betrat. Hinter ihm erschien der Councillor. Wie immer tadellos gekleidet und mit unbeweglicher Miene.

»Sie!«, schrie Lucy. »Sie kommen mir gerade recht!«

Angesichts der nackten Frau, die mit mörderischem Blick auf sie zustürzte, wich der Kellner entsetzt einen Schritt zurück.

Der Councillor steckte ihm einige Dollarnoten zu. »Äh, ich denke, wir kommen zurecht. Sie können gehen«, sagte er, ohne Lucy aus den Augen zu lassen.

Der Kellner schnappte sich das Geld und verließ fluchtartig die Suite. Die Tür fiel hinter ihm ins Schloss.

»Guten Morgen Lucy«, grüßte der Councillor, als bemerke er ihren Zorn nicht. »Hast du gut geschlafen? Möchtest du frühstücken?«

»Nein!«, schrie sie aufgebracht. Ihr Hunger war vergessen. Sie streckte ihm ihren Arm entgegen. »Was ist das? Und nun behaupten Sie nicht, es wäre nur ein Schmuckstück, das Sie mir nach dieser Nacht verehren wollten. Das nehme ich Ihnen nicht ab.«

»Oh nein, so etwas würde ich nie behaupten«, gab der Councillor ruhig zurück. Er schob den Frühstückswagen zum Sofa und begann, den Tisch zu decken. »Möchtest du lieber Kaffee oder Tee?«

»Ich möchte, dass Sie sich an unsere Abmachung halten, Sie verlogener Mistkerl! Wir haben einen Pakt geschlossen, schon vergessen? Sie haben mir die Freiheit versprochen, wenn ich mit Ihnen zusammenarbeite.«

Sorgfältig stellte er die Teller und Tassen bereit, verteilte das Silberbesteck und legte je eine der gefalteten Damastservietten neben die Teller, dann erst wandte er sich Lucy zu, die noch immer schäumte vor Wut.

»Mein Gedächtnis funktioniert trotz meines hohen Alters noch ganz hervorragend. Ich erinnere mich genau, was wir besprochen haben, doch Hand aufs Herz, liebe Lucy, ist dir trotz deines Versprechens nicht der Gedanke an Flucht gekommen? Hast du nicht ernsthaft erwogen, den Pakt Pakt sein zu lassen und dich aus dem Staub zu machen?«

Ihr Schweigen war Antwort genug.

»Siehst du«, fuhr der Councillor fort. »Ich nehme dir das nicht übel. Du warst zu lange eingesperrt. Ich gestehe, es war mein Fehler. Du warst so weit weg, und ich habe mich um andere Dinge gekümmert. Nun ist es für dich nicht leicht, dich in der Freiheit zurechtzufinden und immer die richtige Entscheidung zu treffen. Es wäre doch jammerschade, wenn du aus einer Laune heraus hier in dieser großen Stadt verloren gehen würdest. Amerika ist für ein unerfahrenes, junges Mädchen nicht ungefährlich!«

»Ich bin kein naives Mädchen, ich bin ein Nachtmahr!«, fauchte Lucy.

»Ja, du bist gefährlich und unberechenbar, deshalb freue ich mich über dein Versprechen, mit mir zusammenzuarbeiten, aber auch ich bin nicht naiv, und ich sichere mich lieber ab – zu deinem und zu meinem Vorteil, das verspreche ich dir.«

»Zu Ihrem Vorteil ganz bestimmt!«, schimpfte sie, doch sie spürte, wie ihr Zorn in sich zusammenfiel. Ganz unrecht hatte er nicht, dennoch war seine Handlungsweise empörend!

Der Councillor warf ihr einen forschenden Blick zu, dann nahm er Platz und breitete die Serviette über seiner Hose aus. »Komm, setz dich zu mir, und genieße das Frühstück. Es ist alles da, was du gerne isst. Hier ist ein ganzer Korb voller Schokocroissants!«

Lucy hatte das Bedürfnis, ihn schroff zurückzuweisen. Glaubte er wirklich, sie wie ein kleines Kind mit Süßigkeiten bestechen zu können?

»Hast du keinen Hunger?« Er schenkte sich Kaffee ein und lud sich Rührei und kross gebratenen Bacon auf den Teller. Er roch himmlisch, und Lucy spürte, wie ihr Magen knurrte. Sie entschied, dass es ebenfalls kindisch wäre, das Frühstück zu verweigern, also setzte sie sich ihm gegenüber und nahm sich drei Croissants.

Der Councillor wartete, bis sie sie vertilgt hatte und nach dem Rührei griff, ehe er wieder sprach. »Stärke dich gut«, riet er. »Ich muss dir sagen, dass du in der nächsten Zeit auf solch ein Frühstück wieder verzichten musst. Und deine Unterkunft wird leider auch nicht so luxuriös sein.«

Lucy ließ die Gabel sinken und starrte ihn mit zusammengekniffenen Augen an. »Was soll das bedeuten? War nicht genau dies Teil unserer Abmachung? Ein Leben in Freiheit und Luxus?«

Er hob entschuldigend die Schultern. »Und dennoch musst du fürs Erste wieder darauf verzichten. Wir brechen in einer Stunde auf. Nimm nur das Nötigste mit. Ich rate dir lieber zu warmer als zu aufreizender Kleidung.«

Lucy erhob sich langsam und starrte ihn an. »Wo bringen Sie mich hin?«

»Komm, ich zeige es dir.«

Auch der Councillor stand auf und trat an die große Scheibe, die das Panorama der Bucht von San Francisco heute grau unter einem düsteren Himmel präsentierte, über den dichte Wolken jagten. Fast wie in Trance folgte ihm Lucy und sah in die Richtung, in die sein Zeigefinger wies: auf eine kleine, felsige Insel mitten in der Bucht. Lucy starrte erst den Felsbrocken im Meer und dann den Councillor fassungslos an. Das konnte er nicht ernst meinen.

»Sie nehmen mich auf den Arm!«, meinte sie ärgerlich und ein wenig furchtsam.

»Nein, ganz bestimmt nicht. Alcatraz ist der perfekte Ort. Die Gefängnisinsel ist legendär. Ich glaube, keiner ist je lebend von dort entkommen.«

»Aber das ist lange her. Es ist kein Gefängnis mehr«, widersprach Lucy, die sich noch immer nicht sicher war, ob er seine Worte wirklich ernst meinte. »Er gibt Ausflüge dorthin. Tag für Tag fahren jede Menge Touristen auf die Insel und besichtigen die Festung.«

»Und dennoch oder vielleicht gerade deshalb ist der Ort ideal. Ich liebe die Symbolik! Und wir wollen es ihnen doch nicht unmöglich machen, dich aus deiner Zelle zu befreien.«

Lucy starrte ihn an. Er wollte sie wirklich in Alcatraz einsperren und dann einfach abwarten, was passierte? Wenn überhaupt etwas passierte. Sie sah ihn zweifelnd an.

»Lucy, glaube mir, eines habe ich in den vielen Jahren, die ich schon auf dieser Erde bin, gelernt: Je besser die Falle und je unwiderstehlicher der Köder, desto sicherer ist der schnelle Erfolg. Es wird funktionieren, das verspreche ich dir, und dann darfst du dich wieder in Seide kleiden, in einer Suite wohnen und essen, was du magst.«

»Wann?«, fragte sie leise. »Wie lange wird das dauern?«

Der Councillor hob die Schultern. »Genau kann ich dir das nicht sagen, aber im Vergleich zu dem, was du bereits erduldet hast, wird das ein Spaziergang. Ich werde schon dafür sorgen, dass es dir nicht schlecht geht. Vertraue mir!«

Lucy sah ihm in die Augen. Beide schwiegen lange.

»Ich weiß nicht, ob mir das gelingt«, sagte sie leise und umfasste den Armreif, der nicht ihre letzte Fessel sein würde.

Kapitel 11

DIE MAUSEFALLE

Der Wind zerrte an ihren langen blonden Haaren, als Lucy neben dem Councillor auf dem Boot stand, das außer ihnen noch zwei Dutzend Touristen auf die Gefängnisinsel übersetzte. Es waren einige Japaner an Bord und ein Paar aus Deutschland, einige Franzosen und eine Gruppe, die vermutlich russisch sprach. Daneben waren zwei Familien aus Kanada zu Besuch, deren Jungen sich mit Plastikwaffen in den Händen jagten und sich gegenseitig drohten, sich in den Zellen einzusperren und dort verhungern zu lassen.

Euch wird keiner dort einsperren, aber auf mich wartet eine Zelle, dachte Lucy und versuchte, sich ihre Unsicherheit nicht anmerken zu lassen. Sie war so lange eingesperrt gewesen, da kam es auf die wenigen Tage nicht an. Oder fürchtete sie sich gerade deshalb davor, dass wieder eine eiserne Tür hinter ihr ins Schloss fiel und sie zu endlosen Tagen im Dämmerlicht verurteilte, an denen sie nichts hatte als ihre kreisenden Gedanken?

Tage, Wochen, Monate? Wer konnte schon sagen, wie schnell der Plan des Councillors aufging.

Lucy setzte eine hochmütige Miene auf und blitzte die beiden Franzosen an, die sich ihr zu nähern versuchten. Auch wenn sie sich bei Tage nicht ihrer Nachtmahrgestalt bediente, war sie eine schöne junge Frau, die unter den anderen Touristen auffiel. Nach einem Blick auf den grimmig dreinsehenden Councillor, der nicht von ihrer Seite wich, zogen sich die Franzosen wieder zurück.

Winston Campbell war nicht der einzige Bewacher, der mit Lucy nach Alcatraz hinüberfuhr. Neben Grant und Hunter entdeckte sie noch zwei weitere Männer, die zum Duke gehören mussten. Sie waren so unauffällig gekleidet und schweigsam, dass sie gerade deshalb unter den bunten, aufgekratzten Touristen auffielen. Im Gegensatz zu Grant und Hunter, die wie immer schwarze Anzüge und ihre langen Mäntel trugen, hatten diese Männer Jeans und seltsam weite Pullover an. Ob sie darunter Pistolen verbargen? Vermutlich. Lucy fand, sie verhielten sich wie Bodyguards in billigen amerikanischen Serien. Mit verschränkten Händen und versteinerten Mienen standen sie reglos da, die Augen hinter den dunklen Gläsern ihrer Brillen verborgen.

Lucy wandte den Blick wieder nach vorn, wo nun die Insel mit der Gefängnisfestung deutlich zu erkennen war. Ein Felsbrocken in der Bucht von San Francisco, lebensfeindlich, mit Mauern, Wachtürmen und Gittern. *Eine Ironie des Schicksals*, dachte Lucy, deren Blick weiter bis zur berühmten Golden Gate Bridge wanderte, mit ihrem trügerischen Versprechen von Aufbruch, Fortschritt und Freiheit.

Das Boot machte an der Anlegestelle fest, die Touristen strömten schwatzend an Land. Winston Campbell hielt seine Männer mit einem Blick zurück. Er verließ mit Lucy als Letzter das Boot und wartete dann, bis sich die anderen Besucher zerstreut hatten. Mit ihren Guides oder einem Buch in der Hand gingen sie los, das Gefängnis und seine Geschichte zu erkunden. Lucy schaute sich um. Über der Anlegestelle erhob sich ein filigraner Wachturm aus einem Stahlgerüst mit einer Plattform und einer kleinen, achteckigen Kabine. Lucy stellte sich vor, wie einer der Wächter dort oben stundenlang ausharren musste, als Gesellschaft nur die kreischenden Möwen, die sich vom Sturmwind tragen ließen. Sicher kein gemütlicher Arbeitsplatz.

Der Councillor folgte ihrem Blick. »Der Dockturm war einer von sechs Wachtürmen hier auf der Insel«, sagte er. »Früher, wenn ein Schiff anlegte, ließ der Wachhabende eine Schnur herunter und zog damit den Zündschlüssel zu sich herauf. Er behielt ihn dort oben, bis das Schiff wieder ablegte, um auf diesem Weg keine Möglichkeit zur Flucht zu geben.«

Lucy sah auf ihr Armband herab. »Heutzutage gibt es subtilere Methoden, einen Gefangenen an der Flucht zu hindern.«

Der Councillor ging nicht darauf ein. Er geleitete sie an der ehemaligen Kaserne entlang eine Rampe hinauf, die durch das Tor des Wachhauses führte. Vor ihnen erhob sich auf dem höchsten Punkt ein Wasserturm, links über ihnen konnte Lucy den Leuchtturm erkennen, der sich südöstlich des eigentlichen Gefängnisses mit den Zellenblöcken in den Himmel reckte.

Auf einem in Serpentinen angelegten Weg folgte Lucy dem Councillor den Berg hinauf. Der Verfall war überall zu sehen. Die Ruinen strahlten etwas Trostloses aus. Lediglich die wilden Blumen und die Seevögel, die sich die Insel als Brutplatz gewählt hatten, sorgten für Farbe und Leben.

Lucy warf einen Blick über die Schulter. Hunter und Grant folgten ihnen in einigem Abstand. Die anderen beiden Männer konnte sie nicht entdecken, doch sie war sich sicher, dass sie in der Nähe waren und sie beobachteten. Nicht dass einer der Touristen die wertvolle Fracht angriff und sie vielleicht mit Schaumstoffkugeln beschoss, dachte sie sarkastisch, um nicht auf das Gefühl achten zu müssen, dass sich in ihren Eingeweiden zusammenballte, je näher sie dem düsteren Gefängnisbau kamen. Alles in ihr sträubte sich, die Schwelle zu überschreiten. Wann würde sie den Himmel wiedersehen?, fragte sie sich, als der Councillor den Arm unter ihren Ellbogen schob und sie mit deutlichem Druck hineinführte.

Lorena kehrte mal wieder spät von der Arbeit zurück. Es war fast neun Uhr und eisig kalt, als sie in die Portobello Road einbog. Sie sehnte sich nur noch danach, ihre unbequemen Schuhe loszuwerden und ein heißes Bad zu nehmen. Nun ja, nach Jasons Armen sehnte sie sich auch, doch ihn würde sie erst in zwei Tagen wieder zu Gesicht bekommen. Er war noch irgendwo in Schottland unterwegs. Also konzentrierte sich Lorena auf die heiße Wanne, die sie erwartete. Außerdem hatte sie Hunger. Sie überlegte gerade, ob ihr Kühlschrank noch irgendetwas Annehmbares hergeben würde, als ihr eine Gestalt in den Weg trat. So schnell, wie sie sich bewegte, konnte es sich nur um einen Nachtmahr handeln.

»Raika!«, stieß Lorena aus und blieb stehen.

»Dir auch einen guten Abend«, gurrte diese und warf in einer für sie typischen Bewegung ihr langes Haar zurück. Wusste sie nicht, dass diese Geste bei Lorena nichts bewirkte? Vermutlich war sie einfach so daran gewöhnt, dass sie nicht mehr darüber nachdachte.

»Was willst du?«, erkundigte sich Lorena. »Ich hatte einen langen Tag und bin müde.«

Raika schenkte ihr einen Augenaufschlag mit ihren langen schwarzen Wimpern. »Das glaube ich gern, und das liegt nicht zufällig an deinem neuen Chef? Er ist ein richtiges Sahneschnittchen, nicht?«

»Nein, so würde ich Mr. Gray nicht beschreiben«, wehrte Lorena ab.

»Wie dann? Ein sexy Mann mit starken Armen, der sicher nicht so schnell schlapp macht?«

Lorena stöhnte. »Raika, solche Gedanken mache ich mir nicht über ihn, auch wenn es dir schwerfällt, so etwas zu glauben. Er ist mein Chef, und ich arbeite mit ihm, mehr nicht. Ich bin wieder mit Jason zusammen, schon vergessen?«

Raika hob die Schultern. »Das eine schließt das andere nicht aus, vor allem, da Jason sich äußerst rar macht.«

»Er hat ein Engagement, für das er proben muss.«

»Ja, ich weiß, dieser Mr. Weird hat ihn aufgesucht. Seltsamer Typ übrigens. Der kommt mir nicht ganz koscher vor, wenn ich das mal sagen darf. Und mit deinem Mr. Gray stimmt auch irgendetwas nicht.«

»Ach, und woher willst du das wissen?«, fragte Lorena, der in diesem Augenblick klar wurde, dass sie die Antwort gar nicht hören wollte.

»Ich bin ihm letzthin zufällig begegnet, als er dich ziemlich spät nach Hause brachte.«

»Zufällig…« Lorena schnaubte. »Reicht es nicht, dass mich die Guardians der Lady ständig überwachen?«

Raika ging nicht darauf ein. »Jedenfalls verhielt er sich seltsam«, beharrte sie.

»Inwiefern? Ist er dir nicht gleich zu Füßen gelegen?«

Raika wiegte den Kopf. »Ich meine nicht, dass er mir auf Dauer widerstehen könnte, er ist schließlich nur ein Mann, aber er blieb so distanziert. Ich werde aus ihm nicht schlau. Er versteht es, seine Geheimnisse zu bewahren.«

Lorena lachte spöttisch. »Du meinst, dein Charme hat sich bei ihm nicht verfangen? Soll ich dich jetzt trösten? Bist du deshalb gekommen?«

»Nein, ich bin gekommen, um dir etwas zu erzählen, das dich sehr interessieren wird. Kann ich mit raufkommen? Ich würde das lieber nicht hier auf der Straße mit dir besprechen. Die Nacht hat Augen und Ohren«, fügte sie dramatisch hinzu.

Lorena hatte den Verdacht, dass sich Raika – trotz ihrer vielen Männer – einsam fühlte oder sich einfach gern in Szene setzte. Dennoch öffnete sie die Tür und ließ sie eintreten. »Aber nicht lange, ich bin müde und muss schlafen.«

Raika lief leichtfüßig vor ihr die Treppe hinauf. »Du bist immer müde«, beklagte sie sich.

Lorena seufzte. »Ja, das ist wahr … Du nicht? Wie machst du das? Du bist jede Nacht aktiv, nimmst dir ständig irgendwelche Männer und arbeitest tagsüber noch.«

Raika ging gleich weiter ins Wohnzimmer und ließ sich dort auf das Sofa plumpsen. Offensichtlich fühlte sie sich wie zu Hause. »Also, offen gestanden, arbeite ich momentan nicht. Ich bin gerade dabei, mir einen neuen Job zu suchen.«

»Wieder einmal«, kommentierte Lorena, die wusste, wie häufig Raika die Arbeitsstelle wechselte. Meist, weil sie mit irgendeinem Mann zu intim wurde, den sie dann schnell wieder loswerden wollte.

»Also, was gibt es so Wichtiges, das du mir sagen musst?«, beharrte Lorena, doch Raika hatte offensichtlich Spaß daran, die Sache noch etwas hinauszuzögern.

»Hast du nichts zu trinken da? Und biete mir nun keinen Tee an!«

»Einen Sherry?«, fragte Lorena artig, obgleich sie dachte, sie müsse gleich platzen.

»Na gut, wenn du nichts Stärkeres hast«, willigte Raika ein.

»Nun, was willst du mir sagen?«, hakte Lorena noch einmal nach, als Raika ihr Glas in einem Zug leerte und es ihr dann noch einmal zum Füllen hinhielt.

»Ich habe gelauscht«, verkündete sie. »Wieder einmal, aber dieses Mal hat es sich gelohnt.«

»Ja, und?«, sagte Lorena mechanisch und ließ sich in ihren Sessel sinken. Sie nahm sich keinen Sherry. Sie fühlte sich zu hungrig und ausgebrannt, als dass Alkohol ihr jetzt gutgetan hätte.

»Es gibt Neuigkeiten von den Schwestern in Amerika«, säuselte Raika.

Lorena streckte sich kerzengerade und starrte Raika an. Nun hatte die Besucherin ihre ungeteilte Aufmerksamkeit, was ihr auch bewusst war, denn sie kicherte leise.

»Was hast du erfahren?«, drängte Lorena. »Etwas über Lucy? Weißt du, wie es ihr geht?«

»Zumindest ist sie am Leben«, sagte Raika. »Das alte Versteck war, wie du schon weißt, leer, als die Mahre dort eintrafen. Der Vogel war sozusagen ausgeflogen. Der Councillor hat sie am Neujahrstag nach San Francisco gebracht.«

»Das weiß ich«, gab Lorena ungeduldig zurück.

»Deshalb wolltest du dorthin fliegen. Allein und ohne irgendwelche Unterstützung«, fügte Raika hinzu und schüttelte mit einer Miene den Kopf, die deutlich sagte, dass sie das für Wahnsinn hielt.

»Das ist meine Sache«, schnappte Lorena.

»Ist es nicht«, widersprach Raika. »Du bist Eclipse. Die Lady setzt große Hoffnung in dich. Seit du geboren wurdest und sie dich mit dieser Prophezeiung in Verbindung bringen, warten sie, dass du die Mahre gegen ihre Feinde stärkst.«

»Und wie soll das vor sich gehen?«, wollte Lorena wissen. »Hast du den Eindruck, ich wäre besonders stark oder würde über irgendwelche tolle neue Magie verfügen?«

Raika schüttelte den Kopf. »Nein, eigentlich nicht, aber ich glaube, darum geht es auch gar nicht.«

»Wie meinst du das? Weshalb dann das ganze Theater um meine Sicherheit?«

»Es geht um die Vereinigung der Finsternis mit dem Licht – von Eclipse mit der Sommersonnenwende.«

Obgleich Lorena schwante, was Raika ihr damit sagen wollte, weigerte sie sich zu begreifen. »Ja, und?«

»Stell dich nicht dumm. Warum ist es der Lady so wichtig, dass du ungestört mit Jason zusammen bist? Warum will sie dich mit ihm auf eine Südseeinsel verfrachten, wo es euch nach wenigen Tagen so langweilig sein wird, dass ihr nichts mehr anderes machen könnt als Sex. Es ist euer *Kind*, das die Lady haben will. Die Vereinigung der Finsternis mit dem Licht. Das ist der Schlüssel zur Magie und zur Macht!«

Lorena starrte sie an, obgleich dies keine Überraschung für sie sein sollte.

»Ich habe nicht vor, von Jason ein Kind zu bekommen, zumindest nicht jetzt. Und ich lasse mich auch nicht von der Lady oder sonst wem auf eine Insel verfrachten, um aus dem Weg zu sein. Was ich tue und wie ich mein Leben plane, ist ganz allein meine Entscheidung!«

Raika grinste. »Ah, die kleine Eclipse hat giftige Stacheln, die sie aufstellen kann. Gut so, das gefällt mir und bringt mich wieder zum Grund meines Besuchs. Du willst doch sicher wissen, was ich über Lucy erfahren habe.«

Lorena beugte sich in ihrem Sessel vor. »Aber ja! Wie geht es ihr? Was macht sie? Wo genau ist sie? Erzähle!«

»Da gibt es nicht viel zu erzählen. Ich bin mir sicher, dass sie lebt, und nehme mal an, dass es ihr mehr oder weniger gut geht. Was sie im Augenblick macht? Vermutlich mangels Möglichkeiten nicht allzu viel.« Raika machte eine dramatische Pause, ehe sie mit der Nachricht herausplatzte: »Lucy ist auf Alcatraz.«

»Was?« Lorena starrte Raika aus weit aufgerissenen Augen an. »Alcatraz? Das kann nicht sein.«

»Warum nicht? Sie ist eine Gefangene, die der Councillor nicht verlieren will. Also muss er sie irgendwo aufbewahren, wo sie ihm nicht entwischt. Galt die Festung nicht lange Zeit als das sicherste Gefängnis überhaupt, aus dem keinem die Flucht gelang – außer Sean Connery«, fügte sie mit einem Schmunzeln hinzu, doch Lorena war nicht in der Stimmung, darauf einzugehen.

»Ja, früher, aber Alcatraz ist schon lange kein Gefängnis mehr. Ist es nicht bereits in den Sechzigerjahren geschlossen worden? Ich bin mir nicht sicher, aber ich weiß, dass die Insel inzwischen eine viel besuchte Touristenattraktion ist. Wie soll Lucy dort gefangen gehalten werden?«

Raika nickte nachdenklich. »Das habe ich mich auch schon gefragt, aber ich gehe davon aus, dass sich die Mahre in Amerika gut informiert haben, ehe sie Mylady die Nachricht brachten. Und ich weiß es direkt von Morla. Also nicht, dass sie mir diese Information gegeben hätte«, gab Raika zu, »aber sie hat wörtlich gesagt: »Nun wissen wir endlich Bescheid. Der Councillor hält Lucy in Alcatraz fest.«

Lorenas Blick verlor sich in der Ferne. »Alcatraz«, murmelte sie. »Lucy wird nicht mehr lange dort bleiben!«

Raika stieß einen Seufzer aus. »Mach jetzt nur keinen Quatsch. Keine verrückte Heldennummer, versprich mir das! Du bist nicht der Typ des einsamen Rächers, lass dir das gesagt sein, Lorena.«

Lorena sah Raika an. »Vielleicht stecken ja doch mehr Kräfte in mir, als mir bislang selbst bewusst war?«

»Schon möglich, aber du solltest dich dennoch nicht mit dem Councillor anlegen. Zumindest nicht alleine.«

Jason rief in dieser Woche nur zweimal an und war recht kurz angebunden. So wie er sprach, war er nicht allein. Kontrollierte dieser Mr. Weird nun auch schon die Telefonate seiner Truppe?

Lorena spürte, wie Ärger in ihr aufstieg. Dieser Agent war schlimmer als jeder ihrer Chefs! Auch wenn Harrison Gray da eine Ausnahme darstellte. Wobei auch er seine Angestellten gut im Griff hatte und ihnen nicht allzu viel Freiraum gewährte, wie sie zugeben musste.

Samstagmorgen ging Lorena einkaufen. Sie hoffte, Jason würde am Abend vorbeikommen. Sicherheitshalber besorgte sie also einige Dinge, von denen sie wusste, dass er sie gerne aß, außerdem kaufte sie eine Flasche spanischen Rotwein. In Gedanken, was sie noch alles besorgen wollte, kam sie an einem Reisebüro vorbei. Wie erstarrt hielt sie inne und betrachtete das Werbeplakat, das günstige Flüge in die USA anbot: New York, Denver, Chicago, Los Angeles und San Francisco. Ihr Blick saugte sich an der letzten Zeile fest. Sechshundertfünfzig Pfund nach San Francisco.

Eine schmerzhafte Sehnsucht überkam sie. Wenn sie doch nur die Gelegenheit bekommen würde, an Lucy alles wiedergutzumachen.

Ja, es war unvernünftig und versprach wenig Erfolg, solange sie keine genaueren Informationen hatte, und doch war es ihr, als ziehe eine unsichtbare Macht sie ins Innere des Reisebüros. Lorena sah sich verstohlen um. Niemand schien auf sie zu achten. Warum auch? Rasch trat sie ein und wandte sich an eine Mitarbeiterin, die sich lächelnd nach ihren Wünschen erkundigte.

»Sie haben dort draußen ein Schild mit Flügen in die USA«, sagte sie hastig.

»Ja, wohin möchten Sie gern?«

»Nach San Francisco«, sagte Lorena bestimmt. »Wann kann ich frühestens fliegen?«

»Für sechshundertfünfzig Pfund? Ich sehe mal nach. Wie lange wollen Sie bleiben?«

Lorena hob die Schultern. »Ich weiß nicht.«

»Das müssen Sie sich vorher überlegen. Diese günstigen Tickets lassen sich nicht umbuchen.«

Lorena überlegte. Wie lange konnte sie wegbleiben, ohne ihren Job zu riskieren? Würde Mr. Gray ihr überhaupt Urlaub geben?

Lorena wusste, dass diese Fragen eigentlich nebensächlich waren. Die Wichtigste lautete: Hatte sie überhaupt eine Chance, unbemerkt nach Alcatraz zu kommen, Lucy zu finden und dann auch noch aus den Händen der Wanderer zu befreien? War das Ganze nicht nur ein Ablenkungsmanöver, um ihr schlechtes Gewissen zu besänftigen? Dass sie später zu sich sagen konnte, sie habe es zumindest versucht?

Vermutlich.

»Zwei Wochen«, sagte Lorena hastig, als sie merkte, dass die Mitarbeiterin sie immer noch fragend ansah.

»Für wie viele Personen?«

Lorena schluckte. Jason würde nicht mitkommen, und auch sonst konnte sie niemanden fragen.

»Ich werde alleine fliegen«, sagte sie fest.

Die Miene der Mitarbeiterin blieb ausdruckslos. Sie tippte die Daten ein und wartete dann auf das Ergebnis. »23. Februar«, sagte sie nach einer Weile. »Der erste mögliche Termin ist der 23. Februar.«

Lorena starrte sie entsetzt an. »Das sind ja noch vier Wochen! Geht es denn nicht früher?«

»Natürlich können Sie früher fliegen«, gab die Dame Auskunft. »Das wird dann aber teurer. Ich hätte einen Flug mit *United* am 2. Februar für achthundertfünfzehn Pfund und am 27. Januar für neunhundertdreiundzwanzig Pfund. Je kurzfristiger, desto teurer, normalerweise.«

Die Mitarbeiterin sah Lorena erwartungsvoll an, doch sie wusste nicht, was sie sagen sollte. Der Preis spielte eigentlich keine Rolle, doch wollte sie es wirklich wagen?

Die Tür hinter Lorena wurde geöffnet. Ein Bimmeln ertönte, doch sie vernahm keine Schritte. Dafür spürte sie einen Blick in ihrem Rücken, der sie erschaudern ließ. Lorena fuhr herum und starrte die Gestalt an, die mitten in dem kleinen Reisebüro stand und sie musterte. Sie wirkte ein wenig fehl am Platz, in ihrem strengen schwarzen Anzug mit den flachen Schuhen und ihrem kurzen kastanienbraunen Haar, das ebenso akkurat an ihrem Kopf anlag, wie sich der Anzug um ihren großen, schlanken Körper schmiegte.

»Du möchtest verreisen? Wohin soll es denn gehen?«, fragte sie leise, aber so eindringlich, dass Lorena das Gefühl hatte, die Worte würden wie kleine Pfeile in sie dringen.

»San Francisco«, gab die Mitarbeiterin des Reisebüros tonlos Auskunft. Ihr Blick war ein wenig glasig geworden.

»San Francisco?«, wiederholte Grace, ohne die ernste Miene zu verziehen. »Das ist keine gute Wahl zu dieser Jahreszeit. Dort ist es kalt und nebelig. Mit wem willst du fliegen?«

»Mit niemandem«, stieß Lorena hervor. Sie wusste nicht, wie sie reagieren sollte. Ihr war klar, dass die Lady sie bewachen ließ, um sie vor dem Councillor und seinen Wanderern zu beschützen, doch dass sie keinen Schritt ohne Wissen der Guardians tun konnte, war ihr nicht bewusst gewesen.

Natürlich wusstest du es! Du wolltest es nur nicht wahrhaben.

Aber ist es nicht auch ein beruhigendes Gefühl, so gut beschützt zu werden?

Im Augenblick jedenfalls fühlte sich Lorena nur eingeengt und spürte Zorn in sich aufsteigen. *Ich kann selbst auf mich aufpassen!*

»Alleine?«, wiederholte Grace und sah Lorena mit einem Ausdruck an, den sie nicht deuten konnte. War das Mitleid oder Unverständnis über so viel Leichtsinn?

»Das macht doch keinen Spaß. Ich würde vorschlagen, du überdenkst das noch einmal. Es wäre doch viel schöner, wenn du mit Jason zusammen an einen warmen Ort fliegen würdest. Was hältst du von ein paar Wochen Malediven? Nur ihr beide, Sonne, Strand und Meer? Wir werden alles für euch arrangieren.«

Lorena starrte Grace an. Mylady und ihre Mahre wollten sie aus dem Weg haben, um sie ruhigzustellen und zu verhindern, dass sie etwas Unvernünftiges unternahm.

Wie zum Beispiel alleine nach San Francisco zu fliegen und sich auf eigene Faust auf die Suche nach Lucy zu machen.

»Danke, aber das wird nicht gehen«, entgegnete Lorena

steif. »Jason hat ein wichtiges Engagement für Lord Guillaume, und ich bekomme im Moment nicht so lange Urlaub.«

Grace schürzte die Lippen, widersprach Lorena aber nicht. Sie wandte sich stattdessen an die Mitarbeiterin des Reisebüros.

»Meine Freundin wird es sich noch einmal überlegen. Vielen Dank für Ihre Mühe.«

Sie ging zur Tür und hielt sie für Lorena auf. Ihr Blick zwang Lorena, zu ihr zu kommen. Zornig ballte sie die Hände zu Fäusten, aber sie folgte dem stummen Befehl. Vielleicht wäre es ihr gelungen, sich der Kraft der Guardian zu entziehen, doch was hätte das gebracht? Die Lady würde sie nicht nach San Francisco fliegen lassen. So viel stand fest. Das war ihr eigentlich schon vorher klar gewesen. Falls sie ihren Plan nicht aufgeben wollte, würde sie anders vorgehen müssen.

Lorena folgte Grace auf die Straße hinaus. »Und was nun?«, fragte sie, ohne sich zu bemühen, ihre Aggression zu verbergen.

»Wenn du mit deinen Einkäufen fertig bist, würde ich dich bitten, mit mir zu kommen. Mylady möchte dich sehen.«

Es war ein Befehl, keine Bitte, das war Lorena klar. Für einen Moment überlegte sie, ob sie es darauf ankommen lassen sollte, sich zu weigern. Was würde Grace dann tun? Ihr Schwert unter dem Mantel hervorziehen und Lorena mit gezückter Waffe in den Wagen drängen? Die alberne Vorstellung ließ sie grimmig lächeln. Vielleicht trug sie ja auch einen Revolver in der Tasche?

»Bitte, es wäre unhöflich, Mylady warten zu lassen«, fügte Grace hinzu, die vermutlich ahnte, was in Lorenas Gedanken vor sich ging.

Lorena straffte sich innerlich und schenkte der Guardian ein kühles Lächeln. »Dann lass uns fahren. Nichts liegt mir ferner, als Mylady zu erzürnen.«

Vermutlich hörte Grace die Ironie, doch sie ging nicht darauf ein. Schweigend geleitete sie Lorena zu der schwarzen Limousine und hielt ihr die Tür auf. Sie sagte kein Wort, bis sie vor Gryphon Manor anhielten und der Butler mit einer Verbeugung die Autotür öffnete.

»Danke Carter«, sagte Lorena und seufzte leise. Er konnte schließlich nichts dafür. Hocherhobenen Hauptes folgte sie ihm ins Haus und ließ sich von Morla zu Mylady führen.

Sehr befriedigend verlief das Gespräch allerdings nicht. Mylady zeigte zwar weder in der Lautstärke noch in ihrer Stimmlage, ob sie verärgert war, doch so ruhig sie auch mit Lorena sprach, so unnachgiebig zeigte sie sich. Die Sicherheit der Eclipse war ihr das einzig Wichtige, alles andere würde sich finden.

Erbost verließ Lorena den Salon. An diesem Abend konnte sie nicht einmal Freude an ihren Übungen mit dem Schwert finden, und Madison rügte sie einige Male, dass sie zu verspannt sei und zu unüberlegt vorgehe.

Wundert euch das?, dachte Lorena noch immer verärgert, doch sie versuchte zumindest, sich auf den Übungskampf zu konzentrieren. Vielleicht war ihr wenigstens der Triumph vergönnt, eine der Guardians in Bedrängnis zu bringen.

Kapitel 12

ALCATRAZ

Lucy lag auf dem Rücken und starrte an die Decke. Unter ihren Händen fühlte sie den verschlissenen Stoff der alten Matratze, aus der ein modriger Geruch aufstieg, wenn sie sich bewegte. Die Decke, die sie über sich gezogen hatte, war rau und roch ebenfalls nicht besonders gut, doch es war zu kalt, um ohne Decke hier zu liegen. Draußen war es Tag. Lucy konnte die Stimmen der Touristen hören, die durch das Gelände streiften. Eine Gruppe war gerade im Gefängnishof, wo die Sträflinge einst frische Luft schnappen oder sich sportlich bei verschiedenen Ballspielen hatten betätigen dürfen. Auf der anderen Seite hörte sie das nun inzwischen schon vertraute metallische Klacken der Zellentüren, das von Rufen der Besucher begleitet wurde, während die Guides ihre Herde durch die beiden Hauptblöcke führten. Wenn sich Lucy konzentrierte, konnte sie den ewig gleichen Text hören, den alle Führer offensichtlich auswendig kannten.

»Es war eines der modernsten Gefängnisse seiner Zeit, welches die US-Armee hier 1909 auf der alten Festungsinsel errichtete. Das Haupthaus mit seinen sechshundert Zellen in drei Ebenen ist in vier Blöcke aufgeteilt. Keine einzige Zelle grenzt an eine Außenmauer, was eine mögliche Flucht noch erschwerte. Versuche gab es viele, doch wenn sich ein Häftling durch die Mauer seiner Zelle grub, dann hatte er immer noch die Hauptmauer zwischen sich und der Freiheit.«

Lucy öffnete die Augen und sah zu dem geschlossenen Gitter hinüber, dass die erste Barriere zwischen ihr und der Freiheit war. Nein, sie versuchte nicht, sich mit einem Löffel oder einem anderen Gegenstand durch die Mauer zu graben. Zumindest noch nicht.

»Kommen Sie, meine Herrschaften. Sehen Sie diesen breiten Gang, der die Zellen der Blöcke B und C trennt? Er wurde ›der Broadway‹ genannt. Hier unten waren die am wenigsten beliebten Zellen, denn hier ist es immer kalt und zugig. Die Zellen sind sehr dunkel und dennoch am besten überwacht, da hier ständig die Wärter patrouillierten. Wollen Sie die Zellen besichtigen? Nur keine Scheu! Suchen Sie sich eine aus, und treten Sie ein.«

Gelächter und Getuschel, während sich die Touristen in den Zellen verteilten.

»Die Zellen in diesen Blöcken, so wie Sie sie heute sehen, haben bereits in den frühen Jahren einige Veränderungen erfahren. Man ersetzte die flachen Gitter, die relativ leicht aufgebrochen werden konnten, durch stärkere Stahlgitter und entwarf ein neues System, mit dessen Hilfe alle Zellen einer Reihe zentral geöffnet und geschlossen werden konnten.«

Wie erwartet erklang das metallische Rattern, welches das Schließen der Zellen begleitete, und das Aufkreischen einiger Damen, die sich nun eingesperrt in einer der Zellen wiederfanden. Die Männer blieben natürlich ruhig und fühlten sich vielleicht wie einer der Filmhelden, die Söhne fanden es super cool und die Mädchen, je nach Alter, beängstigend oder ekelig. Natürlich gab es noch ein paar Scherze und einen halbherzigen Versuch des Guides, seine Schützlinge hier alleine zurückzulassen, ehe er sie unter Gelächter wieder herausließ.

»Gehen wir weiter. Ich zeige Ihnen jetzt noch die Küche und die Duschräume, und dann erzähle ich Ihnen ein wenig von unseren berühmtesten und berüchtigtsten Häftlingen hier auf Alcatraz.«

Die Stimmen entfernten sich. Lucy starrte noch immer auf das Gitter, das die Schmalseite ihrer Zelle verschloss. Hier im Block A hatte man niemals Gefangene untergebracht. Das Gefängnis war stets höchstens zur Hälfte belegt gewesen, und so befand sich dieser Block noch in seinem ursprünglichen Zustand. Allerdings nutzte es ihr nicht viel, dass ihre Zelle noch mit dem schwächeren Gitter und ohne Schließanlage ausgestattet war. Selbst in ihrer Gestalt als Nachtmahr war sie zu schwach, die Stäbe ohne Hilfsmittel aufzubiegen. Und selbst wenn sie es geschafft hätte, es war ihr noch immer nicht gelungen, das Armband loszuwerden, mit dessen Signal der Councillor sie jederzeit wieder aufspüren konnte. Was das geheimnisvolle Ding sonst noch so alles konnte, hatte er ihr nicht verraten, und Lucy verspürte keinen Drang, es auf die harte Tour herauszufinden. Nein, sie wusste nicht einmal, ob sie überhaupt einen Fluchtversuch wagen sollte, selbst wenn sich ihr eine Gelegenheit bieten würde. Vielleicht war es besser, den Plan des Councillors zu befolgen und einfach abzuwarten, was passierte?

Lucy stand auf und trat an die Gittertür. Ihre Finger schlossen sich um das kalte Metall. Wenn sie hier die Stimmen der Touristen vernehmen konnte, dann würden diese sie auch hören, wenn sie am Gitter rüttelte und schrie.

Und dann? Was würde geschehen? Die Aufseher würden gelaufen kommen und einen großen Aufstand machen. Eine junge Frau, eingeschlossen in einem Trakt, der für Touristen nicht zugänglich war! Wie konnte das geschehen? Sie würden Lucy befreien, so viel war sicher, und dann würde sie sich den unbequemen Fragen der Polizei stellen müssen.

Oder würden die Wächter des Councillors sie ausschalten, kaum dass sie den ersten lauten Ton von sich gegeben hatte?

Sie schielte nach links und nach rechts, wo sie die Schatten der vierschrötigen Gestalten zu erahnen glaubte. Sie waren mit speziellen Waffen ausgerüstet, die sie vielleicht nicht töten, aber zumindest außer Gefecht setzen würden. Mit Schaudern dachte sie an den Pfeil, mit dem der Councillor sie am Hoover Dam vom Himmel geholt hatte. So etwas brachte einen Nachtmahr nicht um, aber es war schmerzhaft. Verdammt schmerzhaft!

Lucy hörte eine Uhr schlagen. Die Stimmen der Besucher verklangen. Das letzte Boot legte ab, und die Gefängnisinsel blieb still und einsam in den eisigen Fluten der Bucht zurück.

»Was fällt euch ein, mich wie eine Gefangene zu behandeln und einfach aus dem Reisebüro rauszuzerren, als wäre ich ein Kind oder entmündigt!«, schrie Lorena in höchstem Zorn. Sie hatte sich nun richtig in Rage geredet, und in dieser Stimmung war es ihr egal, ob sie die Vertraute der Lady respektlos behandelte. Doch Morla tat so, als würde sie den Tonfall gar nicht bemerken.

»Niemand hat dich irgendwo rausgezerrt«, stellte sie richtig. »Grace hat sich korrekt verhalten. Sie hat dich lediglich darauf hingewiesen, dass deine Handlungen nicht vernünftig sind, und dir einen Vorschlag unterbreitet.«

»Einen Vorschlag …« Lorena stieß empört die Luft aus. »Einen Befehl der Lady, das trifft es wohl besser. Was habt ihr vor, wenn ich nicht gehorche? Schafft ihr Jason und mich dann gefesselt auf eine Insel?«

»Beruhige dich, und rede keinen solchen Unsinn«, erwiderte Morla nun einen Tick schärfer.

Lorena atmete tief durch. Sie spürte, dass ihre Wangen glühten, und sie wollte lieber nicht wissen, wie sie mit rotem Gesicht und aufgelöstem Haar gerade aussah.

»Bitte«, sagte sie nun bemüht ruhig. »Ihr müsst etwas unternehmen, nun, da wir wissen, wo Lucy festgehalten wird. Ihr müsst sie so schnell wie möglich befreien. Hat sie nicht lange genug gelitten?«

»Sei vernünftig«, sagte Morla nun streng. »Lucy ist seit vielen Jahren in Gefangenschaft, ohne dass wir eine Spur von ihr hatten finden können. Warum haben wir sie gerade jetzt aufgespürt?«

Lorena hob die Arme. »Ist das so wichtig? Ist es nicht wichtiger, die Chance zu nutzen und schnell zuzuschlagen, ehe der Councillor Wind davon bekommt, dass sein Geheimnis entdeckt wurde, und er sie wieder woanders versteckt, wo wir sie nicht finden können?«

Morla sah sie eindringlich an, ohne dass Lorena ihre Gedanken hätte erahnen können. »Wenn es denn eine Chance ist«, sagte sie schließlich.

»Bitte?«

»Es könnte auch eine Falle sein, oder etwa nicht?«

»Eine Falle? Wozu? Warum gerade jetzt?«, ereiferte sich Lorena.

»Siehst du, genau das ist es, was wir herausfinden müssen, ehe wir blindlings einen Flug nach San Francisco buchen und dem Councillor in die Arme laufen.«

Lorena wusste nicht, was sie daraufhin erwidern sollte. Ihr kam das Argument ein wenig weit hergeholt vor, dennoch war eine solche Möglichkeit nicht völlig von der Hand zu weisen.

»Und deshalb gehst du nun hinunter zu Sienna und Maddison, die bereits auf dich warten, und machst deine Übungen. Wir müssen gewappnet sein, wenn es zu einer Konfrontation mit den Wanderern kommt.«

Lorena starrte sie an, doch ihr vorwurfsvoller Blick schien an Morla einfach abzuperlen. Abrupt wandte sie sich ab und stapfte die Treppe hinunter, während Morla zu Mylady in den Salon zurückkehrte.

»Du wärst wirklich alleine nach San Francisco geflogen?«, erkundigte sich Raika, die Lorena wieder einmal vor ihrer Haustür aufgelauert hatte.

Lorena stieß einen unwirschen Laut aus. »Jetzt fang du nicht auch noch an, mir zu sagen, wie unvernünftig und leichtsinnig ich sei.«

»Nein? Die Worte lagen mir auf der Zunge.« Raika ließ sich nicht entmutigen und ignorierte den Blick, den Lorena ihr zuwarf, als sie Anstalten machte, ihr ins Haus zu folgen.

»Ich dachte, Unvernunft wäre mein Part«, fuhr sie fort, als sie sich ungefragt auf das Sofa fläzte. »Du warst doch immer die Vernunft in Person – und natürlich auch die unbestechliche Instanz in Sachen Moral.«

»Was hat das damit zu tun?«, raunzte Lorena sie an.

»Nichts, es war mir nur ein inneres Bedürfnis, das zu erwähnen«, gab Raika mit einem frechen Grinsen zurück.

Lorena wusste nicht, ob sie sie ohrfeigen oder darüber lachen sollte. Sie entschied sich für Letzteres.

»Du bist unmöglich«, sagte sie dann und seufzte.

»Kann sein«, gab Raika zu, »aber ehrlich, so etwas Wahnsinniges darfst du nicht tun. Warum wolltest du unbedingt alleine losziehen?«

Lorena ließ sich in ihren Sessel plumpsen. »Wollte ich ja gar nicht, aber wer wäre denn mit mir gekommen? Jason hat im Moment nur seine Proben für diese Sommerkonzerte im Kopf. Er kann das nicht sausen lassen.«

»Nein? Auch nicht für so eine wichtige Mission?«

Lorena hob nur hilflos die Schultern.

»Wenn er dich wirklich liebt, dann ist er mit dabei. So wichtig ist das mit dem Gefiedel auch wieder nicht. Außerdem habe ich bei Mr. Weird ein ganz schlechtes Gefühl, habe ich das schon erwähnt?«

»Ja, hast du«, sagte Lorena müde.

»Ich meine, wenn er dein Lebensgefährte sein will, dann muss er dir helfen, egal, um was es sich handelt – wobei er natürlich nur ein Mann ist, das dürfen wir nicht vergessen. Allzu viel bringt das nicht.«

Lorena stieß einen erstickten Laut aus und schüttelte fassungslos den Kopf. »Wenn ein Mann deiner Meinung nach nicht hilft, was würdest du denn vorschlagen?«

Raika starrte Lorena an, als könne sie nicht fassen, dass diese eine solch überflüssige Frage stellte.

»Wie wäre es denn mit mir?«, schlug sie vor. »Warum hast du nicht mich gefragt? Ich komme gern mit. Ich habe eine Schwäche für aussichtslose Missionen, die jede Menge Ärger versprechen.«

Lorena dachte zuerst, Raika würde sie verspotten, doch dann ging ihr auf, dass sie ihre Worte ernst meinte.

»Du würdest mit mir nach Amerika kommen, um Lucy zu befreien? Warum?«

»Habe ich doch schon gesagt.«

»Nein, ich meine, warum willst du so etwas für *mich* tun? Du kannst mich doch nicht einmal besonders gut leiden.«

Raika ließ sich mit ihrer Antwort Zeit. Sie musterte Lorena von Kopf bis Fuß und sah ihr dann wieder ins Gesicht.

»Ich habe nichts gegen dich. Wir sind Blutsschwestern, das schweißt uns zusammen. Ich finde dich ein wenig fad, und deine moralischen Anwandlungen nerven. Aber ich finde auch, dass nichts schlimmer ist als Monotonie und Langeweile, und genau davor wird uns diese Reise nach Amerika eine Weile bewahren.« Raikas Augen funkelten. »Diese Aktion ist verrückt, gefährlich und es ist völlig ungewiss, was alles passieren wird. Also genau meine Kragenweite. Schlag ein Schwester, ich bin dabei!«

Sie hielt die Hand hoch, doch Lorena nahm die Aufforderung nicht an.

»Danke«, sagte sie nur, »doch du vergisst, dass die Lady dagegen ist und ich unter strenger Aufsicht der Guardians stehe. Ich kann ja nicht einmal ein Flugticket kaufen!«

Raika winkte ab. »Das kriegen wir dann schon irgendwie hin. Denk darüber nach, ob du das wirklich durchziehen willst. Wenn wir fliegen, dann komm mir nachher nicht mit deinem Gejammer. Es kann ganz schön haarig werden, wenn wir auf die Männer des Councillors stoßen. Ich hatte bisher noch nicht das Vergnügen, aber ich bin bereit.«

Sie zog eine Pistole aus ihrem Hosenbund und legte sie auf den Tisch. »Wenn es hart auf hart kommt, dürfen wir nicht zögern. Soweit ich gehört habe, sind die Wanderer nicht leicht umzubringen.« Raika grinste breit. »Am besten, du nimmst dein Schwert mit. Ich lege die Typen lahm, deine Aufgabe ist es, ihnen den Kopf abzuschlagen.«

Lorena stieß einen Schrei aus und starrte Raika an. Sie wusste nicht, ob diese ihre Worte ernst meinte oder sie lediglich erschrecken wollte, aber sie scheute sich nachzufragen.

Raika erhob sich. »Denk darüber nach! Ich wünsche dir eine gute Nacht. Ich nehme mal an, du willst nicht mitkommen und dich noch ein wenig amüsieren?«

Lorena schüttelte stumm den Kopf.

»Dachte ich mir«, murmelte Raika und verließ die Wohnung, ohne sich noch einmal umzusehen.

Lorena starrte ihr nachdenklich hinterher.

Lorena war nicht ganz bei der Sache und entkam an diesem Morgen zweimal nur knapp einer Katastrophe. Einmal nannte sie einem Käufer einen falschen Preis für eine Option. Es hätte die Bank zwei Millionen gekostet, wäre der Käufer nicht so fair gewesen, sie auf ihren Fehler hinzuweisen, ehe sie das Geschäft abschlossen. Lorena nahm sich vor, ihm ihr Leben lang dankbar zu sein. Das hätte sie ihren Arbeitsplatz kosten können.

Doch nur zwei Stunden später hätte sie fast ein Papier verkauft, das ihr Kollege Andrew bereits einem anderen Kunden zugesagt hatte. Dieses Mal war es Andrew, der sie rettete, als er ihr Gespräch mit dem Kunden zufällig mitbekam und sie zurückhielt, ehe sie den Zuschlag erteilte. Stotternd bedankte sie sich. Ihr Kollege sah sie nur an, als würde er etwas besonders Abstoßendes vor sich sehen. Lorena senkte beschämt den Blick und konzentrierte sich die nächsten Stunden auf ihre Arbeit. Doch am Nachmittag schweiften ihre Gedanken bereits wieder ab. Sie dachte an Lucy und an das ferne San Francisco, wo sie unter wer weiß was für Bedingungen gefangen gehalten wurde.

Lorenas Hände wanderten zur Tastatur ihres Computers. Sie gab »Alcatraz« in die Suchmaschine ein und klickte auf den ersten Link, der angezeigt wurde. Begierig huschten ihre Blicke über den Text und saugten sich an dem Foto fest, das die Insel in einer Luftaufnahme zeigte.

Sie las, dass Alcatraz früher als befestigtes Fort genutzt worden war, ehe man es zu einem Hochsicherheitsgefängnis umbaute.

»Heute dient Alcatraz lediglich noch als Touristenattraktion«, hieß es.

Lorena klickte weiter und sah sich die Fotos vom Zellentrakt an, dem Wachturm und der Fabrikruine, wo die Häftlinge in der Wäscherei gearbeitet oder Handschuhe und Armeekleidung hergestellt hatten.

Während ihr Blick über den Abschnitt glitt, der den Ausbau vom Fort zum Gefängnis behandelte, überlegte sie, ob es tatsächlich möglich war, dass der Councillor Lucy an einem Ort versteckte, der täglich von Hunderten von Touristen besucht wurde?

Wenn ja, dann musste es irgendwo sein, wo ganz sicher kein Besucher hinkam. Bilder aus dem Film *The Rock* stiegen in ihr auf und ließen sie erschaudern. Es gab sicher unzählige tief im Fels verborgene Gänge, Schächte und Kammern, wo man jemanden verstecken konnte und wo es verdammt schwierig war, eine einzelne Gefangene aufzuspüren.

Lorena spürte instinktiv, dass sich jemand näherte, und klickte die Seite rasch weg.

»Störe ich?«, erklang die Stimme von Harrison Gray hinter ihr.

Lorena fuhr herum. Ihr war klar, dass sie sich vergeblich um eine neutrale Miene bemühte. Ihr Schuldbewusstsein musste ihr geradezu auf die Stirn geschrieben stehen.

»Haben Sie noch einmal über die Reise nach Amerika nachgedacht?«, erkundigte er sich.

Für einen Augenblick wusste sie nicht, was er meinte. Er konnte schließlich nichts von Lucy wissen und von San Francisco – und von den Guardians, die sie im Reisebüro aufgespürt hatten. Lorena starrte ihn verwirrt an. Plötzlich ging ihr auf, dass er von seiner Geschäftsreise nach Amerika sprach. Er hatte sie gefragt, ob sie ihn begleiten würde. Bisher hatte sie keinen Gedanken daran verschwendet. Allein die Vorstellung, mit ihrem Chef nach Amerika zu fliegen …

Lorena starrte ihn irritiert an. Vielleicht war das ein Wink des Schicksals? Wenn sie mit Harrison fliegen würde, könnte sie sich irgendwann absetzen und unauffällig weiter nach San Francisco reisen. Sie war sich sicher, wenn seine Sekretärin die Flüge buchte, dann würden nicht einmal die Guardians der Lady Wind davon bekommen.

Lorena lächelte ihn an. »Ehrlich gesagt, nein, ich hatte so viel um die Ohren, aber da Sie es ansprechen, vielleicht ist das eine gute Idee, um mehr Einblicke in das Geschäft zu bekommen. Ich muss noch viel lernen. Wann wollen Sie fliegen?«

»Ende der Woche.«

»Oh, schon«, hauchte Lorena, die einerseits frohlockte, sich anderseits aber ein wenig überfahren fühlte. Wie sollte sie Jason das schonend beibringen?

»Wohin fliegen wir? New York?«

Harrison Gray legte den Kopf schief und hob eine Augenbraue. »Ich dachte, Sie wissen, wohin es geht. Haben Sie nicht bereits begonnen, sich ein Sightseeingprogramm zusammenzustellen?«

Lorena sah, wie er kurz auf ihren Bildschirm blickte.

»Wir besuchen zuerst einen Kunden in San Francisco«, sagte er. »New York heben wir uns für den Rückweg auf.«

Lorena wusste nicht, was sie sagen sollte, doch er schien auch keine Erklärung zu erwarten.

»Packen Sie für zehn Tage«, sagte er noch, bevor er sie mit aufgewühltem Gemüt zurückließ.

»Raika?«

Jason blieb wie angewurzelt stehen und starrte die Frau an, die sich lässig gegen ihr schweres Motorrad lehnte.

»Guten Abend Jason«, gurrte sie. »Es wäre jetzt höflich, wenn du sagen würdest, dass du zwar überrascht bist, dich aber freust, mich zu sehen.«

Noch immer fassungslos, schüttelte er den Kopf. »Wie kommst du denn hierher?«

»Mit meinem Bike«, antwortete sie und tätschelte ihre Maschine.

»Das sehe ich. Ich meine, wie hast du mich gefunden, und warum bist du gekommen?«

»Wie? Na, du hast doch bei Lorena deine Adresse hinterlassen.«

»Und Lorena hat sie dir einfach so gegeben, damit du mich besuchen kannst?«, wunderte sich Jason.

Raika schenkte ihm einen verführerischen Augenaufschlag. »Ja, natürlich. Wenn sie dauernd in ihrer Bank ist und keine Zeit für dich hat, dann muss sich doch jemand anderes um dich kümmern. Wir sind Schwestern im Blute, die alles teilen.«

Für einen Moment war Jason verwirrt, dann zog er eine Grimasse. »Nie und nimmer! Vermutlich weiß Lorena nicht einmal etwas von deinem Besuch hier, sonst hätte sie mich zumindest vorgewarnt. Wage nicht zu behaupten, dass sie nichts dagegen hätte. Dazu kenne ich sie viel zu gut.«

»Erwischt«, gab Raika strahlend zu. »Dennoch können wir den Abend genießen, wenn ich schon mal hier bin. Das war eine Höllenfahrt hier rauf in den Norden«, sagte sie, doch ihr Tonfall zeigte deutlich, wie sie es genossen hatte.

Jason wich zurück. »Schau mich nicht so an. Unterlass deine Nachtmahrtricks, die wirken bei mir nicht mehr.«

»Wollen wir wetten?« Raika beugte sich vor und präsentierte ihm ihre wohlgeformte Oberweite, die von ihrer Kleidung wie üblich mehr enthüllt als verhüllt wurde.

Jason wandte den Blick ab und sagte: »Lass das!«

Raika lachte glockenhell auf. »Warum? Willst du mich bei Lorena verpetzen, damit sie mir den Hintern versohlt? Moment, nein, sie ist ja inzwischen richtig gefährlich. Vermutlich schlägt sie mir gleich mit ihrem Schwert den Kopf ab. Dann ist das Problem für immer gelöst.«

Jason starrte sie schockiert an, bis ihm aufging, dass sie ihn nur foppte. Er seufzte. »Ich habe einen anstrengenden Tag hinter mir und würde gerne bald schlafen gehen, also sag mir, was du von mir willst.«

Raika hakte sich bei ihm unter. »Ich will mich hier ein wenig umsehen. Ist das das Schloss von Lord Guillaume, von dem du Lorena erzählt hast?«

Sie verließen die Auffahrt und spazierten über den Rasen, der in den dämmrigen Park führte. Neben ihnen erhob sich das graue Gebäude aus mehreren Flügeln unterschiedlicher Epochen mit Türmen, Erkern und unzähligen Kaminen auf den Dächern.

»Ach, du bist nur auf Sightseeing aus?«, erkundigte sich Jason. »Warum nur glaube ich dir das nicht?«

Sie gurrte. »Weil du mich zu kennen glaubst? Und dennoch irrst du dich. Lord Guillaume und seine Besitzungen interessieren mich sehr, vor allem, da es mir trotz Recherchen nicht gelungen ist, einen Lord Guillaume ausfindig zu machen.«

»Was soll das heißen?«

»Es gibt ihn nicht, und damit kann er hier auch keine Sommerfestspiele veranstalten.«

Jason blieb stehen und sah Raika kopfschüttelnd an. »Was soll das? Ich bin hier mit anderen Musikern, probe mit ihnen und habe auch schon auf kleineren Veranstaltungen gespielt. Ist das hier etwa kein Schloss?«

»Ein Schloss, durchaus«, bestätigte Raika, »aber es gehört keinem Lord Guillaume.«

Jason machte eine wegwerfende Handbewegung. »Und wenn schon. Es ist mir gleich, wie die Eigentumsverhältnisse geregelt sind. Mich interessiert die Musik und die Gage, und die wird regelmäßig auf mein Konto überwiesen.«

Raika sah ihn nachdenklich an. »Ist das nicht ungewöhnlich?«

»Was?«, fragte er ungeduldig.

»Dass bereits während der Proben bezahlt wird, und wie ich höre außergewöhnlich viel.«

Jason brummte. »Ja, schon, aber man kann ja auch einmal im Leben Glück haben.«

Sie gingen weiter und umrundeten einen Ententeich, auf dem sich Seerosenblätter ausbreiteten.

»Ich glaube nicht an Glück«, sagte Raika. »Ich glaube nur daran, dass die Menschen schlecht sind und stets auf ihren Vorteil bedacht, und ich liege damit meist richtig. Ich habe Lorena bereits gesagt, dass ich diesem Mr. Weird nicht über den Weg trauen würde. Wie ich gehört habe, führt er sich eher wie ein Wächter auf statt wie ein Agent.«

Jason zuckte mit den Schultern. »Na und, dann ist er eben seltsam, was macht das?«

»Es macht etwas, wenn wir berücksichtigen, wem dieses Anwesen wirklich gehört«, sagte Raika bedeutungsvoll.

Jason rollte mit den Augen, tat ihr aber den Gefallen nachzufragen.

»Der Eigentümer ist der Duke of Roxburgh!«

Jason sah sie irritiert an. »Und? Vielleicht gehört Lord Guillaume zu seiner Familie. Bei den britischen Adeligen verliert man bei ihren Verwandtschaftsverhältnissen leicht den Überblick.«

»Kann schon sein, doch weißt du, wie der Duke of Roxburgh noch heißt?«

Jason schüttelte den Kopf.

»Sein Name ist Winston Campbell. Seine Anhänger nennen ihn gern den Duke oder einfach nur Councillor!«

Jason wandte sich ihr abrupt zu. »Ist das etwa der Anführer dieser Wanderer, der Lucy gefangen hält und hinter Lorena her ist?«

»Du sagst es«, antwortete Raika betont liebenswürdig.

»Woher weißt du das?«

»Während Lorena ihre Übungsstunden mit diversen Waffen absolviert hat, hatte ich viel Zeit, in Gryphon Manor meine Augen und Ohren offen zu halten, und ich habe die Faszination der Bibliothek entdeckt. Wirklich interessant, was da alles zu finden ist. Ich muss zugeben, ich bin lange blind durch mein Leben gewandelt.«

Jason nickte. In Gedanken ging er langsam weiter. »Ich verstehe das nicht. Es ist doch sicher kein Zufall, dass Mr. Weird gerade mich angesprochen hat. Was könnten er oder der Duke von mir wollen?«

Raika starrte ihn ungläubig an. »Bist du wirklich so dumm? Das kann ich mir nicht vorstellen. Wenn er dich aufgespürt hat und so in Beschlag nimmt, bedeutet das, dass er auch von Lorena weiß und dass ihr zusammen seid.«

Jason nickte. »Eben. Er hat mich vor meiner Wohnung abgefangen. Denkst du dann nicht, dass er mich auch zu Lorena verfolgt hat? Aber wenn er weiß, wer sie ist und wo sie wohnt, warum verschwendet er dann mit mir seine Zeit? Warum überfällt er nicht sie und entführt sie wie ihre Schwester vor vielen Jahren?«

Raika kaute auf ihrer Unterlippe. »Du hast recht. Darüber muss ich nachdenken. Vielleicht, weil Lorena selbst zu gut bewacht wird. Die Guardians der Lady sind nicht zu unterschätzen. Über dich verschaffen sie sich einen Zugang zu ihr, um dann zuzuschlagen, wenn sich eine gute Gelegenheit ergibt.«

»Möglich«, stimmte ihr Jason zu. Er fühlte sich plötzlich müde und ausgelaugt.

»Sie schwächen Lorena, indem sie sie von dir fernhalten«, sinnierte Raika weiter. »Sie ist der Typ, der angreifbar wird, wenn sie sich einsam fühlt. Und die dazu neigt, überstürzt unsinnige Dinge zu tun!«

»Zum Beispiel?«, hakte Jason alarmiert nach.

»Auf eigene Faust nach Amerika fliegen und versuchen, ihre Schwester zu befreien, zum Beispiel! Ich nehme an, sie hat nicht mit dir darüber gesprochen.«

»Doch, sie hat diesen Einfall erwähnt, aber ich sagte ihr, ich habe jetzt keine Zeit zu verreisen. Daraufhin hat sie es nicht wieder angesprochen.«

»Was aber nicht heißt, dass die Sache vom Tisch ist«, murrte Raika. »Ich fürchte, sie ist im Begriff, eine große Dummheit zu begehen.«

»Bist du deshalb gekommen?«, wollte Jason wissen.

»Ja, und natürlich, weil du ein leckeres Häppchen bist.« Raika setzte noch einmal ihr verführerisches Lächeln auf und drängte sich so nah an ihn, dass er die Hitze ihres Körpers spüren konnte und ihr Duft ihn rascher atmen ließ.

»Lass das! Für so etwas haben wir keine Zeit.«

Raika lachte. »Nun gut, dann lass uns aufbrechen.«

»Was?« Jason starrte sie an.

»Wir fahren jetzt zusammen nach London zurück«, sagte sie, als sei dies vollkommen klar. »Was denkst du, wozu ich den weiten Weg hierhergefahren bin? Heiße Männer gibt es auch in London zuhauf.«

»Ich kann hier nicht einfach so abhauen!«, wehrte Jason ab.

»Ach nein? Ich würde eher sagen, du kannst keine Minute länger hierbleiben. Oder willst du mit Mr. Weird noch ein klärendes Gespräch führen und ihn nach dem Councillor fragen? Wäre vielleicht interessant zu sehen, wie er reagiert, doch ich weiß nicht, ob dein Leben dann noch einen Pfifferling wert ist. Ich habe jedenfalls nicht vor, mich freiwillig in die Hände der Wanderer zu begeben. Ich hänge an meinem Kopf, weißt du. Tot nützen wir Lorena ganz sicher nichts!«

Jason hoffte zwar noch immer, dass Raika mit ihrer Warnung übertrieb, doch er folgte ihr zurück zur Einfahrt und schwang sich dann hinter ihr auf das Motorrad.

»Halte dich gut fest!«, riet sie, dann ließ sie den Motor aufheulen, und die Maschine schoss auf die Straße hinaus.

Kapitel 13

ABFLUG

Um fünf Uhr morgens hielt das Taxi ein Stück weiter unten in der Portobello Road. Lorena stand schon bereit und reichte dem Fahrer ihren kleinen Koffer und die Reisetasche. Sie sah sich auf der dunklen Straße um. Es war kein Lebewesen zu sehen. Rasch schlüpfte sie in den Wagen und zog die Tür zu.

»Zum Flughafen Heathrow, Terminal drei, ist das korrekt, Miss?«

Lorena nickte und ließ sich in das kunstlederne Polster zurücksinken. Mr. Gray hatte alles organisiert. Er hatte ihr sogar das Taxi geschickt, sodass sie nicht von ihrem eigenen Telefon aus anrufen musste. Wurde sie langsam paranoid, oder waren das berechtigte Vorsichtsmaßnahmen?

Sie traf Harrison Gray am Flughafen, wo er sie zum Einchecken begleitete. Es wunderte Lorena kaum, dass sie sich nicht in die Schlange mit den Touristen stellen mussten, sondern an einem freien Schalter für Gäste der First- und Businessclass sogleich freundlich in Empfang genommen wurden. Die nette Dame begleitete sie auch durch die Passkontrolle und ließ sie dann in einer gemütlich eingerichteten Lounge mit dem Versprechen zurück, sie rechtzeitig zum Abflug wieder abzuholen. Harrison besorgte Lorena Milchkaffee und Muffins. Ihre Finger berührten sich, als er ihr den Teller reichte. Sie spürte wieder das Knistern zwischen ihnen und eine Hitze, die sie nicht so recht erklären konnte. Ihre Blicke trafen sich. Offensichtlich konnte auch er es spüren. Sie sah, wie er die Zähne zusammenpresste, als er rasch einen Schritt zurückwich, doch er fasste sich schnell wieder.

»Lassen Sie es sich schmecken«, forderte er sie auf und verschwand noch einmal, um sich selbst zu versorgen. Trotz der frühen Stunde holte er sich einen Scotch zu seinem Kaffee. Dann nahm er in dem riesigen Ledersessel ihr gegenüber Platz und entfaltete die *Times*.

Lorena ließ den Blick durch die Panoramascheibe wandern und beobachtete das rege Treiben auf dem Flugfeld. Sie spürte, wie ihre Hände zitterten. Obwohl sie sich selbst dafür schalt, sah sie sich immer wieder nervös um, ob irgendjemand sie beobachtete.

»Leiden Sie unter Flugangst?«, erkundigte sich Harrison, ohne von seiner Zeitung aufzusehen.

Lorena schüttelte den Kopf. »Nein, eigentlich nicht. Ich war nur noch nicht häufig so weit weg«, bot sie als Erklärung für ihre Nervosität an.

»Man gewöhnt sich schnell daran«, sagte Harrison, während er die Zeitung umblätterte. »Bald sind diese Flüge nicht mehr anders, als mit dem Wagen oder dem Zug in eine andere Stadt zu fahren. Nur, dass diese Art zu reisen bequemer ist«, fügte er hinzu und schenkte ihr ein Lächeln.

Lorena sah sich in der Lounge um, die nicht nur mit bequemen Sitzecken ausgestattet war. An der Theke gab es alle Getränke, die man sich wünschen konnte, daneben war ein Frühstücksbuffet aufgebaut. Außerdem gab es Besprechungszimmer und Ruheräume sowie Bäder mit Duschen, die den Vergleich mit einem Luxushotel nicht scheuen mussten.

Lorena erwiderte das Lächeln. »Ich kann mir vorstellen, dass man sich schnell daran gewöhnt. Vermutlich würden Sie sich niemals mit den anderen Reisenden auf den harten Plastikstühlen in einer überfüllten Wartehalle zusammendrängen, um dann eingequetscht eine ganze Nacht zwischen all den anderen Normalbürgern in einem Flugzeug zu sitzen.«

»Das ist richtig«, bestätigte Harrison Gray, der das offensichtlich für selbstverständlich hielt. »Das ist der Vorteil unseres Jobs, wenn wir in ihm erfolgreich sind. Wir verdienen nicht nur für die Bank viel Geld, wir schaffen auch uns selbst die Rahmenbedingungen für ein angenehmes Leben.«

Doch zu welchem Preis?, dachte Lorena. *Wie sieht die Bilanz für die Umwelt und für die Leute aus, die dafür bezahlen müssen? Denen wir ihre Existenzgrundlage entziehen, weil wir die Preise ihrer Produkte künstlich drücken. Die wir ruinieren, weil irgendwelche Banker ihnen Kredite aufschwatzen, die sie nicht zurückzahlen können, oder ihnen Fondsanteile andrehen, die nachher nichts mehr wert sind.*

Sie sah zu ihrem Vorgesetzten hinüber. Solche Skrupel plagten ihn sicher nicht, und sie ahnte, dass er auch für die ihren kein Verständnis aufbringen würde. Ziel war es, gute Geschäfte zu machen und immer reicher zu werden, um ein Leben in Luxus zu führen. Wer Skrupel hatte, sollte zu den Sozialdiensten wechseln!

Vielleicht sollte ich das irgendwann tun, wenn diese Sache überstanden ist, dachte Lorena.

Vielleicht blieb ihr gar nichts anderes übrig, wenn sie Harrison Gray in Amerika plötzlich hängen ließ und er alleine nach New York weiterfliegen musste!

Die letzten Touristenboote hatten abgelegt und waren auf dem Weg zurück zum Pier. Ruhe war eingekehrt. Mit der Stille zogen auch die ersten Nebelschwaden von der Küste über die Gefängnisinsel in der Bay, die nun nur noch den Möwen, den Pelikanen und anderen Seevögeln gehörte, die hier fischten und ruhten und im Frühling ihre Jungen großzogen. Eigentlich sollte sich zu dieser Zeit kein menschliches Wesen mehr auf der Insel aufhalten, doch im Block A stand die junge Gefangene hinter der Gittertür, den Blick in die Ferne gerichtet. Sie wusste inzwischen auch mit geschlossenen Augen genau, wie die Zelle hinter ihr aussah: ein schmaler, rechteckiger Raum mit einem eisernen Bettgestell, auf dem eine grau-weiß gestreifte Matratze und zwei Decken lagen, an der Wand hinten das kleine Waschbecken und die Toilette, aus der es stank, darüber zwei Regalbretter für die wenigen Habseligkeiten der Gefangenen. An der Wand gegenüber dem Bett war ein kleiner Tisch an die Wand geschraubt, auf dem noch die Reste von Lucys letzter Mahlzeit standen. Obgleich sie vermutete, dass die Insassen früher schlechter verpflegt worden waren, war das natürlich nichts im Vergleich zu den Schlemmereien, die sie im *Four Seasons* genossen hatte. Vielleicht war genau das das Problem. Lucy hatte so viele Jahre Gefangenschaft mit Gleichmut ertragen, doch nun, nachdem sie zwei Wochen Luxus und so etwas wie Freiheit geschnuppert hatte, wurde ihr jede Stunde hier drin zur Qual.

Wie lange noch?, fragte sie sich immer wieder. *Würde der Plan des Councillors aufgehen? Wenn ja, was dann? Würde er uns Schwestern einfach austauschen und mich gehen lassen?* So recht konnte sie das nicht glauben.

Oder erwartete er, dass sie nun an seiner Seite blieb, bis

was …? Bis alle Nachtmahre von dieser Erde verschwunden waren …?

Wie viele gab es von ihnen? Lucy hatte keine Ahnung.

Und was, wenn Lorena nicht kommen würde, selbst wenn sie erfuhr, wo ihre Schwester gefangen gehalten wurde? Was, wenn es ihr gleichgültig war?

Zum ersten Mal fragte sich Lucy, welchen Grund Lorena haben sollte, nach Amerika zu reisen und sie zu befreien. Weshalb sollte sie dieses Risiko auf sich nehmen. Hatte sie nicht von Anfang an gewusst, dass Lucy in den Händen des Councillors war? Hatte sie es nicht gebilligt oder gar gutgeheißen, dass er die Schwestern verwechselt hatte? Hatte der Councillor ihr nicht gesagt, es wäre der Plan der Mahre gewesen, ihn in dem Glauben zu lassen, um Lorena zu schützen? Warum also sollte sie sich jetzt plötzlich um das Wohl ihrer Schwester scheren?

Das ergab keinen Sinn.

Weshalb war ihr der Gedanke nicht früher gekommen? Warum hatte sie den Councillor nicht gefragt? Was war der Köder, den er für Lorena ausgelegt hatte? Es musste etwas sein, dem sie nicht widerstehen konnte. Aber was?

Schritte näherten sich. Einer ihrer Bewacher blieb vor ihrer Gittertür stehen und zog einen Schlüssel aus der Tasche.

»Sie können jetzt in den Hof, Miss«, sagte er. »Aber machen Sie keine Dummheiten. Sie werden in meiner Nähe bleiben und ohne Widerstand mit mir kommen, wenn die Sonne untergeht.«

Lucy nickte ergeben. *Eine halbe Stunde,* dachte sie. Sie hatte es im Gefühl, wie weit der Sonnenuntergang noch entfernt war. Eine halbe Stunde noch, dann würde sie sich wandeln können und Macht über die Männer erhalten. Das wusste sie, aber das war auch ihren Bewachern klar. Der Councillor hatte bestimmt nicht versäumt, es ihnen einzubläuen, und er hatte sie mit Waffen ausgerüstet, sie außer Gefecht zu setzen, sollte sie sich wandeln oder anderweitige Fluchtversuche unternehmen.

Lucy trat auf den schmalen, mit einem Geländer versehenen Umlauf hinaus, der bis zur Treppe am Ende der Zellenreihe führte. Ihr Bewacher ließ sie nicht aus den Augen, eine Hand in der Tasche seines Mantels vergraben. Den zweiten Mann konnte Lucy nicht sehen, doch ihr war klar, dass er in der Nähe war und sie im Auge behielt. Vielleicht mit einem Gewehr oder einer Armbrust im Anschlag.

Lucy folgte ihrem Bewacher nach draußen. Statt wie üblich den Weg zum Gefängnishof einzuschlagen, führte sie der Mann auf die andere Seite des Zellengebäudes, wo sich an der höchsten Stelle der Leuchtturm erhob und sich ein atemberaubender Blick über die Stadt und die ganze Bay von San Francisco bot. Die Sonne stand bereits tief und sandte einen feurigen Strahl zwischen den Wolken und Nebelschwaden hindurch über die Bucht, dass es schien, als würde sich das Wasser innerhalb von Sekunden in flüssige Lava verwandeln. Lucy kniff die Augen zusammen und badete ihr Gesicht in den kaum mehr wärmenden Strahlen, die mit dem kalten Wind im Wettstreit zu liegen schienen. In tiefen Zügen sog sie die salzige Luft in ihre Lungen, die den abgestandenen Moder vertrieb, der sich in allen Ecken und Nischen des alten Gefängnisses festgesetzt hatte. Lucys Blick folgte einer Möwe, die knapp über ihrem Kopf hinwegsegelte, eine Schleife um den über ihnen aufragenden Leuchtturm drehte und dann in die Bay hinausflog. Die Sehnsucht schmerzte ihr in allen Gliedern. Ihr Körper und ihr Geist verlangten, es mit der Möwe gleichzutun. Sie wollte ihre Schwingen entfalten und sich in die Luft erheben, um mit dem Wind zur Stadt hinüberzugleiten und dann über sie hinweg auf den weiten Ozean hinaus.

Die Sonne begann, mit dem Horizont zu verschmelzen. Nur noch wenige Augenblicke, und die Kräfte des Nachtmahrs würden durch ihre Adern strömen.

Ihr Bewacher war stehen geblieben. Er sah sie an. Nein, er fixierte einen Punkt über ihrer Schulter. Seine Miene war noch immer abweisend, doch irgendetwas hatte sich in seiner Haltung verändert. Was war das nur? Lucy konnte es nicht benennen, doch es war, als stünde er unter starker Anspannung. Als würde er darauf warten, dass etwas passierte.

Die Sonne versank in einer fernen Nebelbank. Das Feuer auf dem Wasser erlosch, und es fühlte sich unvermittelt viel kälter an, nun, da nur noch der Winterwind an ihren Haaren und Kleidern zerrte. Der Augenblick war gekommen! Lucy spürte, wie ihr ganzer Körper vibrierte. Er wollte sich verwandeln und diesen Mauern entkommen.

War es das, worauf der Wächter, dessen Namen sie nicht kannte, wartete? Wollte er, dass sie entkam? Warum?

Oder wollte er, dass sie *versuchte*, sich zu wandeln? Was verbarg er in seiner Hand, die noch immer in der Tasche seines Mantels steckte? Wollte er sie töten oder ihr zumindest Schmerzen zufügen? Er gierte danach, dass etwas passierte. Wieder der Blick über ihre Schulter hinweg.

Blitzschnell fuhr Lucy herum und konnte gerade noch eine Gestalt hinter einem Mauervorsprung verschwinden sehen. Hatte sie nicht etwas in der Hand gehalten? Was war das, das dort um die Ecke lugte? Ein Gewehrlauf?

Lucy wandte sich betont langsam zu ihrem Begleiter um und sah ihm herausfordernd in die Augen.

»Es ist kalt hier oben, und es wird bereits dunkel«, sagte sie. »Lassen Sie uns wieder hineingehen.«

Sie schenkte ihm einen so durchdringenden Blick, dass er blinzelte. Etwas schien in ihm zu erlöschen. Er kam ihr plötzlich nicht mehr so groß vor. Lucy wandte sich ab und ging, ohne ihn weiter zu beachten, in den Zellenblock zurück.

Nein, eigentlich wunderte es sie nicht, dass sich die Tür unvermittelt öffnete und der Councillor vor ihr stand. Er deutete eine Verbeugung an. Seine Miene ließ ein Lächeln erahnen. »Guten Abend Lucy. Wie schön, dich zu sehen.«

Lucy erwiderte das Lächeln ironisch. »Soll ich mich jetzt überrascht geben? Oder darf ich Ihnen sagen, dass Ihr Versuch doch ein wenig plump ausgefallen ist? Oh nein, beleidigen Sie mich nicht, indem Sie den Ahnungslosen spielen. Ich versichere Ihnen, ich habe keine Sehnsucht danach, Ihre kranken Raffinessen kennenzulernen, mit denen Sie eine mögliche Flucht zu verhindern gedenken. Ihr Misstrauen ehrt mich!«

Der Councillor tat ihr das Vergnügen, für einen Augenblick seine Betroffenheit durchschimmern zu lassen, dann verbeugte er sich noch einmal. »Verzeih mir, wenn mein plumper Test deine Intelligenz beleidigt hat, aber kann ich wirklich sicher sein, dass du nicht die erste sich bietende Gelegenheit nutzt, dich zu wandeln und mir zu entkommen?«

Lucy lächelte noch breiter. »Nein, das können Sie nicht. Sie können nur darauf hoffen, dass ich mein Versprechen einlöse und freiwillig mit Ihnen zusammenarbeite. Das Einzige, was ich Ihnen verspreche, ist, dass, wenn ich mich entschließe, Ihnen zu entkommen, ich es ganz bestimmt nicht so dumm anstelle und in Ihre so offensichtlich gestellte Falle tappe!«

»Die Botschaft ist angekommen«, sagte der Councillor. »Kann ich dein Wohlwollen mit einem abendlichen Picknick auf den Felsen wieder erringen? Oder dich zumindest ein wenig milder stimmen? Oder zieht es dich in deine Zelle zurück?«

»Keineswegs«, stieß Lucy aus. »Es ist kein Vergnügen hier drin, aber das wissen Sie sicher.«

»Das ist richtig. Alcatraz wurde nicht errichtet, um seinen Insassen Vergnügen zu bereiten, und auch nicht, um sie irgendwann wieder zu entlassen. Hierher kamen nur die Gefangenen, die man als besonders schwierig und als unverbesserlich einstufte.«

»Wie passend!«, kommentierte Lucy mit einem trockenen Lachen.

»Es gab keine Vergünstigungen, um den Männern das Leben auf dem Felsen zu erleichtern.«

»Und Sie wollen mit dieser Tradition nun brechen?«

Der Councillor bot ihr den Arm. »Soweit ich mich erinnern kann, hast du nicht lebenslänglich bekommen. Ich denke, da kann man mit Lachsschnitten, Krabbensalat und allerlei Süßigkeiten heute eine Ausnahme machen.«

Allein bei seiner Aufzählung lief Lucy schon das Wasser im Mund zusammen. Sie setzte eine hoheitsvolle Miene auf und schob ihre Hand unter den Arm des Councillors. »Nun denn, ich erlaube Ihnen, mich heute zu Ihrem Picknick auszuführen.

»Miss Rittner?«

Eine sanfte Stimme drang in ihre Träume. Lorena öffnete die Augen und sah sich verwirrt um.

»Miss Rittner, wir landen in eineinhalb Stunden. Möchten Sie noch etwas essen? Wir haben ein Mittagessen vorbereitet. Oder lieber nur einen Kaffee oder Tee und etwas Süßes?«

Lorena rappelte sich auf und starrte die Stewardess an, die geduldig auf ihre Entscheidung wartete. Lorenas Blick huschte über den Gang hinüber und streifte Mr. Gray, der mit einer aufgeschlagenen Zeitung dasaß, eine Tasse Kaffee und ein Stück Kuchen vor sich.

»Ich nehme einen Tee, danke«, sagte Lorena. »Und auch einen Kuchen, bitte.«

Sie ließ sich die Decke abnehmen und ihr Bett wieder in einen bequemen Sitz zurückverwandeln. »Danke.«

»Aber gerne«, versicherte die Stewardess und eilte davon, um Tee und Kuchen zu holen.

»Ausgeschlafen?«, erkundigte sich Harrison mit einem Blick über die Zeitung.

Lorena nickte. Es war ihr ein wenig peinlich, doch sie musste mindestens vier Stunden fest geschlafen haben, dabei hätte sie es nicht für möglich gehalten, in einem Flugzeug auch nur ein Auge zu schließen. Dieser Flug hatte natürlich auch nichts mit der Art zu tun, wie normale Menschen über den Atlantik flogen.

»Entschuldigen Sie, es ist sonst nicht meine Art, am helllichten Tag zu schlafen.«

Harrison hob die Schultern. »Es ist das Beste, was man auf einem langen Flug machen kann. Vergessen Sie nicht, wir haben acht Stunden Zeitverschiebung. In San Francisco ist es gerade erst Mittag. Es dauert also noch eine ganze Weile, ehe Sie Ihr Bett im Hotel zu sehen bekommen, und auch noch einige Stunden, ehe wir dort zu Abend essen. Daher empfehle ich Ihnen, das Mittagessen hier an Bord zu nehmen.

Die Pasta ist sehr gut, es gibt einen Salat mit Garnelen, oder Sie nehmen zumindest die italienischen Vorspeisen.«

»Aber ich habe bereits Tee und Kuchen bestellt«, protestierte Lorena, doch das ließ Harrison nicht gelten. Er rief die Stewardess, und innerhalb weniger Minuten hatte Lorena einen weiß gedeckten Tisch vor sich, auf dem kleine Teller und Schüsseln standen, deren Inhalt ihr das Wasser im Mund zusammenlaufen ließen. Harrison bestand darauf, dass sie zu ihren Vorspeisen Champagner trank und dann noch den schweren spanischen Rotwein probierte. So aß sich Lorena durch die Leckereien, bis sich der Kapitän meldete und verkündete, sie befänden sich bereits im Landeanflug auf San Francisco.

Obwohl es in San Francisco erst kurz nach Mittag war und Lorena während des Flugs geschlafen hatte, fühlte sie sich ausgelaugt und seltsam zittrig. Ein paar Mal erbebte ihr ganzer Körper wie vor einer Wandlung, und sie dachte mit Schrecken daran, dass es in London jetzt auf Mitternacht zuging. Würde sie hier auf der anderen Seite der Welt etwa am helllichten Tag als Nachtmahr in Erscheinung treten müssen? Ihr wurde übel. Sie entschuldigte sich bei ihrem Begleiter und eilte in die Damentoilette. Ein bleiches Gesicht starrte sie aus dem Spiegel an. Lorena hoffte, die roten Pillen würden weiterhin wirken – warum auch nicht? Sicher war sie sich allerdings nicht.

Eine andere Frage war, ob sie sich nun bei Tag wandeln konnte? War die Magie an die Dunkelheit vor Ort gebunden oder an die Zeit in London? Eine interessante Frage, die sie bei Gelegenheit einer der Hüterinnen oder der Guardians der Lady hätte stellen sollen, ehe sie sich auf dieses Abenteuer einließ.

Lorena spürte, dass die Uhren im fernen London Mitternacht schlugen. Sie sah sich rasch um. Es war kein Mensch zu sehen. Vorsichtshalber zog sie sich in eine der Kabinen zurück und schloss die Augen. Sie konzentrierte sich auf ihre Verwandlung und beschwor ihre Gestalt als Nachtmahr, doch so sehr sie sich auch anstrengte, es wollte ihr nicht gelingen.

Lorena gab auf. Sie wusch sich das Gesicht mit kaltem Wasser, trocknete sich ab und legte etwas Puder und Rouge auf. Dann kehrte sie mit gefasster Miene zu Harrison Gray zurück.

»Alles in Ordnung?«

Sie nickte. »Aber ja«, antwortete sie leichthin.

»Gut, dann würde ich sagen, Sie warten dort draußen mit dem Gepäck, während ich unseren Mietwagen abhole.«

Er deutete auf den Gepäckwagen, auf dem bereits ihre beiden Koffer und die kleine Reisetasche standen. Lorena folgte ihm nach draußen und setzte sich auf eine Bank. Harrison eilte davon und verschwand im Gewühl der anderen Reisenden. Für einen Moment fühlte sich Lorena völlig verlassen. Ungeduldig schüttelte sie das Gefühl ab, doch das Frösteln blieb. Es war hier kaum wärmer als in London, und so schlang sie sich ihren Kaschmirschal um den Hals und knöpfte ihren Mantel bis oben zu. Ihre Finger umschlossen noch den Kragen, als sie mitten in der Bewegung erstarrte. Sie vernahm eine Frauenstimme, die hier nicht sein konnte. Sie musste sich irren. Das war der Jetlag.

Doch als ihr dann eine vertraute Männerstimme antwortete, glaubte Lorena, in Ohnmacht fallen zu müssen. Wie in Trance wandte sie sich um und starrte Raika und Jason an, die in voller Lebensgröße, jeder eine Tasche in der Hand, vor ihr standen.

»Ihr zusammen hier«, stammelte Lorena fassungslos.

»Jetzt macht sie uns gleich eine Eifersuchtsszene«, entgegnete Raika genervt. »Willst du uns irgendetwas vorwerfen?«

»Jason, Raika, was tut ihr hier?«

»Was wohl?«, gab Raika trocken zurück. »Verhindern, dass du noch weitere Dummheiten begehst.«

»Ich bin auf einer Geschäftsreise mit meinem Chef!«, betonte Lorena.

»Ach ja? Und die ging ganz zufällig gerade jetzt nach San Francisco?«, konterte Raika, die deutlich zeigte, dass sie an diesen Zufall nicht glaubte.

»Genau so ist es«, versicherte Lorena. »Wir haben hier einen Termin mit einem Kunden und fliegen dann weiter nach New York. Zumindest Mr. Gray fliegt dann weiter nach New York.«

»Aha«, nahm Raika den Faden auf. »Und du bleibst ohne Erklärung hier, wirst deshalb gefeuert und fliegst dann kurz nach Alcatraz rüber, um Lucy zu befreien.«

Lorena musste zugeben, wenn Raika es so formulierte, hörte es sich wirklich idiotisch an.

»Ich wollte mich dort nur mal umsehen und dann entscheiden, wie es weitergehen soll«, verteidigte sie sich.

»Du meinst, nachdem dich der Councillor einkassiert und zu Lucy in die Zelle gesteckt hat? Oh ja, es wird ein Wiedersehen geben, aber nicht so, wie du es dir gedacht hast!«

Lorena hatte Raika noch nie derart außer sich gesehen.

»Ich habe mit Jason über diese Reise gesprochen, aber er sagte, er habe bis zum Sommer keine Zeit mitzukommen«, verteidigte sich Lorena.

»Aber ich habe dir angeboten, dich zu begleiten«, rief Raika. »Und du hast mir versprochen, dass du nichts Blödes unternimmst!«

»Es hat sich so ergeben. Wie hätte ich sonst an ein Ticket rankommen sollen? Du weißt, dass die Guardians mich überwacht haben.«

Die beiden Frauen starrten einander wütend an, bis Jason dazwischenging: »Ruhe jetzt, ihr beiden! Es bringt uns nicht weiter, wenn ihr euch gegenseitig zerfleischt. Raika hat recht, es war unklug von dir, es auf eigene Faust zu versuchen, und ich bin froh, dass sie es rechtzeitig mitgekriegt hat, sodass wir vielleicht das Schlimmste verhindern konnten.«

Lorena war noch immer zornig. »Vielen Dank, edler Retter. Jetzt, nachdem Raika dich gefragt hat, sind deine Konzerte plötzlich doch nicht mehr so wichtig.«

»Nein, denn du hast mir keine andere Wahl gelassen, nachdem du mit diesem Typ einfach in ein Flugzeug gestiegen bist und mir gerade mal einen Zettel mit ein paar Sätzen Erklärung zurückgelassen hast!«, gab er zurück.

»Ach, bist du jetzt eifersüchtig, weil ich mit Harrison geflogen bin?«

»Das tut nichts zur Sache! Es ist verrückt und leichtsinnig, es ohne einen genauen Plan mit diesem Councillor und seinen Männern aufnehmen zu wollen.«

»Und du meinst, wenn du mitkommst, dann kann uns nichts passieren, weil du ein großer, starker Mann bist, der solch tödliche Waffen wie ein Saxofon und ein Cello bedienen kann?«

»Entschuldigen Sie bitte, wenn ich Ihre Auseinandersetzung unterbreche, aber ich kann hier nicht ewig parken. Lorena und ich sollten aufbrechen. Wenn Sie Ihre Diskussion in einem angenehmeren Rahmen fortsetzen wollen, würde ich vorschlagen, wir treffen uns später in unserem Hotel zu einem gemeinsamen Abendessen.«

Die drei starrten den großen, gut aussehenden Mann im dunklen Anzug an, der neben einer amerikanischen Limousine stand.

»Harrison«, sagte Lorena verunsichert. »Ich fürchte, ich muss Ihnen einiges erklären.«

Mr. Gray winkte ab und begrüßte stattdessen Raika. »Wie schön, Sie so überraschend wiederzusehen«, sagte er höflich. »Und Sie sind vermutlich Lorenas Lebensgefährte Jason Edison.«

»Das hoffe ich«, antwortete er düster.

»Lorena, können wir jetzt fahren?«

Sie zögerte.

»Wir können Ihre Freunde gerne mitnehmen, dann brauchen Sie nicht bis zum Abendessen zu warten, um alle Missverständnisse aus dem Weg zu räumen.«

Er hielt ihr die Tür auf. Als sie nicht reagierte, begann er, das Gepäck im Kofferraum zu verstauen. Lorena legte die Hand auf ihren Koffer.

»Harrison, ich war nicht ehrlich zu Ihnen. Ich fürchte, ich habe Sie mit dieser Reise nur benutzt, und Sie werden mich nun feuern müssen. Es tut mir leid, das müssen Sie mir glauben, aber ich habe keine andere Möglichkeit gefunden. Sie werden Ihre Reise von nun an ohne mich machen müssen.«

Lorena wusste nicht, was sie als Reaktion auf ihre Worte erwartete. Eine ungläubige Miene oder Zorn, doch nicht dieses Lächeln, das sein Gesicht erhellte.

»Fahren wir doch erst einmal zusammen in die Stadt«, schlug Harrison vor, und da sich gerade ein Polizist näherte, der die Fahrer aller Wagen zum Weiterfahren aufforderte, fügten sich die drei seinem Vorschlag und stiegen ein. Harrison setzte sich ans Steuer und fuhr los. Er schwieg, bis sie das Flughafengelände verlassen hatten, dann nahm er ihr Gespräch wieder auf.

»Über das Feuern sprechen wir später, wenn wir wieder in London sind. Wissen Sie, Lorena, ich war auch nicht ehrlich zu Ihnen. Es gibt keine Geschäftspartner, mit denen ich in San Francisco sprechen muss, und ich habe auch nicht vor, nach New York weiterzufliegen. Die ganze Idee mit dieser Reise diente nur dazu, Sie aus der Reserve zu locken, nachdem es Ihnen anscheinend zu einer fixen Idee geworden ist, Ihre Schwester Lucy zu finden.«

Lorena stieß einen Schrei der Überraschung aus und starrte Harrison Gray fassungslos an.

Raika dagegen zog mit einer hastigen Bewegung eine Pistole aus ihrer Tasche und hielt sie ihrem Fahrer an den Kopf. Der Himmel wusste, wie sie es geschafft hatte, diese Waffe ins Land zu schmuggeln.

»Ich habe es geahnt! Habe ich dir nicht gleich gesagt, dass der Kerl nicht koscher ist? Geben Sie mir einen Grund, Ihnen keine Kugel in den Kopf zu jagen!«

Harrison Gray ließ sich nicht aus der Ruhe bringen. Er blickte geradeaus und konzentrierte sich scheinbar weiterhin nur auf den Verkehr.

»Der erste Grund wäre, dass Sie ein ziemliches Verkehrschaos anrichten würden, wenn Sie mich hier auf dem Highway erschießen«, sagte er ruhig. »Sie alle könnten verletzt werden.«

»Gut, dann reden wir«, fuhr Raika mit ihrem Verhör fort. »Ich nehme mal an, Ihr Chef ist der Councillor persönlich?«

»Sie glauben, ich bin ein Wanderer?«, gab Harrison zurück und lachte. »Da sind Sie auf dem Holzweg.«

»Was für eine andere Erklärung haben Sie zu bieten?«

»Ich bin für Lorenas Sicherheit zuständig«, sagte er noch immer so gelassen, als bemerke er die Waffe an seinem Kopf nicht.

»Sie?«, rief Raika ungläubig. »Und wer sollte Sie beauftragt haben?«

Nun glitt ein spöttisches Lächeln über seine Lippen. »Was glauben Sie? Woher könnte ich meine Befehle beziehen und all das wissen?«

»Die Lady!«, stieß Jason hervor.

»Ah, der junge Mann denkt mit«, lobte Harrison Gray. »Sie liegen ganz richtig: die mächtige, allwissende Lady von Gryphon Manor.«

Lorena starrte Raika an und sah in ihrer ungläubigen Miene, dass auch sie sich das nicht vorstellen konnte.

»Sie lügen!«, behauptete Raika. »Ich habe die Männer gesehen, die für die Lady arbeiten. Dumpfe, willenlose Sklaven, die ihr bedingungslos dienen. Nein, Mr. Gray, wenn die Lady jemand mit Lorenas Schutz betraut, dann ihre Guardians.«

»Das eine schließt das andere nicht aus.«

Er setzte den Blinker und fuhr vom Highway ab. Gab es überhaupt etwas, das diesen Mann aus der Ruhe bringen konnte?, fragte sich Lorena und wusste nicht, ob sie ihn bewundern oder beunruhigt sein sollte.

»Natürlich hat die Lady ihre Guardians auf Lorena angesetzt, wie Sie alle wissen, aber wie hätte sie Lorena bei Tag überwachen sollen? Sie konnte schlecht die Damen in Leder mit an ihren Arbeitsplatz schicken, nicht wahr? Aber ich konnte sie versetzen lassen und von nun an den ganzen Tag und zuweilen auch einen Großteil der Abendstunden ein Auge auf sie haben. Ich weiß von jedem Telefonat, von jeder

Internetsuche. Glauben Sie mir, ich habe die Zeichen früh erkannt und wusste, dass man ihren Starrsinn nicht unterschätzen sollte.«

»Da haben Sie allerdings recht«, brummte Raika.

Harrison hielt vor der Eingangstür ihres Hotels.

»Ich danke Ihnen für Ihre Mühe«, sagte Lorena steif, »aber ich denke, ich werde Ihre Hilfe nicht benötigen, jetzt, wo Jason hier ist, um mir zu helfen.«

Harrison Gray lachte auf. »Nichts für ungut. Jason ist sicher ein netter junger Mann, doch ich denke, bei dem, was Sie vorhaben, ist er für Sie eher eine Belastung als eine Hilfe.«

Obgleich Lorena noch am Flughafen ähnlich argumentiert hatte, fuhr sie ihn nun empört an. »Ach ja, und was für tolle Eigenschaften bringen Sie mit, die uns helfen könnten?«

»Ich kann mit vielen Waffen umgehen, bin stark und vor allem schnell!«

Bei diesen Worten wandte er sich blitzschnell um und entriss Raika ihre Waffe, ehe sie reagieren konnte. Er wirbelte den Revolver herum, nahm ihn dann aber beim Lauf und gab ihn Raika zurück, die ihn sprachlos anstarrte.

»Ich würde vorschlagen, Sie packen die Waffe nun weg, ehe es einen Aufruhr gibt, und dann treffen wir uns in einer Stunde, um unsere weitere Vorgehensweise zu planen.«

Beinahe willenlos schob Raika die Pistole in ihre Tasche, bedachte Harrison Gray aber noch einmal mit einem grimmigen Blick. Dann stieg sie aus dem Wagen und zitierte barsch einen der Gepäckträger heran. Lorena ahnte, dass sie Unsicherheit unter dem herrischen Benehmen verbarg. Raika war es gewohnt, stets die Oberhand zu behalten. Vielleicht war es bisher noch keinem Mann gelungen, sie derart zu überrumpeln. Ja, in Harrison Gray steckte mehr, als Lorena vermutet hatte. Zum Glück war er mit ihnen gekommen. Solch eine Unterstützung war ganz sicher hilfreich. Wie gut, dass er auf ihrer Seite stand.

Er stand doch auf ihrer Seite?

Nachdenklich betrachtete Lorena seine kräftigen Schultern, die er unter seinem Anzug nicht verbergen konnte. Es blieb ihnen nichts anderes übrig, als es darauf ankommen zu lassen.

»Wir müssen wachsam sein und ihn im Auge behalten«, raunte Raika ihr zu.

Lorena nickte stumm.

Kapitel 14

VORBEREITUNGEN

Am selben Abend landete noch eine Maschine aus London auf dem Flughafen von San Francisco. Die vier Frauen, die sich nach der Landung am Schalter für Sondergepäck trafen, trugen schwarze Anzüge und weite Mäntel, die ihre athletischen Figuren verbargen. Ihre Augen blieben hinter den Gläsern dunkler Sonnenbrillen verborgen, und die Mienen waren unbeweglich, als sie die langen, schmalen Pakete in Empfang nahmen, die ihnen ausgehändigt wurden. Mit den Paketen unter dem Arm verließen die vier anschließend den Flughafen.

»Wohin jetzt?«, fragte die jüngste Frau, die sehr hübsch war.

»Wir fangen am Pier 39 an«, sagte die Ältere. »Irgendwann werden sie dort auftauchen, und dann lassen wir sie nicht mehr aus den Augen.« In ihrer Stimme schwang Besorgnis.

»Vielleicht haben Emily und Olivia sie schon aufgespürt«, sagte die Frau mit dem kastanienbraunen Haar, das sie zu einem strengen Knoten geschlungen hatte.

»Das hoffe ich«, brummte die andere.

»Vielleicht müssen wir uns gar keine so großen Sorgen machen. Lorena hat viel gelernt, und sie ist nicht allein. Jason und Raika sind bei ihr.«

»Und dieser Harrison Gray«, fügte die Ältere hinzu und

klang noch immer besorgt. »Wer zum Teufel auch immer er ist. Wir müssen herausfinden, was für ein Spiel er mit ihr treibt.«

Harrison Grays Zimmer war zur Kommandozentrale umfunktioniert worden. Während er sich mit Lorena und Raika über einen Plan der Festungsinsel beugte, hielt sich Jason ein wenig im Hintergrund. Offensichtlich hatte er Mr. Grays abfällige Worte noch nicht ganz verwunden, vor allem, weil sie nicht von der Hand zu weisen waren. Jason war zwar ein durchschnittlich sportlicher Mann, doch er konnte weder mit besonderen Waffenkenntnissen aufwarten noch mit irgendwelchen asiatischen Kampftechniken, die ihnen gegen irgendwelche Wächter hilfreich sein könnten. Und im Gegensatz zu den beiden Frauen und der Gefangenen konnte er nicht fliegen.

Das konnte Harrison zwar auch nicht, ansonsten schien er sich aber problemlos vom Investmentbanker in eine Art Supersöldner gewandelt zu haben, der auf alles eine Antwort wusste. Lorena beschloss, auf ihr Gefühl zu hören und ihm zu vertrauen, während Raika noch immer auf Abstand ging und alles, was er vorschlug, genau hinterfragte.

Lorena sah auf den Plan herab und versuchte, sich die Lage der verschiedenen Gebäude einzuprägen: die Kaserne an der Landungsstelle, die Kapelle am Wachhaus, dann das alte Kraftwerk am Ende der Insel mit seinem hohen Schornstein, der einen guten Orientierungspunkt abgab, und die Ruinen der alten Werkstätten. Auf dem Felsen in der Mitte der Insel erhoben sich der Wasserturm auf der einen Seite, der Leuchtturm auf der anderen und dazwischen das eigentliche Gefängnis mit den Zellenblöcken und dem ummauerten Hof.

Lorena fragte sich, woher Harrison den Plan hatte. Hatte er ihn bereits aus England mitgebracht, oder war es ihm gelungen, ihn hier seit ihrer Ankunft zu organisieren?

»Das ist ja alles schön und gut«, sagte Raika laut und trat vom Tisch zurück. »Aber es ist alles nur Spekulation. Wir wissen nicht, ob Lucy tatsächlich auf Alcatraz ist und wenn, haben wir keine Ahnung, wo sie festgehalten wird und wie die Sicherungsmaßnahmen aussehen. Solange wir das nicht in Erfahrung gebracht haben, brauchen wir nicht an einem Plan zu ihrer Befreiung feilen.«

»Das ist richtig«, stimmte ihr Jason zu. »Ich bin dafür, dass wir uns dort unauffällig umsehen. Wir mischen uns einfach unter die Touristen.«

»Und du glaubst, auf so einer Tour bekommst du Lucy und ihre Bewacher zu Gesicht?«, hakte Raika nach.

»Nein, nicht auf den normalen Wegen, das ist klar, aber man kann seine Nase ja auch in Ecken stecken, die man bei den normalen Führungen nicht zu sehen bekommt. Jedenfalls ist es wichtig, das Gelände selbst in Augenschein genommen zu haben und sich nicht nur auf eine Karte zu verlassen.«

»Da gebe ich dir recht«, stimmte Raika ihm zu. »Aber nicht am helllichten Tag mitten unter neugierigen Touristen. Das ist viel zu riskant. Wir wissen nicht, ob die Männer des Councillors wissen, wie Lorena aussieht. Was, wenn sie erkannt wird?«

»Ich habe auch nicht daran gedacht, Lorena auf diese Erkundungstour mitzunehmen«, konterte Jason. »Ich werde gehen, und du kommst mit mir.«

»Was?«, protestierte Lorena, doch die anderen gingen nicht darauf ein. Sie schienen sich in diesem Punkt einig zu sein.

Raika war von Jasons Idee dennoch nicht überzeugt. »Wir sollten den Schutz der Dunkelheit nutzen, um uns in aller Ruhe dort umzusehen.«

»Sie werden uns schon bemerken, noch ehe wir mit dem Boot angelegt haben«, prophezeite Jason.

»Ich habe auch nicht vor, ein Boot zu benutzen«, konterte Raika.

»Nein«, stimmte ihr Lorena zu. »Wir werden fliegen, und keiner wird uns bemerken!«

Das schmeckte wiederum den beiden Männern nicht, die Lorena und Raika auf keinen Fall alleine gehen lassen wollten.

So diskutierten sie noch eine Weile, bis Lorena gähnte und kaum mehr die Augen offen halten konnte. Sie sah notgedrungen ein, dass sie heute und in diesem Zustand nichts mehr erreichen würden, und so stimmte sie zu, sich von Jason in ihr gemeinsames Zimmer bringen zu lassen.

»Und was machen wir beiden Hübschen jetzt noch?«, fragte Raika mit funkelnden Augen, als die beiden verschwunden waren.

»Sie sind wohl nie müde?«, erkundigte sich Mr. Gray. »Schlafen Sie denn niemals?«

Raika machte eine wegwerfende Handbewegung. »Schon, ab und zu, wenn es so langweilig ist, dass man gar nichts anderes machen kann, aber hier in dieser aufregenden Stadt wäre das doch Verschwendung, meinen Sie nicht auch?«

»Ist das eine Aufforderung, Sie bei Ihren Nachtaktivitäten zu eskortieren, oder der nächste Versuch, mich zu verführen?«, fragte Harrison.

Raika warf ihm einen finsteren Blick zu. »Weder noch. Ich

traue Ihnen noch immer nicht, also seien Sie versichert, dass ich Sie nicht aus den Augen lasse.«

»Sie haben also vor, das Zimmer mit mir zu teilen?« Sein Blick glitt zu dem Queensize-Bett hinüber. »Wenn Sie darauf bestehen, bitte, bleiben Sie, aber ich würde vorschlagen, Sie begnügen sich mit dem Sofa. Zu zweit wird es mir in diesem Bett zu eng.«

Der Blick, den er sich einhandelte, war mörderisch. »Sie hätten keine Chance, wenn ich Sie verführen wollte«, zischte Raika. »Aber ich habe keinen Bedarf. Ich suche mir etwas Besseres!«

Und damit rauschte sie hinaus. Sein Auflachen folgte ihr, als sie die Tür geräuschvoll zuschlug.

Lucy saß im Schneidersitz auf ihrer Pritsche. Sie hatte die Augen geschlossen und versuchte, ihre Sinne ganz auf die Vorgänge draußen zu konzentrieren. Es fiele ihr sicher leichter, wenn sie sich wandeln könnte, doch noch war die Sonne nicht untergegangen. Obwohl Lucy im Augenblick nicht auf die Kräfte des Nachtmahrs zurückgreifen konnte, fühlte sie, dass sich etwas verändert hatte. Allein schon die Körperhaltung ihres Bewachers war eine andere geworden. Es schien sich eine Spannung über die Insel zu legen, die von allen Besitz ergriff. Lucy hatte den Councillor heute nicht zu Gesicht bekommen, doch sie war sich sicher, dass er irgendwo in der Nähe war und genauso gespannt darauf wartete, dass endlich etwas passierte. Lucy spürte, wie die Anspannung auch auf sie übergriff. Es war ein leichtes Vibrieren. Die Erwartung ließ ihr Herz schneller schlagen. Das Warten hatte ein Ende. Vielleicht nur noch wenige Stunden, und dann?

Lucy öffnete die Augen und ließ den Blick durch die Gittertür zu den Zellen auf der anderen Seite des Gangs hinüberschweifen.

Dann würde sich diese Tür endlich öffnen?

Dann wäre sie endlich frei?

Dann würde sie ihre Schwester Lorena wiedersehen?

Dann würde die Falle des Councillors zuschnappen!

Lucy horchte in sich hinein und suchte nach der Freude und dem Gefühl des Triumphs, die sie eigentlich empfinden sollte, doch sie konnte sie nicht finden. Sie fühlte sich eher hilflos und verwirrt.

Wie würde es danach weitergehen? Mit ihr und mit Lorena – und mit den anderen Nachtmahren, die sie nicht kannte. So etwas wie Bedauern stieg in ihr hoch. Sie hatte alles verloren. Ihre Familie, ihre Freiheit und die Chance, die Gemeinschaft kennenzulernen, in die sie gehörte. Und nun würde sie auch noch ihre Schwester verlieren.

Endgültig.

Lucy war sich sicher, wenn der Councillor sie erst einmal in den Händen hatte, weit weg von London und dem mächtigen Einfluss der Lady, dann würde es nichts und niemanden geben, der sie ihm wieder entreißen konnte.

Am nächsten Morgen machte sich Jason zur Festungsinsel auf. Allerdings nicht mit Raika. Harrison Gray bestand darauf, ihn zu begleiten, was Lorenas Zustimmung fand und Jasons Missfallen erregte. Die beiden gingen zum Pier hinunter, kauften sich die Ausflugstickets und mischten sich dann unter die Besucher, die bereits auf das nächste Boot warteten. Raika und Lorena schlenderten derweil den Pier 39 entlang, an dem um diese Uhrzeit noch nicht viel los war. Lediglich die Seelöwen hatten sich schon zahlreich eingefunden und rekelten sich auf ihren hölzernen Plattformen. Während Raika völlig locker wirkte, glaubte Lorena, es vor Anspannung nicht mehr aushalten zu können.

»He, ganz ruhig«, sagte sie, während sie schamlos mit einigen Männern flirtete, sie aber gleich wieder eiskalt abblitzen ließ, sobald sie sich ihr näherten.

»Den beiden wird schon nichts passieren. Selbst wenn sie entdeckt werden, kann ich mir nicht vorstellen, dass die Männer des Councillors dort draußen zwischen all den Touristen irgendetwas veranstalten, was ihnen eine Sendung in der Primetime einbringen würde.«

»Das glaube ich auch nicht, und ich habe auch keine Angst um die beiden. Ich denke, Harrison weiß, was er tut, und wird auf Jason achtgeben. Ich kann diese Warterei nur nicht ertragen. Ich muss endlich wissen, wie wir vorgehen, und ich muss etwas tun.«

Raika schenkte einem blonden jungen Mann ein aufreizendes Lächeln, während sie Lorena antwortete. »Muss ich dich jetzt um Geduld bitten? Seltsam, bisher warst immer du die mit den kühlen Überlegungen, die zur Vernunft mahnte und nichts überstürzen wollte.« Raika zog eine Grimasse. »Ich weiß nicht, ob ich mich in dieser Rolle wohlfühle. Nein, auch ich brenne darauf, endlich loszuschlagen, aber vor Einbruch der Dunkelheit können wir nichts tun.«

»Nein …« Lorena seufzte. »So lange werden wir abwarten müssen, was die Männer herausfinden.«

Raika überlegte. »Es dauert sicher noch einige Stunden, bis die beiden zurück sind. Ich denke, wir sollten die Zeit sinnvoll nutzen.«

»Und wie?«

»Indem wir unsere Ausrüstung ein wenig aufpeppen.

Ich konnte leider nur meine kleine Pistole durch den Zoll schmuggeln, aber vielleicht wäre es sinnvoll, wenn wir für heute Nacht ein wenig aufrüsten.«

»Ich will keine Gewalt anwenden«, wehrte Lorena ab.

»Und wenn die Wanderer Lucy nicht freiwillig rausgeben, was machst du dann? Dich höflich für die Störung entschuldigen und dich zurückziehen, wenn sie dich lassen? Damit solltest du nicht rechnen. Ich vermute eher, sie werden alles versuchen, dich in ihre Hände zu kriegen, wenn ihnen klar wird, wer du bist.«

»Genau deshalb müssen wir jede Konfrontation vermeiden und unauffällig und mit List vorgehen. Wir müssen mit Lucy auf und davon sein, ehe ihre Wächter merken, was los ist.«

Raika nickte. »Das ist ein guter Plan A. Ich bin dennoch dafür, wir sollten noch einen Plan B bereithalten, und deshalb gehen wir jetzt einkaufen. Ich schlage vor, wir fangen im Chinesenviertel an.«

»Warum dort?«

»Ich denke, dort werden wir ein gutes Schwert für dich finden. Wozu hast du so viele Stunden trainiert? Nun kannst du zeigen, ob du den Wanderern gewachsen bist und sie ohne ihren Kopf für immer ins Jenseits schicken kannst.«

Lorena schluckte trocken. »Ich hoffe, das wird nicht notwendig sein.«

»Ach, ich weiß nicht, ich glaube, ich würde dich gern mal so richtig in Aktion sehen«, widersprach Raika. »Schau nicht wie ein aufgeschrecktes Huhn. Willst du deine Schwester nun befreien oder nicht?«

Lorena seufzte und nickte.

Nachdem das letzte Boot von Alcatraz abgelegt hatte, rief der Councillor seine Männer zusammen.

»Haltet euch bereit«, sagte er zu ihnen. Neben Hunter und Grant hatte er noch vier weitere Wanderer auf der Insel sowie fünf normale Söldner, schweigsame Typen, die sein Geld nahmen und keine Fragen stellten. Das sollte genügen, um die Falle in dieser Nacht zuschnappen zu lassen.

»Die Eclipse ist mit ihrem Gefährten und einem weiteren Nachtmahr gestern hier gelandet. Harrison war mit diesem Jason heute auf der Insel, um sich ein Bild zu machen. Ich nehme an, sie werden es in dieser Nacht versuchen.«

Die Männer nickten und sahen den Councillor erwartungsvoll an. Er wusste, dass es Zeit wurde. Sie langweilten sich hier auf der Insel und wollten endlich etwas tun.

»Ivor wird mit dem Nachtsichtgerät auf dem Leuchtturm Wache halten und uns Bescheid geben, wenn sie kommen. Don und Skyler postieren sich unten am Steg. Bleibt aber unsichtbar! Der Rest nimmt seine Posten im und vor dem Zellenblock ein. Ihr verhaltet euch ruhig, bis sie drin sind. Lasst sie in Ruhe suchen und gönnt ihnen den ersten Triumph, ihr Ziel zu sichten. Erst wenn die Eclipse Lucy aus der Zelle geholt hat, werdet ihr aktiv. Ihr fangt sie ab, sobald sie das Gebäude verlassen wollen. Klar?«

»Duke, sollen wir die Eclipse nicht lieber gleich schnappen, wenn sie auf der Insel ankommen?«, fragte Hunter. »Das wäre in meinen Augen die sicherste Vorgehensweise, und Lucy bliebe gleich in ihrer Zelle.«

»Wenn sie per Boot kommen«, wandte Grant ein. »Wenn sie fliegen, können sie irgendwo auf der Insel landen. Wir sind zu wenige, um jeden Fels zu überwachen und uns auf sie zu stürzen, sobald sie den Boden berühren.«

»Die Männer können nicht fliegen«, beharrte Hunter.

»Die Männer sind nicht wichtig!«

»Dieser Jason schon. Wenn er das Kind mit Lorena zeugt, auf das die Lady so sehr wartet, dann haben wir ein Problem.«

»Wer sagt uns, dass das nicht schon geschehen ist?«

Der Councillor unterbrach die Diskussion. »Das ist im Moment nicht wichtig. Wichtig ist, dass wir die Eclipse unversehrt in unsere Gewalt bringen.

Noch einmal meldete sich Hunter zu Wort. »Äh, Duke, wie sollen wir das anstellen?«

»Ihr werdet sie nicht verletzen. Dass mir keiner auf sie schießt!«

»Ja, klar, aber wie sollen wir sie außer Gefecht setzen? Ich habe gehört, dass unsereins sie nicht einmal mehr berühren kann, seit die Lady einen magischen Schutz um sie gelegt hat.«

Der Councillor zog ein grimmiges Gesicht. »Ja, das war ein kluger Schachzug der alten Lady, nur dass ihre Magie nicht allmächtig ist. Sie wirkt in ihrer Nähe am stärksten und wird mit zunehmender Entfernung schwächer. Hier in Amerika hat sie keinen Einfluss. Ihr braucht darauf keine Rücksicht nehmen.«

Hunter nickte. »Gut, dann wissen wir das. Und ich nehme an, Sie wollen auch Lucy unverletzt.«

Windston Campbell nickte. »Aber ja, sie ist zwar nicht die Eclipse, dennoch ist auch sie eine unschätzbare Trumpfkarte. Schießt nur, wenn es gar nicht anders geht, und nur auf die, die wir entbehren können.«

Hunter war noch immer nicht zufrieden. »Wir dürfen nicht vergessen, es sind Nachtmahre. Sie können fliegen.

Was, wenn die Eclipse mit ihrer Schwester einfach davonfliegt, sobald sie die Gittertür geöffnet hat?«

»Lorena kann fliegen, das ist richtig«, bestätigte der Councillor. »Das können wir im Moment nicht ändern. Lucy jedoch wird ihre Flügel nicht benutzen.«

»Sind Sie da ganz sicher?«, wagte Grant nachzufragen. »Ich will ganz bestimmt nicht Ihre Macht über das Mädchen anzweifeln, aber ich denke, sie ist ein schlaues Biest und hat ihren eigenen Kopf. Bei allem Respekt, ich denke nicht, dass wir ihr bedingungslos vertrauen können.«

»Nein, das denke ich auch nicht«, stimmte Winston Campbell zu. »Vor allem nicht, wenn sie sich verwandelt, doch ich habe sie mit einer kleinen Spielerei ausgestattet, die sie am Boden halten wird, und damit auch ihre Schwester zwingt, einen Fluchtweg zu Fuß zu wählen. Wenn es gar nicht anders geht, dann nehmt die Betäubungspfeile für Lucy und Lorena, doch ich erwarte von euch, dass ihr das ohne den Einsatz von Waffen schnell, sauber und leise hinbekommt.«

Die Männer tauschten Blicke und nickten dann.

»Was glauben Sie, wann werden sie kommen?«, wollte Grant wissen.

»Ich denke, um Mitternacht. Das ist die Stunde der Nachtmahre, doch seid wachsam, sobald die Sonne untergeht.«

Nach einem frühen Abendessen kamen sie wieder in Harrisons Zimmer zusammen, um die letzten Details zu besprechen. Jason war entsetzt von dem Waffenarsenal, das Raika auf dem Bett ausbreitete, Harrison Gray schien dagegen eher amüsiert. Raika hatte es in den wenigen Stunden nicht nur geschafft, zwei weitere Pistolen mit je zwei Ersatzmagazinen aufzutreiben. Sie hatte sogar eine alte russische Maschinenpistole besorgt. Doch was Harrison einen Pfiff der Bewunderung entlockte und Jason gequält aufstöhnen ließ, war das japanische Schwert, das Lorena nun aus seiner Hülle zog. Es hatte einen kunstvoll bearbeiteten Griff und eine gefährlich scharf schimmernde Klinge. Lorena hob es langsam an und ließ es dann in schnellem Wechsel rechts und links herabsausen.

»Es liegt gut in der Hand, ist nicht zu schwer und hat eine feine Balance«, sagte sie, als sie die Klinge wieder sinken ließ.

»Wie gut sind Sie mit dem Schwert?«, fragte Harrison.

»Gut genug, um diesen elendigen Wanderern den Kopf abzuschlagen«, antwortete Raika an ihrer Stelle.

Jason stöhnte, während Harrison die Aussage kommentarlos zur Kenntnis nahm.

»Und Sie Raika, wie gut kämpfen Sie?«

Lorena spürte, dass er damit einen wunden Punkt traf. Ihr war längst klar, dass sich Raika darüber ärgerte, nicht am Training teilgenommen zu haben und nun Lorena nicht mit dem Schwert unterstützen zu können. In dem kleinen, dunklen Laden in einem Hinterhaus in Chinatown hatte sie lange gezögert, ehe sie das zweite Schwert, das der Verkäufer ihnen gezeigt hatte, mit Bedauern wieder zurückgegeben hatte.

»Mit dem altmodischen Schwertkampf habe ich nichts am Hut«, gab Raika daher scheinbar leichthin zurück. »Dafür schieße ich um Welten besser als Lorena. Soll ich es Ihnen zeigen?«

Sie nahm eine der Pistolen vom Bett und ließ das Magazin einrasten. Jason stieß einen Schrei aus. Harrison hob abwehrend die Hände. »Nicht hier drin. Das könnte Ärger geben und vor allem zu viel Aufmerksamkeit auf uns richten. Wir glauben es Ihnen auch so. – Und Sie Jason? Können Sie auch schießen?«

Er schüttelte mit zusammengekniffenen Lippen den Kopf. »Bedaure, ich kann nur mit dem Saxofon und dem Cello umgehen, die leider nicht zur tödlichen Waffe taugen. Ich könnte höchstens jemandem mit einem Baseballschläger eine über den Kopf hauen.«

»Können Sie ein Boot steuern?«, fragte Harrison, statt darauf einzugehen.

»Ja, ich denke schon. Ich habe im Urlaub mal ein Motorboot ausgeliehen.«

Harrison nickte. Seiner Miene war wieder einmal nicht zu entnehmen, was er dachte. »Gut, dann sind Sie unser Bootsführer und ich für die Sicherheit zuständig.«

»Und unsere beiden Mahre?«

»Werden natürlich zur Insel fliegen«, sagte Raika, als sei das klar. »Wenn sie euch beiden entdecken, könnt ihr abdrehen. Ihr seid dann das Ablenkungsmanöver, das uns ermöglicht, unbemerkt auf der Insel zu landen und die Zellenblöcke zu durchsuchen.«

Bei ihren letzten Worten hob Lorena den Kopf und sah Harrison an. »Wie kommen Sie darauf, dass Lucy irgendwo im Gefängnisgebäude zu finden ist? Dort gehen jeden Tag Hunderte Menschen ein und aus. Sie haben Lucy dort doch nicht gesehen, oder?«

Harrison schüttelte den Kopf. »Nein, das nicht, aber ich habe drei Männer gesehen, die nicht zu den normalen Aufpassern gehörten und dennoch sehr genau darauf achteten, dass keiner von der üblichen Route abwich und den Teil der Zellenblöcke betrat, der nicht für die Öffentlichkeit zugänglich ist. Ich nehme an, das waren die Männer des Councillors.«

»Ich hätte eher vermutet, dass sie in einem der anderen Gebäude ist, die keinen interessieren und wo die Gefahr, zufällig entdeckt zu werden, geringer ist«, meinte Jason.

»Das sind alles nur noch Ruinen«, wandte Harrison ein, »und außerdem waren Sie in jeder drin, ohne auch nur einen Hinweis zu entdecken, dass hier jemand gefangen gehalten wird.«

»Ich war nur in den oberen Teilen, die frei zugänglich sind«, beharrte Jason. »Es gibt dort ja auch noch Keller und Versorgungsschächte und wer weiß was noch alles.«

»Sicher«, stimmte ihm Harrison zu. »Doch dann müsste man die Person an diesem schwer zugänglichen Ort versorgen, und es hätte irgendwo Wächter geben müssen.«

»Die sich sicher nicht so einfach entdecken lassen.«

Harrison hob die Arme. »Wir können mit unserer Suche auch in den Kellern und Schächten anfangen, doch ich frage mich, warum sollten es sich die Wanderer so schwer machen, wenn es auf dem Berg Hunderte von Zellen gibt, die sich über Jahrzehnte bewährt haben und wo es viel einfacher ist, eine Gefangene über einen längeren Zeitraum zu versorgen und zu überwachen.«

Lorena sah von Jason zu Harrison und wieder zurück und dachte über deren Argumente nach.

»Es geht auf alle Fälle schneller, die Zellenblöcke zu kontrollieren. Wenn wir dort nichts finden, dann müssen wir unsere Suche eben auf die unzugänglicheren Orte ausdehnen«, entschied sie schließlich.

Harrison nickte, während Jason die Lippen zusammenpresste und den Blick abwandte.

Lorena hätte ihn gern in ihre Arme genommen, doch sie fürchtete, dass er sich dann noch schwächer und unterlegener fühlen würde. Nicht vor Harrison Gray! Nein, damit musste sie warten, bis sie alleine waren.

Harrison stand auf. »Gut, dann besorge ich jetzt das Boot. Wir treffen uns um elf in der Horseshoe Bay.« Er hob den Autoschlüssel hoch.

Ehe Lorena oder Raika reagierten, griff Jason zu und steckte ihn in die Tasche. »Wir werden pünktlich da sein«, sagte er mit fester Stimme.

Sechs Frauen trafen sich nach Einbruch der Dunkelheit auf Treasure Island. Mit gesenkter Stimme tauschten sie in knappen Worten aus, was sie in Erfahrung gebracht hatten. Vier von ihnen waren vor nicht einmal vierundzwanzig Stunden in San Francisco gelandet, die anderen beiden hielten sich bereits seit drei Wochen in der Stadt auf.

Der kleine Park auf der Westseite der Insel lag verlassen da. Schweigend entledigten sich die Frauen ihrer Mäntel und der Anzüge, steckten sie in die mitgebrachten Taschen und verstauten diese unter einem Busch. In festen Stiefeln und ihren eng anliegenden Lederoveralls, welche die Schultern mit ihren Schlitzen freiließen, standen sie einander gegenüber. Es herrschte eine fast feierliche Atmosphäre. Jede von ihnen war sich bewusst, dass es heute Nacht um alles ging.

Aus schmalen Leinensäcken zogen sie ihre Schwerter und befestigten die Scheiden um ihre Hüften. Dann huschten sie über die Palmenallee hinüber zum Pier. Kein Mensch war zu sehen. Es war eine dunkle, kalte Nacht. Mond und Sterne verbargen sich hinter dichten Wolken, und immer wieder zogen Nebelschwaden von der Bay herein.

»Wir fliegen dicht über dem Wasser«, sagte Olivia, die nun offensichtlich das Kommando hatte. »Bleibt dicht zusammen. Wir fliegen in einem Bogen nach Süden und landen dann im Westen in der Bucht unterhalb der Zellenblöcke. Von da an teilen wir uns in drei Zweierteams auf. Emily geht mit Audry, Sienna mit Maddison, ihr seid ein eingespieltes Team. Grace kommt mit mir. Versucht, so lange wie möglich unentdeckt zu bleiben. Bedenkt, die Wanderer sind vermutlich vorbereitet und erwarten einen Angriff. Wenn ihr auf einen der Wächter trefft, zögert nicht. Schaltet sie schnell und leise aus. Wenn alles glattgeht, haben wir sie erledigt, ehe sie wissen, dass wir da sind.«

»Und der Councillor?«, fragte Grace.

»Den überlasst möglichst Maddison oder mir. Versucht nicht, alleine mit ihm fertig zu werden. Er ist gerissen, schnell und stark. Nehmt euch in Acht! Er hat in den vergangenen hundert Jahren viele Nachtmahre getötet.«

»Dann wird es Zeit, dass heute sein Kopf fällt«, sagte Sienna kalt und klopfte gegen den Schwertgriff an ihrer Seite. »Wir sind bereit!«

»Riskiert nichts«, schärfte ihnen Olivia noch einmal ein. »Unser Ziel ist es, die Eclipse mit ihrem Erwählten und ihre Schwester Lucy unversehrt nach London zu bringen. Alles andere ist nicht wichtig. Vergesst nicht, Myladys Magie kann uns hier nicht schützen. So weit reichen ihre Kräfte nicht.« Sie sah noch einmal in die Runde.

Die anderen Nachtmahre nickten.

»Was ist mit diesem Harrison Gray?«, fragte Emily.

Olivia zögerte, ehe sie antwortete. »Wenn euch auch nur der leiseste Zweifel kommt und er sich verdächtig verhält, tötet ihn! Und nun kommt.«

Die sechs Nachtmahre traten an den Rand der betonierten Plattform. Sie entfalteten ihre hauchdünnen Schwingen und erhoben sich in die Luft. Kaum zwei Meter über der glatten, schwarzen Wasserfläche glitten sie dahin. Pfeilschnell und völlig geräuschlos näherten sie sich der Festungsinsel.

Kapitel 15

BEFREIUNG

Das kleine Boot legte ab und verschwand in der Dunkelheit der Bay. Das Geräusch des Motors verklang. Es schien Lorena viel zu laut in der Stille der Nacht. Selbst wenn sie sich ohne Licht näherten, konnte sie sich nicht vorstellen, wie sie unentdeckt bleiben sollten, doch Harrison hatte sie beruhigt. Sie würden den letzten Teil der Strecke rudern und so unbemerkt die Insel erreichen.

Hoffentlich.

Auch Raika schien ungewöhnlich angespannt. »Wir sollten uns beeilen«, drängte sie. »Vielleicht ist alles bereits vorüber, ehe die beiden Alcatraz erreichen.«

»Du meinst, wir sollen ohne sie mit der Suche anfangen? Das war so nicht abgesprochen!«

»Genau deshalb«, konterte Raika. »Ich behalte gern noch den ein oder anderen Trumpf im Ärmel. Ich traue diesem Harrison einfach nicht über den Weg, und dein lieber Jason kann uns hierbei keine große Hilfe sein. Vermutlich ist es für ihn sicherer, wenn er keinen Fuß auf Alcatraz setzt. Also komm! Wir fliegen da jetzt rüber, holen Lucy aus ihrer Zelle und sind wieder weg, ehe jemand etwas merkt.«

»Ich würde deinen Optimismus gerne teilen«, murmelte Lorena, legte aber ihre Jacke ab und wandelte sich zum Nachtmahr. Raika tat es ihr gleich.

Früher hatte sich Lorena vor Raika geniert, doch heute

gab es Wichtigeres zu bedenken. Es kam Lorena vor, als sei dieses erste Treffen am See in einem anderen Leben gewesen, dabei waren seitdem nur wenige Monate vergangen.

Lorena entfaltete ihre Schwingen. Sie trug wie Raika Lederhose und Stiefel und eine enge Korsage, die sie beim Fliegen nicht behinderte.

»Also dann los! Wünschen wir uns Glück und Erfolg.«

»Das werden wir haben«, rief Raika übermütig und schoss in den Himmel. Lorena folgte ihr.

Zu ihrer Rechten erhob sich die Golden Gate Bridge in ihrer ganzen Pracht, doch dafür hatten die beiden Nachtmahre heute keinen Blick. Sie drehten nach links ab und hielten auf die Felseninsel zu, die sich inmitten der Bay erhob. Der Leuchtturm wies ihnen den Weg. Ansonsten war kein Licht zu sehen, doch das brauchten die beiden Mahre auch nicht. Trotz des bewölkten Himmels gab es für ihre Augen Licht genug, um die sanft gewellte Wasseroberfläche zu erkennen und den Felsen mit dem Haupthaus, in dessen Schatten sie bald darauf landeten. Sie duckten sich hinter zwei stachelige Büsche und lauschten. Es war erstaunlich still. Sie konnten nur das Plätschern des Wassers hören, das die Steine am Ufer umspülte, und das Rascheln des Windes in den Blättern. Dem ersten Anschein nach war außer ihnen kein Mensch weit und breit.

Raika erhob sich vorsichtig und ließ den Blick schweifen.

Lorena packte sie an der Schulter.

»Was ist?«

Sie deutete zum Leuchtturm hoch, dessen Spitze sich über dem Zellengebäude erhob.

»Was?«, fragte Raika noch einmal, doch dann sah sie es auch. Eine Silhouette wurde für einen Moment von dem vorbeihuschenden Lichtstrahl erfasst.

»Da ist jemand auf dem Turm«, raunte Lorena.

»Nicht verwunderlich«, meinte Raika. »Bleiben wir also dicht an der Wand, dann kann er uns nicht sehen.«

Lorena schaute noch einmal prüfend zum Leuchtturm hoch, dann tastete sie sich eng an die Wand gedrückt in die andere Richtung am Gefängnisgebäude entlang. Wenn sie den Plan noch richtig im Kopf hatte, musste sich hinter dieser Wand der Block mit den Isolierzellen befinden. Geräuschlos schoben sich die beiden Mahre voran, bis sie die Ecke erreichten, an der die Mauer einige Meter zurücksprang. Links von ihnen erhob sich nun die Umfassungsmauer des Gefängnishofs.

Lorena ließ den Blick bis zur Mauerkrone schweifen. »Genau dort muss der Zugang vom Hof zum Küchentrakt und zu den Zellenblöcken sein«, wisperte sie.

Die beiden beobachteten den Lichtstrahl des Leuchtturms. Nein, die Kante blieb im Schatten. Der Beobachtungsposten würde sie nicht sehen, wenn sie die Mauer an dieser Stelle überwanden. Sie sahen sich kurz an, nickten und schwangen sich dann blitzschnell in die Luft, schoben sich über die Mauer und ließen sich in den schmalen Durchgang hinab. Raika zog den Dietrich heraus, den sie mitgebracht hatte, doch zu ihrer Überraschung war die Tür nicht verschlossen.

»Wie nachlässig«, sagte Lorena, die die Tür ein Stück aufzog und durch den Spalt spähte.

»Hoffen wir es«, fügte Raika hinzu, und Lorena konnte die Anspannung in ihrer Stimme hören.

»Eine Falle?«

»Vielleicht.«

Raika zog ihre Pistole hervor und entsicherte sie. Das Klicken klang ungewöhnlich laut in Lorenas Ohren. Mit einem mulmigen Gefühl im Bauch zog Lorena das Schwert aus der Scheide. Dann nickten sie einander zu.

Lorena zog die Tür auf, Raika huschte hindurch, und Lorena folgte ihr. Rasch sahen sie sich um. Kein Mensch zu sehen, doch die Spannung war fast greifbar. Im Dunkeln zogen sich die Zellen in langen Reihen rechts und links eines breiten Gangs entlang, jeweils drei übereinander. Die beiden Mahre ließen ihre Blicke durch die leeren Gänge und hinauf zu den Gangways schweifen, konnten aber kein Lebewesen entdecken.

»Also entweder sind wir hier falsch, oder wir werden irgendwo eine üble Überraschung erleben«, flüsterte Lorena. Sie spürte, wie ihr Herz raste, doch es gab kein Zurück. Nicht jetzt. Nicht, nachdem sie so weit gekommen waren.

»Komm«, raunte Raika.

Die Pistole im Anschlag, schoben sie sich den breiten Gang zwischen den beiden Zellenblöcken entlang. Ihre Blicke zuckten durch die Dunkelheit vor und zurück, ihre Sinne waren angespannt. Es war totenstill.

Halt!

Sie hatten das Ende des Gangs fast erreicht, als sie beide erstarrten. Das Geräusch war kaum hörbar, doch es waren unverkennbar Schritte, die von links auf sie zukamen. Die beiden Nachtmahre huschten bis zur letzten Zelle und pressten sich dort mit dem Rücken gegen das Gitter.

»Leise!«, sagte Lorena fast unhörbar.

Raika nickte. Sie steckte die Pistole in ihren Bund, während Lorena den Griff des Schwerts mit beiden Händen umklammerte. Nur nicht daran denken, dass sie damit vielleicht gleich einen Menschen töten musste.

Oh Gott!

Nein, keinen Menschen, einen Wanderer, einen Todfeind der Mahre.

Da tauchte der Mann auf. Sie konnten seine Silhouette in der Dunkelheit sehen. Ein großer, muskulöser Mann in Militärkleidung mit einer Waffe in den Händen und einer Art Maske vor dem Gesicht.

Lorena begriff. Ein Nachtsichtgerät. Der Vorteil, den ihre Nachtmahraugen ihnen geboten hatte, löste sich in Nichts auf. Und noch etwas begriff sie. Eine Überraschung war ihr Besuch ganz sicher nicht!

Lorena hob das Schwert. Noch hatte er sie nicht entdeckt. Da schoss Raika mit einem mächtigen Satz vor und umklammerte seinen Hals mit einer Kraft, die man ihr nicht zugetraut hätte. Es gelang ihm nicht, einen Laut auszustoßen, doch er wehrte sich und versuchte, den Griff zu lockern. Der Mann war größer als Raika, aber sie war offensichtlich stärker. Sie schlang ihre Beine um seinen Leib und riss ihn nach hinten, wo er noch eine Minute lang zuckte, ehe sein Körper erschlaffte.

Raika löste sich von ihm und fasste unter seine Schulter. »Los, hilf mir. Wir müssen ihn verstecken. Dort, in die erste Zelle rein.«

So leise wie möglich bugsierten sie den Mann in die Zelle und nahmen ihm das Nachtsichtgerät und die automatische Waffe ab.

Raika wollte gerade etwas sagen, als sie ein Raunen vernahmen. »Don? Ist alles in Ordnung?«

Sie waren offensichtlich nicht leise genug vorgegangen. Rasch huschten sie hinaus, um den zweiten Mann in Empfang zu nehmen.

Es gelang Raika, ihn genauso schnell außer Gefecht zu setzen und ihn mit Lorenas Hilfe ebenfalls in die Zelle zu schaffen. Sie deutete auf Lorenas Schwert und dann auf die Hälse der Männer.

»Muss das sein?«, keuchte Lorena. »Ich glaube, ich kann das nicht.«

Raika zuckte mit den Achseln. »Eigentlich nicht. Sie sind eh tot. Es waren nur normale Söldner, keine Wanderer. Dafür wäre es zu leicht gewesen. Ich dachte nur, falls du dich ein wenig warm machen willst, aber vielleicht ist es besser, wenn wir weitergehen. Ich denke, es gibt noch mehr von der Sorte.«

Da knackte es leise in der Brusttasche des einen Wächters, und ein rotes Licht blinkte unter dem Stoff.

Raika beugte sich über ihn und fischte das kleine Funkgerät heraus.

»An alle, ein Boot nähert sich von Westen. Geschätzte Ankunft in fünfzehn Minuten«, vernahm sie eine leise Stimme.

Die Frauen tauschten Blicke. Sie mussten sich beeilen. Raika steckte das Funkgerät ein, dann setzten sie ihren Weg in die Richtung fort, aus der die Männer gekommen waren. Sie bogen nach links ab und hielten dann auf den Zellenblock A zu. Sie hatten die Schmalseite der ersten Zellen gerade erreicht, als es in Raikas Tasche knackte. Und schon ertönte eine Stimme: »Don? Du bist zwei Minuten überfällig. Alles in Ordnung? Gib Meldung!«

Raika drückte sich an die Wand und lugte dann vorsichtig um die Ecke. Auch Lorena hatte die flüsternde Stimme nicht nur aus dem Gerät vernommen. Der Sprecher konnte nur noch wenige Meter von ihnen entfernt sein. Die Stimme brach ab.

»Don? Bist du das?«, erklang sie dann noch ein wenig näher. Er musste den Widerhall des Funkgeräts gehört haben.

Lorena drückte sich hinter Raika an die Wand. Gleich würde der Mann um die Ecke kommen. Sie konnte seine Schritte hören, die nun zögerlicher wurden. Er war misstrauisch geworden. Sie durften sich jetzt keinen Fehler erlauben!

Raika schoss nach vorn und umklammerte den Mann. Lorena folgte ihr, doch seine Waffe fiel mit einem Klirren zu Boden, ehe sie ihn erreichte. Sie registrierte, dass Raika ihn fest in ihrem Griff hatte, doch Lorena sah noch etwas anderes: einen zweiten Mann, der seine Waffe hochriss und auf Raika zielte. Sie spürte, dass er schießen würde, ganz gleich, wie groß das Risiko war, den eigenen Mann zu treffen.

Lorena dachte nicht mehr nach, und sie zögerte auch nicht. Sie riss das Schwert hoch. Mit einem einzigen Flügelschlag war sie über Raika und den Mann hinweggesprungen und ließ die Klinge mit solch einer Wucht herumschwingen, dass der Mann mitten in der Bewegung erstarrte. Er brach auf der Stelle zusammen, das Gewehr noch in den Händen, ohne dass sich ein einziger Schuss löste. Sein Kopf jedoch flog in einem Bogen davon und rollte noch ein Stück weiter, bis er am Ende einer Blutspur vor einer der Zellentüren liegen blieb. Lorena starrte ihn an, das Schwert noch immer fest umklammert.

Raika ließ den toten Wächter zu Boden sinken und trat an ihre Seite.

»Danke, das war nicht übel. Hätte ich dir gar nicht zugetraut.«

»Ich mir auch nicht«, antwortete Lorena tonlos. »Ich glaube, mir wird schlecht.«

»Heb dir das für später auf«, wehrte Raika ab. »Dafür haben wir jetzt keine Zeit. Komm!«

Sie packte Lorena am Arm und zog sie von den Toten

weg, doch das Bild des abgeschlagenen Kopfs blieb in Lorenas Gedächtnis eingebrannt.

Raika zog Lorena in eine Ecke und verharrte dann reglos. Sie ließ den Blick aufmerksam schweifen und lauschte. Nichts war zu hören.

»Ich glaube, das waren alle. Ich spüre keinen Menschen mehr«, raunte sie und sah Lorena an, die ebenfalls mit allen Sinnen in die Dunkelheit witterte.

»Sie ist hier«, hauchte sie.

»Lucy?«

»Ja, ganz in der Nähe.«

Lorena wollte los, doch Raika hielt sie fest. »Kannst du sonst noch jemanden spüren? Irgendeine Gefahr?«

Lorena konzentrierte sich noch einmal auf die Schwingungen um sie und schüttelte dann den Kopf. »Nein, ich spüre nichts.«

»Gut, ich auch nicht, dann lass es uns erledigen. Schnell und leise!«

Sie huschten an den Gitterzellen entlang, die alle leer waren.

Lorena blieb am Ende der Reihe am Fuß der Treppe stehen. Ihr Inneres zog sie nach oben. Sie deutete zu der Gangway über ihnen.

Raika nickte. »Ich warte hier«, flüsterte sie.

Lorena drückte ihr die Hand, dann stieg sie geräuschlos bis zur dritten Zellenreihe hinauf und folgte dem Gang, bis sie ihr Ziel erreichte. Reglos blieb sie stehen.

Obgleich sie erwartet hatte, Lucy hier zu finden, fuhr es ihr heiß und kalt durch den ganzen Körper, als sie plötzlich vor der Gittertür stand, keine zwei Meter von ihrer Schwester entfernt.

Lucy hatte sich wie Lorena zu ihrer Nachtmahrgestalt gewandelt. Hoch aufgerichtet stand sie in ihrer vollen Schönheit da und sah ihr aus ihren tiefblauen Augen entgegen. Sie war ein Stück kleiner als Lorena und ein wenig zierlicher, doch sie strahlte die Kraft aller Nachtmahre aus, und es war sicher nicht klug, sie zu unterschätzen.

»Hallo Lorena«, sagte sie, als hätten sie sich erst vor Kurzem voneinander verabschiedet und verabredet, sich hier wieder zu treffen. Es war keine Spur von Überraschung in ihrer Miene, aber auch keine Freude.

Lorena spürte, wie ihre Knie weich wurden. Sie straffte mit einer energischen Bewegung den Rücken. »Hallo Lucy«, entgegnete sie mit fester Stimme. Das Bild des kleinen Mädchens in ihrem Kopf löste sich auf und wurde durch das der Frau von achtzehn Jahren ersetzt.

»Du hast dir Zeit gelassen«, stellte ihre Schwester fest, und es klang Spott in ihrer Stimme.

»Ja, es tut mir leid«, entschuldigte sich Lorena, die sich fragte, woher Lucy hatte wissen können, dass sie kommen würden. »Wir mussten erst sicher sein, dass alles glattgeht.«

»Fünfzehn Jahre«, sagte Lucy leise.

»Es tut mir leid«, hauchte Lorena noch einmal, als sie den Dietrich ins Schloss schob und es entriegelte. Die Tür schwang auf. Lorena trat zurück. Lucy folgte ihr ohne Hast. Trotz der Dunkelheit sah Lorena, wie unglaublich schön sie war. Einfach nur perfekt, und sie ahnte, dass der Unterschied zu ihrer normalen Gestalt nicht so groß war wie bei ihr. Das alte Gefühl der Eifersucht regte sich tief in ihr. Sie unterdrückte es rasch, fing aber einen ironischen Blick ihrer Schwester auf, der den Verdacht in ihr aufkeimen ließ, Lucy könne in ihren tiefsten Geheimnissen lesen.

»Wie in alten Zeiten, liebe Schwester«, sagte sie, und Lorena fragte nicht, was sie meinte.

»Komm«, sagte sie stattdessen rau. »Wir müssen uns beeilen und die Insel verlassen, ehe jemand etwas merkt.«

Lucy folgte ihr, doch Lorena spürte ihre Verwunderung. »Wo sind die Wächter?«, fragte sie leise.

»Wir haben sie – erledigt«, gab Lorena mit einem Zögern zurück. »Es waren vier Männer, vermutlich Söldner, die für den Councillor arbeiten, keine Wanderer.«

»Vier?«, wiederholte Lucy. »So wenige?«

Lorena nickte. »Mehr konnten wir hier drin nicht aufspüren. Ich hätte auch mit mehr gerechnet. Vielleicht sind draußen noch welche. Einer ist jedenfalls auf dem Leuchtturm.« Sie erreichten die Treppe, an deren Fuß Raika auf sie wartete.

»Das ist also Lucy«, stellte sie fest. »Willkommen in der Freiheit. Ich bin Raika.«

Die beiden Nachtmahre nickten einander zu und setzten dann ihren Weg fort. Als sie an die Stelle kamen, wo die beiden toten Wächter lagen, blieb Lucy unvermittelt stehen und stieß einen erstickten Laut aus. Ihr Blick glitt über die toten Körper hinweg zu dem Kopf, der einige Meter entfernt lag. Langsam wandte sie sich um und starrte erst Raika und dann Lorena an, die das Schwert noch immer in den Händen hielt.

»Du hast ihm den Kopf abgeschlagen?«, fragte sie mit einem ungläubigen Keuchen.

Lorena nickte. »Er hatte eine Waffe. Ich musste schnell reagieren«, verteidigte sie sich.

»Er hätte mich sonst erschossen, während ich mit seinem Kumpel beschäftigt war«, ergänzte Raika. »Lorena hat schnell und präzise gehandelt. Ich hätte gar nicht gedacht, dass die Guardians der Lady ihr in den wenigen Wochen so viel beigebracht haben.«

Lucy blickte noch einmal auf den enthaupteten Körper herab und sah dann ihre Schwester an, doch statt Abscheu las Lorena Anerkennung und Bewunderung in ihrer Miene.

»Ich glaube, du hast dich auch verändert«, sagte sie nachdenklich. »Vielleicht lohnt es sich, wenn wir uns noch einmal neu kennenlernen.«

Das Funkgerät in Raikas Tasche knackte, dann ertönte die Stimme von vorhin wieder.

»Das Boot legt gleich an. Es sind nur zwei Personen darin. Ich wiederhole, zwei Personen!«

»Los, kommt, wir sollten uns beeilen, ehe die Wanderer des Councillors, die mit Sicherheit hier irgendwo sind, uns aufspüren«, drängte Raika und lief durch den Gang auf die Tür zu.

»Sobald wird draußen sind, fliegen wir über die Mauer und dann in einem Bogen nach Süden zum Anleger«, sagte Lorena. »Ich hoffe, wir erreichen das Boot, ehe es festmacht, dann sind wir weg, ohne dass sich die Männer in Gefahr begeben müssen.«

Lucy rannte neben Lorena her, die schon fast die Tür erreicht hatte.

»Guter Plan, wird aber nicht funktionieren. Ich kann nicht fliegen!«

Raika und Lorena kamen schlitternd zum Stehen und wandten sich gleichzeitig zu Lucy um.

»Was? Warum nicht? Ist etwas mit deinen Flügeln?«, wollte Raika wissen.

»Theoretisch kann ich schon fliegen. Im Moment aber nicht.« Lucy hob ihren Arm. »Das hat mir der Councillor als Geschenk vermacht. Wenn ich nur die Flügel ausbreite, schaltet mich das Ding mit einem Stromschlag aus.«

Lorena sagte gar nichts, doch sie spürte Entsetzen in sich aufsteigen. Sie konnte plötzlich die drohende Gefahr spüren, die sich von allen Seiten her näherte und sich wie ein Netz um sie zusammenzog.

»Dann müssen wir es zerstören«, rief Raika wild, die die Bedrohung vermutlich auch fühlen konnte.

»Geht nicht«, sagte Lucy. Unvermittelt trat sie auf die Tür zu und stieß sie mit einer heftigen Bewegung auf.

»Duke?« Etwas zögerlich trat Hunter auf den Councillor zu.

»Was gibt es?«, erkundigte sich Winston Campbell. Wie üblich konnte man weder aus seiner Tonlage noch aus seiner Körperhaltung auf seine Stimmung schließen.

»Sie hatten mit Ihrer Vermutung recht«, sagte Hunter. »Die Eclipse und der andere Nachtmahr befinden sich nicht in dem Boot. Sie sind geflogen. Vorn am Haupttor ist alles klar. Sie sind über den Hof in den Zellenblock eingedrungen.«

»Und?« Der Councillor hob die Brauen. »Das ist noch nicht alles, oder?«

Hunter holte einmal tief Luft. »Nein, ist es nicht. Don und die anderen Wächter im Haupthaus melden sich nicht mehr. Ich fürchte …« Er wagte nicht, den Satz zu beenden.

»Sie fürchten, die Eclipse und ihre Begleiterin haben die vier ausgeschaltet?«, führte der Councillor für ihn fort. Der Gedanke schien ihn nicht zu beunruhigen. »Ich wäre enttäuscht von ihr, wenn sie sich von vier Söldnern hätte einfangen lassen«, sagte er zu Hunters Überraschung. »Bedenken Sie, es waren nur einfache Männer. Lassen wir sie den

Moment der Hoffnung auskosten, so einfach entkommen zu sein. Das macht unseren Triumph nur noch köstlicher.«

Hunter nickte. Er wagte nicht zu widersprechen. Er hatte keinen Sinn für die Spielchen des Councillors. War nicht das einzig Wichtige, die Eclipse in die Finger zu bekommen und sie zu vernichten? Was tat es da zur Sache, in welcher Stimmung sie sich befand, wenn die Falle zuschnappte?

»Sie werden vermutlich dort wieder rauskommen, wo sie reingegangen sind. Ich will, dass sich meine Warrior im Hof bereithalten. Wenn das Boot vorher anlegt, dann sorgt dafür, dass keiner die Aktion stört.«

Hunter nickte und beeilte sich, die Anweisungen an die Wanderer weiterzugeben. Der Councillor wandte sich ab und nahm seinen Beobachtungsposten auf der Mauer des Gefängnishofs ein, wo er das Drama ungestört zu verfolgen gedachte. Er sah, wie seine Männer in Position gingen, und spürte, wie die Spannung stieg. Es war ihm, als könne er durch die Mauern hindurchsehen, wo die drei Mahre voller Hoffnung der Freiheit entgegenstrebten. Was für ein Irrtum!

Er ließ den Blick über seine Männer schweifen. Zwei von ihnen waren mit Pistolen bewaffnet, zwei hatten ihre Schwerter gezogen. Er selbst hatte das Schwert an der Seite und seine Armbrust griffbereit. Es gab für die drei Mahre kein Entrinnen!

Der Councillor spürte plötzlich, wie ein ungeahntes Gefühl in ihm aufstieg. So ein leichtes Schweben. Eine Mischung aus Freude und Triumph, endlich am Ziel zu sein. Das war der entscheidende Schlag gegen die Lady, der sie bis tief in ihre Seele treffen würde und sie vernichten konnte, wenn er es schlau genug anfing. Er malte sich ihr Entsetzen und ihren Schmerz aus, als ein Ruf ihn in die Gegenwart zurückriss.

Was war das? Er hörte unterdrücktes Stöhnen, dann einen Schrei. Etwas ging dort unten in der Dunkelheit vor sich, das nicht geplant war. Schüsse peitschten durch die Nacht, dann trafen die Klingen von Schwertern klirrend aufeinander. Der Councillor fluchte, riss sein Schwert aus der Scheide und sprang mit einem riesigen Satz von der Mauer in den Hof hinunter.

Was war hier los? Irgendetwas ging hier verdammt schief! Sein Blick durchdrang die nächtliche Dunkelheit. Zuerst konnte er nur flüchtige Schatten erkennen, die wie Greife herabstießen und sich dann wieder in die Luft erhoben. So schnell bewegten sich nur Nachtmahre.

Welche Nachtmahre? Das konnten nicht Lucy, die Eclipse und ihre Begleiterin sein. Es waren mehr. Und sie schienen verdammt gut zu sein!

Er sah, wie eine der Frauen einem Wanderer den Kopf abschlug und dann einer Salve von Geschossen auswich. Überall im Hof und auf der Treppe wurde plötzlich gekämpft. Der Councillor hob sein Schwert und stürzte auf eine der Mahre zu, die Hunter in Bedrängnis brachte. Er stieß zu und erwischte sie an der Seite, sodass sie einen Schmerzensschrei ausstieß, doch es gelang ihr, sich mit einem kräftigen Flügelschlag in die Luft zu erheben und seinem zweiten Stoß zu entgehen. Mit Mühe rettete sie sich auf die Mauer hinauf.

»Danke!«, stieß Hunter hervor und hob wieder sein Schwert, um seinem Herrn in die Schlacht zu folgen, die noch immer um sie herum tobte.

In dem Moment, als Lucy die Tür aufstieß, brach draußen im Hof die Hölle los. Für einen Augenblick dachte Lorena, sie habe genau das erwartet, doch dann zeichnete sich Verblüffung in ihrer Miene ab.

»Was geht da vor sich?«, fragte Lorena, die versuchte, die huschenden Schatten zu erkennen. Da waren Männer mit Waffen, die sich schneller und leichtfüßiger bewegten als die Söldner, die Lucy bewacht hatten, aber da waren auch noch andere Gestalten. Schlanke, hochgewachsene Frauen in eng anliegender Lederkleidung, die Schwerter schwangen.

Nachtmahre?

Was für Nachtmahre? Wer waren sie, und wo kamen sie her?

»Da sind Sienna und Maddison«, stieß Raika hervor und zeigte auf zwei Frauen, die gegen einen der Wanderer fochten.

»Wir müssen ihnen helfen«, rief Lorena.

»Nein!«, widersprach Raika. »Sie sind gekommen, um *uns* zu helfen! Du bist hier, um Lucy zu retten.«

»Aber wie kommen wir jetzt hier raus?« Lorena sah sich ratlos um. Es führte nur eine Tür aus dem Hof ins Freie, doch um dorthin zu gelangen, müssten sie zwischen den Kämpfern hindurch. Die andere Möglichkeit bestand darin, durch den ganzen Zellenblock zurück zum Haupteingang zu gehen, an dem sie sicher ebenfalls erwartet wurden. Nein, sie mussten etwas tun, mit dem der Councillor nicht rechnete.

Wieder knackte das Funkgerät.

»Duke, das Boot will anlanden, was soll ich machen? Soll ich schießen?«

Der Duke antwortete nicht. Er war mit zwei Mahren beschäftigt, die mit ihren Schwertern einen Tanz um ihn aufführten und ihn bedrängten.

»Duke? Ich schieße jetzt, wenn sie nicht beidrehen!«

Lorena entschlüpfte ein Schrei. Was sollten sie nur tun? Warum war ihr der Gedanke, Lucy könne vielleicht nicht fliegen, gar nicht gekommen?

Zu spät.

Nein!

Raika und sie konnten fliegen. Sie konnten die Mauer überwinden und Jason und Harrison retten. Aber sie durften Lucy nicht zurücklassen. Nicht jetzt. Nicht, nachdem sie sie gefunden und befreit hatten. Dann wäre die ganze Reise sinnlos gewesen.

Mit Verzweiflung starrte Lorena zu der Mauerkrone hinauf, als Raika einen Schrei ausstieß, ihre Pistole anlegte und auf einen Mann schoss, der die drei entdeckt hatte und über die breite Betontreppe auf sie zugerannt kam. Lorena sah seinen Körper zucken, als die Geschosse in seine Brust eindrangen. Blut spritzte, und er fiel zu Boden.

Sie mussten hier weg!

Ihre Flügel spannten sich. Sie spürte, wie der Wind die feine Haut blähte. Es war der Instinkt der Nachtmahre, zu überleben. Sie griff nach Lucys Hand und sah das Entsetzen in ihren Augen.

»Dann leb wohl, Schwester«, sagte sie bemüht lässig. »War ja ein kurzer Besuch.«

»Wir lassen dich nicht zurück«, schwor Lorena. »Raika, komm, wir müssen es wenigstens versuchen.«

Sie schob ihren Arm unter Lucys Achsel. Raika begriff sofort und sprang an ihre andere Seite.

»Nein, das wird nicht funktionieren«, schrie Lucy, deren Schwingen sich ebenfalls entfalteten. »Er wird mich umbringen!«

Lorena und Raika packten nur noch fester zu und stießen sich vom Boden ab. Es war schwerer, als Lorena vermutet hatte. Ihre Schwingen schienen sich durch eine zähe Masse quälen zu müssen, doch sie gewannen an Höhe. Die Mauerkrone kam immer näher.

»Nein!«, hörten sie da einen Schrei. Eine Stimme, die durch Mark und Beine ging, ließ sie erschaudern. »Du entkommst mir nicht!«

Lorena zweifelte nicht daran, dass es der Councillor war.

»Was will er schon tun?«, gab Raika verächtlich zurück.

Als Antwort begann Lucy vor Schmerz zu schreien und wild zu zucken. Ihre Schwingen klappten zusammen und hingen nur nutzlos herunter.

»Schnell, wir müssen über die Mauer rüber«, forderte Lorena und zog ihre Flügel mit aller Kraft durch.

»Duck dich!«, schrie Raika. »Er hat eine Armbrust.«

Sie machte eine hastige Bewegung, die sie alle drei fast zum Absturz gebracht hätte. Lorena schrie auf, doch sie sah auch den Pfeil, der haarscharf an Raika vorbeizischte und dann über die Mauer in der Nacht verschwand. Der Councillor legte erneut an und schoss. Die drei erreichten die Mauerkrone und ließen sich auf der anderen Seite herabfallen. Dennoch erreichte der zweite Pfeil sein Ziel. Sie spürten, wie Lucy in ihren Armen zusammensackte.

Das war besser, als ihr wildes Zucken, das sie aus der Balance brachte. Was die plötzliche Stille bedeuten konnte, darüber wollten sie im Augenblick lieber nicht nachdenken, und so konzentrierten sie sich darauf, ihre Last auf schnellstem Wege von der Insel wegzuschaffen.

Kapitel 16

BLUTZOLL

»Da oben wird gekämpft!«, schrie Jason entsetzt. »Wir müssen hinauf und ihnen helfen.« Er steuerte auf den Anleger zu.

»Sind Sie verrückt?«, rief Harrison. »Die haben uns längst entdeckt. Glauben Sie, die lassen uns einfach an Land gehen und dort hinaufspazieren?«

»Ich werde Lorena nicht im Stich lassen!«, widersprach Jason. »Sie haben eine Waffe. Sie können etwas tun!«

»Vergessen Sie es. Wir können den Frauen jetzt nicht mehr helfen. Es wäre Selbstmord. Drehen Sie ab!«

Jason ignorierte die Anweisung.

»Drehen Sie ab!«, befahl Harrison erneut und griff ihm ins Steuer, als Schüsse vom Land ins Wasser peitschten und in die hölzerne Bordwand schlugen.

Jason schrie auf und warf sich auf den Boden. Harrison duckte sich ebenfalls, während das Boot mit aufheulendem Motor eine steile Kurve beschrieb.

»Sie Narr«, gellte Harrison. »Ich habe Sie gewarnt. Was ist? Sind Sie verletzt?«

Jason richtete sich halb auf und starrte auf seinen Arm, wo Blut den Ärmel rot färbte. »Ja, aber ich denke, es ist nicht schlimm«, sagte er unsicher.

Harrison schob ihn zur Seite und übernahm das Steuer. »Ziehen Sie Ihre Jacke aus. Sie müssen die Wunde verbinden«, sagte er mit einem Seitenblick auf den verletzten Arm. »Es blutet stark.«

Jason nickte. Er quälte sich aus seiner Jacke und starrte auf den Blutfleck, der sich rasch vergrößerte und sein Hemd durchnässte.

Harrison fluchte. Er versicherte sich, dass sie außer Reichweite des Schützen waren, dann stellte er den Motor ab und wandte sich Jason zu, der aschfahl im Gesicht geworden war. Harrison zog ein Messer aus seinem Bund und schlitzte das bluttriefende Hemd auf. Mit sachlicher Miene inspizierte er die Verletzung. »Nicht tragisch«, sagte er dann. »Nur eine Fleischwunde. Der Knochen ist noch heil, aber irgendein Gefäß ist gerissen.«

Jason nickte schwach. »Es tut mir leid. Ich bin so nutzlos.«

Harrison schnitt eine Grimasse. Er zog Jacke und Hemd aus und riss dann den Ärmel des Hemds ab. Mit ruhigen Bewegungen knotete er ihn straff um die Wunde und wickelte anschließend den Rest seines Hemds um Jasons Arm.

»Ziehen Sie Ihre Jacke wieder an. Sonst kühlen Sie zu sehr aus.«

Er half Jason in die Jacke und zog dann die seine wieder an. Dann startete er den Motor, um das Boot zurück auf seine Position zu bringen.

»Und was machen wir jetzt?«, fragte Jason leise.

»Wir warten«, gab Harrison knapp zurück.

»Worauf?«

»Ob diese Aktion ein gutes oder ein böses Ende nehmen wird.«

Lucy hing schwer in ihren Armen, doch wenigstens zappelte sie nicht mehr.

Die beiden Mahre ließen sich rasch tiefer sinken. Der Kampfeslärm hinter ihnen wurde leiser, dafür hörten sie Gewehrsalven vom Anleger her.

Mach nichts Dummes, Jason, flehte Lorena im Stillen. *Versuch nicht, den Helden zu spielen!*

Sie hoffte auf Harrison. Er würde wissen, was zu tun war. Er kam ihr wie ein Mann vor, der schon öfter gefährliche Situationen gemeistert hatte.

»Das Boot dreht ab«, meldete Raika, als sie die Südspitze der Insel umrundeten und der Anleger wieder in Sicht kam.

»Sie fahren weg? Oh nein!«, stieß Lorena aus. »Wir schaffen es nicht, mit Lucy bis zum Festland zu fliegen.

Raika antwortete nicht. Das war auch nicht nötig. Sie beide spürten die Last, die sie nach unten zog und ihren immer schwerer werdenden Armen zu entgleiten drohte.

Da erstarb das Motorengeräusch. Die Frauen konnten nicht erkennen, was sich an Bord unten tat, sie waren noch zu weit weg, aber ihnen war klar, dass irgendetwas passiert war. Irgendetwas, das nicht zu ihrem Plan gehörte. Doch ganz gleich, was es war, sie mussten das Boot erreichen, wenn sie nicht riskieren wollten, alle drei abzustürzen. Langsam kamen sie näher. Die Strömung half ihnen und trieb das Boot auf sie zu.

Was machten die Männer dort unten? Lorena kniff die Augen zusammen. Sie sah Harrisons kräftige Gestalt, die sich über Jason beugte, der an der Reling kauerte. Was ging hier vor? Hatte Harrison Jason etwa angegriffen? Lag Raika mit ihrem Misstrauen Harrison gegenüber doch richtig?

Lorena verdoppelte ihre Anstrengung. Vielleicht galt es nun, nicht nur Lucy zu retten. Vielleicht brauchte auch Jason ihre Hilfe.

Da heulte der Motor wieder auf. Das Boot richtete sich in der Strömung aus.

»Halt!«, rief Lorena. »Nein, ihr dürft nicht wegfahren!« Ihr war klar, dass die Männer sie nicht hören konnten. Was hatten sie vor? Zurück zur Insel zu fahren? Das war Wahnsinn!

Jason, nein, bleibt hier, wir brauchen euch!, beschwor sie ihn in Gedanken, doch das Einzige, was sie als Antwort erhielt, war Schmerz.

Maddison und Sienna kämpften gemeinsam gegen einen der Wanderer. Sie schwangen ihre Schwerter, wirbelten herum, sprangen über den Gegner hinweg und versuchten, ihm in den Rücken zu fallen, doch er war unglaublich schnell und schien mit einem Dutzend Klingen zu kämpfen. Aus den Augenwinkeln sah Sienna, wie Olivia ihren Gegner niederstreckte. Irgendetwas hatte ihn für einen Moment abgelenkt. Das wurde sein Verhängnis. Vermutlich waren die Wanderer und die Nachtmahre einander im Kampf ebenbürtig. Sie waren alle brillant, was bedeutete, dass sie jede Chance zu nutzen verstanden und jeder Fehler tödlich war. Sienna sah, wie Olivias Klinge den Wanderer durchbohrte. Er wankte, sein Schwert fiel ihm aus den Händen, und er brach zusammen. Mit einem Ruck zog Olivia ihr Schwert zurück, holte aus und schlug ihm den Kopf ab.

»Sienna!«

Sie sprang zur Seite, doch das Schwert des Wanderers schlitzte ihr den Arm von der Schulter bis zum Ellbogen auf.

»Konzentration!«, hallte Maddisons Stimme in ihrem Kopf. »Wir dürfen uns im Kampf von nichts und niemandem ablenken lassen, sonst kostet uns das unser Leben.«

Verflucht!

Maddisons Klinge verhinderte, dass der Wanderer sein Werk vollendete. Sienna wechselte das Schwert in die linke Hand, doch ihr war klar, dass für sie der Kampf zu Ende war. Maddison streckte den Wanderer nieder und schoss dann in die Luft, um sich zwischen Grace und ihren Gegner zu werfen. Es war der Councillor höchstpersönlich, und die junge Guardian hatte keine Chance, auch nur ein paar Minuten gegen ihn zu bestehen.

Sienna verfluchte sich selbst. Das war der Moment, für den sie jahrelang trainiert hatte, und nun hatte sie es durch ihren eigenen Leichtsinn verdorben.

Plötzlich ertönten Schüsse. Oben auf der Mauer tauchte ein weiterer Mann mit einem Maschinengewehr auf, der eine Salve abschoss. War es ihm gleichgültig, wen er traf? Oder wollte er die Mahre nur verunsichern?

Sie sah Emily, von mehreren Geschossen getroffen, taumeln. Sienna rannte los. Sie sprang hoch in die Luft, doch Emily war zu weit weg. Der Wanderer hob sein Schwert und schlug erbarmungslos ein letztes Mal zu. Sienna rammte ihn zu Boden, doch es war zu spät. Emily war tot. Ihre Augen starrten in den wolkenverhangenen Himmel hinauf, doch sie konnten ihn nicht mehr sehen.

Da erscholl Olivias Stimme über den Hof. »Rückzug! Sie sind entkommen. Rückzug!«

Die Mahre erhoben sich in die Luft und flogen über die Mauer hinweg. Ein Kugelhagel folgte ihnen. Sienna spürte, wie ihre Schwingen zerfetzt wurden. Sie sackte nach unten, doch Maddison war an ihrer Seite und packte sie am Arm.

»Wir schaffen das! Konzentrier dich. Unser Auftrag ist erfüllt.«

»Aber der Councillor, er hat überlebt, nicht wahr?«, fragte Sienna, die spürte, wie ihr schwindelig wurde.

»Ja, er hat überlebt. Ich habe ihm mein Schwert in die Seite gestoßen, aber er wird es überstehen. Und er wird auf Rache sinnen. Doch bis dahin haben wir ein wenig Luft, um uns vorzubereiten.«

»Emily ist tot«, sagte Sienna und konnte das Schluchzen in ihrer Stimme nicht unterdrücken.

»Ja, sie ist tot, aber alle anderen werden sich wieder erholen. Die Mission ist erfolgreich verlaufen. Lorena, Jason und Lucy sind entkommen. Das ist das Einzige, was zählt.«

Sienna nickte stumm. Sie benötigte all ihre Kraft, um nicht ins Trudeln zu geraten. Schwer hing sie in Maddisons Armen, bis sie endlich auf Treasure Island landeten. Erschöpft schloss sie die Augen und sackte in sich zusammen. Sie spürte nicht mehr, wie die anderen sie umringten und ihre Wunden verbanden.

Jason starrte auf Harrisons breiten Rücken. Nebel schien seinen Geist zu trüben. Er schüttelte den Kopf, um klarer sehen zu können, doch der Schmerz ließ ihn aufstöhnen. Das Licht des Leuchtfeuers durchschnitt die Nacht und blendete ihn. Wohin fuhren sie? Was hatte Harrison vor? Jeder Versuch, sich dem Anleger zu nähern, war Wahnsinn, solange einer der Wanderer sie mit seinem MG im Anschlag erwartete, hatte er das nicht selbst gesagt? Konnte man vielleicht an einer anderen Stelle auf Alcatraz an Land? Würde das etwas nützen? Harrison war immerhin bewaffnet. Er könnte den Männern des Councillors entgegentreten!

Verzweiflung breitete sich in Jason aus. Er war so nutzlos,

und nun war er schon wieder verletzt und den anderen ein Klotz am Bein.

Ach Lorena, ich hätte auf dich hören sollen. Wir passen nicht zusammen. Du brauchst einen stärkeren Mann, der dich in deinem Kampf unterstützen kann, dachte er voller Verzweiflung, während Harrison Kurs auf die Insel nahm.

Jason, nein, bleibt hier, wir brauchen euch!

Jason stutzte. Der Schmerz verwirrte seinen Geist. Er konnte Lorenas Stimme hören. Es klang so echt, als wäre sie ganz in der Nähe. Aber das war nicht möglich. Oder doch?

Jason reckte sich. Sein Blick suchte den Nachthimmel ab. War da nicht etwas? Ein großer, unförmiger Schatten, der sich tief über dem Wasser bewegte. Was um alles in der Welt war das?

Jason, kehrt um! Helft uns!

Seine Augen konnten die Schemen nicht recht erfassen, doch in seinem Geist entstand ein Bild von drei Frauen, die einander festhielten.

Lorena, Raika und Lucy! Sie hatten sie gefunden und befreit.

Jason richtete sich mit einem Stöhnen auf. »Harrison, Stopp! Halten Sie an!«

Der Mann am Steuer wandte sich zu Jason um. »Was ist?«

»Dort sind sie … Sehen Sie nicht? Wenden Sie!«

Harrison drosselte den Motor und folgte Jasons Blick. »Tatsächlich, da sind sie, alle drei«, murmelte er, als habe er nicht damit gerechnet. Er fuhr den Motor wieder hoch und legte das Steuer herum. Nur wenige Augenblicke später landeten die drei Mahre an Bord und ließen sich erschöpft auf die Rückbank sinken, während Harrison, so schnell es die geringe Sicht zuließ, zur Horseshoe Bay zurückfuhr.

»Äh, Duke, ich denke, Sie sollten diese Wunde versorgen lassen.«

Winston Campbell starrte seinen Attendant mit wildem Blick an. Grant war unverletzt, doch drei seiner Wanderer waren tot. Sie lagen enthauptet im Gefängnishof von Alcatraz, und Hunter war schwer verletzt. Das wäre alles hinzunehmen, wenn der Plan aufgegangen wäre. Wenn er nun nicht nur Lucy, sondern auch ihre Schwester Lorena, die Eclipse, in seinen Händen hätte. Doch sie waren entkommen. Kein Zweifel. Im Moment gab es keinen, der sie noch aufhalten konnte.

Wo zum Teufel waren diese anderen Mahre plötzlich hergekommen? War das alles doch ein abgekartetes Spiel gewesen? Hatte die Eclipse sie alle getäuscht? Hatte sie gar nicht vorgehabt, ihre Schwester auf eigene Faust zu befreien, sondern nur versucht, ihn und seine Wanderer in Sicherheit zu wiegen und aus der Reserve zu locken?

Wenn ja, dann war ihr das gelungen, und sie war gerissener, als er es ihr zugetraut hatte. Vielleicht hatten nicht einmal ihre Begleiter davon gewusst.

Schlau, sehr schlau.

Der Councillor ballte die Hände zu Fäusten, warf den Kopf in den Nacken und stieß einen Schrei aus, der von den Wänden des Gefängnishofs widerhallte.

Grant räusperte sich. »Sie sollten das wirklich nähen lassen. Sie verlieren sehr viel Blut.«

Winston Campbell sah an sich herunter. Er stand in einer Blutlache, die sich stetig vergrößerte. Das Schwert des Nachtmahrs hatte ihm von der Achsel bis zur Hüfte die ganze Seite aufgeschnitten. Ein normaler Mensch wäre längst bewusstlos zusammengebrochen, wenn er bei diesem Blutverlust überhaupt überleben würde, doch der Councillor war aus anderem Holz geschnitzt. Solange sein Kopf auf den Schultern saß …

Sein Blick schweifte über seine toten Männer, welche die Schwerter der Nachtmahre sauber enthauptet hatten. Verfluchte Weiber! Wann würde er die Welt endlich von dieser Pest befreit haben?

Winston Campbell wandte sich seinem Attendant zu, der noch immer geduldig wartete. Der Zorn schwand aus der Miene des Dukes. Er hatte seine Fassung wiedergefunden und zeigte das ausdruckslose Gesicht, in dem keiner zu lesen verstand.

»Lassen Sie uns hineingehen, dort können Sie mich zusammenflicken. Und geben Sie mir mein Telefon. Ich muss ein paar Anrufe tätigen. Die Mahre mögen glauben, sie hätten einen Sieg errungen, doch es ist nur eine kurze Etappe. Ich habe überall meine Verbindungen. Sie werden nicht weit kommen. Zuallererst werden wir den Flughafen dichtmachen und dafür sorgen, dass keiner der Mahre in San Francisco ein Flugzeug besteigt.« Ein Hauch von einem Lächeln huschte über sein Gesicht. »Ich werde sie kriegen, das schwöre ich Ihnen, denn ich werde über jeden ihrer Schritte Bescheid wissen.«

Sie näherten sich bereits der Horseshoe Bay, wo ihr Wagen stand, als Lucy anfing, sich zu regen. Es begann in den Fingern, die unkontrolliert zuckten, dann wanderte der Krampf ihre Arme hinauf und erfasste auch ihre Beine. Lorena versuchte, sie festzuhalten, doch sie war stark und noch immer nicht bei sich. Endlich riss sie die Augen auf und stieß einen Schrei aus. Lorena griff nach ihren Händen und redete beschwörend auf sie ein.

»Sei ruhig, Lucy. Du bist in Sicherheit. Bitte, hör auf zu schreien. Wir nähern uns der Küste und wissen nicht, ob der Councillor hier auch irgendwo Männer hat, die für ihn arbeiten. Wir müssen leise und unauffällig bleiben, bis wir dich heim nach London gebracht haben.«

Doch Lucy schien sie nicht zu hören. Vermutlich nahm sie ihre Umgebung überhaupt nicht wahr. Sie konnte nur den Schmerz spüren, der sie quälte und ihren Körper noch immer wild zucken ließ.

Raika kniete sich neben Lorena. Dann holte sie blitzschnell aus und schlug Lucy hart ins Gesicht, dass ihr Hinterkopf gegen die Bordwand knallte.

»Raika, spinnst du?«, fuhr Lorena sie an, doch Raika ließ sich nicht aus der Ruhe bringen.

»Manchmal braucht es eben härtere Maßnahmen. Sorry, aber sieh, es funktioniert.«

Lorena sah wieder Lucy an, deren Blick nun klar schien. Sie starrte ihre Schwester an.

»Dann war das also keiner meiner Albträume«, sagte sie. »Du bist wirklich gekommen und hast mich da rausgeholt. Doch so einfach lässt sich der Councillor nicht besiegen.«

Wieder zuckte ihr Körper, und eine Schmerzwelle ließ sie ihr Gesicht verziehen, aber es schien nicht mehr ganz so schlimm.

»Was hat er mit dir gemacht?«, wollte Lorena wissen. »Was löst diese Schmerzen und das Zucken aus?«

»Er hat mich über dieses Armband in seiner Gewalt«, antwortete Lucy unwirsch und streckte ihren Arm aus. »Habe ich euch das nicht gesagt? Er kann mir jederzeit diese Schmerzen zufügen und verhindern, dass ich fliege. Vielleicht kann er mich mit diesen Stromstößen, oder was immer es ist, auch töten. So genau weiß ich es nicht, und ich bin nicht scharf darauf, es herauszufinden.«

»Jedenfalls hat es uns ganz schön Mühe gekostet, dich hier an Bord zu schaffen«, meinte Raika.

»Und mich hat es ganz schön Schmerzen gekostet«, konterte Lucy.

»Da war es wohl für uns alle ein Segen, dass du das Bewusstsein verloren und für eine Weile mit der Zappelei aufgehört hast«, gab Raika betont liebenswürdig zurück.

Lucy starrte sie finster an, doch dann begann sie unvermittelt zu lachen. »Du gefällst mir, Raika. Du hältst dich nicht mit Gefühlsduselei auf.«

Während sich Harrison darauf konzentrierte, das Boot zu dem kleinen Anleger zu manövrieren, rutschte Jason zu den Frauen hinüber.

»Wie geht es dir?«, erkundigte sich Lorena besorgt. »Du bist noch immer sehr blass. Du hast bestimmt viel Blut verloren, wieder einmal.«

Jason zog eine Grimasse. »Ja, einen Nachtmahr zur Freundin zu haben, ist was für Kerle, die auf Gefahr stehen und gern einmal einen Liter Blut abgezapft bekommen.«

»So lustig finde ich das gar nicht …« Lorena seufzte. »Wieder bist du nur knapp dem Tod entronnen.«

»Und du? Wart nicht auch ihr in Gefahr? Es hat sich zumindest gefährlich angehört, was wir mitbekommen haben.«

Lorena winkte ab. »Mit Lucys Wächtern sind wir gut klargekommen. Die Wanderer dagegen sind von gefährlicherem Kaliber, doch zum Glück haben das die anderen Mahre übernommen, die rechtzeitig aufgetaucht sind.«

Jason starrte sie fragend an, und so berichtete Lorena, was sie oben im Gefängnishof erlebt hatten.

»Und wie seid ihr mit den Wächtern drinnen fertig geworden?«, wollte Jason wissen.

Lorena spürte, wie ihr das Blut in die Wangen stieg. »Raika hat sich um sie gekümmert und sie unschädlich gemacht«, gab sie vage Auskunft, doch Jason sah sie immer noch forschend an.

»Stimmt, aber einem hast du mit dem Schwert den Kopf abgeschlagen, damit er mich nicht mit seinen Kugeln durchlöchert«, fügte Raika fröhlich hinzu.

Lorena schloss gequält die Augen, als sie Jasons entsetzten Gesichtsausdruck sah. »Ich hatte keine andere Wahl«, verteidigte sie sich.

Jason sagte nichts dazu. Er richtete den Blick auf Lucy, die ihm ein strahlendes Lächeln schenkte. »Du bist also Lorenas Schwester Lucy«, sagte er. »Wie schön, dich kennenzulernen.«

»Und wer bist du, schöner Mann? Du gefällst mir.«

»Ich heiße Jason, Jason Edison«, stellte er sich vor und reichte ihr die Hand. Sie ergriff sie und schüttelte sie in gespieltem Ernst.

»Und er ist mein Freund!«, fügte Lorena in scharfem Ton hinzu.

»Was willst du mir damit sagen, Schwesterherz?«, feixte Lucy. »Dein Spielplatz, deine Regeln?«

»Genau, und die erste heißt: Finger weg von meinem Freund!«

»Ich werde es mir merken«, antwortete Lucy, ihr verführerisches Lächeln sagte allerdings etwas anderes, doch dann richtete sie ihren Blick auf Harrison, der das Boot an den Steg gelenkt hatte und nun mit der Leine in der Hand auf den Anleger sprang, um es festzubinden.

»Und wer ist das?«, wollte Lucy wissen.

Lorena sah, dass sie zusammenzuckte, oder war das nur eine Nachwirkung der Attacke des Councillors?

»Das ist Harrison Gray, mein Aufpasser sozusagen«, erklärte Lorena und verzog das Gesicht. »Die Lady hat ihn mir auf den Hals geschickt, damit ich keine Dummheiten begehe.«

»Wie alleine nach Amerika zu fliegen und mich aus den Klauen des Councillors zu befreien?«

»Ja, so in der Art.«

Die beiden lächelten einander an, und zum ersten Mal hatte Lorena das Gefühl, sie könnten Freundinnen werden, einander eines Tages verzeihen und sich gegenseitig vertrauen.

Lucy sah wieder zu Harrison hinüber, der sich jetzt aufrichtete und ihren Blick erwiderte.

»Er ist einer von Myladys Männern? Bist du dir sicher? Also für mich wirkt er wie einer der Wanderer, und glaube mir, ich habe in den vergangenen Jahren einige von denen kennengelernt – näher, als ich es mir gewünscht hätte.«

»Ich traue ihm auch nicht über den Weg«, stimmte ihr Raika zu. »Ich behalte ihn im Auge und werde nicht zögern, ihn unschädlich zu machen, wenn er uns querkommt!«

Lucy lächelte Raika an. »Du bist eine ganz Toughe, nicht wahr?«

»Darauf kannst du Gift nehmen!«, gab Raika zurück und sprang von Bord. Lucy folgte ihr, während sich Lorena an Jasons rechter Seite einhakte und ihm half, sicher auf den Steg zu gelangen.

Sie versammelten sich unter den kahlen Bäumen in dem kleinen Park auf Treasure Island. Schweigend standen sie da und tauschten Blicke. Eine Gedenkminute für Emily, die ihr Leben hatte lassen müssen. Grace, Olivia und Sienna waren verletzt, Sienna am schwersten. Maddison zog ihren Rucksack unter einem Busch hervor und versuchte mit einem straffen Verband, die Blutungen zu stillen.

»Wir werden das nähen müssen«, sagte Olivia. »Und auch die Löcher, die die Geschosse in unsere Flügel gerissen haben, sonst reißen sie womöglich weiter auf.«

Maddison verknotete die elastische Binde und half Sienna in ihren Mantel. Dann schob sie den Arm wieder unter ihre Achsel.

»Ich denke, wir sollten uns ein Fahrzeug besorgen«, sagte sie.

Olivia nickte. »Ich habe bereits heute Nachmittag einen Wagen hier deponieren lassen. Sehen wir zu, dass wir in unser Versteck kommen und unsere Blessuren verarzten.«

»Und dann?«, fragte Sienna.

»Dann suchen wir Lorena und Lucy und sorgen dafür, dass sie das Land sicher verlassen können. Noch sind sie nicht in Sicherheit.«

»He, Sie hätten diese Ausfahrt zum Flughafen nehmen müssen«, rief Raika, doch Harrison fuhr geradeaus weiter.

»Passen Sie doch auf!«, beschwerte sie sich. »Jetzt zählt jede Minute. Wir müssen in der Luft sein, ehe uns der Councillor seine Schlägertruppen auf den Hals schicken kann.«

»Wir fahren nicht zum Flughafen«, gab Harrison knapp zurück.

»Ach nein? Und warum nicht?«

»Erstens, weil es den Councillor nur einen Anruf kostet, uns dort bei seinen Männern oder irgendwelchen Polizisten, die auf seiner Lohnliste stehen, anzumelden. Glauben Sie, er sieht einfach so zu, wie wir in ein Flugzeug nach London steigen?«

»Vielleicht sieht er gar nichts mehr«, vermutete Raika. »Die Mahre, die dort so unerwartet aufgetaucht sind, haben den Wanderern gut zugesetzt.«

»Mag sein, doch hoffen Sie nicht zu sehr, dass sie den Councillor erledigt haben. Er ist nicht umsonst so alt geworden! Und außerdem würden sie uns am Flughafen sowieso rausziehen … Oder glauben Sie, irgendein Sicherheitsbeamter würde Jason in diesem Zustand an Bord einer Maschine lassen? Nicht zu vergessen, dass Lucy sicher keinen Pass bei sich hat.«

Raika, die neben Harrison auf dem Beifahrersitz saß, wandte sich zu den beiden Schwestern um, die Jason auf dem Rücksitz in ihre Mitte genommen hatten. Trotz der dunklen Jacke sah Jason deutlich mitgenommen aus, der Ärmel war zerfetzt, seine Hose voller Blutflecken.

»Wir müssen ihn erst richtig zusammenflicken«, sagte Harrison, »und ihm frische Kleider besorgen, ehe wir uns überlegen, wie wir aus dem Land kommen.«

»Also zurück ins Hotel«, schlug Lorena vor. »Und parken Sie lieber am Hintereingang. Wir wollen kein Aufsehen erregen!«

Kapitel 17

DIE KARTEN WERDEN NEU GEMISCHT

»Duke? Wo sind Sie?«

Grants Stimme hallte durch die Gänge, doch der Councillor antwortete ihm nicht. Er saß nur still da, den Blick geradeaus gerichtet, und betrachtete das Bild, das sich ihm bot: die kärgliche Zelle, die Gittertür, die Wand mit den vergitterten Fenstern gegenüber. Er nahm alles in sich auf, was Lucy so viele Tage vor sich gehabt hatte, und er versuchte, die Gedanken, die ihr dabei gekommen waren, zu ergründen. Sie war ein Nachtmahr, ein verschlagenes, lügnerisches Wesen ohne Ehre, das war ihm von Anfang an bewusst gewesen. Ein Schwur zählte für sie nicht, doch er hatte geglaubt, ihren Wunsch nach Rache angestachelt und auf das richtige Ziel gelenkt zu haben. Er hatte sich eingebildet, er habe ihren Geist durchdrungen und in ihm allein den Drang gelesen, ihre Schwester für all die Schmerzen und die Schmach, die sie in ihrer jahrelangen Gefangenschaft hatte erdulden müssen, büßen zu lassen. Dennoch war sie nun weg. Trotz seiner Sicherheitsvorkehrung waren ihm beide Schwestern entwischt.

Winston Campbell starrte durch das Gitter. Waren ihr hier während der endlosen Stunden des Wartens Zweifel gekommen, wer ihr Feind und wer ihre Verbündeten waren? War die Bindung zu ihrer eigenen Spezies doch zu stark? Oder hatte sie versucht, den Plan umzusetzen, und war gegen die anderen Mahre nicht angekommen? Hatte er mit seiner Attacke, die am Ende ihr Bewusstsein ausgeschaltet hatte, gar zum Gelingen der Befreiung beigetragen? Vielleicht hätte sie die beiden zum Absturz gebracht, noch ehe es ihnen gelungen wäre, die Mauer zu überwinden.

Falls sie es überhaupt versucht hatte.

Der Councillor wusste es nicht. Und es war müßig, jetzt darüber zu spekulieren. Er war kein Mann, der sich lange mit einer Niederlage aufhielt. Er war es gewohnt, die Fäden in die Hand zu nehmen und sie unerbittlich zu verfolgen!

Schritte näherten sich, dann tauchte Grant vor der geschlossenen Gittertür auf.

»Ach, hier sind Sie. Ich habe Sie schon überall gesucht. Die anderen warten bereits auf dem Boot. Geht es Ihnen nicht gut, Duke?«, erkundigte sich Grant vorsichtig. Diesen Ausdruck von Besorgnis hatte er noch nie in der Miene seines Attendants gesehen, doch ihm war bewusst, dass dieser seinen Herrn auch noch nicht oft in solch einem Zustand angetroffen hatte. Zwar hatte Grant ihm die aufgeschlitzte Seite im alten Hospital des Gefängnisses genäht und die Wunde dann verbunden, doch er trug noch immer sein aufgeschlitztes Hemd und die Jacke, die völlig mit Blut durchtränkt waren.

Der Councillor erhob sich, trat an das Gitter und öffnete die Tür. »Grant, ich muss zugeben, es ging mir schon besser, doch kein Grund zur Besorgnis. Eine vorläufige Niederlage ist dazu da, zu lernen und sie in einen Sieg zu verwandeln.«

Der Attendant nickte. »Ja, Duke, deshalb suche ich Sie. Kommen Sie mit. Wir haben ein Signal aufgefangen.«

Ein Lächeln huschte über das Gesicht des Councillors. »Gut! Was schließen wir daraus, Grant?«

Der Attendant zuckte mit den Achseln. »Sie hat es vergessen, oder ihre Helfer sind technisch so unbegabt, dass sie es nicht abbekommen haben.«

»Oder sie spielt ihr eigenes perfides Spiel, Grant, auch damit sollten wir rechnen. Vielleicht ist sie eine Pokerspielerin, die die anderen gern ein wenig an der Nase herumführt. Die es versteht zu bluffen und dann am Schluss den ganzen Pott abräumt, um den Triumph in vollen Zügen genießen zu können.«

»Möglich«, räumte Grant ein, der vermutlich nicht so recht wusste, wovon der Duke sprach.

»Das Einzige, was noch zu klären wäre«, fuhr der Councillor fort, während er Grant durch den langen Gang zum Ausgang folgte, »ist, ob Lucy mit einem Partner zusammen agiert oder alle Mitspieler gegeneinander spielen.«

»Ja, Duke«, sagte Grant mit verwirrter Miene.

»Es wird jedenfalls spannender, als ich es mir vorgestellt habe.« Seine Miene wirkte entspannt, als er den Zellenbau verließ und Grant den Weg zum Anleger hinunterfolgte, wo die Überlebenden seiner Männer auf ihn warteten.

Sie erreichten ihre Hotelzimmer, ohne aufzufallen. Harrison schob seine Zimmerkarte in den Schlitz und ließ die Frauen und Jason eintreten, dann zog er frische Kleider aus seinem Koffer und verschwand im Bad.

Lorena stützte Jason, der schon wieder verdächtig blass aussah. Er ließ sich schwer in einen Sessel plumpsen.

»Ich sollte mir deine Wunde ansehen«, sagte Lorena sanft. Sie kniete sich vor ihn hin und blickte ihn prüfend an. Dann schüttelte sie mit einem Seufzer den Kopf.

»Ich glaube, jetzt brauche ich etwas zu trinken«, forderte Jason. »Etwas Starkes!«

Lorena schaute sich um. »Ich halte zwar nichts davon, Probleme mit Alkohol zu lösen, aber in diesem Fall ist das vielleicht ganz hilfreich.«

Raika öffnete die Bar. »Whisky?«

Jason nickte schwach. »Egal was, und habt ihr etwas gegen Schmerzen? Es tut verflucht weh.«

»Tolle Mischung. Alkohol und Schmerzmittel«, sagte Lorena sarkastisch, doch sie leerte den Inhalt ihrer Handtasche aufs Bett und reichte Jason einen Streifen Ibuprofen-Tabletten.

»Was Stärkeres habe ich nicht, aber das hilft wenigstens auch gegen Entzündungen.«

Jason spülte zwei der Tabletten mit Wasser herunter und kippte dann einen doppelten Whisky hinterher.

»Und nun lass mich die Verletzung sehen«, forderte Lorena und half ihm aus seiner Jacke.

»Warum? Hast du jetzt von der Börse zum Gesundheitswesen gewechselt?«, wehrte Jason ab.

»Nein, aber wir können das nicht einfach so lassen. Wir müssen die Wunde zumindest reinigen und desinfizieren. Außerdem müssen wir sicherstellen, dass keine Kugel mehr in deinem Arm steckt.«

»Lorena hat recht«, gab ihr Raika unerwartet Schützenhilfe. »Stell dich nicht so an, Jason. Mitgegangen, mitgehangen, also sei kein Waschlappen und jammere nicht.«

Jason ergab sich in sein Schicksal und ließ sich aus dem zerfetzten Hemd helfen. Vorsichtig wickelte sie den provisorischen Verband ab, den Harrison aus seinem Hemd gemacht hatte. Ein wenig ratlos starrte Lorena auf die Wunde. Sie blutete nur noch wenig, doch die zerfaserten Ränder sahen hässlich aus.

»Raika, was meinst du?«

»Oh ja, zieh die Expertin für Schussverletzungen zurate.« Sie zog eine Grimasse. »Hübsch, nicht wahr? Und was machen wir jetzt?«

»Herausfinden, ob noch etwas drinsteckt, was da nicht reingehört«, schlug Lorena vor, rührte sich aber nicht.

»Und wie stellen wir das an?«, wollte Raika wissen.

Lucy, die bis dahin stumm am Fenster gestanden und hinausgesehen hatte, wandte sich um. »Als Erstes würde ich nachsehen, ob es eine Austrittswunde gibt. Schaut ihr denn keine Krimis?«

»Ich glaube, wir müssen erst einmal das ganze Blut entfernen, um irgendetwas zu sehen.« Lorena erhob sich und ging zur Badezimmertür. Sie klopfte.

»Harrison? Sind Sie fertig? Ich brauche Wasser und ein Handtuch, um Jasons Wunde zu reinigen.

Die Tür wurde entriegelt, und Harrison trat in sauberen Kleidern heraus. Seine Miene wirkte gelöst, als habe er nichts Aufregendes in dieser Nacht erlebt.

»Vielleicht sollten Sie Jason gleich ins Bad schaffen«, schlug er vor. »Sonst müssen wir womöglich für die Reinigung des Teppichs aufkommen.«

»Das wäre wirklich schrecklich«, kommentierte Jason mit einer Grimasse, erhob sich schwankend und kam ins Bad, wo er sich auf einen Hocker sinken ließ. Lorena hielt eines der kleinen Handtücher unter den Wasserhahn und begann dann vorsichtig, das Blut zu entfernen. Sie sah, dass Jason vor Schmerz die Zähne aufeinanderbiss, doch was blieb ihr anderes übrig? Raika kniete sich neben ihn auf den Boden und begutachtete seinen Arm. »Schlechte Nachrichten, Jason«, sagte sie, als das meiste Blut abgewaschen war. »Ich kann keine Austrittswunde sehen. Ich denke, das Projektil steckt noch in deinem Arm.«

Jason stöhnte auf. »Großartig. Dann muss ich zu einem Arzt, der es mir herausoperiert. Am besten in ein Krankenhaus. Hier in Amerika kennen die sich mit Schusswunden sicher aus.«

Lorena sah ihn zweifelnd an. »Ich weiß nicht. Ich meine, nicht, dass ich den Ärzten hier nicht zutraue, eine Kugel zu entfernen, aber ich weiß nicht, ob wir dann nicht Ärger bekommen. Sicher muss man Schussverletzungen melden. Wie sollen wir das den Behörden erklären? Eine Schießerei auf Alcatraz zwischen Nachtmahren und Wanderern?«

»Wir sind hier nicht in Europa«, widersprach Jason.

Raika starrte ihn an. »Natürlich kannst du jetzt in kein Krankenhaus. Dann können wir den Councillor auch gleich anrufen und ihm sagen, wo wir sind.«

»Hast du einen anderen Vorschlag?«, erkundigte sich Jason schroff. »Wollt ihr die Kugel einfach drinlassen und sehen, was passiert? Dann erschießt mich lieber gleich. Das ist besser, als wenn ich langsam an einer Blutvergiftung sterbe.« Er und Raika starrten einander an.

»Natürlich müssen wir die Kugel entfernen!«, sagte Lorena. Sie wandte sich an Harrison. »Haben Sie mit so etwas Erfahrung?«

Abwehrend hob er die Hände. »Nein, leider verstehe ich mich nur aufs Schießen, nicht aber darauf, die Projektile wieder zu entfernen, ohne allzu großen Schaden anzurichten.«

»Mich brauchst du auch nicht zu fragen«, kam Raika ihr zuvor. »Ich wäre zwar bereit, so etwas zu versuchen, aber ich will hier keine falschen Hoffnungen wecken, dass ich mit so etwas Erfahrung hätte.«

»Na toll …« Jason seufzte und sackte noch ein wenig mehr in sich zusammen.

»Und dennoch müssen wir es tun«, sagte Lorena entschlossen. »Raika, wirst du mir dabei helfen?«

Raika riss die Augen auf. »Du erstaunst mich in letzter Zeit immer öfter. Ich glaube, ich habe dich verkannt und völlig falsch eingeschätzt.«

»Da sind wir schon zu zweit«, knurrte Lorena. »Doch ich weiß nicht, ob ich mich über diese neuen Seiten in mir freuen soll. Sie erschrecken mich, und ich frage mich, ob ich wirklich so sein will.«

»Manches Mal hat man keine andere Wahl«, sinnierte Raika. »Also, machen wir uns ans Werk?«

Lorena nickte. »Gut, dann brauchen wir ein steriles Messer mit einer dünnen, scharfen Schneide …«

»Und mehr Whisky«, mischte sich Jason mit schwacher Stimme ein.

Es wurde eine blutige und für Jason auch schmerzhafte Angelegenheit, doch Lorena war selbst über sich erstaunt, wie ruhig ihre Hand blieb und wie geschickt sie sich anstellte. Während Lorena mit dem Messer hantierte, hielt Raika Jasons Arm wie in einem Schraubstock und trocknete die Wunde, so gut es ging, damit Lorena etwas sehen konnte. Es dauerte nur wenige Augenblicke, da fiel das blutige Geschoss auf den Boden und hinterließ auf den weißen Fließen eine rote Spur.

»Das hätten wir«, sagte sie stolz. Ihr Blick glitt über Jason hinweg zur Tür, wo Lucy stand und ihnen zusah. Lorena gelang es nicht, in ihrer Miene zu lesen. Sie war zu einer Maske erstarrt.

Als Lucy den Blick ihrer Schwester spürte, wandte sie sich abrupt ab und ging hinaus.

Raika und Lorena desinfizierten die Wunde und verbanden sie. Dann half Lorena Jason in frische Kleider und führte ihn hinaus, wo er sich auf Harrisons Bett ausstreckte und erschöpft die Augen schloss.

Auch Lorena fühlte sich ausgelaugt. »Und was machen wir jetzt?«

»So schnell wie möglich von hier verschwinden«, schlug Raika vor. »In diesem Hotel sitzen wir ja geradezu auf dem Präsentierteller. Der Councillor hat bestimmt seine Erkundigungen eingezogen.«

»Also sollten wir die Stadt verlassen«, stimmte ihr Lorena müde zu.

»Dann fliegen wir doch einfach nach England«, schlug Lucy vor. »San Francisco hat ja schließlich nicht den einzigen Flughafen. Fahren wir woanders hin.«

»Wohin denn? Nach Los Angeles? Meinst du, das ist sicherer?«, gab Raika zurück.

»Ich denke, auf diese Idee kommt der Councillor ebenfalls«, wandte Harrison ein.

»Dann eben woanders hin. Irgendwie müssen wir das Land verlassen«, konterte Lucy.

»Das ist richtig, doch wir sollten uns ganz genau überlegen, wie. Es nützt uns nichts, wenn wir den Wanderern geradewegs in die Arme laufen«, beharrte Harrison.

»Ach, sollen wir lieber hier im Hotel warten, bis sie uns gefunden haben? Das ist natürlich viel praktischer«, rief Lucy erbost. »Ja nur keine Entscheidung treffen, was?«

»Entscheidung ja, aber überlegt und kein kopfloses Vorpreschen ins Verderben!«

Eine Diskussion entbrannte, die immer lauter wurde. Raika fiel Harrison ins Wort, der sie barsch unterbrach und ihr vorwarf, Unsinn zu reden. Hitzig mischte sich Lucy ein, schließlich drehe sich die ganze Mission um sie, da dürfe sie wohl entscheiden! Jason sagte nichts. Vielleicht war er eingeschlafen. Kein Wunder, die Mischung aus Alkohol und Schmerzmittel tat sicher ihre Wirkung.

Lorena beugte sich über die Landkarte, die die westlichen Staaten der USA zeigte, von Kalifornien hinauf nach Washington und dann, weiter im Osten, Idaho, Nevada, Utah und Arizona. Brütend kaute sie auf ihrer Unterlippe. Die Stimmen der anderen wurden zu einem Rauschen. Ihr Blick richtete sich auf San Francisco, wanderte die Küste hinunter nach Los Angeles und dann nach Norden hinauf bis Seattle. Sie versuchte, sich den Councillor vorzustellen. Was würde er von ihnen erwarten?

Dass sie das Vernünftigste tun würden: auf schnellstem Wege das Land verlassen und versuchen, sich unter den Schutz der Lady zu begeben. Er würde vermutlich die Flughäfen überwachen lassen, um sie dort abzufangen. Also durften sie genau das nicht versuchen. Lorena hob den Kopf und sah in die Runde der erhitzten Gemüter.

»Ruhe!«, rief sie energisch.

Die drei Streithähne verstummten und sahen sie an.

»Wir werden weder den Flughafen von San Francisco noch den von Seattle oder von Los Angelos nehmen. Wir werden uns vorläufig gar keinem Flughafen nähern, denn genau dort werden die Wanderer nach uns suchen. Wir nehmen einen Wagen und fahren nach Osten in die Berge.«

»Was?«, rief Raika, und auch Lucy schüttelte den Kopf. Harrison runzelte die Stirn.

»Was wollen Sie damit erreichen? Sich als Einsiedler die nächsten Jahre in der Sierra Nevada in einer Blockhütte verschanzen, bis der Councillor vergessen hat, dass es Sie gibt?«

»Nicht mit mir!«, rief Raika. »Ich würde vor Langeweile sterben.«

»Nein, auf keinen Fall«, stimmte ihr Lucy zu. »Meinst du, ich tausche ein Gefängnis gegen ein anderes, nur dass dort in den Bergen statt Gitter endlose öde Wälder mich vom Leben fernhalten?«

Lorena verdrehte die Augen. »Redet doch keinen Unsinn. Natürlich denke ich nicht daran, mich mit euch eine Ewigkeit in den Bergen zu verstecken, doch das ist im Moment der einzige Ort, an dem uns der Councillor sicher nicht vermutet. Wir könnten Jason ein paar Tage Ruhe gönnen und dann weiter bis Denver fahren oder meinetwegen auch nach Las Vegas.«

»Nicht nach Las Vegas!«, wandte Lucy ein. »Da hat der Councillor seinen Privatjet stehen. Und es wimmelt rund um sein Versteck am Hoover Dam bestimmt noch von seinen Leuten.«

»Dann Denver. Wir überqueren in aller Ruhe die Rocky Mountains, während er sich fragt, wo wir geblieben sind.«

Lorena sah in die Runde. »Was meint ihr? Mein Vorschlag wäre, sofort unsere Sachen zu packen und aufzubrechen.«

Jason hob mühsam den Kopf. »Es ist vier Uhr morgens! Müsst ihr alle denn niemals schlafen?«

Die Frauen sahen einander an und zuckten mit den Schultern. »Wir sind Mahre«, antwortete Raika für sie. »Die Nacht ist unser Element. Schlafen können wir, wenn es nichts Wichtigeres mehr zu tun gibt.«

Jasons Blick wanderte zu Harrison. Vielleicht erwartete er von ihm Unterstützung, doch ihr Begleiter wirkte mehr denn je wie ein gut trainierter Elitesoldat, der nicht an Müdigkeit dachte, solange sie nicht in Sicherheit waren.

Harrison erhob sich. »Gut, dann versuchen wir es. Ich werde zusehen, dass ich ein geeignetes Geländefahrzeug auftreibe. Wenn wir in die Berge fahren, bekommen wir es mit viel Schnee zu tun! Mit unserem Mietwagen würden wir im ersten Graben landen.«

Lorena nickte. »In Ordnung. Dann packen wir währenddessen alles zusammen, sodass wir gleich losfahren können, wenn Sie zurück sind. Und du«, fügte sie an Jason gewandt hinzu, »du schläfst am besten ein wenig, bis wir aufbrechen. Ich bringe dich in unser Zimmer hinüber, damit du deine Ruhe hast.«

Lorena half Jason auf und stützte ihn, als er zu taumeln begann.

»Kann ich noch einen Whisky haben?«, nuschelte er.

»Nein, du hast genug«, gab sie zurück und verzog das Gesicht, als sein Atem sie streifte.

»Schlaf einfach so lange, wie es geht«, riet sie ihm, deckte ihn zu und hauchte ihm noch einen Kuss auf die Wange, ehe sie zu den anderen zurückkehrte. Raika saß am Tisch über die Karte gebeugt. Harrison war bereits aufgebrochen.

»Was meinst du, Lorena, wie sollen wir fahren?«, fragte Raika. »Erst einmal nach Norden hinauf Richtung Sacramento oder nach Süden über San Jose, eine falsche Spur legen, falls wir verfolgt werden, oder direkt nach Osten über Dublin und Manteca? Wo sollen wir überhaupt hinfahren? Die Berge. Das ist ziemlich vage, nicht wahr? Wir müssen ja irgendwo unterkommen. Ich könnte mir vorstellen, dass, wenn du erst mal in der Sierra Nevada bist, zu dieser Jahreszeit kaum ein Motel offen hat.«

Lorena setzte sich neben sie und sah sich die verschiedenen Routen an. »Vielleicht ist es am besten, sich dort zu verstecken, wo man als Fremde unter anderen Fremden nicht zu sehr auffällt und wohin wir nicht erst einmal tagelang unterwegs sind.«

Raika ließ den Blick schweifen. »Was meinst du?«

Lorena tippte auf eine Stelle am westlichen Rand der Sierra Nevada, wo eine schmale Straße mitten in die Berge führte. Ein Symbol wies darauf hin, dass es hier in der Gegend etwas Sehenswertes gab. Raika beugte sich vor, um das Wort neben dem Symbol zu entziffern.

»Yosemite-Nationalpark«, las sie und starrte dann Lorena an. »Machen wir eine Sightseeingtour?«

Lorena schüttelte den Kopf. »Nein, aber überleg mal. In der Gegend sind bestimmt auch im Winter Reisende unterwegs, man bekommt Hütten auf den Campingplätzen, und ich denke, die Vermieter haben schon so viele Touristen gesehen, dass sie sich nicht für uns interessieren werden. Ich halte diesen Ort zwischen den Bergen für ein ideales Versteck.«

Raika sah von Lorena zur Karte hinunter. »Vielleicht hast du recht. Also los, packen wir unseren Kram, damit wir fertig sind, wenn Harrison auftaucht.«

Sie erhob sich, zögerte dann aber. »Du willst ihn mitnehmen, nicht wahr?«

Lorena sah sie überrascht an. »Du traust ihm noch immer nicht? Ich meine, wenn er auf der Seite des Councillors stünde, hätte er uns kaum geholfen, Lucy zu befreien.«

»So richtig überzeugend fand ich seinen Einsatz nicht,

aber vielleicht hast du recht. Ich bin eben misstrauisch und vorsichtig.«

»Du meinst, nicht so gutgläubig und naiv wie ich…« Lorena seufzte.

»Das habe ich nicht gesagt. Ich würde mich nur wohler fühlen, wenn er nicht mitkäme.«

»Und wie sollen wir das anstellen? Einfach abhauen? Außerdem musst du bedenken, dass wir von Jason im Moment keine Hilfe erwarten können. Er braucht ganz im Gegenteil besondere Rücksicht.«

»Und? Was willst du damit sagen? Dass wir deshalb die Hilfe wenigstens eines gesunden, starken Mannes bräuchten?«

Ihre Stimme troff geradezu vor Sarkasmus, sodass Lorena hilflos die Achseln hob.

»Ja, so ähnlich.«

Raika schüttelte den Kopf. »Du hast es immer noch nicht begriffen, nicht wahr? Wir Nachtmahre sind die Starken! Wir kämpfen für uns allein und sind sehr gut in der Lage, auf uns selbst aufzupassen. Wir brauchen keine Männer mit ihren lächerlichen Muskeln und ihrem selbstgefälligen Getue, die uns verteidigen.«

»Vielleicht hast du recht. Aber ist nicht jeder auf unserer Seite ein Gewinn? Egal ob Mann oder Mahr?« Lorenas Blick glitt von Raika durch das Zimmer. Sie runzelte die Stirn.

»Wo ist eigentlich Lucy? Ich habe gar nicht bemerkt, dass sie hinausgegangen ist.«

»Ich glaube, sie wollte sich hinlegen oder so. Ich habe ihr mein Zimmer gezeigt.«

»Sie wollte sich *hinlegen*? Bist du dir ganz sicher?«

Raika hob die Schultern. »So etwas hat sie gesagt, nachdem du mit Jason rausgegangen bist.«

Lorena erhob sich. »Und das kommt dir nicht seltsam vor?«

»Sollte es das?«

»Wir sind Nachtmahre! Bist du müde?«

»Nein, eher aufgekratzt. Kein Wunder, nach solch einer Nacht.«

»Eben. Und wie muss sich Lucy da erst fühlen? Die ersten Stunden in Freiheit nach ihrer langen Gefangenschaft!« Die beiden Frauen sahen einander an.

»Ach du Scheiße!«, stieß Raika hervor. »Wir können nur hoffen, dass deine Schwester dir ähnlich ist, sonst sehe ich schwarz.«

Die beiden eilten zur Tür und dann den Gang entlang zu Raikas Zimmer, doch es überraschte sie nicht, Lucy dort nicht zu finden.

»Scheiße«, wiederholte Raika. »Was machen wir jetzt?«

Lorena starrte sie ratlos an. »Ich verstehe das nicht. Was denkt sie sich dabei, ohne ein Wort einfach abzuhauen?«

Raika zog eine Grimasse. »Ich könnte mir vorstellen, dass es im Augenblick nicht ihr Verstand ist, der sie leitet. Da haben vielleicht ganz andere Instinkte die Führung übernommen.«

»Um was zu tun? Den Nachtportier zu verführen?«, fragte Lorena ungläubig.

Raika aber zuckte mit den Achseln. »Ihn oder irgendeinen anderen Mann. Könnte ich mir schon vorstellen.« Ein Geräusch aus dem Nachbarzimmer ließ sie herumfahren.

»Jason!«, rief Lorena und stürzte aus dem Zimmer. Raika folgte ihr. Lorena riss die Tür auf und blieb dann so unvermittelt stehen, dass Raika gegen sie stieß. Sie reckte sich und spähte über Lorenas Schulter. Was sie vor sich sah, entlockte ihr ein glucksendes Geräusch.

»Findest du das etwa lustig?«, fauchte Lorena, die sich nun, nachdem sie sich von ihrem ersten Schock erholt hatte, auf die blonde Gestalt stürzte, die splitternackt auf dem Bett kniete. Jason, der zwischen ihren Beinen lag, stöhnte eher gequält als lustvoll.

»Lass mich in Ruhe. Verschwinde!«, bat er schwach, doch Lucy schien seine Einwände nicht hören zu wollen.

»Du verfluchte Schlampe«, schrie Lorena außer sich vor Wut. Sie packte Lucys Haar und riss sie nach hinten. Lucy schrie auf und umklammerte Lorenas Handgelenk, doch sie konnte nicht verhindern, dass Lorena sie vom Bett riss. Mit einem dumpfen Schlag knallte sie auf den Boden.

»Steh auf und zieh dich an«, fuhr Lorena sie an.

Lucy rappelte sich auf und starrte ihre Schwester zornig an. »Du hast mir gar nichts zu befehlen. Meinst du, nur weil du mich da rausgeholt hast, kannst du mir sagen, was ich zu tun habe?«

»Du kannst machen, was du willst«, fauchte Lorena. »Hau ab, wenn du willst. Mach mit deinem Leben, was dir gefällt, aber vergreife dich nicht an meinem Mann, noch dazu, wenn er verletzt ist und sich nicht wehren kann. Er hat nein gesagt! Kennst du das Wort?«

Lucy machte eine wegwerfende Handbewegung. »Ich wollte mich nur für seine Mithilfe bedanken und ihn seine Schmerzen vergessen lassen.«

Jason stöhnte bei ihren Worten auf. »Ihr Nachtmahre seid verrückt, alle miteinander!«

Lorena ging nicht auf ihn ein. Sie packte Lucy am Arm

und schüttelte sie. »Pass auf, Schwesterherz, ich sage dir das nur noch einmal: Du wirst dich Jason niemals wieder in dieser Weise nähern, sonst wirst du in Zukunft auf unsere Unterstützung verzichten müssen. Es ist deine Entscheidung. Du kannst jetzt mit uns kommen und nach unseren Regeln spielen, dann haben wir gute Chancen, dem Councillor und seinen Wanderern zu entkommen. Oder du entscheidest dich für deinen eigenen Weg. Dann geh! Ich wünsche dir viel Glück dabei, aber für mich ist meine Schuld dann beglichen.«

Lucy starrte sie nur störrisch an, sagte aber nichts. Lorena wandte sich ab. Sie beugte sich über Jason.

»Alles in Ordnung, Liebling? Es tut mir so leid.«

Jason stöhnte. »Halte in Zukunft dieses Monster von mir fern!«

»Das werde ich!«, versprach Lorena mit einem finsteren Blick auf Lucy.

Diese wehrte ab. »Keine Sorge, der Appetit ist mir vergangen. Ich suche mir etwas Robusteres. Deinen Schoßhund kannst du behalten, verehrte Schwester.« Die beiden starrten einander hasserfüllt an.

»Und, hast du dich entschieden, wie es jetzt weitergeht?«, erkundigte sich Lorena kalt.

»Ich komme mit euch, vorläufig zumindest«, gab Lucy nicht minder abweisend zurück.

»Das werden lustige Tage in Yosemite«, sagte Raika in einem Ton, der ihre Erheiterung kaum verbarg.

»Ich kann darüber nicht lachen!«, zischte Lorena.

»Nun gut, dann zumindest interessante Tage«, korrigierte sich Raika.

Kapitel 18

YOSEMITE

Lucy und Lorena sprachen kein Wort miteinander, bis Harrison kurz vor sechs zurückkehrte. Sein Blick glitt von den gepackten Koffern und Taschen über die drei Frauen, die ihn schweigend ansahen. Die Spannung im Raum war fast greifbar.

»Ist etwas geschehen?«, erkundigte sich Harrison.

»Fragen Sie nicht«, wehrte Raika ab.

»Nichts, über das wir jetzt reden müssten«, fügte Lorena hinzu.

»Nichts, was unsere Pläne beeinflusst«, ergänzte Raika.

»Sie machen mich neugierig, aber gut, reden wir über die Dinge, die wichtig sind. Haben Sie sich über die Fahrtroute und das Etappenziel für heute geeinigt? Ich habe einen Wrangler Jeep gemietet. Damit sollten wir durchkommen.«

»Schön, dann können wir aufbrechen«, sagte Raika und sprang auf. »Lorena, holst du Jason? Wir verstauen schon einmal das Gepäck.«

Lorena schüttelte den Kopf. »Nein, ehe wir losfahren, sollten wir uns noch mit etwas meiner Meinung nach sehr Wichtigem beschäftigen.«

»Und das wäre?«, erkundigte sich Harrison.

»Der seltsame Armschmuck, den der Councillor Lucy angelegt hat«, antwortete Lorena und zeigte auf das breite, metallisch glänzende Armband. »Lucy, was weißt du darüber?«

Zögernd hob sie den Blick zu ihrer Schwester. »Dass der Councillor es mir bestimmt nicht geschenkt hat, um mir eine Freude zu machen. Er wollte mich damit kontrollieren und an einer Flucht hindern, was ja auch fast geklappt hat.« In Erinnerung an die Schmerzen, die die Stromstöße ihr zugefügt hatten, verzog sie das Gesicht.

Lorena nickte. »Wenn wir dich nicht gehalten hätten, wärst du abgestürzt. Doch mit unserer Hilfe hast du es geschafft, ihm zu entkommen.«

»Ja, vielen Dank … Wolltest du das hören?«

Lorena schüttelte den Kopf. »Nein, ich frage mich nur, warum das Armband seitdem schweigt und dir keine Probleme mehr bereitet.«

»Vielleicht ist der Councillor zu weit weg, um die Stromstöße auszulösen«, vermutete Harrison.

»Oder es nützt ihm im Augenblick nichts, Lucy einfach nur zu quälen, und er bedient sich daher einer anderen Funktion des Armbands.«

Raika runzelte die Stirn. »Du meinst, er hat ein Ortungsgerät eingebaut?«

»Wäre das nicht sinnvoll?«

»Nur, wenn er davon ausging, dass es ihr gelingen könnte, ihm zu entkommen. Ich denke jedoch, er ist viel zu arrogant, um mit so einer Möglichkeit zu rechnen.«

Lorena wiegte den Kopf. »Mag sein, und dennoch sollten wir kein Risiko eingehen. Das Armband darf diesen Raum nicht verlassen!«

Harrison ergriff Lucys Hand und beugte sich über ihr Handgelenk. »Ich weiß nicht. Wenn es wirklich ein Ortungsgerät ist, warum ist er dann nicht schon hier aufgetaucht?«

»Vielleicht haben ihn die anderen Nachtmahre beschäftigt,

oder er wurde verletzt oder ist sonst wie aufgehalten worden. Ist doch egal. Hauptsache, er ist nicht gekommen und bekommt nun keine Möglichkeit mehr, uns aufzuspüren.«

Harrison nickte. »Gut, dann entfernen wir es.«

Lucy zog ihre Hand mit einem Ruck zurück. »Moment, da habe ich auch ein Wort mitzureden. Sie kennen den Councillor offensichtlich nicht. Wenn Sie auch nur versuchen, das Armband zu knacken, wird es mich vermutlich umbringen.«

»Wie kommst du darauf?«, erkundigte sich Raika. »Weißt du Näheres darüber?«

»Ich hatte schon mal so ein Ding und habe versucht, es aufzumachen. Das ist mir nicht bekommen, das sage ich euch.«

»Dann hat dieses Teil hier sicher auch irgendeine elektronische Sicherung«, vermutete Harrison. Ohne ein weiteres Wort wandte er sich ab und verließ das Zimmer. Die Frauen sahen ihm fragend nach.

Sie mussten nicht lange warten, da kehrte Harrison mit einem riesigen Bolzenschneider zurück. »Geben Sie mir Ihren Arm, Lucy.«

»Nein!«, schrie sie. »Haben Sie eine Ahnung, wie weh das tut? Es ist, als verbrenne einem das Herz im Leibe. Als würde man in Stücke geschnitten und geröstet. Das brauche ich nicht noch einmal.«

»Aber solange du das am Arm hast, bist du nicht wirklich frei«, sagte Lorena sanft. »Er kann dir jederzeit wehtun, wenn er in deine Nähe kommt. Willst du das? Sollen wir nicht lieber ein einziges Mal einen kurzen Schmerz riskieren?«

»Du musst es ja nicht aushalten!«, empörte sich Lucy.

»Nein, aber du musst es, wenn überhaupt, nur noch einmal ganz kurz überstehen. Nicht wahr, Harrison, Sie bekommen das Band durch?«

Er besah sich das Armband noch einmal, dann nickte er. »Ich denke schon.«

»Das ist mir zu wenig«, protestierte Lucy.

»Ich verspreche es Ihnen«, korrigierte sich Harrison. »Vertrauen Sie mir!«

»Ungern«, sagte Lucy mit einem Seufzer, streckte aber ihren Arm aus.

»Setzen Sie sich, und legen sie den Arm auf den Tisch, und dann nicht mehr bewegen.«

Lucy gehorchte. Raika und Lorena stellten sich hinter sie, den Blick auf den so harmlos wirkenden Reif gerichtet. Harrison nahm den Bolzenschneider in beide Hände und platzierte die beiden scharfen Schneiden.

»Fertig?«

»Fertig«, antwortete Lucy leise.

Lorena sah, wie sich, seine Muskeln unter dem Hemd spannten, als er die beiden langen Griffe mit aller Kraft zusammendrückte. Für einen Augenblick passierte nichts, dann schrie Lucy auf. Lorena und Raika packten sie an den Schultern, als sie zu zucken begann, doch da brach der Reif auseinander und fiel klirrend auf die Tischplatte. Lucys Schrei verhallte, doch sie zuckte noch immer unkontrolliert und rollte mit den Augen. Der aufgebrochene Armreif gab ein zischendes Geräusch von sich und verstummte dann ebenfalls. Ein blauer Funke lief am Rand entlang und erlosch.

Lucy schlang ihre Arme um ihren Leib. Ihr Atem rasselte. »Entschuldigt mich«, sagte sie mit rauer Stimme, dann ging sie zum Bad und schlug die Tür hinter sich zu. Sie alle sahen, dass sie ein Bein nachzog.

Lorena schloss schaudernd die Augen. Sie konnte und wollte den Schmerz nicht nachfühlen, den der Councillor seiner Gefangenen mit diesem Foltergerät zugefügt hatte.

»Ich hole Jason«, sagte sie und ging hinaus.

Lucy stand im Bad und starrte in den Spiegel, der ihr Bild zurückwarf. Um ihr linkes Auge zuckte es noch, doch sonst schien sie ihren Körper wieder unter Kontrolle zu haben. Ihr Blick wanderte zu ihrem Handgelenk hinunter, wo sich die Haut bläulich verfärbt hatte. So schön sie war, die Gestalt im Spiegel wirkte kläglich.

Geschlagen und besiegt.

Vielleicht war es der Ausdruck in ihren Augen, der sie in diesem Moment so verletzlich aussehen ließ. Lucy schnitt sich selbst eine Grimasse. Sie war stark. Niemand würde sie besiegen. Hatte sie so viele Jahre durchgehalten, um sich jetzt unterkriegen zu lassen? Schmerzen waren dazu da, an ihnen zu wachsen. Widerstände machten sie stärker.

Lucy richtete sich auf und warf ihrem Spiegelbild einen verächtlichen Blick zu. Schwäche passte nicht zu einem Nachtmahr.

Schon besser. Der Zorn stand ihr gut zu Gesicht. Sie war schön. Sie war unwiderstehlich, und sie würde am Ende als Sieger dastehen. Den Weg dorthin würde sie auskosten. Das konnte ihr niemand nehmen.

Mit Wohlgefallen betrachtete sie ihre goldenen Locken, die zarten Brauen und Wimpern, die den Ausdruck ihrer Augen betonten, das ebenmäßige Gesicht mit der glatten Haut. Ihre Finger schlossen sich um den tropfenförmigen Anhänger um ihren Hals, der im Licht der Lampe über dem Waschtisch in allen Farben des Regenbogens schimmerte.

»Das Spiel ist noch nicht zu Ende. Es geht in die nächste Runde!«, flüsterte sie ihrem Spiegelbild zu. Dann wandte sie sich ab und verließ hocherhobenen Hauptes das Badezimmer.

»Brechen wir auf?«, erkundigte sie sich. Sie warf ein Tuch über den aufgebrochenen Ring und wickelte ihn darin ein.

»Was hast du damit vor?«, erkundigte sich Raika.

»Ich werfe ihn in den Müllcontainer hinter dem Haus. Mir scheint das der angemessene Platz für so etwas«, antwortete Lucy.

Der Councillor stand in seinem Appartement hoch über der Stadt und sah auf die leeren Straßen herab. Er trug ein weißes Hemd und einen dunklen Anzug, der ihm perfekt passte. Kinn und Wangen waren sauber rasiert, das Haar gekämmt. Niemand, der ihn so sehen könnte, käme auf die Idee, dass eine vierzig Zentimeter lange Wunde seine Seite verunstaltete, die mit groben Stichen zusammengenäht war, sodass nur noch wenig Blut in den Verbandsmull sickerte. Vielleicht spürte der Councillor Schmerz nicht so wie normale Menschen, vielleicht war seine innere Kraft so stark, dass es ihm gelang, unwichtige Dinge auszublenden. So stand er aufrecht da, sah aus dem Fenster und ließ seine Gedanken kreisen. Noch war der Tag nicht angebrochen, doch schon bald würden die Pendler, noch müde von einer zu kurzen Nacht, aus ihren Häusern und Wohnungen strömen, um sich in ihre Autos zu setzen und in die City zur Arbeit zu fahren. Sein Blick wanderte in die Ferne, wo, eingehüllt von Nebel, Alcatraz in der Bucht verborgen lag. Dann sah er auf das kleine schwarze Gerät in seiner Hand, dessen blinkende Lichter erloschen waren. Winston Campbell vernahm Schritte, die sich rasch näherten. Es klopfte, dann trat Grant ein.

»Verzeihen Sie, Duke, es ist mir unangenehm, Sie stören zu müssen …«

Der Councillor regte sich nicht. »Das macht nichts. Wie Sie sehen, bin ich wach.«

»Ja, ich sehe es mit Sorge. Wäre es nicht gut, wenn Sie wenigstens ein paar Stunden ruhen würden? Es war eine anstrengende Nacht, die …« Er suchte nach Worten.

»… die nicht in unserem Sinne verlief und ihren Blutzoll forderte?«, half der Councillor nach.

»So könnte man sagen, Duke.«

»Was lernen wir daraus?«, fragte Winston Campbell, als würden sie über tägliche Nichtigkeiten sprechen. »Man muss auch die Ereignisse, die einem unmöglich erscheinen, in seine Planung mit einbeziehen.«

Er richtete seinen Blick wieder auf die Bucht, doch Grant ignorierte die unausgesprochene Aufforderung. Er räusperte sich, wie immer, wenn er unangenehme Nachrichten brachte.

»Äh, Duke, es tut mir leid, aber ich muss Ihnen sagen, dass, nun ja …« Er zögerte, um sich zu sammeln, ehe er das aussprach, wozu er gekommen war. Vielleicht fürchtete er die Reaktion des Councillors. Vielleicht dachte er, nach dieser Nacht würden die Nerven blank liegen, doch der Attendant würde ihm nichts Neues berichten.

»… dass es ihr gelungen ist, den Ring zu zerstören«, beendete der Duke auch diesen Satz. Er hob das kleine schwarze Gerät hoch. »Kein Signal mehr. Es ist tot.«

Grant nickte betreten, so als sei es seine Schuld.

»Es muss sie viel Überwindung gekostet haben und wurde mit großem Schmerz bezahlt, doch wir können es nicht ändern. Meine Möglichkeit, sie auf diese Weise zu disziplinieren, habe ich verloren.« Er sprach leise und in beherrschtem Ton, als würde ihn diese Tatsache nicht sonderlich stören.

»Vielleicht hatte sie keine andere Wahl«, versuchte Grant, eine andere als die offensichtliche Erklärung zu finden.

»Man hat immer eine Wahl, auch wenn sie manches Mal schwerfällt«, widersprach der Councillor.

»Und was sollen wir jetzt tun?«

»Stellen Sie ein Team zusammen. Nicht zu groß und nur erstklassige Männer. Halten Sie sich bereit. Ich will erst wissen, was sie vorhaben, ehe wir zuschlagen und sie wieder einfangen.« Er kniff die Augen ein wenig zusammen und sah Grant mit grimmiger Miene an. »Ist das nicht auch die Art der Katzen, die ihre Jagd so spannend macht? Sie greifen sich die Beute und lassen sie wieder los. Sie geben ihr das Gefühl, noch einmal entkommen zu sein, nur um dann endgültig zuzuschlagen und ihren Triumph in vollen Zügen zu genießen.«

Grant nickte, wandte sich ab und ging zur Tür. »Ich denke nicht, dass eine Katze solche Gefühle empfindet. Sie handelt einfach nach ihrem Instinkt«, murmelte er, doch der Councillor hatte ein scharfes Gehör.

»Vielleicht handeln wir Wanderer ebenfalls nach unserem Instinkt«, sagte er nachdenklich. »Warum gibt es uns seit Jahrhunderten? Sind wir nicht die Raubtiere, die für Ordnung sorgen und die Fehlgriffe der Natur ausmerzen?«

»So wird es wohl sein, Duke«, gab ihm der Attendant recht, doch der Councillor hatte das Gefühl, eine Frage durch seinen Geist huschen zu sehen.

Wer sagt uns, was ein Missgriff der Natur ist? Wer gibt uns den Auftrag, diesen zu beseitigen? Ist die Natur nicht in ständigem Wandel und stark genug, sich selbst zu regulieren?

Grant schloss die Tür, und für einen Moment fragte sich der Councillor, ob er wirklich die Zweifel seines Attendants gelesen hatte.

Sie fuhren dem Sonnenaufgang entgegen. Zögerlich löste sich der Nebel auf, der wie so oft über der Bucht von San Francisco hing, und gab den Himmel frei, der vielleicht schon bald in winterlichem Blau über ihnen erstrahlen würde.

Die fünf Reisenden waren schweigsam an diesem Morgen. Jeder hing seinen Gedanken nach. Jason nickte immer wieder ein. Die drei Mahre dagegen waren wach und starrten jede auf ihrer Seite aus dem Fenster. Nur wenn sie sich einer Kreuzung näherten, gab Lorena, die die Karte auf den Knien hatte, Harrison Anweisungen, in welche Straße er einbiegen musste. So verstrich der Tag. Sie hielten einmal, um zu tanken und in dem Imbiss nebenan Burger und Pommes frites zu holen, dann fuhren sie stetig weiter nach Osten. Am Nachmittag wurde die Landschaft hügeliger. Schnee bedeckte die Felder und Weiden, auf denen Rinder mit trübem Blick eng beieinander standen. Dann tauchten in der Ferne die Berge der Sierra Nevada auf. Es dämmerte bereits, als sie den Eingang des Tals erreichten und am Straßenposten des Nationalparks anhielten, um den Eintritt zu bezahlen. Harrison reichte dem freundlichen Ranger einige Dollarnoten, der ihnen im Gegenzug eine Karte des Tals gab und ihnen den Weg nach Curry Village beschrieb.

»Sie können es nicht verfehlen. Dort finden Sie in den Blockhütten sicher eine Unterkunft. Die Zelte sind bei dieser Witterung nicht zu empfehlen.«

Harrison bedankte sich und fuhr weiter. Staunend sahen

die Frauen zu den immer höher aufragenden Granitfelsen auf, die das Tal zu beiden Seiten umgaben. Es war bereits dunkel, als sie den weitläufigen Parkplatz am Eingang der Zelt- und Blockhüttenstadt erreichten, in der sich im Sommer sicher Hunderte von Touristen tummelten. Jetzt sah alles still und verlassen aus. Nur in einem der größeren Blockhäuser mit der Aufschrift »Reception« brannte noch Licht. Harrison parkte den Wagen, stieg aus und kehrte kurze Zeit später mit drei Schlüsseln zurück.

Jason schreckte aus einem unruhigen Schlummer hoch. »Was ist? Warum halten wir? Sind wir endlich da?«

Lorena drückte seine Hand. »Ja, wir haben unser vorläufiges Ziel erreicht. Nun kannst du dich in einem richtigen Bett ausschlafen.« Sie half ihm aus dem Wagen, hängte sich ihre Tasche über die Schulter und führte ihn zu ihrer Blockhütte. Raika folgte mit dem restlichen Gepäck, ehe sie mit Lucy zusammen eine eigene Hütte bezog.

Lorena trat in die Blockhütte, schloss die Tür und blieb dann stehen, um Jason zu betrachten, der auf dem Bett saß, den Rücken gegen die Holzbalken gelehnt, die Augen geschlossen. Als er ihren Blick spürte, hob er die Lider und sah sie an, doch seine Augen waren trüb. Das Lächeln, an dem er sich versuchte, hob nur seine Mundwinkel.

Lorena ging zum Bett, setzte sich neben ihn und ergriff seine Hände. »Es geht dir nicht gut«, stellte sie fest. »Hast du große Schmerzen?«

Jason verzog das Gesicht. »Nicht der Rede wert. Die lange Fahrt hat mich nur etwas ermüdet. Morgen bin ich bestimmt wieder fit.«

Sie wusste, dass er log und selbst nicht daran glaubte,

doch es rührte sie, dass er versuchte, vor ihr den Tapferen zu spielen. Lorena betrachtete ihn prüfend. Seine Wangen waren gerötet und seine Hände trocken und heiß.

»Du hast Fieber«, stellte sie fest. Ich muss deine Wunde frisch verbinden und noch einmal desinfizieren.«

»Ja, es wäre nicht so gut, wenn ich mir hier in den Bergen eine Blutvergiftung holen würde.« Sie hörte seinen bemüht leichten Ton und spürte, dass er sich Sorgen machte.

»Wir sind hier nicht am Ende der Welt«, versuchte sie, seine Bedenken zu zerstreuen. »Wenn sich die Wunde entzündet, dann bringen wir dich zu einem Arzt.«

»Der dann den Councillor anruft? Aber nein, so eine Schuld könnte ich nicht auf mich laden.«

Lorena seufzte. »Du hältst mich für paranoid, nicht wahr?«

Jason schüttelte den Kopf. »Nein, aber ich denke, du hältst diesen Councillor für zu mächtig. Er ist nicht allwissend. Er hat keine Armee hinter sich, und ich bin mir sicher, dass weder der NSA noch der Secret Service auf seiner Gehaltsliste stehen.«

»Das vielleicht nicht, aber er hat unsere Schritte verdammt genau vorhergesehen, nicht wahr?«

»Er hat einen Köder ausgelegt, und du hast ihn geschluckt«, korrigierte Jason.

»Und was er Lucy über dieses Folterarmband angetan hat…« Sie schauderte. »Lucy hat mir einige Dinge über ihn erzählt, die einem die Haare zu Berge stehen lassen. Dir muss klar sein, dass er kein normaler Sterblicher ist. Er ist kein Mensch!«

»Du bist auch keine normale Sterbliche, und ich denke, es ist verständlich, dass Lucy in ihm einen allmächtigen Superbösewicht sieht. Er hat sie jahrelang gefangen gehalten, und ich möchte gar nicht wissen, was sie in dieser Zeit alles erdulden musste.«

»Wie auch immer«, wehrte Lorena ab. »Ich gehe jetzt vor in den Laden. Die haben einen kleinen Drugstore, in dem es sicher auch Verbandsmaterial und Schmerzmittel gibt. Versuch zu schlafen. Ich werde uns später etwas zu essen machen.«

Sie drückte Jason einen sanften Kuss auf die Lippen und ging dann hinaus. Sie stapfte durch das verschneite Gras. Mächtige Kiefern und Tannen ragten in der Dunkelheit über ihr auf, die mit den Mammutbäumen, die rund um das Tal zu finden waren, zu wetteifern schienen. Lorena ließ den Blick ins Unterholz schweifen, um nicht gerade einem Schwarzbären, die hier nachts vielleicht ihre Runden drehten, über den Weg zu laufen. Oder schliefen diese alle um diese Jahreszeit? Es knackte im Unterholz, dann brach ein Hirsch hervor, blieb stehen und beäugte sie ohne Furcht.

Lorena ging weiter auf das Licht zu, das durch die Bäume schimmerte. Vorn an der Straße erhob sich das Gebäude des Lebensmittelladens, der wie alle Gebäude hier einstöckig und in Bauweise einer Blockhütte aus dicken Stämmen errichtet worden war. Dennoch war das Geschäft erstaunlich weitläufig und bot ein Sortiment von typischen Urlaubsmitbringseln über saftig teure Lebensmittel bis zu allen Ausrüstungsgegenständen an, die man hier in der Wildnis beim Campen, Wandern oder Bergsteigen gebrauchen konnte. Warm flutete das Licht über den riesigen Parkplatz, auf dem sich im Sommer die Wagen der Touristen drängten. An diesem Winterabend standen nur drei Autos vor dem Geschäft. Im Moment waren außer ihnen vielleicht gerade einmal ein Dutzend Urlauber in der Gegend, die sich hier auf dem weitläufigen Gelände in den Blockhütten eingemietet hatten. Lorena hatte zwei Männer mit Gewehren gesehen, die zur Jagd gekommen waren, und ein Paar aus Deutschland, das auf Hochzeitsreise durch den Westen der USA tourte. Eine Familie mit zwei halbwüchsigen Kindern hatte sich in der etwas größeren Hütte unten am Bach eingemietet. Lorena konnte die beiden Geschwister zanken hören. Sie dachte an Lucy und lauschte ihren widersprüchlichen Gefühlen, während sie durch den Schnee auf das erleuchtete Gebäude zustapfte.

Kurze Zeit später machte sie sich mit einer Tüte voller Verbandsmull, Desinfektionsspray, Schmerztabletten und einigen Lebensmitteln auf den Rückweg. Sie hatte ihre Hütte schon fast erreicht, als Jasons Stimme sie innehalten ließ.

»Mir geht es nicht besonders gut. Es wäre mir lieber, wenn du jetzt gehst«, sagte er gequält.

»Du musst keine Angst vor mir haben. Ich tu dir nichts«, antwortete Lucy in diesem lasziven Ton, der Lorena die Hand zur Faust ballen ließ. Sie hastete zur Tür und stieß sie auf.

»Was ist hier los?«, rief sie und sah alarmiert von Lucy zu Jason. Lucy hatte sich in ihre Nachtmahrgestalt gewandelt, doch zumindest hatte sie diesmal noch ihre Kleider an.

»Nichts!«, riefen beide unisono, was Lorena nicht wirklich beruhigte.

»Du solltest jetzt gehen!«, forderte sie Lucy auf.

Diese erwiderte trotzig ihren Blick. »Das sind tolle Aussichten für die Zukunft unserer Familie, wenn du mich jedes Mal wegjagst, wenn ich mit einem von euch reden will.«

»So ist das nicht gemeint«, antwortete Lorena und spürte verärgert, dass Lucy sie schon wieder verunsicherte. Warum nur bekam sie in ihrer Gegenwart immer dieses schlechte

Gefühl, als habe sie etwas angestellt? Himmel noch mal, sie waren doch keine kleinen Kinder mehr! Warum konnten sie nicht normal miteinander umgehen? Lorena holte tief Luft und versuchte, ihre Stimme tief und sicher klingen zu lassen. »Lucy, natürlich kannst du jederzeit mit mir und Jason sprechen, aber du siehst doch sicher auch, dass es ihm nicht gut geht. Die Fahrt hat ihn angestrengt. Er hat Fieber. Ich will ihn nur noch frisch verbinden und ihm etwas zu essen richten, dann muss er schlafen und sich erholen.«

Lucy erhob sich und warf erst Jason und dann Lorena einen prüfenden Blick zu. »Ich habe schon verstanden«, sagte sie und ging mit einem aufreizenden Hüftschwung zur Tür. »Ich frage mich nur, warum ihr euch den Stress gemacht habt, mich aus Alcatraz rauszuholen, wenn du mich gleich am liebsten wieder los wärst. Woher kam plötzlich dein schlechtes Gewissen, wo dir das Arrangement doch jahrelang zugutekam?«

Lorena runzelte die Stirn. »Was meinst du? Welches Arrangement?«

»Stell dich nicht dümmer, als du bist. Ich nehme mal an, dass du trotz deiner altklugen Art noch zu jung warst, um dir so etwas auszudenken, doch es hat sicher deine Billigung gefunden. Wie praktisch, die Wanderer glauben zu machen, ich sei die wertvolle Eclipse. Es war dir sicher willkommen, mich für deine Sicherheit zu opfern. Einen schönen Plan hat sich eure Lady da für dich ausgedacht!«

»Was?« Lorena starrte sie an. »Glaubst du wirklich, ich hätte das gewollt oder auch nur davon gewusst? Keiner der Nachtmahre hat damals auch nur geahnt, dass sie dich entführen wollten. Am allerwenigsten die Lady, die jahrelang nach dir suchen ließ.«

Doch Lucy hörte ihr nicht zu. Sie drängte sich an Lorena vorbei und stürzte aus der Hütte. Draußen breitete sie ihre Flügel aus, schoss in den Himmel und war bereits einen Augenblick später in der nächtlichen Dunkelheit verschwunden. Lorena ließ den Blick zwischen den Baumwipfeln emporwandern, konnte sie aber nirgends entdecken. Mit einem Seufzer kehrte sie in die Hütte zurück und schloss die Tür. »Ich werde später mit ihr reden. Jetzt kümmere ich mich erst einmal um dich.«

Sie half Jason aus seinem Hemd und löste den Verband. Die Wunde sah nicht so schlimm aus, wie sie befürchtet hatte, dennoch sprühte sie noch einmal reichlich Desinfektionsspray auf, ehe sie den Arm wieder mit Verbandsmull umwickelte.

»Das ist nicht einfach«, murmelte Jason.

»Was?«

»Das mit deiner Schwester und dir. Ich frage mich, wie es weitergehen wird, wenn wir zurück in London sind. Wird sie bei dir wohnen?«

»Himmel nein«, rief Lorena aus, ehe sie darüber nachgedacht hatte, und fügte dann verlegen hinzu: »Ich glaube, zwei Nachtmahre können nicht zusammenleben. Das ist eine zu explosive Mischung.«

»Lucy und du, ihr seid eine zu explosive Mischung«, konkretisierte Jason.

Lorena ließ den Kopf hängen. »Ich weiß auch nicht, warum es selbst nach so vielen Jahren so schwierig ist. Ich dachte, inzwischen über der kindlichen Eifersucht zu stehen und sie als Schwester zu lieben, aber jedes Mal, wenn ich mit ihr zusammentreffe, ist wieder diese Aggression in mir.«

»Und die Eifersucht«, fügte Jason hinzu. »Du weißt, dass

ich nichts von Lucy will, egal, wie schön sie in ihren beiden Gestalten ist«, versicherte Jason. »Ich liebe nur dich!«

Lorena lächelte ihn an und küsste ihn auf die Wange. »Ich weiß, Jason, aber gegen die Magie eines Nachtmahrs kommst du mit deinem Willen nicht an. Wenn sie es ernsthaft versucht, dann wirst du ihr erliegen.«

»Aber du wirst dafür sorgen, dass sie keine Gelegenheit dazu bekommt«, vermutete Jason.

»Darauf kannst du Gift nehmen!«, stieß Lorena zwischen den Zähnen hervor.

Kapitel 19

VERFOLGER

Es klopfte an der Tür. Harrison wandte sich um und tat überrascht, obgleich er ihre Anwesenheit längst gespürt haben musste.

»Guten Abend«, sagte Raika mit ihrer rauchigen Stimme. »Darf ich reinkommen?«

Sie wartete seine Antwort nicht ab, trat ein und schloss die Tür hinter sich. Wie so oft in ihrer Gestalt als Nachtmahr war sie eher spärlich bekleidet. Die Kälte der Nacht konnte ihr nichts anhaben. Sie verlieh ihrer Haut lediglich einen gesunden rosigen Schimmer.

Harrison saß angezogen auf seinem Bett und sah sie an. Er forderte sie weder auf, näher zu kommen, noch schickte er sie weg. Er wartete einfach, was passieren würde.

Raika kam zu ihm aufs Bett und sah ihn eindringlich an, doch sein Blick blieb klar.

»Was willst du?«, erkundigte er sich.

»Die Nacht ist viel zu schön, um sie alleine zu verbringen«, schnurrte Raika.

»Ich dachte, du traust mir nicht?«, gab Harrison ungerührt zurück.

Raika schnalzte verärgert mit der Zunge. »Nein, tue ich nicht, aber was hat das eine mit dem anderen zu tun? Hier gibt es weit und breit nichts als Felsen, Bäume und Bären und vielleicht ein paar uralte, seit Tagen ungewaschene

Jäger.« Ihr Gesicht verzog sich in Abscheu. »Wie zum Teufel soll ich die Nacht verbringen? Mit den Wölfen den Mond anheulen?«

Harrison lächelte spöttisch. »Also ich würde zu den Bären raten. Das könnte ich mir interessant vorstellen.«

»Sehr witzig«, blaffte Raika. »Willst du mich loswerden? Ich dachte, wir könnten an die Stunden anknüpfen, die wir in London miteinander verbracht haben. Das war doch nicht schlecht, oder?«, lockte sie und näherte ihr Gesicht dem seinen.

»Es war nicht ganz schlecht«, gab Harrison zu und ergötzte sich sichtlich an ihrem Ärger. Trotz seiner Worte hob er den Kopf und erwiderte ihre Küsse.

»Dann eben doch nicht die Bären«, murmelte er, als sie begann, ihn von seinen Kleidern zu befreien. Sie biss ihn ins Ohr und in den Hals. Ihre langen Fingernägel ließen rote Spuren auf seinem Rücken zurück.

»Was bist du nur für eine Wildkatze«, sagte er und riss ihr dann fast brutal ihre wenigen Kleider vom Leib. Raika stöhnte vor Vergnügen und rekelte sich aufreizend auf der bunten Flickendecke.

»Ihr Mahre seid schon eine Strafe Gottes«, brummte er, doch es klang belustigt. »Du brauchst also mal wieder einen Mann, der es dir richtig besorgt? Ist es das, was du willst?«

Er griff in ihr Haar und bog ihr den Kopf nach hinten. Sie erwischte dafür seinen Arm und biss herzhaft zu. Einige Minuten lang kämpften sie miteinander, doch trotz seiner trainierten Muskeln und seiner nicht geringen Körperkraft gelang es ihm nicht, sie niederzuringen. Mit einem frustrierten Stöhnen ließ er sich in die Kissen fallen und überließ sich ihrem stürmischen Verlangen. Sie nahm sich, was sie wollte, doch auch er schrie vor Lust, als sie ihn zu immer neuen Höhepunkten jagte. Sie schwitzten und keuchten, doch keiner wollte aufgeben. Da war ein gefährliches Glitzern in seinen Augen, das sie anstachelte und doch auch ihre inneren Alarmglocken schrillen ließ.

Raika kannte sich in diesem Spiel gut aus, doch es beschlich sie zunehmend das Gefühl, in Harrison einen ebenbürtigen Gegner gefunden zu haben. Wie konnte das sein?

Er war kein normaler Mann. War er überhaupt ein Mensch?

Als sie befriedigt und verschwitzt neben ihm lag, war ihr Misstrauen keine Spur kleiner geworden. Es mochte ihm gelungen sein, Lorena einzuwickeln, doch Raika würde nicht auf ihn hereinfallen, wer immer er war und was er auch im Schilde führte.

Lucy landete auf der Terrasse vor der Blockhütte, aus deren kleinen Fenstern noch Licht drang. Sie war aufgewühlt, ihr Herz schlug schneller, und ihre Gedanken kamen nicht zur Ruhe. Vielleicht sollte sie sich von all dem ein wenig ablenken? Und wenn sie Jason schon nicht haben durfte, dann gab es ja noch den zweiten Retter, der eine durchaus beachtliche Figur hatte, die ein gewisses Durchhaltevermögen versprach. Vielleicht war es an der Zeit, dies zu testen.

Lucy schritt über die grob bearbeiteten Bohlen und öffnete leise die Tür. Reglos blieb sie stehen, den Blick auf das Bett gerichtet und auf das, was sich dort gerade abspielte.

Offensichtlich war ihr jemand zuvorgekommen! Lucy schwankte zwischen Ärger und Belustigung. Raika ging es wohl ebenso wie ihr. Was sollte man an diesem öden Ort sonst machen, zu dem ihre Schwester sie alle geschleppt hatte. Vielleicht hätten sie sich doch lieber in der Menschenmenge von Las Vegas verstecken sollen. Das wäre zumindest vergnüglich geworden.

Es war an der Zeit, sich zurückzuziehen, dennoch blieb sie reglos stehen und sah dem Liebesspiel zu, das eher ein Kampf war, doch Lucy vermochte nicht zu sagen, wer von den beiden die Oberhand gewann. Es war ein Spiel um die Macht oder noch mehr? Jedenfalls hielt er sich gut. Das musste sie sich merken. Allein der Anblick der beiden im Sexrausch Gefangenen ließ ihren Leib in Flammen stehen. Erinnerungen an eine Nacht stiegen in ihr auf, in der sie gekämpft und gelitten hatte, in Raserei getrieben und dann erlöst worden war. Sie sah das Gesicht des Councillors vor sich, das sich nicht mehr vertreiben lassen wollte. Es war, als würde er wie ein riesiger Schatten über ihr aufragen und sie beobachten. Er war da. Er ließ sie nicht aus den Augen, ja, er war in ihrem Geist und folgte jedem ihrer Gedanken. Es gab kein Entkommen.

Lucy bemerkte nicht, dass das Stöhnen verstummte und in der Hütte Stille einkehrte. Die beiden Körper lösten sich voneinander. Der schnelle Rhythmus ihres Atems wurde ruhiger und gleichmäßiger. Für einige Momente lagen sie einfach stumm nebeneinander, dann richtete sich Raika auf und stützte sich auf ihre Ellbogen.

»Hallo Lucy. Können wir etwas für dich tun? Es ist leider zu spät, um mitzuspielen … Oder schaffen wir noch eine Runde, Harrison?«

Er stöhnte als Antwort nur und zog sich ein Kissen über das Gesicht.

Raika feixte. »Nein, ich muss dich enttäuschen, im Augenblick ist da glaube ich nichts zu machen. Du musst ihm etwas Erholung gönnen, dann überlasse ich ihn dir. Ich bin nicht so besitzergreifend wie deine Schwester. Die versteht in diesem Punkt keinen Spaß.« Raika rollte mit den Augen. »Also, nur keine Skrupel.« Sie deutete mit einer einladenden Handbewegung auf Harrison, der nun grunzende Laute von sich gab. Offensichtlich war er eingeschlafen.

Lucy betrachtete den nackten Mann mit dem durchtrainierten Körper, auf dessen Haut der Schweiß zu trocknen begann.

»Ich dachte, du traust ihm nicht«, sagte sie.

Raika zuckte mit den Schultern. »Das eine hat mit dem anderen nichts zu tun. Ich denke, es gibt dem Ganzen sogar noch ein wenig mehr Würze, wenn man nicht so genau weiß, ob man mit dem Freund oder dem Feind Sex hat.«

Lucy nickte nachdenklich. »Ich weiß, was du meinst.«

Raika starrte sie überrascht an. »Ach, ehrlich? Du hast doch nicht etwa …« Sie sprach den Namen nicht aus, doch es war Lucy, als könnten sie beide seine Macht spüren.

Raika sah Lucy noch immer an. In ihrer Miene stand so etwas wie Bewunderung, aber auch Neugier. »Vielleicht solltest du uns davon erzählen. Es ist immer gut, die Vorlieben und die Schwächen seiner Gegner zu kennen.«

»Ich weiß nicht, wovon du sprichst«, behauptete Lucy, entfaltete ihre Schwingen und schoss in den nächtlichen Himmel davon.

Was für eine herrliche Nacht! Langsam beruhigte sich ihr Pulsschlag, und der Druck, der sich wie ein Korsett um ihren Körper gelegt hatte, schien sich aufzulösen, sodass sie wieder freier atmen konnte. Lucy schraubte sich immer höher in den Nachthimmel. Sie hatte das Gefühl, der Wind würde sie vom Mief der schwülstigen Luft befreien, der sich in der

Hütte um sie gelegt hatte. Der eisige Wind blies die Gedanken an umschlungene Körper aus ihrem Geist und befreite ihn von allem, was ihn beschwerte. Lucy jauchzte vor Vergnügen. Sie flog an einer Felswand vorbei, an der ein zu bizarren Eiszapfen erstarrter Wasserfall klebte, und schraubte sich dann hinauf bis zu den nackten Gipfeln. Auf einem riesigen Granitblock ließ sie sich niedersinken. Ihr Blick schweifte hinunter in das trogförmige Tal mit seinen verschneiten Tannen und stieg dann wieder die Felswände hinauf. Der Wind zerrte an ihrem langen Haar und strich über ihre Haut, sodass sich prickelnd die feinen Härchen aufrichteten.

War es das? War das Freiheit?

Ihre Hand umschloss den tropfenförmigen Anhänger an ihrer Kette, der warm in ihrer Hand pulsierte.

Wie lange? Wie lange würde sie sich dieser Freiheit erfreuen dürfen?

Lucy spürte, wie ihr Tränen in die Augen stiegen und ihr Herz sich unter Schmerzen zusammenzog. Es lag in ihrer Hand. Ganz allein bei ihr. Sie musste sich nur entscheiden.

Jason schlief. Lorena betrachtete ihn eine Weile, doch sie fand keine Ruhe. Sie konnte sich nicht einfach neben ihn legen, sich an ihn kuscheln und seinen Schlaf bewachen, wie es jede liebende Freundin vielleicht tun würde. Es zog sie mit aller Macht hinaus in die Nacht. In einigen Tagen war Neumond, und Lorena spürte, wie die Wirkung der Pillen nachließ, die ihr die Freiheit verschafften, sich zu wandeln, wann sie es wollte, und nicht der Macht des Nachtmahrs in sich unterworfen zu sein. Doch heute Nacht wollte sie sich wandeln. Sie wollte hinaus, ihre Schwingen ausbreiten und sich vom kalten Wind über die Baumwipfel tragen lassen.

Lorena hauchte ihm noch einen Kuss auf die Wange, doch Jason rührte sich nicht. Vorsichtig erhob sie sich, um ihn nicht zu wecken, und trat zur Tür. Sie zog sie geräuschlos auf und ging auf die Terrasse hinaus.

Als die kalte Nachtluft sie erfasste, gab es kein Halten mehr. Lorena riss sich ihren Pullover und das lange Shirt herunter und wandelte ihren Körper in die wunderschöne nächtliche Erscheinung, die sie in letzter Zeit so oft aus ihrem Leben verbannt hatte.

Wie viel Lust mir schon allein die Verwandlung schenkt, dachte Lorena, als sie die Schwingen ausbreitete. Sie schloss die Augen und spürte, wie der Wind über die dünnen Häute strich. Es war ihr, als könne sie jede Ader fühlen, die sich wie ein Netz von Spinnweben darin ausbreiteten. Dann spannte sie die Flügel an und erhob sich in die Luft.

Zuerst schwebte Lorena ziellos über den zwischen den Bäumen verstreuten Hütten. Sie zog eine Schleife über den Laden und den verwaisten Parkplatz und folgte dann dem von einem eiszeitlichen Gletscher geschliffenen Tal. Immer höher flog sie. Ihr Ziel war der Glacier Point, von dem aus man eine wundervolle Aussicht über den ganzen Park haben musste. Über ihr zogen die Wolken und rissen dann auf, um einen samtig schwarzen Sternenhimmel freizugeben, an dem der letzte Schimmer der Mondsichel hing.

Lorena sank auf eine Steinplatte herab, die halb von einem knorrigen Kiefernbusch überwuchert wurde, der im stürmischen Wind, der hier oben fast ständig wehte, fast waagerecht wuchs und sich kaum über die Felsblöcke erhob. Dort trat sie an die Kante vor, bis der Fels vor ihr tausend

Meter in die Tiefe stürzte. Unter ihr sah sie den schwachen Lichtschein von Curry Village mit seinen Hütten und das *Ahwahnee Hotel,* das mit seinen aus Kieselsteinen errichteten Wänden wie ein verwunschenes Schloss wirkte. Die riesigen Tannen und Kiefern waren von hier oben kaum beeindruckender als Grashalme. Ihr Blick wanderte die riesigen Granitfelsen auf der anderen Talseite hinauf zu den vereisten Yosemite Falls und dann weiter über die drei Brüder zum Wahrzeichen des Parks. El Capitan – mit den Ribbon Falls zu seiner Linken – ragte mit seinen senkrechten Granitwänden schimmernd hell über dem Tal auf. Ein tiefer Seufzer drang in ihr auf, als sie sich um die eigene Achse drehte und hinüber in die endlose Sierra Nevada blickte, wo so viele Gipfel miteinander wetteiferten, dass ihre Großartigkeit in der Vielzahl unterzugehen drohte. Dazwischen breitete sich ein Wunderland aus Granit aus. Ein Meer aufgepeitschter Wellen, die plötzlich zu Stein erstarrt schienen. Lorena konnte sich an den wundersamen Formen kaum sattsehen. Ihr Blick glitt nach Osten, wo der Half Dome in scharfer Silhouette aufragte. Der Name war gut gewählt. Der riesenhafte Granitberg glich tatsächlich einem in der Mitte abgeschnittenen Gugelhupf, dessen Schnittkante senkrecht zum Tal abfiel.

Lorena wollte sich gerade abwenden, als ein seltsames Gefühl sie zurückhielt. War da jemand auf dem Gipfel? Lorena kniff die Augen zusammen. Sie war verwirrt. Der Berg war zu weit weg, als dass sie eine menschliche Gestalt von hier aus hätte erkennen können, und dennoch war sie sich sicher. Ehe Lorena weiter darüber nachdenken konnte, breiteten sich ihre Schwingen aus. Sie ließ sich über die Kante fallen und segelte dann am Rand des Tals auf den Half Dome zu.

Noch ehe sie die zierliche Gestalt mit ihrem Blick erfassen konnte, wusste sie, dass Lucy dort oben stand. Lorena drehte eine Schleife und landete dann neben ihr. Lucy sagte nichts und sah sie auch nicht an. Sie starrte einfach über das Tal hinweg, als habe sie Lorena nicht bemerkt. Mit einer Hand umklammerte sie den goldschimmernden Anhänger um ihren Hals.

Die Stille hing schwer zwischen ihnen. Lorena suchte nach den richtigen Worten, sie zu brechen, doch sie fühlte sich verunsichert. Sie wollte Lucy nicht schon wieder vor den Kopf stoßen oder einen Streit vom Zaun brechen.

»Ist es nicht traumhaft hier?«, sagte sie schließlich.

Lucy reagierte nicht.

»In solchen Nächten liebe ich es, ein Nachtmahr zu sein«, fuhr Lorena fort. »Wenn ich durch eine solch majestätische Landschaft fliege, dann kann ich mir nicht vorstellen, nur ein normaler Mensch zu sein, der niemals diese Freiheit spüren kann. Dann fühle ich mich stark und unbesiegbar.«

Lucy schwieg noch immer, doch Lorena sah, wie ihre Schultern bebten.

»Wie herrlich muss es erst für dich sein, nachdem du so lange eingesperrt warst«, fügte sie leise hinzu. »Ich kann es nicht nachempfinden. Ich habe vermutlich nur eine vage Ahnung, wie das ist. Seit ich dich in dieser Zelle in Alcatraz gesehen habe, will mir das Bild nicht mehr aus dem Sinn. Willst du mir davon erzählen?«

Lorena dachte zuerst, Lucy würde ihr nicht antworten, doch dann begann sie, mit kaum hörbarer Stimme zu sprechen.

»Ich war nicht immer in Alcatraz. Dort habe ich nur zwei oder drei Wochen verbracht. Zuvor war ich in einer steinernen Zelle in einem Versteck tief in den Felsen, die den

Hoover Dam begrenzen. Es gab keinen Tag und keine Nacht. Ich hatte nichts als die Geräusche des Fernsehers, den meine Wächter vor der Tür aufgestellt hatten.«

Schaudernd schloss Lorena die Augen. »Wie lange haben sie dich dort eingesperrt?«

»Fünf Jahre«, antwortete Lucy scheinbar leichthin. »Seit ich begonnen hatte, mich zu wandeln.«

»Mein Gott, wie furchtbar. Was ist der Councillor für eine grausame Kreatur.«

Lucy sagte nichts dazu. Eine Weile sahen sie schweigend ins Tal hinab, ehe Lorena weiterfragte.

»Wie war es, nachdem du entführt wurdest? Du warst ein kleines Kind, aber ich vermute, du erinnerst dich daran.«

Lucy nickte. »Sie brachten mich nach Amerika. Zumindest weiß ich das heute. Damals staunte ich nur über den silbernen Jet, in dem ich mit dem Councillor fliegen durfte. Er übergab mich einer Frau, Linda, bei der ich von da an lebte. Ich weiß nicht, wo. Irgendwo in den Bergen in einem Tal, in dem es Pferde und Rinder gab und Felder am Bach. Wir lebten in einem Blockhaus, und Linda brachte mir alles bei, was man wissen muss und was man zum Überleben braucht.«

»Du bist nicht zur Schule gegangen?«

Lucy schüttelte den Kopf. »Nein, ich war immer mit ihr allein, aber ich habe viel gelernt. Die Männer des Councillors bewachten uns, doch sie hielten Abstand. Ich bekam sie nur selten zu Gesicht. Gesprochen haben sie nie mit mir, doch nachdem ich mich das erste Mal gewandelt hatte, kam der Councillor wieder. Zuerst passierte nicht viel, doch dann wurde ich in den Nächten immer wilder. Nach ein paar Monaten hat er mich dann weggebracht, in das Gefängnis am

Hoover Dam. Das war hart. Ich verlor zum zweiten Mal meine Familie. So kam es mir zumindest vor.«

Lorena schwieg. Sie wusste nicht, was sie darauf sagen sollte. Es gab keine Worte, die diesem Leidensweg angemessen schienen.

Das Leiden, das eigentlich ihr zugedacht gewesen war und in das Lucy nur zufällig hineingeraten war.

Weil der Councillor oder seine Männer nachlässig recherchiert hatten. Weil sie vorschnell gehandelt hatten.

Wirklich?

Oder war an Lucys Vorwurf vielleicht doch etwas dran? Dass die Mahre davon gewusst und diesen Fehler billigend in Kauf genommen hatten. Dass die Lady Lucy absichtlich geopfert haben könnte, daran wollte Lorena nicht glauben. Sie waren die Guten und der Councillor mit seinen Wanderern die Bösen, denen sie sich mit allen Mitteln erwehren mussten. Davon musste sie überzeugt sein. Wie hätte sie sonst einen der Männer töten können?

Lorena sah zu Lucy hinüber, die wieder mit dem Anhänger um ihren Hals spielte.

»Was ist das für eine Kette? Die hast du nicht von unseren Eltern. Zumindest kann ich mich nicht daran erinnern, sie schon einmal gesehen zu haben.«

»Sie ist von Linda«, sagte Lucy widerstrebend. »Sie hat sie mir nach meiner ersten Wandlung geschenkt. Seitdem habe ich sie niemals abgelegt. Siehst du die Goldflitter? Es ist ein magischer Stein aus den Bergen hinter unserem Haus. Sie sagte immer, die Gnome würden dort nach Edelsteinen schürfen, nachts, wenn alle Menschen schlafen. Ich habe mich oft heimlich weggeschlichen, um sie zu suchen, doch ich habe natürlich nie etwas gefunden.«

Zögernd streckte Lorena die Hand aus. »Darf ich?«

Lucy beugte sich ein wenig vor, sodass der tropfenförmige Stein im Sternenlicht aufblitzte.

Lorena schloss ihre Finger um den Anhänger. Er war glatt und fühlte sich angenehm an. Er war viel wärmer, als sie es erwartet hatte, und schien unter ihren Fingern zu pulsieren.

»Es ist, als sei er lebendig«, sagte Lucy, die ihre Gedanken zu erraten schien. »Ein magischer Stein, wie Linda gesagt hat.«

Lorena nickte und ließ den Anhänger wieder los. »Bewahre ihn gut«, sagte sie. »Unsere Erinnerungen sind ein Teil unseres Lebens. Sie sind es, die uns prägen und unser Wesen ausmachen. Die Guten, aber auch die Bösen.«

»Ja, so könnte man sagen«, stimmte Lucy ihr zu, doch ihre Stimme klang bitter.

»Duke, wir empfangen das Signal klar und deutlich.«

Der Councillor erhob sich, das Handy fest ans Ohr gedrückt, und trat ans Fenster. Es war bereits dunkel, und seine Männer waren seit dem späten Vormittag unterwegs.

»Grant, wo seid ihr jetzt?«

»Wir fahren auf dem Highway 120. Sie sind ungefähr dreißig Meilen östlich von uns. Vielleicht wollen sie nach Vegas. Kann mir zwar nicht vorstellen, warum, aber wenn sie die Flughäfen an der Küste meiden, wäre das eine Möglichkeit.«

»Gut, bleibt dran, haltet euch aber zurück. Ich will wissen, was sie vorhaben. Wir lassen sie noch ein wenig an der langen Leine laufen. Behaltet sie im Auge, aber lasst euch nicht sehen, oder tut sonst irgendetwas, das sie aufscheuchen könnte. Ich komme, sobald ich das Nachtmahrproblem hier in San Francisco beseitigt habe. Wir haben nur eine vernichtet, was bedeutet, dass hier immer noch fünf von ihnen herumlaufen. Ich will nicht, dass sich dieses Unkraut auch noch in Amerika festsetzt.«

»In Ordnung, Duke. Wir fahren weiter, bis wir in der Nähe sind, und folgen ihnen dann unauffällig«, wiederholte Grant die Anweisung.

Strahlend glitt die Sonne über den tiefblauen Himmel und ließ die Schneekappen auf den umliegenden Bergen erstrahlen. Jason packte sich in einen warmen Pullover und zog einen der dicken Anoraks über, die Lorena zu einem sündhaften Preis im Laden erstanden hatte. Raika, Lucy und selbst Harrison schienen trotz der Minusgrade nicht zu frieren, und auch Lorena zog den zweiten Anorak eher aus Solidarität zu Jason an. Hand in Hand stapften sie durch den harschen Schnee und beobachteten zwei Rehe, die zwischen den Bäumen nach Grasresten scharrten. Ausgekühlt kehrten sie in die Hütte zurück. Lorena briet Speck und Eier in der Pfanne, während Jason hinüber zu den anderen ging und sie zum Frühstück einlud.

Gemeinsam saßen sie um den Tisch, tranken Kaffee und aßen Brot und Eier. Raika war sichtlich gut gelaunt, während Lucy eher abwesend wirkte. Sie aß fast nichts und spielte wieder mit dem Anhänger um ihren Hals.

»Iss!«, forderte Harrison sie auf. »Man weiß nie, wann man wieder etwas bekommt.«

Lucy antwortete ihm nicht, doch sie griff nach ihrer Gabel und leerte ihren Teller.

»Was machen wir heute?«, wollte Harrison wissen. »Fahren wir weiter? Ich habe mich erkundigt. Wenn wir den direkten Weg, den Highway 120 über die Sierra Nevada, nehmen wollen, brauchen wir Schneeketten. Ansonsten müssen wir weiter nach Norden auf die 108. Die scheint geräumt zu sein. Oder wir umrunden das Gebirge im Süden, wenn wir nach Las Vegas fahren.«

Lorena schüttelte den Kopf. »Nein, ich will nicht direkt in die Höhle des Löwen. Wir fahren weiter bis Denver.«

»Wenn wir die gesamten Rocky Mountains überqueren wollen, kommen wir um Schneeketten nicht herum.«

Raika spießte sich noch ein Stück Speck auf. »Lass mich raten: Und die haben wir natürlich nicht dabei.«

Harrison schüttelte den Kopf. »Nein, so etwas rücken die Autovermieter nicht gern raus, und ich vermute, auf solchen Straßen besteht auch kein Versicherungsschutz.«

Raika wischte den Einwand mit einer Handbewegung beiseite und nahm sich noch ein Stück Speck. »Wenn Lorena es sich in den Kopf gesetzt hat, über die Berge zu fahren, dann musst du halt Schneeketten besorgen, ist doch ganz einfach.«

Harrison verzog das Gesicht. »Ob das so einfach wird, werden wir sehen, aber wenn ihr das alle wollt, dann mache ich mich nachher auf und klappere die Tankstellen und Werkstätten außerhalb des Parks ab. Mal sehen, ob es irgendwo Ketten für unseren Jeep gibt.«

Lorena nickte. »Gut, dann gönnen wir Jason heute noch Ruhe und fahren morgen weiter.«

Kapitel 20

ÜBER DIE SIERRA NEVADA

Es war schon spät. Lorena kuschelte sich an Jasons Seite, doch sie fand keine Ruhe, dabei müsste sie längst müde genug sein, um eine Nacht und einen Tag lang durchzuschlafen. Dennoch waren ihr Geist und ihr Körper noch immer in Alarmbereitschaft und vertrieben den Schlaf, nach dem sie sich sehnte. Sie lauschte Jasons gleichmäßigen Atemzügen und spürte die Wärme seines Körpers an ihrer Wange. Sie fragte sich, ob er wieder Fieber hatte, und hoffte, dass seine Wunde schnell verheilen würde. Vermutlich schmerzte ihn seine Schulter noch immer von der Messerattacke – und nun auch noch eine Schussverletzung. Wann würde er wieder ganz gesund sein und wie früher seinem Cello und dem Saxofon wundervolle Musik entlocken können? Was, wenn er niemals wieder so gut werden würde? Wenn sie seine Karriere als Musiker für immer zerstört hatte? Könnte er damit leben? Könnte sie es? Würde es ihre Beziehung vergiften?

In ihren kreisenden Gedanken dämmerte Lorena schließlich weg, bis ihr Geist sie wieder in die Gegenwart riss. Ihr Herz raste. Was war los?

Ohne die Augen zu öffnen, lauschte Lorena in die Nacht und versuchte zu ergründen, was sie geweckt und derart in Alarmbereitschaft versetzt hatte. Draußen war der Schrei einer Eule zu hören und dann ein leises Knirschen wie

Schritte im Schnee. Ein großer Hirsch oder ein Bär, der früh aus dem Winterschlaf erwacht war?

Das Knirschen kam näher. Nun knarrten die Dielenbretter der Terrasse. Lorena öffnete die Augen einen Spalt. Für einen Moment schob sich ein großer Schatten vor das Fenster. Sie spürte, wie sich ihre Nackenhaare aufstellten. Ein Hirsch war das ganz sicher nicht und vermutlich auch kein Bär.

Wer stand dort mitten in der Nacht auf der Terrasse und spähte durch das Fenster? Dann hörte sie wieder das Knirschen im verharschten Schnee. Noch eine zweite Person?

Vielleicht nur neugierige Nachbarn, die einen Blick riskierten, versuchte sich Lorena zu beruhigen, doch sie wusste, dass dies unwahrscheinlich war. Um diese Uhrzeit mitten in der eisigen Winternacht? Wer sollte sich dort draußen herumtreiben, der keine bösen Absichten hegte?

Lorena hielt den Blick aus halb gesenkten Lidern auf das Fenster gerichtet, wagte aber nicht, sich zu rühren. Ihre Gedanken rasten. Die einzige Erklärung, die ihr plausibel erschien, gefiel ihr gar nicht. Wenn sie wenigstens Raika an ihrer Seite hätte. So allein mit Jason fühlte sie sich nackt und wehrlos.

Der Schatten verschwand. Noch einmal knarrten die Dielen, dann entfernten sich die Schritte durch den Schnee, und nur die Stille der Nacht blieb zurück. Lorena wartete noch einige Augenblicke, dann schlüpfte sie unter der Decke hervor und huschte zur Tür. Der Boden war eiskalt, und sie konnte den Frost spüren, der durch den Türspalt kroch. Rasch wandelte sie ihre Gestalt zum Nachtmahr, sodass sie die Kälte nicht mehr wahrnahm. Ihr Blick wurde klarer und durchdrang die Dunkelheit. Geräuschlos schob sie die Tür auf und schlüpfte hinaus. Eng an die Wand der Hütte gedrückt, blieb sie stehen und sah sich um. Auf der Terrasse hatte die Mittagssonne den Schnee weggetaut, sodass der nächtliche Besucher keine Spuren hinterlassen hatte. Doch um die Hütte herum gab es jede Menge davon. Lorena bückte sich und untersuchte die Abdrücke. Einige hatten abgeflachte Ränder und waren sicher schon mehr als einen Tag alt, andere stammten von ihr selbst, von Raika oder Lucy, aber sie fand auch größere Abdrücke mit scharfen Rändern, die vielleicht von Harrison stammen konnten.

War er es gewesen, der durch das Fenster gespäht hatte? Hatte sie sich die zweite Gestalt nur eingebildet? Aber wenn ja, warum? Was hatte er heimlich um diese Zeit vor ihrer Hütte zu suchen? Der Gedanke gefiel ihr fast so wenig wie der Verdacht, ihren Verfolgern sei es gelungen, sie aufzuspüren.

Lorena ging in die Hocke und besah sich die großen Fußspuren noch einmal genau. Sie konnte drei verschiedene Profile ausmachen. Also hatte sie sich nicht getäuscht. Es waren Fremde hier, die sich für Dinge interessierten, die sie nichts angingen.

Plötzlich ging ihr auf, dass sie hier im Schnee vor der Hütte ein leichtes Ziel abgab. Was, wenn die nächtlichen Eindringlinge in diesem Augenblick dort irgendwo hinter den Bäumen verborgen standen und ihre Gewehre auf sie anlegten?

Der Schreck fuhr ihr durch die Glieder. Reflexartig entfaltete sie ihre Schwingen und stieß sich ab. Sie erhob sich so weit, dass sie hoffte, kein leichtes Ziel mehr abzugeben, und begann dann den Schnee abzusuchen, doch sie konnte niemanden entdecken. Was nun?

Lorena drehte eine Schleife und flog zu der Hütte, in der Raika und Lucy schliefen. Sie umrundete sie erst zweimal, um sicherzugehen, dass sich niemand in der Nähe verborgen hielt, ehe sie landete und die Tür öffnete.

Raika saß aufrecht im Bett und wirkte nicht verschlafen, als sie Lorena fragend ansah.

»Was gibt es?«

Lorena trat ein und schloss die Tür hinter sich. »Ich bin mir nicht sicher. Ich habe jemanden durch das Fenster gesehen, und draußen sind Abdrücke von Stiefeln im Schnee. Große Stiefel, die nicht uns gehören!«

Raika sah sie ernst an. Eigentlich hätte Lorena erwartet, Zweifel in ihrer Miene zu sehen oder die Frage zu hören, ob sie sicher sei, nicht geträumt zu haben, doch Raika nickte nur.

»Ich bin auch wach geworden und hatte das Gefühl, dass irgendetwas nicht in Ordnung ist. Nur nahm ich an, es seien Lucy und Harrison, die sich draußen herumtreiben.« Sie deutete auf das leere Bett neben dem ihren.

»Oh.« Lorena kaute auf ihrer Unterlippe. »Meinst du, ich habe mich geirrt? Ich wünschte, es wäre so. Sonst würde es bedeuten …«

»Dass die Männer des Councillors uns aufgespürt haben«, vollendete Raika den Satz. Sie schlug die Decke zurück und sprang aus dem Bett. Im nächsten Augenblick hatte sie sich gewandelt und kam in ihrem kurzen schwarzen Satinnachthemd zur Tür.

»Lass uns nachsehen, wer die Typen sind, die du gesehen hast. Und was mich noch interessieren würde, ist, was unsere liebe Lucy und Harrison im Moment treiben.«

»Ich könnte mir da schon etwas vorstellen«, murmelte Lorena.

»Hoffen wir, dass es nur das ist, was du denkst«, meinte Raika. »Alles andere würde mir überhaupt nicht gefallen!«

Sie erhoben sich in die Luft und sahen sich um. Weder Lucy noch irgendein Mensch war zu sehen. Die beiden Nachtmahre drehten zwei große Runden über die im Wald verstreuten Hütten, doch außer einem Reh entdeckten sie kein Lebewesen. Raika deutete hinunter zu Harrisons Hütte. Sie konnten einen schwachen Lichtschein erkennen. Die beiden landeten auf der Terrasse, klopften und traten ein, doch es war niemand da.

»So ein Mist«, fluchte Raika. »Und was jetzt?«

Lorena deutete auf die Bäume, zwischen deren Stämme sich eine Gestalt löste und auf sie zukam. Sie fassten einander an den Händen und entfalteten ihre Schwingen, bereit, in die Höhe zu schießen und sich in Sicherheit zu bringen, doch da erkannten sie ihn.

»Harrison!«

»Was machst du hier draußen mitten in der Nacht bei dieser Kälte?«, verlangte Raika zu erfahren.

»Das Gleiche könnte ich euch auch fragen«, entgegnete er und hob angesichts ihres kurzen Nachtgewands die Brauen.

»Wir sind Nachtmahre, schon vergessen?«, gab Raika zurück und verschränkte die Arme vor der Brust. »Also?«

»Ich wollte nach Lucy sehen«, sagte er und sah die beiden Mahre offen an. Sie war vorhin kurz bei mir.« Lorena und Raika tauschten wissende Blicke. Harrison tat so, als bemerke er es nicht. »Sie war in einer seltsamen Stimmung. Erst ganz aufgekratzt und dann plötzlich seltsam melancholisch, wie ich sie noch nicht erlebt habe. Und dann stürzte sie unvermittelt davon. Ich wartete eine Weile, doch als sie nicht wiederkam, habe ich mich aufgemacht, sie zu suchen.«

»Und? Hast du sie gefunden?«, bohrte Raika weiter.

Harrison schüttelte den Kopf. »Wie du schon richtig bemerkt hast, seid ihr Nachtmahre. Sie kann überall sein, und mir wurde irgendwann kalt. Also bin ich jetzt wieder auf dem Weg in mein Bett, um bis zum Morgen vielleicht noch ein paar Stunden Schlaf zu finden.«

»Damit sieht es vermutlich schlecht aus«, prophezeite Raika, während sich Lorena erkundigte, ob ihm bei seiner Suche etwas Ungewöhnliches aufgefallen sei.

Er überlegte kurz und schüttelte dann den Kopf. »Nein, warum, was ist los?«

»Sieh dir die Spuren im Schnee an«, sagte Raika. »Fällt dir nichts auf?«

»Ich glaube, wir haben ungebetenen Besuch«, mischte sich Lorena ein. »Zwei Männer waren bei meiner Hütte und sind dann im Wald verschwunden.«

»Vielleicht ganz harmlos. Andere Gäste, die neu angekommen sind.« Harrison hob die Schultern.

»Oder die Männer des Councillors, die sich angeschlichen haben, um uns im Schlaf zu überwältigen«, schlug Raika vor.

»Und wie sollten sie uns so schnell gefunden haben?«

Raika starrte ihn an. »Das ist eine sehr interessante Frage. Da weder ich noch Lorena oder Jason mit ihm telefoniert haben, muss ihn jemand anderes auf unsere Spur geführt haben, nicht wahr?«

Harrison zog sein Handy aus der Hosentasche und hielt es Raika hin. »Willst du nachsehen, ob ich den Councillor angerufen habe?«

Lorena winkte ab. »Wir sollten lieber überprüfen, wer unsere nächtlichen Besucher sind. Ich würde vorschlagen, wir fliegen vor zum Parkplatz und sehen uns dort um. Wenn es sich um die Männer des Councillors handelt, dann sind sie sicher nicht zu Fuß in den Yosemite gekommen. Irgendwo muss also ihr Auto stehen, auf dem Parkplatz oder an der Straße in einer Einmündung verborgen. Fliegen wir hin und sehen uns um!«

Die beiden Frauen erhoben sich in die Luft, während Harrison in seine Hütte zurückkehrte.

Sie zogen eine Schleife über den verwaisten Parkplatz. Die einzigen beiden Wagen, die sie sehen konnten, standen schon seit ihrer Ankunft vor dem Laden. Raika deutete nach Westen, die Zufahrtsstraße zum Park hinunter. Lorena nickte. Sie hielten sich dicht an den Bäumen, um nicht entdeckt zu werden, und folgten langsam der Straße.

Die beiden Mahre mussten nicht lange suchen. Bereits wenige Hundert Meter vor dem Parkplatz sahen sie einen warmen Schimmer zwischen den Bäumen und erkannten dann zwei dunkle Geländewagen, die hier an der Einmündung eines Feldwegs standen. Als sie sich tiefer herabsinken ließen, erkannten sie drei Männer, die an einem Cherokee Jeep lehnten und rauchten. Die rötlichen Enden ihrer Zigaretten schwebten wie Glühwürmchen in der Nacht. Sie trugen Tarnkleidung und schwarze Mützen und wirkten wie Soldaten. Lorena sah ein Schnellfeuergewehr, das an der Motorhaube abgestellt war. Nein, einfache Nationalparkbesucher waren das ganz bestimmt nicht!

Raika fasste Lorena am Arm und deutete in Richtung Camp, von wo sich nun zwei weitere Männer näherten. Auch sie waren militärisch gekleidet. Die Beifahrertür des anderen Wagens öffnete sich, und ein Mann in einem langen schwarzen Mantel stieg aus dem Hummer. Lorenas Herz sank.

»Das ist bestimmt einer der Wanderer«, wisperte sie Raika zu. Diese nickte, ohne die Männer unter sich aus den Augen zu lassen. Die beiden Neuankömmlinge traten auf den Mann im Mantel zu und erstatteten vermutlich Bericht. Ob sie ihm wohl verrieten, dass sie entdeckt worden waren? Oder hatten sie das gar nicht bemerkt?

»Was machen wir jetzt?«, wollte Raika wissen. »Angriff oder Rückzug?«

»Angriff? Bist du verrückt? Da unten stehen sechs Männer, wobei mindestens einer zu den Wanderern gehört, und ich bin mir nicht sicher, ob da nicht noch jemand im Auto sitzt. Es sind Militärs mit automatischen Waffen! Wir wären Kanonenfutter. Nein, danke, kein Bedarf.«

»Harrison und ich haben auch Waffen, und du hast dein schönes Schwert, mit dem du solchen Leuten den Kopf abschlagen könntest.«

»Nein! Du spinnst.«

Raika zuckte mit den Schultern. »War ja nur ein Vorschlag. Dann machen wir uns eben wie die Kaninchen vor dem Fuchs still und heimlich davon. Hast du schon eine Idee, wie wir aus dem Tal kommen, ohne an ihnen vorbei zu müssen?«

Lorena rief sich die Karte ins Gedächtnis. »Das ist kein Problem. Es gibt zwei Straßen durch das Tal. Wir müssen am Parkplatz rechts über die Brücke fahren und den Northside Drive nehmen. Und dann bleibt uns nur zu hoffen, dass sie möglichst lange nicht merken, dass die Vögel ausgeflogen sind.«

Die beiden Mahre flogen rasch zurück. Sie fanden Lucy bei Harrison in der Hütte. Lorena fiel ein Stein vom Herzen.

»Wir müssen verschwinden«, sagte sie. »Die Männer des Councillors haben uns aufgespürt.«

Lucy zuckte nicht mit den Wimpern und fragte auch nicht nach. »Ich hole meine Tasche«, war ihr einziger Kommentar.

Raika eilte hinter ihr her, während Lorena zu ihrer Hütte lief, um Jason zu wecken, doch sie fand ihn nicht nur wach und vollständig angezogen vor, er hatte bereits ihren Koffer gepackt und war gerade dabei, seine Sachen in die Reisetasche zu stopfen.

»Sie sind da! Ich habe zwei Männer gesehen, die da draußen durch die Nacht schleichen. Oder glaubst du, ich leide an Halluzinationen?«

Lorena schüttelte den Kopf und half ihm, die letzten Dinge zu verstauen. »Nein, das tust du nicht. Wir müssen so schnell wie möglich weg. Ich nehme das Gepäck. Schaffst du es allein zum Auto?«

»Ja, und ich kann auch meine Tasche tragen!«

Er ignorierte ihren Protest, hängte sich die Träger der Reisetasche über die gesunde Schulter und trat hinaus in die eisige Nacht. Der Schnee knirschte unter ihren Stiefeln, als sie zum Parkplatz stapften. Die anderen waren schon da. Harrison warf das Gepäck in den Kofferraum und übernahm dann wieder das Steuer. Raika überließ Jason den Beifahrersitz und setzte sich hinter ihn zu Lucy und Lorena. Der Kies spritzte auf, als Harrison aufs Gas trat und in die Straße einbog.

»Fahren Sie langsamer«, mahnte Lorena. »Wir dürfen nicht auffallen.«

»Wie sollten wir?«, gab Harrison in spöttischem Ton zurück. »Der einzige Wagen, der nachts um zwei Curry Village verlässt.«

»Dann fahren Sie eben langsamer, um nicht ins Schleudern zu geraten oder einen Hirsch zu rammen, der gerade auf der Straße steht.«

Harrison brummte, nahm aber den Fuß vom Gas, dennoch schlingerte der Jeep immer wieder hin und her. Die Straße war teilweise von verharschtem Schnee bedeckt, oder es breiteten sich tückische Eisplatten aus, wo am Tag der Schnee in der Sonne geschmolzen war und das Wasser jetzt in der Kälte der Nacht wieder gefror. Lorena wandte sich immer wieder um, doch sie konnte nur die dunklen Tannen sehen, deren ausladende Zweige oben weiß schimmerten. Ab und zu erhaschte sie einen Blick auf den Bach, dann erhob sich wieder eine steile Felswand in den Himmel.

»Es folgt uns keiner«, sagte Lucy nach einer Weile. »Ich denke, wir sind ihnen unbemerkt entwischt.«

Raika war nicht überzeugt. »Nur weil du keine Scheinwerfer hinter uns sehen kannst? Das sagt gar nichts. Vielleicht fahren sie ohne Licht oder halten entsprechend Abstand. Die sahen mir nicht wie Anfänger aus. Außerdem wissen die garantiert, dass wir nur auf dieser Straße das Tal verlassen können. Es ist eine Einbahnstraße! Auf dem Southside Drive rein, auf dem Northside Drive aus dem Tal raus. So einfach ist das. So leicht entwischen wir ihnen nicht.«

»Es sei denn, wir erreichen ungesehen den Highway 120«, widersprach Lorena, die sich die Hoffnung nicht nehmen lassen wollte.

Raika sah noch immer skeptisch drein. »Ich glaube nicht, dass wir sie so einfach abschütteln können. Sie werden bald merken, dass wir abgehauen sind, und sich dann an unsere Fersen heften.«

»Und woher sollen sie wissen, wohin wir fahren?«

»Woher wussten sie, dass wir im Yosemite sind?«, konterte Raika. »Irgendjemand hat es ihnen verraten, und ich denke, dass dieser Jemand dafür sorgen wird, dass sie unsere Spur nicht verlieren.«

Für einige Augenblicke herrschte Stille im Wagen. Harrison konzentrierte sich auf die Straße, Lucy starrte teilnahmslos vor sich hin, dennoch war sich Lorena sicher, dass sie Raikas Worte gehört hatten. Allen im Wagen war vermutlich klar, dass man diesen Verdacht nicht einfach beiseitewischen konnte. Bislang hatte Lorena Harrison vertraut und ihn stets gegen Raikas Misstrauen verteidigt, doch nun fragte sie sich, wer von ihnen diesen Verrat begangen haben konnte. Sie selbst war es nicht gewesen und Jason natürlich auch nicht. Auch Raika hatte weder Grund noch Möglichkeit, den Councillor auf ihre Spur zu führen. Blieben also Lucy und Harrison.

Lucy war jahrelang vom Councillor und seinen Männern gefangen gehalten worden. Er hatte sie als Kind ihrer Familie entrissen. Sie würde wohl kaum ihren Entführern in die Hände spielen.

Oder etwa doch? Gab es solche Fälle nicht? War das nicht eine psychische Störung, die bei Entführungen auftrat und die man seit dem Geiseldrama in Schweden in den Siebzigerjahren Stockholm-Syndrom nannte?

Lorena dachte darüber nach, was Lucy ihr in ihrem Zorn vorgeworfen hatte. Sie fühlte sich von ihr und den anderen Nachtmahren verraten. Ein Opfer, das man leichten Herzens gegeben hätte. Aber würde ihr Zorn sie dazu bringen, sich selbst wieder in die Hände der Entführer zu begeben? Unwahrscheinlich.

Dann blieb doch nur Harrison. Sie betrachtete ihn verstohlen. Was sagte ihr Gefühl? Sie mochte ihn, gut … Doch hatte sie mehr als sein Wort, dass er von Mylady beauftragt war, Lorena zu beschützen? Was, wenn er für den Councillor arbeitete und den Auftrag hatte, die Eclipse auszuliefern?

Aber warum hatte er sie dann nicht schon viel früher überwältigt und dem Duke übergeben? Warum hatte er bei Lucys Befreiung aus Alcatraz mitgemacht? Das ergab keinen Sinn.

»Halt!«, schrie Lucy unvermittelt.

»Was?« Harrison bremste. Noch ehe der Wagen zum Halten kam, riss Lucy die Tür auf und stürzte aus dem Auto.

»Warte!«, rief Lorena und sprang ihr hinterher. »Was hast du vor?« Doch Lucy war verschwunden. Lorena drehte sich im Kreis. Links der Straße rauschte das Wasser des Bachs. Zu ihrer Rechten erhob sich eine riesige Granitwand in den Himmel. El Capitan, das Wahrzeichen des Yosemite-Nationalparks. Lorena legte den Kopf in den Nacken und ließ den Blick die Felsen hinaufgleiten. Sie suchte den dunklen Nachthimmel ab. Huschte da nicht ein Schatten die Wand hinauf?

Lorena schlüpfte aus ihrer Jacke, breitete ihre Schwingen aus und erhob sich in die Luft. Sie schoss an der steilen Granitwand entlang in die Höhe, bis sie den Gipfel erreichte und die Gestalt entdeckte, die am Rand des Abgrunds stand. Lorena landete einige Schritte hinter ihr und trat dann zögernd neben sie.

»Was ist los, Lucy? Wir müssen fort. Die Zeit läuft uns davon. Wenn die Männer erst einmal bemerken, dass wir nicht mehr da sind, nehmen sie die Verfolgung auf.«

Lucy schwieg und tat, als würde sie Lorena nicht bemerken. Sie wog den schimmernden Anhänger in ihrer Hand. Ihr Blick war irgendwohin in die Ferne gerichtet, wo in der nächtlichen Dunkelheit die Felsen der anderen Talseite aufragten.

»Willst du es auf einen Kampf ankommen lassen?«, drängte Lorena. »Ich glaube nicht, dass das klug wäre. Wir können gegen sie nicht gewinnen – nicht ohne große Verluste. Ich weiß, wir sind Nachtmahre, wir sind stark, doch sie sind mindestens zu siebt, militärisch geschulte Männer mit Waffen und Männer des Councillors, Wanderer, die nicht so leicht zu besiegen sind. Wir haben gesehen, wie sie den Mahren auf Alcatraz zugesetzt haben. Ich halte es daher für klüger, wenn wir eine Konfrontation vermeiden und zusehen, dass wir so schnell wie möglich wegkommen.«

Endlich wandte sich Lucy ihr zu. »Was soll uns das bringen? Du meinst doch nicht etwa, es ist reiner Zufall, dass die Männer des Councillors hier auftauchen?«

»Nein, ist es sicher nicht«, gab Lorena mit Unbehagen zu.

»Dann muss es einer von uns den Wanderern verraten haben, oder nicht?«

»Ja, so muss es wohl sein«, sagte sie widerstrebend.

Lucy sah wieder über das Tal hinweg. »Raika ist überzeugt, dass Harrison der Verräter ist. Wenn wir uns darauf einigen, müssen wir Konsequenzen ziehen, nicht wahr? Was bringt uns eine Flucht, wenn wir den Informanten mitnehmen?«

»Sollen wir ihn zwingen auszusteigen und dann davonfahren?«

Lucy sah ihre Schwester an, und es kam Lorena vor, als könne sie so etwas wie Mitleid in ihrer Miene lesen.

»Wenn er zu den Wanderern gehört, gibt es nur eine wirksame Methode, ihn daran zu hindern, weiter Schaden anzurichten!«

Lorena wich einen Schritt zurück. »Wir werden ihn nicht töten. Das wäre Mord!«

Lucy hob die Schultern. »Es herrscht Krieg zwischen den Nachtmahren und den Wanderern, und im Krieg werden die Soldaten der Gegenseite getötet. So läuft dieses Spiel. Hast du in den Geschichtsstunden in der Schule nicht zugehört?«

»Und wenn wir uns irren? Wenn er wirklich im Auftrag der Lady bei uns ist, um uns zu beschützen?«

»Dich zu beschützen«, korrigierte Lucy.

Lorena seufzte. »Es wird nie gut zwischen uns werden, nicht wahr? Es ist zu viel geschehen, als dass wir normale Schwestern sein könnten, die sich lieben und einander vertrauen.«

Lucy starrte sie an, die Finger noch immer um den Kettenanhänger geschlossen. »Wenn du an Harrisons Schuld zweifelst, bedeutet das aber, dass ich die Verräterin bin, nicht wahr? Oder denkst du, Jason würde sich als die Marionette des Dukes entpuppen?«

»Nein, natürlich nicht«, entgegnete Lorena verärgert.

»Nein, Jason ist keine Marionette, oder nein, ich bin keine Verräterin?«, hakte Lucy nach. Lorena schwieg bedrückt.

»Ich weiß es nicht«, stieß sie hervor, als sie die Stille nicht mehr ertrug. »Ich kann mir weder Harrison als Verräter vorstellen, noch, dass du trotz allem, was du erlebt hast, für den Councillor und gegen uns, deine eigene Familie, arbeitest.«

»Und was, wenn der Councillor für diesen Fall schon vor vielen Jahren vorgesorgt hat?«

Lorena blinzelte verwirrt. »Für welchen Fall? Er wusste doch gar nicht, dass du nicht die Eclipse bist.«

»Für den Fall, dass ich ihm abhandenkommen könnte!«

Lorena starrte Lucy an. »Das Armband«, stotterte sie.

Lucy nickte. »Ja, das war eine perfide Methode, mir Disziplin und Gehorsam beizubringen. Aber was ist, wenn das nicht sein einziges Ass ist?«

Lorenas Blick heftete sich auf Lucys Finger, die sich nun öffneten. Der tropfenförmige Anhänger lag funkelnd in ihrer Hand.

»Linda hat ihn mir geschenkt. Er ist das einzige Andenken, das ich an sie und an unsere gemeinsamen zehn Jahre habe. Er weiß, dass ich mich von diesem Anhänger niemals trennen würde!«

Mit einer heftigen Bewegung zerriss Lucy die Kette. Lorena streckte zögernd die Hand aus und berührte den Anhänger. Er fühlte sich so glatt und warm an und schien unter ihren Fingern zu pulsieren.

Lucy ließ ihn zu Boden fallen, hob einen Felsbrocken auf und schleuderte ihn auf den Anhänger. Das knirschende Geräusch ließ sie erschaudern. Lorena ging in die Knie und rollte den Fels zur Seite. Der Anhänger war aufgebrochen. Aus seinem hohlen Inneren ragten ein paar Drähte und ein Stück einer grünen Platine heraus. Lucy bückte sich, klaubte die Reste auf und schleuderte sie dann ins Tal hinab, wo sie irgendwo zwischen den verschneiten Bäumen niederfielen.

Lorena keuchte. »Dann gehört Harrison also nicht zu den Wanderern. Himmel, ich will mir nicht ausmalen, was wir ihm zu Unrecht angetan hätten.«

Lucy breitete ihre Schwingen aus und ließ sich über die Kante fallen. Lorena folgte ihr. In engen Kreisen flogen sie hinab zur Straße und schlüpften in den mit laufendem Motor wartenden Wagen.

»Harrison, wir können fahren«, verkündete Lorena, als sie die Tür zuschlug.

Er trat auf das Gas, und der Jeep schoss schlingernd über die Straße weiter nach Westen.

Raika betrachtete abwechselnd Lorena und Lucy. »Wenn es euch beiden dann irgendwann reinpasst, wüsste ich gern, was passiert ist und was euer seltsames Grinsen bedeutet.«

»Aber gern, Raika«, gab Lorena zurück. »Wir haben alle Zeit der Welt, euch ausführlich zu erzählen, welchen dicken Knüppel wir dem Councillor und seinen Wanderern zwischen die Beine geworfen haben.«

Kapitel 21

UNFALL

Der Councillor starrte auf das Gerät an seinem Handgelenk, das auf den ersten Blick wie eine altmodische Digitaluhr aus den Achtzigerjahren des letzten Jahrhunderts wirkte. Er hob den Arm ins Licht, drehte ihn ein wenig hin und her, doch es blieb dabei, die Anzeige war tot. Der kleine, blinkende Stern, der ihn so viele Jahre begleitet hatte, war erloschen. Wie konnte das sein? Ein Fehler der Technik? Oder hatte jemand den Sender zerstört? Und wenn ja, mit Absicht oder aus Versehen?

Der Councillor begann, unruhig hin und her zu gehen, denn noch eine Frage quälte ihn. Wenn der Anhänger mit dem Sender zerstört war, was war mit seiner Trägerin geschehen? Bedeutete dies etwa, dass sie so tot war wie der Ortungschip in ihrer Halskette?

Ein seltsames Gefühl beschlich ihn bei diesem Gedanken, das er nicht recht einordnen konnte. Sie war lediglich eine Gefangene gewesen, die inzwischen entbehrlich war. Sie hatte ihre Schuldigkeit getan und die Eclipse, die wirklich wichtig für ihn und die Wanderer war, hergelockt, also konnte es ihm gleichgültig sein, was mit ihr geschah.

Und dennoch ließ ihm das verstummte Empfangsgerät keine Ruhe. Winston Campbell griff nach dem Satellitentelefon und wählte. Ungeduldig lauschte er dem Klingeln, doch niemand meldete sich.

»Verflucht, Grant, wo sind Sie?«

Die Tür öffnete sich, und Hunter streckte den Kopf durch den Spalt. Er trug noch immer dicke Verbände, doch seine Miene verriet nicht, welche Schmerzen ihn noch quälten. Kaum waren seine Wunden verbunden, hielt ihn nichts mehr in seinem Bett. Er war der erste Warrior des Dukes, und es war seine Aufgabe, ihn rund um die Uhr zu beschützen.

»Haben Sie gerufen, Duke?«, fragte Hunter.

»Nein«, gab Winston Campbell schroff zurück.

Hunter kannte seinen Herrn so gut, dass ihm klar war, etwas Ungewöhnliches musste vorgefallen sein.

»Es gibt Ärger«, stellte er fest. »Was ist passiert?«

»Grant geht nicht an das verdammte Telefon!«

Ihm war klar, dass dies keineswegs erklärte, warum der sonst stets beherrschte Duke so aus der Fassung geriet. Hunter hob die Braue und sah seinen Herrn fragend an.

»Wir haben kein Signal mehr. Das Ortungsgerät ist tot!«

Hunter überlegte. »Ein technischer Defekt? Vielleicht können wir ihn von hier aus beheben. Das Ding hat schließlich schon einige Jahre auf dem Buckel.«

»Vielleicht«, sagte der Duke ohne rechte Überzeugung. »Ich vermute eher, dass der Sender zerstört wurde – er und vielleicht auch seine Trägerin!«

»Das kann nicht sein«, widersprach Hunter. »Die Männer sind vor Ort. Sie hätten sich gemeldet, wenn ihr etwas zugestoßen wäre.«

»Und wenn auch den Männern etwas zugestoßen ist?«

Hunter schüttelte den Kopf. »Was sollte …« Er beendete den Satz nicht und holte stattdessen tief Luft. »Sie meinen, es gab einen Zusammenstoß zwischen den Nachtmahren und unseren Männern?«

Der Councillor nickte. »Der vielleicht zur Zerstörung des Senders geführt hat. Vielleicht können wir deshalb diese vermaledeiten Nachtmahre hier in San Francisco nicht aufspüren.«

»Und vielleicht geht Grant deshalb nicht ans Telefon«, vermutete Hunter, »weil er nicht mehr telefonieren kann.«

Der Councillor schnaubte. »Finde es heraus! Ich will wissen, was da draußen vor sich geht. Herrgott, kann es so schwierig sein, ein paar Frauen und einen Kerl zu observieren?«

»Nachtmahre«, korrigierte Hunter.

»Ja und? Darf das eine Ausrede sein? Sollen wir uns vor ihnen verkriechen und die Menschheit dieser Pest überlassen? Wir haben eine Aufgabe! Wir müssen diese Seuche ausrotten.«

»Ja, Duke«, sagte Hunter und verließ mit einer Verbeugung das Zimmer.

»Anhalten!«, sagte Raika plötzlich.

»Was? Wir sind gleich auf dem Pass oben, warum soll ich anhalten?«, widersprach Harrison, und zum ersten Mal konnte Lorena einen ungeduldigen Unterton in seiner Stimme hören. Vielleicht war er erschöpft. Sie hatten in dieser Nacht wieder nicht geschlafen, und es war sicher anstrengend, den Wagen auf der schneebedeckten Straße so unter Kontrolle zu halten, dass er nicht ins Rutschen kam. Die Schneeketten griffen zwar gut, doch die Sichtverhältnisse waren schwierig. Die an manchen Stellen über zwei Meter hohen Schneewände, die die Räumfahrzeuge herausgefräst hatten, blendeten im Licht der Scheinwerfer, und es war an manchen Stellen kaum zu erkennen, wo die Straße aufhörte und die nächste Schneewehe begann. Dann wiederum fuhren sie durch dichten Wald, wo der Nachtwind an den Zweigen zerrte und immer wieder Schneemassen auf die Scheibe klatschten, mit denen die Scheibenwischer kaum fertig wurden. Oder es sprang unvermittelt ein Rudel Hirsche auf die Straße und blieb im Scheinwerferlicht wie angewurzelt stehen.

Während die drei Nachtmahre mit Harrison auf den Weg vor ihnen starrten, fiel Jason immer wieder in einen unruhigen Schlaf und wurde auf der gewundenen Straße in seinem Sitz hin- und hergeworfen.

Endlich wurde der Wald lichter, und die Steigung schien nachzulassen. Näherten sie sich dem Pass? Während Lucy und Lorena weiterhin nach vorn sahen, wandte sich Raika immer wieder um und rief dann unvermittelt: »Anhalten!« Auf Harrisons Einwand ging sie nicht ein. »Halte bei der nächsten Möglichkeit an, und lass mich aussteigen.«

Lorena sah im Rückspiegel, wie Harrison die Augen verdrehte. »Es ist eine echte Prüfung, mit Frauen zu reisen«, sagte er.

»Ich glaube nicht, dass Raika auf die Toilette muss«, wandte Lorena ein, die Raikas angespannte Schultern bemerkte. »Was hast du gesehen?«

Harrison fuhr an die Seite und hielt an. Raika drehte sich zu Lorena um.

»Gesehen nichts, aber so dumm sind sie nicht, so nah hinter uns herzufahren, dass wir sie sehen können.«

Lorena seufzte. »Du meinst, sie verfolgen uns?«

Raika nickte. »Ja, ich spüre es. Konzentrier dich. Kannst du die Gefahr nicht auch fühlen?«

Lorena schloss die Augen und sandte ihre Gedanken den Berg hinunter, die Straße zurück, die sie gekommen waren. Eine innere Unruhe ergriff von ihr Besitz, die zunehmend stärker wurde. Sie konnte nichts sehen, doch ihre Instinkte warnten sie. Dann stieg vor ihrem inneren Auge das Bild zweier Fahrzeuge auf. Dunkle Geländewagen, die sich schlingernd durch den Schnee quälten.

Lorena hob den Kopf und nickte. »Was machen wir jetzt? Es ist sicher nicht klug, hier zu warten, bis sie uns eingeholt haben, und die Konfrontation zu erzwingen«, sagte Lorena.

»Wobei wir zumindest den Überraschungseffekt auf unserer Seite hätten«, wandte Raika ein. »Aber nein, vielleicht ist es klüger, das nicht zu riskieren. Wir haben weniger Waffen und wissen nicht genau, wie viele Wanderer unter den Männern sind.«

»Dann fahren wir bis zur nächsten Abzweigung, biegen ab und verstecken uns, bis sie an uns vorbeigefahren sind«, schlug Harrison vor.

»Und was machen wir dann? Umkehren und zur Westseite zurückfahren?«, fragte Raika. »Wir müssen weiter nach Denver, um irgendwann ein Flugzeug zu besteigen, das uns nach London zurückbringt. Schon vergessen?«

Auch Lorena war gegen diesen Vorschlag, aber wie sollten sie ihre Verfolger dann abschütteln?

»Fahrt ihr weiter«, schlug Raika vor. »Ich werde mir die Jungs mal ansehen. Vielleicht fällt mir etwas ein, das ihnen die Laune verdirbt.«

Lorena griff nach Raikas Arm. »Versprich mir, nicht leichtsinnig zu sein. Du darfst sie nicht unterschätzen und dich in Gefahr bringen.«

Raika lächelte. »Du sorgst dich um mich? Nein, wie süß.« Sie beugte sich vor und drückte Lorena einen Kuss auf die Wange. »Ich verspreche dir, ganz brav zu sein. Fahrt ihr einfach weiter. Ich werde dann irgendwo auf der Straße weiter unten wieder auf euch warten. Also Harrison, halte bitte die Augen offen, und fahr mich nicht über den Haufen!«

»Ich werde mir Mühe geben«, knurrte er und legte den Gang wieder ein.

Raika sprang aus dem Wagen und schlug die Tür zu. Noch ehe sich der Jeep wieder in Bewegung gesetzt hatte, breitete sie ihre Schwingen aus und erhob sich in die Luft. In sicherem Abstand überflog sie die Straße, die sie eben erst gekommen waren, bis sie einige Minuten später Scheinwerferlicht in der Dunkelheit ausmachen konnte. Raika flog näher heran. Zwei dunkle Geländewagen, wie sie es sich gedacht hatte. Sie fuhren nur mit Standlicht, damit ihre Beute sie nicht so leicht entdecken konnte. Es musste für die beiden Fahrer eine Tortur sein, in dem schwachen Licht Stunde um Stunde der Straße bei diesen Witterungsverhältnissen zu folgen, vermutete Raika. Sie ließ sich tiefer sinken und duckte sich hinter einer mächtigen Tanne, deren dick verschneite Zweige bis auf den Boden herabhingen. Die beiden Wagen quälten sich schlingernd an ihr vorbei.

Gar nicht so einfach ohne Schneeketten, dachte sie schadenfroh. Sie zählte acht Männer, vier in jedem Wagen. Der Mann auf dem Beifahrersitz des ersten Fahrzeugs kam ihr bekannt vor. Vermutlich einer der Wanderer des Councillors. Den Duke konnte sie allerdings nicht erkennen. Raika ließ die beiden Autos passieren und erhob sich dann wieder in die Luft. Sie waren etwa zehn Minuten hinter dem Wagen, den sie verfolgten, und würden ihn vermutlich auch nicht einholen, solange die Straße so schlecht war. Doch was nützte ihnen das, wenn es keine Abzweigung gab, die sie ebenfalls an ihr Ziel brachte.

Grübelnd überholte Raika die beiden Wagen und flog über den Pass. In der Ferne sah sie das Licht der Scheinwerfer des Jeeps, der nun steil bergab fuhr. Weiter unten konnte sie noch ein Paar Lichter erkennen. Jemand kam von der anderen Seite den Berg hinauf. Neugierig beschleunigte Raika, um sich das Fahrzeug genauer anzusehen. Die Scheinwerfer standen weiter auseinander als bei den anderen Geländewagen. Es musste sich also um ein größeres und schwereres Fahrzeug handeln. Bald schon hatte sie es erreicht und schwebte einige Meter über dem schweren Hummer, der recht flott unterwegs war.

Da kam ihr eine Idee. Sie flog eine Kurve weiter, landete und stellte sich dann mitten auf die Straße, wo das Scheinwerferlicht des Hummers sie wenige Augenblicke später erfasste. Der Fahrer bremste und schlitterte auf sie zu. Er hätte sie über den Haufen gefahren, währe Raika nicht elegant zur Seite gesprungen.

»Lady, Sie haben vielleicht Nerven«, stieß der Fahrer, ein vierschrötiger Mann mit wildem rotem Bart, keuchend hervor. »Ist was passiert? Kann ich Ihnen helfen?«

Raika trat ans Fenster des ehemaligen Militärfahrzeugs und betrachtete ihn mit einem Lächeln. »Ja, ich denke, Sie können mir helfen«, sagte sie und zog die Fahrertür auf. »Rutschen Sie mal zur Seite!«

Er starrte sie fassungslos an, doch dann wurde sein Blick trüb. Er nickte und tat, was sie ihm befahl.

Das Satellitentelefon klingelte. Trotz der frühen Morgenstunde war der Councillor sofort wach und nahm bereits beim zweiten Klingeln ab. »Ja? Was gibt es?«

Grant räusperte sich am anderen Ende der Leitung und

begann dann zögernd zu sprechen. »Äh, verzeihen Sie, dass wir um diese Uhrzeit stören.«

Der Councillor unterbrach ihn barsch. »Verdammt Grant, was ist dort draußen los? Geben Sie mir einen Lagebericht.«

»Die Eclipse und ihre Begleiter haben den Yosemite verlassen.«

»Ja, und? Hängen Sie sich ran und passen Sie auf, dass Sie sie nicht aus den Augen verlieren. Aber lassen Sie sich nicht sehen! Ich will keine wilde Verfolgungsjagd.«

»Hm, ja, schon klar«, sage Grant vage.

Der Councillor horchte auf. »Es ist etwas passiert, nicht wahr? Ihr habt irgendeine Dummheit begangen. Deshalb fahren sie jetzt in der Nacht.«

Er hörte Grant nur laut atmen.

»Sprechen Sie! Ich höre.«

»Ich weiß nicht sicher, aber es könnte sein, dass sie zwei unserer Männer gesehen haben, die ich auf Streife geschickt habe.«

Der Councillor stöhnte. »Das darf doch nicht wahr sein! Was habe ich für Amateure in meiner Truppe.«

»Ich bin auch nicht mit allen Neuen besonders glücklich«, versicherte Grant. »Aber was blieb uns anderes übrig? Die Mahre haben eine schmerzliche Lücke in unsere Reihen geschlagen. Ich hatte keine Zeit, noch bessere Männer zu suchen«, verteidigte sich Grant.

»Sie waren alle beim Militär – es sind US-Marines und Seals. Sie sollten wissen, wie man jemanden beobachtet, ohne sich entdecken zu lassen. Und dann noch von einem angeschossenen Cellisten und ein paar Frauen!«

»Nachtmahre, nicht nur irgendwelche Frauen«, wagte Grant zu widersprechen.«

»Wie auch immer. Wir können die Tatsachen nicht ändern. Ihr habt sie also aufgescheucht. Also findet heraus, wohin sie wollen, und bleibt ihnen auf den Fersen, bis ich komme.«

Der Councillor wollte das Gespräch beenden, doch er spürte, dass dies noch nicht alles war, was Grant ihm mitzuteilen hatte.

»Was gibt es denn noch?«

»Also Duke, es ist so, wir haben sie beobachtet, als sie dann mitten in der Nacht aufgebrochen sind. Wir verfolgten das Signal und hielten natürlich Abstand, als sie nach wenigen Meilen schon wieder stoppten. Und dann war das Signal plötzlich tot. Wir haben versucht, die Stelle zu finden, wo wir es verloren haben, aber das ist irgendwo mitten im Wald am Fuß dieses Felsens, den man ›El Capitan‹ nennt. Wir haben uns kurz dort umgesehen, konnten aber niemanden entdecken. Daher nahm ich an, sie seien weitergefahren – ohne den Sender!«

Er wartete kurz, aber der Councillor sagte nichts.

»Sie sind also aus dem Tal rausgefahren, das hat uns ein Jäger bestätigt, den wir in der Nähe des Parkausgangs gesehen haben. Wir sind ihnen bis zur 120 gefolgt und dann auf dem Highway nach Osten, rauf in die Berge. Zweimal haben wir uns so weit rangetastet, dass wir sie sehen konnten, und uns dann wieder zurückfallen lassen.«

»Ja, und? Wo sind sie jetzt?«

»Das kann ich nicht so genau sagen. Ich vermute, sie sind noch immer auf dieser Straße unterwegs, wenn sie nicht irgendwo angehalten haben, um Pause zu machen.«

»Grant«, unterbrach ihn den Councillor. »Versuchen Sie gerade, mir zu sagen, dass Sie die Mahre verloren haben? Dass sie es geschafft haben, euch auf einer einfachen, geraden Straße abzuhängen?«

»Diese Straße ist ganz und gar nicht gerade«, protestierte Grant. »Sie ist im Gegenteil sehr kurvig und steil und verschneit, was das Hauptproblem ist.«

Der Councillor stöhnte, unterbrach ihn aber nicht.

»Eigentlich hätten wir mit unseren beiden Wagen da gar nicht hochfahren dürfen«, gestand Grant kleinlaut. »Unten standen bereits Schilder, dass man Schneeketten braucht, aber wir konnten ja nicht einfach umdrehen, also haben wir es versucht.

»Versucht«, wiederholte Winston Campbell.

»Ja, versucht. Wir folgten ihnen im richtigen Abstand, dass wir sie nicht verlieren, sie uns aber auch nicht entdecken konnten. Das wurde zunehmend schwieriger, weil sie mit ihren Ketten besser vorankamen als wir ohne, doch es ging alles gut bis über den Pass. Aber da kam plötzlich ein Hummer den Berg rauf. So ein großer, wie er bei der Army verwendet wird. Er war ziemlich schnell und schnitt die Kurve. Wir mussten ausweichen, um nicht von ihm gerammt zu werden, und da ist es passiert.«

»Was ist passiert?«, fragte der Councillor mit so ruhiger Stimme, dass er sich selbst fragte, woher er die Geduld nahm.

»Brandens Wagen ist ins Schleudern geraten und hat uns von der Straße geschoben. Unser Auto ist in einen Graben gekippt. Ohne Abschleppwagen ist da nichts mehr zu machen. Er selbst ist mit seinem Fahrzeug in eine Schneewehe gerauscht, wo wir ihn im Augenblick auch nicht rauskriegen. Jedenfalls kommen wir in absehbarer Zeit nicht weiter. Selbst wenn wir einen Abschleppwagen auftreiben – was zu dieser Zeit eher unwahrscheinlich ist –, bekommen wir ganz sicher Ärger mit der Polizei, weil wir ohne Ketten unterwegs sind. Das wird also dauern, bis die uns wieder gehen lassen.«

»Und der Hummer, der euch abgedrängt hat?«

»Der ist weg. Soweit ich gesehen habe, saß am Steuer eine Schwarzhaarige, daneben ein bärtiger Hüne. Jedenfalls haben sie nur kurz angehalten und sind dann weitergefahren. Die sind längst über den Pass, und ich vermute mal, dass sie den Vorfall nicht melden werden, wenn sie nicht selbst ins Visier der Officer geraten wollen, so rücksichtslos, wie die gefahren ist.«

Atemlos hielt der Attendant inne. Doch statt der verdienten Zurechtweisung ließ der Councillor nur ein nachdenkliches »Hm« hören. Dann schwieg er.

Grant wagte eine ganze Weile nicht, das Schweigen zu brechen, doch schließlich fragte er leise: »Was sollen wir jetzt machen, Duke?«

»Seht zu, dass ihr aus dem Schlamassel wieder rauskommt, in den ihr euch reingeritten habt, und melden Sie sich, wenn ihr wieder über fahrtüchtige Autos verfügt.«

»In Ordnung, Duke, und die Mahre?«, fügte er vorsichtig hinzu.

»Die werden sich in der Zeit nicht in Luft auflösen. Sie haben ein Ziel, zu dem sie unterwegs sind. Wir müssen jetzt eben warten, bis wir dieses erfahren. Ich lasse meinen Jet startbereit machen und komme rüber nach Vegas oder zu einem anderen Flughafen in der Nähe. Es wird wohl Zeit, dass ich die Sache selbst in die Hand nehme!«

Grant erwiderte nichts. Was hätte er daraufhin auch sagen sollen? Er hatte das Vertrauen enttäuscht, das der Councillor in ihn gesetzt hatte. Er konnte froh sein, wenn er nur seinen Posten verlor und der Duke ihn am Leben ließ. Es hatte

Zeiten gegeben, da waren schon für geringere Fehler Köpfe gerollt!

Es dämmerte, als sie die letzten Serpentinen hinter sich brachten. Und dann ging die Sonne über dem Mono Lake auf, der sich zu ihren Füßen ausbreitete. Harrison hielt den Wagen an, stieg aus und rekelte sich. »Verzeiht, doch so langsam werde ich müde.«

»Sie haben sich gut geschlagen«, sagte Lorena mit warmer Stimme. Sie folgte ihm nach draußen und atmete die klare Morgenluft ein, die wie Nadeln auf der Haut prickelte. »Wie wunderschön«, murmelte sie, während ihr Blick über den fast runden See glitt, dessen Wasseroberfläche seltsam träge in wechselnden Farben schimmerte.

Lucy gesellte sich zu ihr. »Ich habe ihn noch nie gesehen«, sagte sie mit einem träumerischen Ausdruck. »Linda hat mir von diesem See erzählt und mir versprochen, ihn mir irgendwann einmal zu zeigen. Ihn, das Death Valley, den Grand Canyon und so vieles mehr.«

Gähnend kroch Raika aus dem Wagen. »Ein See, ja, schön, und was ist an dem besonders?«

»Der Mono Lake ist ein Natronsee und sehr salzig. Dadurch entstehen unter Wasser seltsame Gebilde aus Kalktuff – bizarre Säulen wie versteinerte Menschen oder Bäume. Können wir nicht zum See runterfahren und sie uns ansehen?«

Lucy warf einen bittenden Blick in die Runde. Zum ersten Mal, seit sie sich wiedergefunden hatten, kam sie Lorena wie eine normale junge Frau vor, die sich für etwas ganz Normales begeisterte.

Raika zuckte mit den Schultern. »Von mir aus. Aber ich gehe nicht tauchen.«

Lucy lachte. »Ich auch nicht. Das Wasser ist bestimmt nicht besonders angenehm.«

»Ach, und wie willst du diese Säulen dann sehen, die es dir so angetan haben?«

Lucy lachte noch immer. »Die kann man trockenen Fußes am Ufer bewundern. Der Seespiegel ist stark gesunken und hat diese Unterwasserlandschaft freigelegt, seit Los Angeles einen Teil seines Trinkwassers von hier bekommt.«

Lorena sah zu Harrison, dessen Augen gerötet waren. Zum ersten Mal sah man ihm den Schlafmangel an, und er wirkte erschöpft. »Vielleicht sollten wir uns zuerst ein Quartier suchen und zumindest ein paar Stunden schlafen«, schlug sie vor. Sie wandte sich nach Jason um, der im Wagen sitzen geblieben war und die Augen geschlossen hatte. Seine zuvor in der Nacht noch geröteten Wangen waren nun grau.

»Nein, auf keinen Fall!«, rief Raika. »Wir dürfen die Stunden, die wir gewonnen haben, nicht leichtfertig verschenken. Irgendwann werden die Typen hier auftauchen, und dann müssen wir weit weg sein, möglichst ohne eine Spur zu hinterlassen, der sie folgen können.«

»Jason braucht eine Pause«, wagte Lorena einzuwerfen, doch Raika wehrte ab.

»Das kann schon sein, doch wichtiger ist es, ihn und uns alle in Sicherheit zu bringen.«

»Aber zumindest etwas essen sollten wir hier«, schlug Harrison vor.

»Meinetwegen«, stimmte Raika gnädig zu. »Und danach werde ich fahren, dann kannst du ein wenig schlafen.«

»Das bezweifle ich«, murmelte Lorena, die Raikas Fahrstil kannte.

»Wie meinst du das?«, hakte Raika nach, die vermutlich

genau wusste, was Lorena durch den Kopf ging. »Wir werden nicht auffallen und uns keine Verfolgungsjagden mit den hiesigen Sheriffs liefern«, versprach Raika hoheitsvoll.

Die Sonne stand bereits am Himmel, als der Abschleppwagen auftauchte und die Geländefahrzeuge aus dem Graben zog. Der Cherokee würde wohl in die Werkstatt müssen. Irgendetwas war gebrochen. Der Hummer hatte lediglich einen kleineren Blechschaden davongetragen.

»Ich müsste das eigentlich melden«, sagte der Werkzeugmeister, der den Jeep an den Haken nahm. Er war ein kräftiger Mann mit kurzem grauem Haar und einem üppigen Bauchumfang. »Ohne Ketten hätten Sie den Pass nicht befahren dürfen. Kein Wunder, dass Sie in den Graben gerutscht sind. Ist eh erstaunlich, dass Sie es über die Passhöhe bis hierher geschafft haben.« Er ließ seinen Blick über die finster dreinschauenden Männer schweifen und heftete ihn dann auf Grant, in dem er den Anführer dieser seltsamen Truppe erkannte. »Also, wie ich bereits gesagt habe. Eigentlich müsste ich Sie melden, und Sie würden eine Menge Ärger mit den Officers bekommen. Und eine schöne Stange Geld würde es Sie auch kosten … aber an sich geht es mich ja nichts an. Ich meine, jeder muss für sich selbst sorgen und sehen, dass er über die Runden kommt, nicht wahr Mister?«

Er sah Grant mit einem bedeutungsvollen Zwinkern an und drehte seine Handfläche nach oben, doch Grant tat so, als würde er diese Aufforderung nicht verstehen. Er hatte weder vor, sich an die Cops melden noch sich von diesem Kerl erpressen zu lassen. Grant hatte vielleicht nicht die beeindruckenden Armmuskeln, über die Hunter verfügte, und er war auch nicht so breitschultrig und stark, dennoch war er durchaus in der Lage, einen Gegner einzuschüchtern und einen bleibenden Eindruck zu hinterlassen. Es war vor allem sein Blick, der ein wenig an den des Councillors erinnerte, für den er ihn stellvertretend einsetzte, so zumindest argumentierte Grant. Also reckte er sich ein wenig und starrte den Werkzeugmeister mit dieser Eiseskälte an, welche die meisten Menschen zum Rückzug zwang. Auch der Mann mit dem Abschleppwagen zuckte nervös und vergrub seine Hand in der Tasche.

»Nichts für ungut«, murmelte er, »aber den Wagen da müssen Sie erst reparieren lassen, ehe Sie weiterkönnen. Je nachdem, was alles kaputt ist, kann das ein paar Tage dauern, wenn wir nicht alle Ersatzteile da haben.«

»Sie haben doch sicher einen anderen Wagen für uns«, sagte Grant in einem Ton, der klarstellte, dass er ein »Nein« nicht akzeptieren würde.

»Ja, ich denke schon, wenn Sie ihn bezahlen können.«

Grant trat noch einen Schritt auf den Mann zu und fixierte ihn, ohne auch nur zu blinzeln.

»Sie können den Chrysler behalten, und Sie werden den Mund halten, wenn Sie nicht zu einem Risiko der nationalen Sicherheit werden wollen.«

Die feisten Wangen des Mannes wurden erst rot und dann blass, vielleicht weil zwei der Männer in ihren Tarnuniformen herantraten, ihre automatischen Waffen locker in den Händen. Der Werkzeugmeister sah hastig von den Männern mit den Waffen wieder zu Grant in seinem langen schwarzen Mantel, unter dem er offensichtlich auch irgendeine Waffe verbarg.

»Wer seid ihr Jungs? Sicher nicht von der Army, hä? Da war ich auch mal, und wir haben nie solch geheime Operationen durchgeführt, wie man sie sonst nur im Fernsehen zu sehen kriegt. Also, wer spielt hier mit? FBI, CIA? Oder sind Sie von der Homeland Security?« Diese Möglichkeit schien ihn am meisten zu erschrecken.

»Es ist für Ihre eigene Gesundheit und die Ihrer Familie besser, wenn Sie nicht weiterfragen«, gab Grant zurück. »Und nun bewegen Sie sich, und sehen Sie zu, dass Sie unsere Fahrzeuge aus dem Graben bekommen. Wir haben es eilig. Und denken Sie an die nationale Sicherheit!«

»Also doch«, murmelte der Mann, und ein Lächeln huschte über sein Gesicht. »Wird sofort erledigt, Sir«, rief er, salutierte und eilte dann zu seinem Truck, um die Winde vorzubereiten.

Kapitel 22

DEATH VALLEY

Sie fuhren durch den kleinen Ort Lee Vining, der am Ufer des Mono Lake lag. In einem kleinen Diner hatten sie etwas gegessen und dann noch einen Stopp an der Tankstelle eingelegt.

»Seht ihr das Schild?«, rief Lorena unvermittelt.

Die anderen beugten sich vor. »Raika, da, bieg links ab!«

»Ein Airport?«, las Raika, doch sie klang nicht so begeistert wie Lorena. »Was willst du denn da? Hier gibt es sicher nur so Miniteile, mit denen man Touristenflüge über den See machen kann.«

»Kann sein, aber vielleicht ist es auch möglich, eine Maschine zu chartern, die uns nach Denver bringen könnte. Fragen kostet nichts.«

»Ich werde mich erkundigen«, schlug Harrison vor. »Ihr könnt derweil einen Blick auf den See werfen, wenn Lucys Herz so daran hängt. Aber bleibt nicht zu lange.«

Sie setzten Harrison an dem kleinen Gebäude am Rand des Flugfelds ab und fuhren dann weiter zum Seeufer. Eine Märchenlandschaft erwartete sie. Für einen Moment vergaß Lorena, dass sie auf der Flucht waren. Selbst Jason verließ den Wagen und trat an ihre Seite. Er ergriff ihre Hand und schien seine Schmerzen zu vergessen. Wie bezaubert schritten sie zwischen den bizarren Steinformationen umher, die der sinkende Wasserspiegel freigelegt hatte. Ein Hauch von

Schnee bedeckte die unregelmäßig geformten Säulen, in denen man allerlei Gestalten zu entdecken glaubte. Viel zu schnell mahnte Raika zum Aufbruch und scheuchte sie zum Wagen zurück.

»Raika, langsam!«, mahnte Lorena, als sie das Gaspedal durchtrat und der Wagen mit durchdrehenden Reifen vom Parkplatz schoss.

Harrison sah dem Wagen mit den Nachtmahren nach, dann betrat er das Gebäude. Er musste eine Weile suchen, ehe er jemanden fand, der sich für seine Frage zuständig befand. Wie erwartet, boten sie vor allem Rundflüge über den See und bis hinunter ins Death Valley an, doch um diese Jahreszeit, wo es nur vereinzelt Touristen gab, lag das lukrative Geschäft brach. Darüber hinaus hatten noch ein paar Geschäftsleute ihre Privatmaschinen hier im Hangar stehen, und es gab einige alte Flieger, die in der Landwirtschaft eingesetzt wurden.

»Also gibt es keine Möglichkeit, fünf Personen hinüber nach Denver zu bringen«, unterbrach Harrison den Redeschwall des kleinen, hageren Mannes im Pilotenoverall.

Der kratzte sich die Nase. »Na ja, das ginge schon. Ich habe eine Cessna, die achtsitzige 206, falls Sie sich damit auskennen. Im Moment habe ich nichts zu tun, warum also nicht einen kleinen Ausflug wagen? Nach Denver rüber sind das so sechshundertfünfzig Meilen. Das ist durchaus in vier bis fünf Stunden zu schaffen, allerdings müssten Sie bar bezahlen.«

Harrison unterbrach ihn. »Nein«, sagte er bestimmt. »Es gibt keine Möglichkeit, von hier aus nach Denver zu fliegen, haben Sie verstanden? Die nächste Möglichkeit wäre von Las Vegas!«

»Was? Aber ich sagte doch eben …«

Harrison holte ein Bündel Dollarnoten aus seiner Hosentasche und drückte dem Mann einige in die Hand. »Es gibt hier kein geeignetes Flugzeug, klar?«

Verdutzt starrte der Mann auf das Geld in seiner Hand. »Dann wollen Sie also doch nicht?«

»Nein, und ich will, dass Sie genau das sagen, falls Sie jemand fragt.«

Der Mann grinste ein wenig dümmlich, steckte aber die Scheine ein. »Gut, ist besser als nichts, Mister.« Grüßend hob er die Hand, während sich Harrison abwandte. Er ließ den Blick die Straße entlangwandern. Von den Mahren war noch nichts zu sehen. Aus der Innentasche seines Mantels zog er ein Handy, das er seit ihrer Abreise aus London nicht eingeschaltet hatte. Er tippte den Code ein und wartete, bis es zum Leben erwachte. Dann wählte er die einzige Nummer, die auf dem Chip gespeichert war. Es klingelte dreimal, dann hörte er, wie auf der anderen Seite abgenommen wurde. Niemand meldete sich, doch er glaubte zu hören, wie jemand atmete.

»Gray hier, Harrison Gray.«

»Ich weiß, wer dran ist«, ertönte die Stimme, die er erwartet hatte. »Ich wundere mich nur, dass Sie sich entschlossen haben, sich mal bei mir zu melden. Was können Sie mir berichten?«

»Wir sind hier in Lee Vining am Mono Lake und fahren in Kürze weiter nach Süden und dann Richtung Las Vegas.«

»Nach Las Vegas, soso, vielleicht auf Wunsch einer bestimmten jungen Dame?«

Harrison ging nicht darauf ein. »Das Ziel ist Denver, um dort einen Flug zurück nach London zu nehmen.«

»Ah, was für ein schöner Plan. Ich hoffe, die Damen sind wohlauf? Soweit ich informiert bin, keine Verletzten?«

»Nein. Die Eclipse und Lucy sind unversehrt und auch die dritte der Mahre, Raika. Nur Jason, der Partner der Eclipse, hat einen Schuss abbekommen, wird es aber überleben, soweit ich das beurteilen kann. Die Eclipse und Raika haben ihm noch in San Francisco das Geschoss aus dem Arm entfernt.«

Harrison ahnte so etwas wie ein Auflachen. »So, haben sie das, wie tapfer. Nun gut, dann wünsche ich weiterhin gute Fahrt. Halten Sie sich an die Regeln, und melden Sie sich wieder.«

»Ist gut, mach ich.« Harrison legte auf, schaltete das Handy wieder aus und verstaute es in seinem Mantel.

»Zu schade«, sagte Lorena, als sie kurz darauf weiter nach Süden fuhren.

»Mit dem Typen wäre ich auch nicht geflogen«, meinte Raika. »Der war vielleicht seltsam. Es war doch eine einfache Frage, nicht wahr? Und da fängt er an zu kichern, als sei er nicht ganz dicht.«

»Ich hatte mich ja schon erkundigt«, warf Harrison leichthin ein. »Aber offensichtlich traut mir Raika noch immer nicht über den Weg.«

»Sagen wir: Vorsicht ist besser, als sich hinterher zu ärgern, wenn man in eine Falle tappt«, gab Raika zurück und trat auf das Gas.

»Nicht so schnell«, mahnte Lorena von hinten. »Man darf hier nur sechzig Meilen pro Stunde fahren.«

Raika brummte unwillig und nahm den Fuß vom Pedal.

Es war ein herrlicher Tag. Die Sonne zog ihre Bahn an

einem klaren blauen Himmel über ihnen, doch die Aufregung der vergangenen Tage forderte ihren Tribut. Lorena schloss die Augen. Das Schütteln des Jeeps wiegte sie und ließ sie in einen Traum hinübergleiten. Sie wachte nur kurz auf, als Raika und Harrison die Plätze wieder tauschten, dann ging es weiter nach Süden. Sie durchquerten die Stadt Bishop und folgten dann wieder der öden braunen Ebene, die sich zwischen den beiden Bergzügen beiderseits erstreckte. Während sie im Westen noch immer die Sierra Nevada mit ihren hohen, schneebedeckten Gipfeln begleitete, tauchte im Osten der Black Mountain auf, an dessen Fuß die Straße abzweigte, die über die Bergkette ins Death Valley hinabführte. Harrison hielt an der Kreuzung an.

»Bleibt es dabei? Fahren wir weiter Richtung Las Vegas und dann nach Denver?«

Lorena nickte und blickte in die Runde. Auch Jason war wieder wach und sah gar nicht so schlecht aus. Auch er nickte, bat aber, in dieser Nacht wenigstens ein paar Stunden in einem Bett schlafen zu dürfen.

»Ich denke, das ist kein Problem«, machte Lorena ihm Hoffnung. »Sie suchen jetzt die Nadel im Heuhaufen. Selbst wenn sie ihre Autos wieder flottbekommen haben, wissen sie nicht, wohin wir gefahren sind. Wir haben seit dem Mono Lake nirgends angehalten und somit auch keine Zeugen hinterlassen. Eine Nacht Pause können wir also riskieren.«

Raika, die niemals müde zu sein schien, war dagegen, doch die anderen überstimmten sie, und so zuckte sie mit den Schultern und nahm wieder den Fahrersitz ein, um wenigstens etwas tun zu können, wie sie verkündete.

Lorena lächelte in sich hinein. Wie sehr sich Raika verändert hatte. Sie war noch immer zügellos und ein wilder

Geist, der nicht zur Ruhe kam, doch statt nur ihrem eigenen Vergnügen nachzujagen, setzte sie nun all ihre Energie für die Rettung von Lucy und Lorena ein. Waren sie tatsächlich Freundinnen geworden?

Natürlich würde Raika das niemals zugeben. Sie würde darauf bestehen, dass sie sich auf dieses Abenteuer nur einließ, um der Langeweile zu entgehen, und weil es ihr eben Spaß machte. Vielleicht hielt sie es immer noch für eine Schwäche, jemanden zu lieben und mit ihm verbunden zu sein. Sie fürchtete sich davor, anderen zu vertrauen. Lorena fragte sich, ob Raika irgendwann die Stärke in sich finden würde, die Verletzlichkeit zuzulassen, die eine Freundschaft mit sich brachte.

Die schmale Straße führte sie durch eine Mondlandschaft voll schroffer Felsbrocken in verschiedenen Farben, die sich über das Bergplateau ausdehnte. Es wurde immer trockener, und längst hatten sie die letzten Schneereste zurückgelassen. Die Sonne stand schon tief, als sie in das berühmte Todestal hinabfuhren, das so trocken und lebensfeindlich war wie kaum ein anderer Ort der Erde. Im Sommer konnten die Temperaturen leicht auf über fünfzig Grad ansteigen und einem unachtsamen Wanderer oder einem Reisenden mit einer Autopanne schnell zur tödlichen Falle werden. Doch jetzt im Winter bestand eher die Gefahr, sich nachts zu verkühlen, wenn das Thermometer unter den Gefrierpunkt sackte. Die Sonne schob sich auf die Bergspitzen hinter ihnen zu und verwandelte die Wüstenebene in eine Palette ineinander übergehender Farben, bis der letzte rosarote Schimmer verlosch und die Nacht hereinzog. Die ersten Sterne begannen zu schimmern, und bald war der ganze Himmel mit so vielen Sternen übersäht, wie man sie um London herum niemals zu Gesicht bekommt. Der Mond würde sich in dieser Nacht allerdings nicht zeigen. Lorena spürte, wie Lucy unruhig hin und her rutschte. Auch sie konnte die Macht des Neumonds spüren, dem alle Nachtmahre unterworfen waren. Selbst Lorena, die mithilfe der geheimnisvollen Pillen, die ihre Großmutter ihr vermacht hatte, die Wandlung bei Nacht unter Kontrolle hatte, konnte sich in dieser einen Nacht im Monat nicht gegen ihre Natur wehren. Heute würde sie nicht ihrem Willen unterworfen sein. Heute würden die Kräfte und Instinkte des Nachtmahrs punkt zwölf das Steuer übernehmen. Ein wenig fürchtete sich Lorena davor. Bisher hatte wenigstens sie stets einen kühlen Kopf bewahren können, wenn sich Lucy und Raika in ihren Rausch der Nacht ergaben, doch heute würde auch sie eine Gefahr für die Männer werden, die so leichtsinnig sein würden, zu dieser Zeit ihren Weg zu kreuzen. Vielleicht war es ganz gut, wenn sie diese Nacht nicht gemeinsam hier im Wagen verbrachten.

»Wo werden wir übernachten?«, erkundigte sich Lucy, die sich die Nase an der Scheibe platt drückte. »Ich sehe nur Wüste.«

»Das hier ist ein viel besuchter Nationalpark«, sagte Lorena. »Ich bin mir sicher, dass es in der Nähe der Zufahrt zum Badwater Basin und den anderen Sehenswürdigkeiten Unterkünfte gibt, die um diese Zeit vermutlich nicht ausgebucht sein werden. Harrison, würden Sie mal nachsehen, ob das Navi irgendetwas anzeigt?«

Harrison suchte die Abzweigung, die zu den Salzebenen führte, und vergrößerte sie, bis das Display einige kleine Straßen und Gebäude anzeigte. »Ja, hier muss es etwas geben. Ich sehe zwei Campingplätze und eine Golfanlage.«

»Das wird aber gemütlich«, spottete Raika, die noch immer am Steuer saß.

»Ich war noch nicht fertig«, fiel ihr Harrison unwirsch ins Wort. Langsam schienen auch seine Nerven angegriffen, oder er war erschöpft und brauchte Schlaf. »Hier gibt es eine knappe Meile vorher eine Ranch und direkt an der Abzweigung das Furnace Creek Inn.«

»Gut, dann schauen wir mal, ob wir da Zimmer bekommen«, schlug Lorena vor.

Bald schon sahen sie Lichter aus der Dunkelheit auftauchen. Raika folgte dem Schild, das zur Ranch wies, und bog rechts ab. Sie näherten sich einem Tor aus gemauerten Säulen, die mit einem Balken mit der Aufschrift »Furnace Creek Ranch« verbunden waren. Links auf einem Platz stand eine verrostete Dampfmaschine auf riesigen Speichenrädern, die vor zwei Wagen gespannt war, mit denen man einst Gold- und Silbererze oder das Borax transportiert hatte, das im Tal lange Zeit abgebaut worden war.

Langsam ließ Raika das Auto durch das Tor rollen und suchte das Gebäude mit der Aufschrift »Reception«. Es gab jede Menge freie Zimmer in einem flachen Bau zwischen bewässerten Rasenflächen, deren breite Betten mit ihren frischen Laken und weißen Kissen zu erholsamem Schlaf einluden. Raika und Lucy teilten sich das Zimmer neben Lorena und Jason, während Harrison ein Stück weiter am Ende des Baus untergebracht war. Sie brachten ihre wenigen Gepäckstücke in die Zimmer und trafen sich dann im Steakhaus, das natürlich stilecht im Westernlook daherkam und mit enormen Fleischstücken vom offenen Feuer lockte. Auch hier schienen sie die einzigen Gäste. Alle hatten Hunger. Sogar Jason leerte seinen Teller mit Appetit. Es war gegen elf, als sie die Rechnung verlangten und zu ihren Zimmern zurückkehrten.

»Gute Nacht«, wünschte Harrison. »Wir sehen uns dann um sieben zum Frühstück.«

Die anderen erwiderten den Gruß und zogen sich in ihre Unterkünfte zurück. Es wunderte Lorena nicht, dass Jason sofort ins Bad verschwand. Lorena setzte sich angezogen auf das Bett und starrte zur Glastür hinüber, durch die sie gerade einmal die schmale Terrasse in der Dunkelheit erahnen konnte. Sie verschränkte die Hände im Schoß, um das Zittern zu unterbinden, das durch ihren ganzen Körper lief. Es war, als könne sie jede Minute spüren, die verstrich. Fünfunddreißig, vierunddreißig, dreiunddreißig.

Sie hörte die Badezimmertür klappen und wandte den Kopf. Jason stand nackt im Zimmer und sah sie an. Lorena sprang auf.

»Soll ich dir deinen Arm frisch verbinden?«

»Ja, das wäre nett.«

Sie zog ihn aufs Bett, wickelte den Verband ab und besah sich die Wunde. »Das sieht nicht schlecht aus, soweit ich es beurteilen kann. Wie fühlst du dich?«

Jason verzog das Gesicht. »Ganz wunderbar, natürlich. Das gibt sicher wieder eine schöne Narbe, und das macht einen Mann für Frauen unwiderstehlich. Kampferprobte Helden sind gefragt, musst du wissen.«

Lorena lächelte. »Wenn du nicht verletzt wärst, würde ich dir jetzt gegen den Arm boxen, du alter Macho.«

»Daran muss ich arbeiten, wenn ich mit solch coolen Typen wie Harrison mithalten will.«

Lorena hielt inne. »Ist das ein Problem für dich? Bist du eifersüchtig auf ihn? Dafür besteht kein Grund. Habe ich dir etwa den Eindruck vermittelt, ich wäre an Harrison interessiert?«

Jason schüttelte den Kopf. »Nein, das nicht, aber er ist so entschlossen und tatkräftig und euch eine wirkliche Hilfe, während ich mich anschießen lasse und euch zur Last falle.«

»Du bist dafür viel mutiger als er«, sagte Lorena.

»Was?« Er sah sie ungläubig an.

»Du gehst ein viel größeres Risiko ein. Für ihn ist es ein Auftrag, für den er ausgebildet ist. Er kennt sich mit Waffen aus und kann sich verteidigen. Du bist Musiker und gibst dennoch alles, um uns zu helfen und mich zu schützen. Das ist wahrer Mut!«

»Und du scheinst immer noch in mich verliebt«, kommentierte Jason gerührt. Er legte die Arme um sie und zog sie an sich, um sie zu küssen. »Ich danke dir für deinen romantischen Blick, den ich allerdings relativieren muss. Ich hatte eine Scheißangst auf diesem Boot, als uns plötzlich die Kugeln um die Ohren flogen und wir nichts tun konnten. Wir hörten, dass dort oben gekämpft wurde …«

»Und da hattest du nicht nur Angst um dich, sondern auch um mich und um die anderen, denen ihr nun nicht zu Hilfe kommen konntet«, ergänzte Lorena und küsste ihn wieder. »Das nennt man Mut, mein Schatz. Und außerdem hatte ich dort oben, als wir auf der Suche nach Lucy durch das Gefängnis geschlichen sind, auch eine Scheißangst. Vielleicht ist das gut so. Es schärft unsere Sinne und lässt uns über uns hinauswachsen.«

»Lorena, du bist wunderbar. Ich liebe dich, und ich tue alles für dich!«

»Dann fang damit an, gesund zu werden«, antwortete sie,

lachte und versuchte, sich aus seinen Armen zu befreien, doch Jason hielt sie fest.

»Gut, dann komm zu mir, und liebe mich. Das ist die beste Medizin.«

»Du brauchst Ruhe«, wehrte Lorena ab.

»Nein, ich brauche dich!« Er küsste sie stürmisch.

»Jason, bitte nicht. Es ist kurz vor zwölf. Ich muss gehen. Heute ist Neumond. Ich kann die Wandlung nicht verhindern.«

»Ach, und da willst du lieber davonlaufen? Hinaus in die Wüste vielleicht, um dich die Nacht über an einen Felsen zu ketten, um in deiner Lust nicht über einen Mann herzufallen?«

»Sei nicht albern«, erwiderte sie, obgleich dies der Wahrheit ziemlich nahe kam.«

»Bleib bei mir«, bat er. »Ich liebe dich, egal in welcher Gestalt, und ich will verdammt noch mal, dass du mich nicht wie einen Invaliden behandelst. Ich will jetzt wilden Sex mit dir und mit dir feiern, dass wir dem Councillor und seinen Wanderern entkommen sind!«

Lorena entschlüpfte ein Lachen. »Ich sehe es deutlich, du bist wirklich scharf auf mich, also komm her, dann wollen wir sehen, was wir dagegen machen können.«

Lorena spürte, wie ihr allein bei dem Gedanken heiß wurde. Eine Welle der Gier erfasste sie, als sie Jason küsste und auf das Bett niederdrückte. Sie riss sich die Kleider vom Leib und kniete sich über ihn, wobei sie ihr Becken aufreizend kreisen ließ.

Jason stöhnte auf.

»Willst du jetzt schon um Gnade winseln?«, neckte sie ihn. »Da hast du Pech. Du hast dich sehenden Auges in dein Verderben gestürzt. Jetzt musst du es ausbaden, bis zum bitteren Ende!«

In diesem Moment ließ die Wandlung sie erzittern. Fasziniert sah Jason zu, wie ihre Konturen zu fließen begannen und ihrem Körper die makellose Schönheit des Nachtmahrs verliehen. Ihre Haare wuchsen, wurden kräftiger und legten sich in golden schimmernde Locken, ihr Gesicht wurde schmaler, die Nase kleiner und wohlgeformt. Ihre Lippen dagegen waren nun voll und forderten es geradezu heraus, geküsst zu werden.

»Du bist wunderschön«, flüsterte er. »Küss mich! Ich will dich spüren. Ich will alles von dir spüren, überall!«

»Das kannst du haben«, hauchte sie ihm ins Ohr und ließ ihre Lippen über seinen Körper wandern. Seine Finger gruben sich in ihre Schenkel und ihren Rücken, während ihre Zunge überall zu sein schien. Jason revanchierte sich, so gut es ging, zog sie zu sich und küsste jedes Stück, das er erwischen konnte. Er versuchte, sich aufzurichten und sie aufs Bett hinunterzuziehen, doch sie stieß ihn zurück.

»Oh nein, du bist noch nicht dran. Jetzt, mein Held, wollen wir mal sehen, wie viel du aushältst«, gurrte sie. Sie ließ sich mit gespreizten Knien auf ihn herabsinken und ergötzte sich an seinem Aufstöhnen, als er in sie glitt. Dann überließ sie wieder ihrem Becken die Arbeit, ihn zur Raserei zu treiben, bis sie sich umklammerten und beide aufschrien.

Mitternacht! Lucy spürte, wie das Zittern sie ergriff und ihr Körper seine nächtliche Gestalt annahm. Sie riss sich den Pullover vom Körper und trat an die Terrassentür. Ihre blauen Augen funkelten, als ihr Blick die Schatten durchdrang. Es wurde Zeit, auf die Jagd zu gehen! Sie schob die

Tür auf und ging in die klare Wüstennacht hinaus. Fasziniert sah sie zum Himmel auf, wo sich schimmernd das Band der Milchstraße abzeichnete.

Was nun? Sie lechzte nach einer lohnenden Beute. Bestimmt trieben sich hier ein paar echte Kerle herum, die es gewohnt waren zuzupacken. Ein Versuch konnte nicht schaden. Oder sollte sie sich Harrison noch einmal zur Brust nehmen?

Harrison.

Für einen Moment legte sich die Lust, die in ihrem Körper pochte. Wer war er, und was führte er im Schilde? Hatte Lorena recht, ihm ihr Vertrauen zu schenken, oder Raika mit ihrem nicht zu besänftigenden Misstrauen?

Vielleicht war es an der Zeit herauszufinden, was er wirklich dachte und wem er verpflichtet war! Was bot sich besser an als diese Nacht, in der die Macht der Mahre am größten war?

Mit Schwung warf sie ihr langes Haar zurück und machte sich auf den Weg zu Harrisons Zimmer. Sie sah schon von Weitem, dass kein Licht brannte. Schlief er schon? Das konnte man ändern! Mit federnden Schritten querte Lucy die Terrasse und drückte die Klinke der verglasten Tür herunter. Sie war nicht verschlossen. Bereits ein kurzer Blick ins Zimmer machte ihr klar, dass das Bett leer war. Es war keiner da. Wo also war Harrison? Vielleicht irgendwo mit Raika zusammen? Möglich. Sie war kurz vor zwölf verschwunden.

Lucy überlegte. In Gedanken schlenderte sie über den Rasen an der Zimmerreihe vorbei auf das Tor zu, als sie ihn entdeckte. Rasch suchte sie Deckung. War das wirklich Harrison, der dort am Tor stand? Er hatte den Rücken gegen die unregelmäßig geformten Steine gelehnt, aus denen die quadratischen, sich nach oben verjüngenden Pfeiler gemauert waren. Was tat er hier mitten in der Nacht? Lucy ließ den Blick schweifen. Sie konnte sonst niemanden entdecken. Raika schien jedenfalls nicht bei ihm zu sein. Er hielt irgendetwas in Händen. Sein Blick war starr nach unten gerichtet. Etwas glühte kurz auf. Rauchte er? Nein. Das war nicht die Flamme eines Feuerzeugs. Das war das Schimmern eines Displays. Ein Handy! Er hatte sein Telefon eingeschaltet. Lucy schob sich geräuschlos näher. Das war interessant. Wen rief er mitten in der Nacht von diesem gottverlassenen Ort aus an?

Sie huschte unter den tief hängenden Zweigen der Bäume hindurch und dann an der Mauer entlang, bis sie den Pfeiler erreichte, gegen dessen Rückseite Harrison lehnte. Sie konnte seinen Atem hören, so nah war sie ihm. Nun war es mit der Geheimniskrämerei vorbei. Sie würde jedes Wort hören, das er sprach.

Sie hörte ein leises, elektronisches Klicken, dann war es wieder still. Noch stiller als zuvor. Sie konnte seinen Atem nicht mehr hören. Lucy spürte, wie er lauschte und mit allen Sinnen witterte. Er konnte ihre Anwesenheit spüren. Verflucht! Wie war es ihm gelungen, sie zu entdecken? Sie konnte sich völlig lautlos bewegen, und doch hatte ihn irgendetwas gewarnt. Verfügte er über einen ähnlich feinen Sinn wie die Nachtmahre? Dann war er kein normaler Mensch.

Jedenfalls war ihr Plan, ihn unbemerkt zu belauschen, hinfällig. Lucy trat um die Säule herum.

»Oh, Harrison, was für eine reizende Überraschung. Sind Sie gar nicht müde? Das gefällt mir! Die Nacht ist nicht dazu gemacht, sie langweilig zu verschlafen. Es gibt so viel Aufregenderes zu erleben.« Sie setzte den Blick ein, von dem sie schon früh gelernt hatte, dass die Männer ihm nicht widerstehen konnten.

»Offensichtlich«, sagte Harrison abweisend. »Vielleicht suchst du dir dafür heute Nacht jemand anderen. Ich bin mir sicher, hier auf der Ranch gibt es jede Menge starker Kerle, die sich nur allzu gern von dir verführen lassen. Nur zu! Ich wünsche dir viel Spaß.«

Lucy stemmte die Hände in die Hüften und sah ihn von unten herausfordernd an. Das war nicht die normale Reaktion eines Mannes, der einen Nachtmahr zu Gesicht bekam, das wusste sie, trotz der vielen Jahre in Gefangenschaft. Irgendetwas lief hier schief, aber warum? Doch so leicht gab Lucy nicht auf. Sie kam noch ein Stück näher, sodass er sie riechen konnte, und tauchte ihren Blick in seinen, um ihn an sich zu fesseln.

»Wirklich? Sie sind nicht interessiert? Sind Sie sich da ganz sicher, Harrison?«

Sie witterte seinen Schweiß, der ihm aus allen Poren brach. Er schluckte trocken, doch er widerstand ihr noch immer. Erstaunlich!

»Nein, Lucy, vielleicht ein andermal. Ich bin müde. Es war ein langer Tag, und wir brauchen unsere Kräfte noch.« Er wich zur Seite, doch sie folgte ihm und ließ nicht locker.

»Sie sind müde?«, fragte Lucy lockend und strich um ihn herum wie eine hungrige Katze. »Warum sind Sie dann nicht in ihrem Bett? Warum treiben Sie sich in der Nacht herum? Versuchen Sie, *das hier* vor mir zu verstecken?«

Blitzschnell griff sie zu und riss ihm das Handy aus der Hand. Harrison versuchte, ihren Arm zu fassen, doch Lucy war schneller und wich zurück.

»Wen wollten Sie anrufen? Soll ich raten? Was gibt es heute Nacht so Wichtiges zu berichten? Ich ahne es und werde wohl nicht überrascht sein, wenn ich diese Taste drücke, nicht wahr?«

Harrison sprang mit einem Satz auf sie zu, um ihr das Handy zu entreißen, doch Lucy erhob sich mit einem kräftigen Flügelschlag in die Luft. Sie drückte die Taste für die Wahlwiederholung und lauschte dem Klingelton. Bereits nach dem zweiten Läuten meldete sich eine Stimme.

»Na endlich! Wo sind Sie? Erstatten Sie Bericht!«

Lucy ließ sich in luftiger Höhe auf den hölzernen Querbalken des Tors sinken, das Handy fest ans Ohr gepresst, während Harrison sie mit einem undefinierbaren Gesichtsausdruck anstarrte.

»Hallo?«, drängte die Stimme am anderen Ende der Leitung. »Können Sie mich hören?«

»Ja, ich höre Sie, laut und deutlich«, hauchte Lucy.

Für einen Moment herrschte Stille, dann veränderte sich die Stimme. Sie klang nun nicht mehr barsch und ungeduldig. Sie bekam diesen tiefen, samtigen Klang.

»Hallo Lucy, meine Teure. Wie schön, dass du dich meldest. Ich musste schon fürchten, du habest mich vergessen.«

»Nein, ich habe Sie nicht vergessen. Das wird mir vermutlich niemals gelingen, Councillor«, gab Lucy zurück.

Kapitel 23

GEFANGEN!

Lucy beendete das Telefongespräch und ließ dann das Handy aus fünf Meter Höhe auf den steinernen Boden fallen.

»Ups, jetzt ist es wohl kaputt«, kommentierte sie und lachte.

Harrison sah zu ihr hinauf und stöhnte. »Komm da runter, los! Führ dich nicht wie ein ungezogenes Kind auf.«

Lucy sprang zu Boden. »Und nun? Ich hätte wissen müssen, dass Raika recht hat und nicht meine naive Schwester mit ihrer Vertrauensseligkeit. Was ich nur nicht verstehe, ist, warum haben Sie sie überhaupt nach Amerika gebracht? Wenn Sie ohnehin stets in ihrer Nähe waren, warum haben Sie sich Lorena nicht einfach in London gegriffen und sie entführt?«

»Weil es diesem alten Weib in Oxford gelungen ist, sie mit einem magischen Schutz zu belegen, den wir nicht durchbrechen können. Doch je weiter die Eclipse von London und der Lady weg ist, desto schwächer ist der Schutz. Hier in Amerika ist sie nur ein Nachtmahr wie jeder andere.«

»Und dennoch haben Sie es versaut«, stellte Lucy mit Genugtuung fest. Sie und der Councillor und all seine Wanderer waren nicht in der Lage zu verhindern, dass zwei Mahre mich aus Alcatraz herausholten. So etwas! Da muss man sich doch gut überlegen, auf welche Seite man sich stellt.«

»Ja, das solltest du«, stimmte ihr Harrison unbeeindruckt zu. »Ich rate dir, dir Gedanken darüber zu machen, wie du dem Councillor dein Verhalten erklärst, wenn du ihm gleich gegenüberstehst. Sonst erwarten dich wieder ein paar Jahre hinter Gittern, wenn er dir nicht gleich den Kopf abschlagen lässt. Er kann hart strafen, weißt du? Und Verrat schätzt er ganz und gar nicht!«

»Ach, da wird mir schon etwas einfallen. Er frisst mir aus der Hand.« Lucy machte eine wegwerfende Handbewegung. Den Blick auf die Stelle seines Mantels gerichtet, die eine verdächtige Beule aufwies, kam sie langsam näher. »Ich mach mir da keine Sorgen«, sprach sie weiter. »Ich habe nicht gegen unsere Abmachung verstoßen. Was kann ich dafür, wenn die anderen das Armband zerstören und mir den Ortungssender rauben? Wäre meine Tarnung nicht aufgeflogen, wenn ich mich dagegen zur Wehr gesetzt hätte?« Sie sah ihn treuherzig an, während sie sich noch ein Stück näher schob. »Und außerdem ist der Councillor momentan nicht meine Sorge. Er ist weit weg in San Francisco. Im Augenblick gibt es hier nur Sie und mich und noch zwei Mahre, die in dieser Stunde der Nacht ihre Kräfte auftanken. Wenn sich jemand um seine nahe Zukunft Sorgen machen sollte, dann sind das Sie, Harrison.«

»Bist du dir da ganz sicher?«, entgegnete Harrison noch immer ungerührt. Seine Arme hingen locker herab, doch er konnte jederzeit nach seiner Waffe greifen.

»Ja, ich bin mir sicher!«, ertönte unvermittelt eine Stimme hinter Lucy. Raika trat hinter einem Baum hervor, ihre Pistole im Anschlag. »Ich wusste von Anfang an, dass dir nicht zu trauen ist, aber Lorena wollte ja nicht auf mich hören. Was sollen wir nun mit dem Verräter in unserer Mitte machen?«, überlegte Raika laut, während sie Schritt für Schritt näher kam, ohne Harrison aus den Augen zu lassen.

Er reagierte nicht. Er stand nur da und sah die beiden Nachtmahre mit gelassener Miene an.

Raika sah mit zusammengekniffenen Augen zu Lucy hinüber. »Na, was meinst du? Soll ich ihn erschießen und ihm dann zur Sicherheit mit Lorenas Schwert den Kopf abschlagen?«

Lucy zuckte mit den Schultern. »Mach, was du willst. Ist mir egal.«

»Ach, wirklich? Bist du dir da ganz sicher? Es könnte deinen Stand beim Councillor beeinträchtigen und dich in Erklärungsnöte bringen, wenn du zu ihm zurückkehrst.«

Lucy erwiderte Raikas Blick. »Gehst du mit deinem Misstrauen nun nicht doch ein wenig zu weit?«

Raika schüttelte den Kopf. »Nein, das glaube ich nicht. Leider. Wir haben uns solche Mühe mit dir gegeben, aber ich denke, es ist dem Councillor irgendwie gelungen, dich umzudrehen, und nun setzt er dich gegen deine eigene Familie ein, nicht wahr?«

»Ich bin dir keine Rechenschaft schuldig. Dir nicht und Lorena nicht und auch nicht dem Councillor. Ich tue, was mir gefällt. Ist das nicht auch dein Motto?«

Raika nickte und zeigte die Zähne. »Das stimmt, doch mit dem einen Unterschied, dass ich keine Nachtmahre an unsere Todfeinde ausliefere.«

»Du meinst jene Mahre, die mich leichten Herzens viele Jahre der Gefangenschaft des Councillors überlassen haben, um Lorena zu schützen?«

Raika öffnete den Mund, um zu antworten, als ein Schuss fiel, der wie ein Faustschlag ihre Brust traf und sie wie eine

Puppe herumwirbeln ließ. Raika war verwirrt, doch sie reagierte instinktiv und zog den Abzug durch. Das Projektil verfehlte Harrison und schlug neben seinem Kopf in die Steinsäule ein. Noch im Fallen sah Raika, dass es nicht Harrison war, der geschossen hatte, doch im Gegensatz zu Lucy sah er nicht überrascht aus. Mit drei großen Schritten stand er neben Raika, trat ihr die Pistole aus der Hand und presste ihr seinen Stiefel auf die Brust.

»Schach«, sagte er ungerührt, während sich plötzlich Schatten aus der Nacht lösten und auf sie zustürmten. Männer in Tarnuniformen mit Waffen in den Händen umringten Harrison und die beiden Mahre. Harrison nahm seinen Fuß von der Verwundeten und wandte sich einem Mann in Anzug und schwarzem Mantel zu. Er neigte zur Begrüßung den Kopf.

War das etwa der Councillor? Dann Gnade ihm Gott!

Raika versuchte, sich aufzurichten, doch Lucy ließ sich auf die Knie fallen und drückte sie mit dem Gewicht ihres ganzen Körpers zu Boden. Aus einer Wunde in ihrer Brust sprudelte Blut und tränkte den Stoff ihres Oberteils. Der Schmerz war schlimmer als bei ihrer ersten Wandlung.

»Bleib liegen«, befahl Lucy. »Du verlierst sonst noch mehr Blut.«

»Weg von mir, Verräterin«, stieß Raika keuchend aus.

»Sei ruhig. Sie werden dich sonst töten«, beschwor Lucy.

»Das ist mir egal, wenn ich nur dich oder einen der anderen mit in die Hölle nehme.«

Einer der Männer mit militärischem Bürstenhaarschnitt trat heran und sah mit verächtlicher Miene auf Raika herab. »Ist das die Hexe, die wir suchen?«, fragte er.

Harrison schüttelte den Kopf. »Nein, das ist nicht die Eclipse.«

»Dann schweig, Weib«, sagte der Mann grob und trat ihr unvermittelt gegen die Schläfe.

Raika hatte das Gefühl, ihr Kopf würde vor Schmerz bersten, und sie hörte Lucy schreien. Dann wurde alles still und dunkel um sie.

Jason schlief tief und fest. Erschöpft, was Lorena nicht wunderte, doch er sah glücklich aus. Sie strich ihm über die Wange. Auch sie fühlte die bleierne Müdigkeit, die sich in ihren Gliedern ausbreitete, und doch waren ihre Sinne geschärft und in Alarmbereitschaft. Lorena schloss die Augen und versuchte, langsam und tief zu atmen. Es waren aufregende Tage gewesen. Sie war in eine Festung eingedrungen, sie hatte einen Menschen getötet. Sie hatte Lucy gerettet, und es war ihnen gelungen, ihre Verfolger abzuschütteln. Jason ging es besser. Er würde sich von seiner Verletzung erholen und bald wieder gesund werden. Warum nur konnte sie keinen Schlaf finden? Ein Uhr war vorüber. Sie konnte wieder in ihren normalen Körper schlüpfen und einfach nur schlafen. Und doch wollte es ihr nicht gelingen. Lorena spürte, wie sie vor Anspannung vibrierte.

Ich bin so müde. Gib endlich Ruhe!, befahl sie ihrem Körper, doch statt ihrem Befehl zu folgen, regte sich nun auch ihr Geist, schüttelte die Müdigkeit ab und witterte aufmerksam nach allen Seiten. Es war, als schlüpfe ein Teil von ihr hinaus vor die Tür, um eine Gefahr aufzuspüren, die sich unerbittlich näherte.

Lorena schlug die Augen auf. Sie hatte gelernt, auf die Instinkte des Nachtmahrs zu vertrauen. Irgendetwas ging da draußen vor sich. Etwas, das ihre Nackenhaare sich aufrichten ließ. Lorena glitt aus dem Bett, schlüpfte in ihr weißes

Seidennachthemd und huschte zur Tür. Draußen war alles still. Lorena schob die Glastür auf und trat hinaus. Es war windstill und kalt. Der klare Sternenhimmel wölbte sich über ihr. Aufmerksam sah sie sich um. Vor was für einer Gefahr wollten ihre Instinkte sie warnen? War es den Männern des Councillors etwa gelungen, ihre Spur wieder aufzunehmen und ihnen bis hierher zu folgen? Und wenn ja, war es mehr als Glück oder Zufall, die sie hierhergeführt hatten? Vielleicht hatte sie sich zu lange vor der Notwendigkeit gedrückt. Vielleicht war es an der Zeit, die Loyalität ihrer Begleiter ein für alle Mal zu klären.

Lorena ahnte, dass es nicht leicht werden und ihr das Ergebnis nicht unbedingt gefallen würde. Später. Jetzt war es erst einmal wichtig zu klären, ob ihnen in dieser Nacht Gefahr drohte.

Lorena beschloss, zuerst nach Lucy und Raika zu sehen und dann Harrison aufzusuchen, um zu prüfen, ob bei ihnen alles in Ordnung war. Sie entfaltete gerade ihre Schwingen, als ein Schuss die Stille der Nacht zerriss. Nur einen Augenblick später krachte es noch einmal. Lorena fuhr zusammen. Verflucht! Ihre Ahnung gab ihr wieder einmal recht. Warum nur hatte sie so lange gezögert? Für ein paar Minuten in einem warmen Bett an Jasons Seite hatte sie ihre Sicherheit gefährdet.

Die Nachtluft wehte Stimmen zu ihr, die sie nicht kannte. Lorena wandte den Kopf, um ihre Herkunft zu orten. Sie mussten von der Straße her kommen oder vom Tor der Ranch. Sie stieß sich ab und erhob sich in die Luft. In einem Bogen näherte sie sich dem Tor. Lorena konnte die warme Aura von einem Dutzend Gestalten erkennen, die um etwas herumstanden, das auf dem Boden lag. Vorsichtig näherte sie sich, achtete aber darauf, die Wipfel der Bäume als Schutz zu nutzen. Ihre Blicke durchdrangen die Nacht.

Männer in Tarnanzügen mit Sturmgewehren, die sie auf die beiden Gestalten in ihrer Mitte gerichtet hielten. Lorena sah die blonden Locken im Sternenlicht leuchten, die sich mit dem schwarzen Haar der anderen vermischten.

Die Männer hielten also Lucy und Raika in Schach, aber wer hatte geschossen? Waren die beiden etwa verletzt?

Vorsichtig schwebte Lorena näher. Ihre Aufmerksamkeit wurde von einem Mann angezogen, der einen langen schwarzen Mantel trug. Die beiden Gestalten, die ihn flankierten, unterschieden sich in ihrer Kleidung nicht von ihm, doch Lorena spürte die Macht, die dieser Mann ausstrahlte. Ihr Blick saugte sich an ihm fest. Das also war Winston Campbell, der Duke of Roxburgh, Herrscher der Wanderer: der Councillor. Sie wusste nicht, wie er es geschafft hatte, ihre Pläne zu durchkreuzen und hier so schnell aufzutauchen, doch ihr war klar, dass ihre Chancen gering waren, ihm noch einmal mit heiler Haut zu entrinnen. Zu viele Männer mit zu vielen Waffen. Ihr Herz wurde schwer, als sie Harrison zwischen ihnen entdeckte.

Also doch!

Er war einer von ihnen. Er gehörte zu den Wanderern, und sie hatte es ihm verdammt leicht gemacht, ihr Vertrauen zu gewinnen und sich von ihm an der Nase herumführen zu lassen. Raika hatte also recht gehabt, doch Lorena war nicht bereit gewesen, ihr zu glauben.

Dann blickte sie zu der am Boden liegenden Gestalt, die sich noch immer nicht rührte. Was hatten die Männer mit ihr gemacht? Lorena schwebte noch näher heran, um besser sehen zu können. Entsetzt erkannte sie, dass der dunkle, nasse

Fleck, der unter ihrem Körper hervorkroch, Blut war. Raika war verletzt. Angeschossen. Schlimmeres zu denken, verbot sich Lorena und sah stattdessen nach Lucy, die sich nun erhob. Gott sei Dank schien sie unverletzt, doch was machte sie da? Lorenas Blick huschte zwischen ihrer Schwester und dem Councillor hin und her. Er streckte auffordernd die Hand aus, und Lucy gehorchte. Die Augen fest auf ihn gerichtet, ging sie aufreizend langsam auf ihn zu, stellte sich auf die Zehenspitzen und hauchte ihm einen Kuss auf die Wange.

Lorena schlug sich die Hand vor den Mund, um den Schrei zu unterdrücken, der in ihrer Kehle aufstieg. Nein, das durfte nicht wahr sein. Das wollte sie einfach nicht glauben. Dafür musste es eine andere Erklärung geben.

Der Councillor tätschelte ihre goldenen Locken und legte ihr dann die Hand auf die Schulter. Lucy reckte sich noch einmal und sagte ihm etwas ins Ohr. Er nickte. Was hatten die beiden zu besprechen?

Lorena glitt ein wenig tiefer. Vielleicht konnte sie etwas hören, doch da fuhr einer der Wanderer herum und stieß einen Schrei aus. Er hatte sie entdeckt!

»Duke, da oben ist sie«, rief Hunter plötzlich. Er riss seine Armbrust hoch und schoss auf die Gestalt im flatternd weißen Nachtkleid, die oberhalb der Baumwipfel schwebte.

Lorena wich zur Seite, und der Pfeil verfehlte sie.

Hunter hatte schon den nächsten eingelegt, als der Councillor seinen Arm umfasste. »Nein! Ich will sie unverletzt.«

»Aber wie soll das gehen? Sie fliegt uns davon!«, rief Hunter und starrte der Gestalt nach, die sich im Dunkeln der Nacht auflöste, doch er wagte nicht, noch einen Schuss abzufeuern.

»Das wird sie nicht«, widersprach der Councillor grimmig. »Wir haben ein Druckmittel … Harrison!«

»Ja, Duke?«

»Welches ist ihr Zimmer? Kommen Sie, rasch, ehe sie ihn fortschaffen kann.«

Harrison lief voran, der Councillor folgte ihm. Die Männer in Militäruniform sahen fragend zu Grant.

»Eric und Mason, Sie kommen mit mir, die anderen bleiben hier, Jackson hat das Kommando.«

Mit erhobenen Sturmgewehren liefen die beiden Grant hinterher. Auch Hunter folgte ihm, die Armbrust noch immer in den Händen. Er war noch nicht wiederhergestellt und von einer normalen Form sicher weit entfernt, doch er ließ sich seine Verletzung nicht anmerken. Mit den angeheuerten Männern konnte er allemal mithalten.

Lucy erhob sich und machte Anstalten, den Männern zu folgen, doch der Anführer stellte sich ihr in den Weg.

»Du bleibst hier, Mädchen«, sagte er und hielt ihr das Sturmgewehr quer vor die Brust.

Lucy lächelte und strich mit den Fingerspitzen über den Lauf. »Ach Jackson, nun spielen Sie sich nicht so auf. Ich will nur sehen, was der Councillor vorhat, also nehmen Sie das dumme Gewehr weg und kümmern Sie sich um die gefährlichen Nachtmahre.«

Sie beherrschte den Blick inzwischen gut und sah, wie der Mann mit sich rang. Die beiden jungen Typen, die neben ihm standen, hatte sie längst in der Hand. Sie würden alles für sie tun, aber Jackson war ein härterer Brocken.

Er versuchte, sie mit dem Gewehr zu der noch immer bewusstlosen Raika zurückzudrängen. »Du bleibst hier, bis der Councillor zurückkommt«, sagte er. »Wenn du versuchst, uns zu entkommen, haben wir Anweisung, auf dich zu schießen.« Er lächelte, doch sein Lächeln war kalt. »Du hast deine Aufgabe erfüllt. Du bist jetzt entbehrlich.«

Lucy starrte ihn an. »Das glaube ich nicht, Jackson. Und ich würde nicht den Zorn des Councillors riskieren, indem du mir auch nur ein Haar krümmst.« Ihre Blicke fochten einen harten Kampf. Lucy wagte nicht, ihre Schwingen zu entfalten. Es waren zu viele. Sie konnte sie nicht alle beherrschen, und sie war sich auch nicht sicher, ob Jackson nicht doch schießen würde. Sie wollte sich aber auch nicht geschlagen geben. Lucy kniff die Augen zusammen. Das letzte Wort war in dieser Sache noch nicht gesprochen!

Lorena landete auf der Terrasse ihres Zimmers und riss die Tür auf. »Jason, wach auf!«

Er murmelte im Schlaf. Mit zwei Sätzen war sie am Bett und rüttelte an seiner Schulter. »Steh auf, schnell! Wir müssen weg. Der Councillor ist hier. Er hat Lucy und Raika.«

Jason richtete sich schlaftrunken auf. »Was hast du gesagt? Der Councillor? Du träumst.«

»Nein, leider nicht.« Sie warf ihm eine Hose und einen Pullover zu. »Beeil dich, sie können jeden Moment hier sein!«

Jason warf die Decke weg, doch er war gerade erst in seine Jeans geschlüpft, als die dünne Holztür auf der anderen Seite splitternd aus den Angeln flog. Zwei Männer stürmten ins Zimmer. Der eine hatte eine Armbrust im Anschlag, der andere war der Councillor persönlich, der mit bedächtigen Schritten eintrat und seinen Blick auf Lorena heftete.

»Wie schön, dass wir uns endlich persönlich begegnen, Eclipse«, sagte er und machte einen Schritt auf sie zu, wobei er ihr eine Hand auffordernd entgegenstreckte. Da warf sich Jason gegen ihn und brachte ihn für einen Moment ins Wanken.

»Lauf, Lorena!«, schrie er.

Lorena reagierte sofort. Sie sprang zurück und stieß die Terrassentür auf. Ein Pfeil verhedderte sich im Stoff ihres Nachtkleids. Lorena schlüpfte unten den Händen der beiden Männer durch, die draußen auf der Terrasse standen und sie zu greifen versuchten. Mit zwei kräftigen Flügelschlägen war sie in der Luft und in der Nacht verschwunden.

»Dummer Junge«, sagte der Councillor scheinbar ungerührt und schlug Jason so hart ins Gesicht, dass er auf das Bett fiel. Blut schoss ihm aus der Nase und tropfte auf sein weißes T-Shirt. »Und Sie, Hunter, sollten Ihre Schießkünste mit der Armbrust auf Vordermann bringen«, fügte er zu seinem Begleiter gewandt hinzu.

Der so Gerügte zog den Kopf ein und wich einen Schritt zurück. »Und was machen wir jetzt, Duke?«, fragte er kleinlaut. »Sie ist davongeflogen. Wie sollen wir sie da jemals wiederfinden?«

»Wir setzen die Mittel ein, die wir haben, und warten, bis sie freiwillig zurückkommt«, antwortete der Councillor seelenruhig. Dann packte er Jason am Arm und zog ihn vom Bett. »Liebe ist etwas Wunderbares, nicht wahr?« Er zerrte sein Opfer mit hinaus auf die üppig bewässerte Wiese vor dem Gebäude und platzierte ihn gut sichtbar auf einer Lichtung zwischen den Bäumen. Die Männer mit den Gewehren folgten ihnen.

»Hunter«, wies der Councillor seinen Begleiter an. »Wenn er zu fliehen versucht, schießen Sie ihm ins Bein. Lassen Sie ihn aber auf alle Fälle leben. Noch brauche ich ihn.«

Der Mann mit der Armbrust tauschte seine Waffe gegen das Gewehr, das über seiner Schulter gehangen hatte, und richtete den Lauf auf Jason, doch der rührte sich nicht. Er schluckte nur trocken. Ihm war wohl bewusst, was der Councillor ihm damit sagen wollte. Jason versuchte, den Mut in sich zu finden, etwas Heldenhaftes zu tun, um Lorena zu retten. Die Männer mit ihren Gewehren konnte er nicht überwältigen. Blieb ihm nur, sich durch irgendeine wahnwitzige Aktion zu opfern und den Councillor seines Druckmittels zu berauben.

Er sah zu dem Mann hinüber, der sich zum Todfeind der Nachtmahre erklärt hatte. Die stahlgrauen Augen erwiderten seinen Blick.

»Tu es nicht, Junge«, sagte er leise. »Es lohnt nicht, dein Leben wegzuwerfen. Wir kriegen sie. Mit oder ohne deine Hilfe. Zweifle nicht daran. Es war eine spannende Jagd, doch irgendwann wird die Katze müde, die Maus immer wieder laufen zu lassen, und sie beendet das Spiel.«

»Es war nicht Ihr Spiel«, konterte Jason trotzig. »Wir waren es, die immer wieder Ihre Pläne durchkreuzt haben. Gut, im Augenblick scheinen Sie die Nase vorn zu haben, aber das wird nicht lange anhalten. Ruhen Sie sich nicht zu sehr auf Ihrem Triumph aus! In den Nachtmahren steckt mehr, als Sie sich vorstellen können. Dass Sie sie unterschätzen, wird Ihr Untergang werden.« Jason reckte sich noch ein wenig, obgleich seine Wunde heftig schmerzte, und hielt dem Blick des Councillors stand. »Und nennen Sie mich nicht Junge!«

Für einen Moment trat ein Ausdruck von Erstaunen in Winston Campbells Miene. »Vielleicht habe ich dich unterschätzt«, gab er zu, »doch du täuschst dich, wenn du meinst, die Nachtmahre würden hier die Fäden ziehen. Ich beweise es dir gern.« Er hob den Blick und ließ ihn über die Bäume und Hausdächer schweifen.

»Lorena«, rief er. Seine tönende Stimme durchdrang die Nacht. »Lorena, Eclipse, ich weiß, dass du noch in der Nähe bist, also höre mir gut zu. Das Spiel war amüsant und kurzweilig, doch nun ist es vorüber. Komm zu mir! Jetzt! Du weißt, dass ich Jason hier habe und dass Hunter mit seinem Gewehr auf ihn zielt. Es gibt kein Entrinnen. Wenn du zu mir kommst, dann werde ich Jason nicht wehtun. Ich lasse ihn laufen. Ich habe kein Interesse an ihm, doch wenn du dich weigerst, wird er sehr viel zu leiden haben. Glaube mir, ich verstehe etwas davon!« Er schwieg und sah sich um, doch nichts regte sich.

Lorena stieg hoch in die Luft und drehte über der Ranch eine Schleife. Sie sah Raika und Lucy noch immer bei der Einfahrt von einigen Bewaffneten umringt. Am Haupthaus entdeckte sie noch mehr Männer in Uniform, die mit ihren Gewehren ein paar spärlich bekleidete Zivilisten in Schach hielten. Das waren vermutlich die Besitzer der Ranch und ihre Hotelangestellten, die der nächtliche Aufruhr aus ihren Betten getrieben hatte. Lorena sah, wie sie die Frauen und Männer zu einem Lagerschuppen führten.

Was sollte sie jetzt tun? Wie könnte sie ihren Freunden gegen diese Übermacht helfen? Sie überlegte fieberhaft, aber es fiel ihr einfach nichts ein. Ihr Geist war wie gelähmt.

Die Stimme des Councillors drang durch die Nacht und jagte ihr einen Schauder über den Rücken.

»Lorena, Eclipse, ich weiß, dass du noch in der Nähe bist und mich hören kannst.« Die Worte drangen in sie ein und peinigten sie. Lorena konnte nicht anders, als zurückzufliegen und über das Hausdach auf die Wiese zu spähen, wo Jason in der Mitte stand, Hunters Gewehrlauf auf ihn gerichtet. Die beiden Männer in Tarnuniform und ein dritter Mann in Schwarz, der zu den Wanderern gehören musste, umringten sie.

»Komm zu mir!«, befahl der Councillor. Lorena rührte sich nicht. Ohne weitere Warnung schlug Winston Campbell seinen Mantel auseinander, zog seine Pistole und schoss Jason in den nackten Fuß. Jason schrie vor Überraschung und dann vor Schmerz. Blut spritzte ins taufeuchte Gras. Lorena biss sich auf die Hand, um nicht aufzuschreien. Was sollte sie nur tun? Vermutlich würde der Councillor Jason auch dann töten, wenn sie sich stellte, egal, was er ihr jetzt versicherte, um sie hervorzulocken. Das Einzige, was ihn wirklich interessierte, war, die Eclipse in seine Hand zu bekommen.

»Lorena, wie viele Kugeln wird er aushalten, bis er verblutet? Was meinst du?« Er drückte ein zweites Mal ab und traf Jason in die Wade. Er schrie auf und knickte zusammen. Hunter griff nach seinem Ellbogen und riss ihn wieder hoch.

Sicher war es falsch. Raika an ihrer Stelle hätte vermutlich anders entschieden, kühl die Fakten abgewogen und dann eine vernünftige Wahl getroffen, doch Lorena konnte nicht anders. Sie breitete ihre Schwingen aus und schoss auf die Männer zu. Mit einem Rauschen landete sie zwischen Jason und dem Councillor, der mit seiner Pistole noch immer auf ihn zielte.

Jason stöhnte. »Ach, Lorena …«

Sie richtete ihren Blick jedoch auf den Councillor. »Hier bin ich, Sie Monster. Lassen Sie Jason gehen.«

Er lachte auf. »Das wird ihm im Augenblick schwerfallen.« Er ließ die Pistole sinken und verstaute sie wieder in seinem Gürtel, dann hob er die Hand und trat auf Lorena zu. Sie rührte sich nicht und hielt seiner Musterung trotzig stand. Er griff nach ihrer Hand. Zu ihrer Überraschung hob er sie an seine Lippen, die kühl und ein wenig rau waren.

»Endlich lernen wir uns persönlich kennen. Lorena – Eclipse«, sagte er höflich und ließ seinen Blick über die Frau in ihrer perfekten, nächtlichen Schönheit wandern, deren weißes Seidennachthemd sich wie eine zweite Haut um ihren Körper schmiegte.

»Lassen Sie Jason und die anderen frei«, forderte Lorena. »So lautet der Deal. Sie brauchen doch nur mich.«

Er verzog die Lippen zu so etwas wie einem Lächeln. »Ich würde vorschlagen, wir verwahren euch alle sicher, bis die Nacht herum ist, und kehren dann nach San Francisco in mein Haus zurück. Dort können wir alles Weitere besprechen.« Er nickte Hunter und Grant zu, die Lorena zwischen sich nahmen. Ihr war klar, dass Widerstand zwecklos war.

»Geben Sie mir Verbandsmaterial und ein Desinfektionsmittel, damit ich Jason versorgen kann«, forderte sie.

»Alles zu seiner Zeit«, sagte der Councillor nur. Er wandte sich ab und schritt gemächlich auf eines der Gebäude zu. Hunter und Grant folgten mit Lorena, während die anderen beiden Jason hinter sich her schleiften.

Kapitel 24

MAYDAY! MAYDAY!

Lorena konnte Stimmen hören. Sie brauchte einige Augenblicke, bis sie wieder wusste, was geschehen war und wo sie sich befand. Sie lag gefesselt in einem der Lagerräume der Ranch. Durch ein vergittertes Fenster drang Tageslicht. Die Sonne war längst über der Wüste aufgegangen, und Lorena fühlte sich in ihrem normalen Körper schwach und hilflos. Die Fesseln schnitten ihr in die Handgelenke und Füße, und Lorena fragte sich, was mit den Menschen geschehen war, die auf der Ranch arbeiteten. Hatten die Männer des Councillors auch sie gefangen genommen, oder hatten sie sie gar getötet? Was zählte ein Menschenleben für die Wanderer? Und was hatten sie mit ihnen vor?

Lorena spürte, wie Verzweiflung in ihr aufwallte. Sie bemühte sich, ruhig zu atmen und die aufsteigende Panik niederzudrücken. Wo waren die anderen? Sie hob den Kopf und sah sich um. Jason saß gegen die Wand gelehnt, die Hände hinter dem Rücken verborgen. Seine Beine waren ebenfalls gefesselt. Er hatte die Augen geschlossen. Lorena wusste nicht, ob er bei Bewusstsein war. Mühsam drehte sie den Kopf in die andere Richtung und entdeckte Raika etwa drei Meter entfernt auf dem Boden liegend. Auch sie war gefesselt. Ihr Oberteil war noch immer nass von Blut, doch sie war wach, und ihre Augen blitzten vor Zorn.

Lorena öffnete den Mund, doch Raika schüttelte kaum

merklich den Kopf. Sie lauschte, was draußen gesprochen wurde. Lorena konzentrierte sich ebenfalls auf die Stimmen.

»Es gibt hier nur eine zweimotorige Maschine, die maximal sechs Personen mitnehmen kann«, sagte der Councillor gerade.

»Sie können sich auf mich verlassen«, versicherte der Attendant. Harrison und ich werden auf die Gefangenen achtgeben.«

»Und ich bin ja auch noch da«, ertönte Lucys helle Stimme.

Lorena zuckte zusammen, während sie sah, wie sich Raikas gefesselte Hände zu Fäusten ballten.

»Du kommst mit mir!«, sagte der Councillor.

»Bitte nicht … Warum? Ich will auch auf die Gefangenen aufpassen. Wollen Sie mir das letzte Kapitel vorenthalten? Ich möchte den Ausdruck in Lorenas Miene genießen, ehe sich die Kerkertür für immer hinter ihr schließt!«

Der Councillor stieß ein trockenes Lachen aus. »Du bist eine rachsüchtige kleine Person. Das werde ich mir merken.«

»Das sollten Sie«, antwortete Lucy noch immer mit schmeichelnder Stimme. »Es ist nicht ratsam, sich mich zum Feind zu machen!«

Eine Pause entstand, dann sprach der Councillor wieder. »Gut, dann fliegen Grant, Harrison und Lucy mit den drei Gefangenen. Ich werde mit den Männern nach Las Vegas zurückkehren und den Jet nehmen. Seht zu, dass ihr um die Mittagszeit loskommt. Bis dahin sollten wir in Vegas sein. Wir treffen uns am Flughafen von San Francisco. Ich sorge dafür, dass wir keine Probleme mit der Security bekommen.«

»In Ordnung, Duke, Sie können sich auf mich verlassen«,

versicherte Grant noch einmal. Schritte entfernten sich, dann war es still.

Lorena hörte, wie Raika mit den Zähnen knirschte.

»Ich bring sie um«, presste sie hervor.

Lorena seufzte. »Bring lieber den Councillor um oder diesen Grant.«

»Ich fange mit Lucy an, mit dieser kleinen, falschen Schlange, und ich mach mit den Wanderern weiter!«

»Ich verstehe deine Wut«, versicherte Lorena. »Ich kann es auch kaum fassen. Aber vielleicht kann man so etwas nur verstehen, wenn man so viel mitgemacht hat wie sie. Was wissen wir, was sie alles erdulden musste?«

»Und dann verrät sie uns an ihren Peiniger? Sehr logisch!«

»Wer weiß, was für ein Gift man ihr über die Jahre hinweg ins Ohr geträufelt hat«, beharrte Lorena. »Mir kam es vor, als sei ihr Hass auf die Nachtmahre, die sie nicht beschützt haben, größer als auf die Wanderer.«

»Offensichtlich!« Raika keuchte.

Lorena sah sie besorgt an. »Wie geht es dir? Wie schlimm ist die Verletzung?«

»Keine Ahnung, noch atme ich. Ich denke, die Lunge ist in Ordnung, aber ich fühle mich schwach wie ein Kind, und mir ist kalt.«

»Du hast viel Blut verloren. Und sie haben dich nicht einmal richtig verbunden.«

»Ich bin eben nicht wichtig.«

»*Mir* bist du wichtig«, versicherte Lorena. »Und ich stehe in deiner Schuld. Du hattest recht. Ich habe uns in diese aussichtslose Lage gebracht.«

»Wir kriegen das schon wieder hin«, fiel ihr Raika ins Wort.

Lorena lachte bitter. »Du gibst wohl nie auf?«

»Nein, warum sollte ich, solange ich noch atmen und denken kann?«

Jason begann sich zu regen und stöhnte, dann öffnete er die Augen.

»Jason, wie geht es dir?«

Es bereitete ihm sichtlich Mühe, den Kopf gerade zu halten und seinen Blick auf Lorena zu richten. »Ging mir schon mal besser«, stieß er aus. »Die Wunde ist wieder aufgebrochen, und mein Fuß brennt wie Feuer.«

»Diese Barbaren!«, ereiferte sich Lorena. »Es tut mir so furchtbar leid!«

»Vielleicht hättest du fliehen sollen«, sagte Jason und schloss die Augen.

»Und du wärst weiter gefoltert worden? Nein! Wie hätte ich das zulassen können?«

»Nun sterben wir alle«, hauchte Jason.«

»So etwas will ich nicht hören!«, widersprach Raika streng. »Wir kriegen das schon irgendwie hin.«

Lorena schwieg. Sie hatte keine Ideen mehr, und ihre Kraft schien restlos aufgebraucht. Der Councillor hatte gewonnen und sie auf ganzer Linie versagt. Sie wollte sich lieber nicht vorstellen, was Mylady zu diesem Schlamassel sagen würde.

Ruhe kehrte in dem Lagerhaus ein. Lorena dämmerte weg und schreckte erst wieder hoch, als sie den Klang von Stiefeln hörte. Die Tür wurde aufgeschlossen, und drei Männer traten ein. Es waren Harrison, der Attendant des Councillors und ein Mann in einem Tarnanzug.

»Zeit zu gehen«, sagte Grant und zog Raika auf die Füße. Er schnitt die Fesseln an ihren Beinen durch und schob sie zur Tür. Der Typ im Tarnanzug führte Jason hinaus, der mit schmerzverzerrter Miene neben ihm her humpelte. Grant blieb vor Lorena stehen.

»Kommen Sie und machen Sie uns keine Schwierigkeiten. Sie haben uns lange genug an der Nase herumgeführt.«

Lorena rappelte sich auf und versuchte sich an einem eisigen Blick. »So, habe ich das? Ich kann nicht sagen, dass es mir leidtut. Ich bedaure höchstens, dass dieser Verräter uns aufhält.«

Grant wirkte amüsiert. »Das haben Sie schön gesagt. Denken Sie tatsächlich, Sie könnten dem Councillor wieder entkommen?«

»Abwarten!«, sagte Lorena nur, wandte sich ab und verließ vor ihm mit geradem Rücken den Keller. Draußen standen zwei Männer, die ihre Gewehre auf die Gefangenen richteten, sonst war niemand von der Ranch zu sehen. Von dieser Seite würden sie sicher keine Hilfe erwarten können. Wie also sollte es ihnen gelingen zu fliehen? Der Councillor und die meisten seiner Männer waren bereits nach Las Vegas gefahren. Also blieben ihnen nur noch wenige Minuten, bis sie in das Flugzeug verfrachtet wurden.

Lorena zerrte an ihren Handfesseln, aber die saßen fest. Sie fühlte sich in ihrer menschlichen Gestalt schwach, und ihr war klar, dass es kein Zufall war, dass die Männer gewartet hatten, bis die Sonne schien.

Die Wanderer führten ihre Gefangenen zu einem Pickup und hievten sie auf die Ladefläche. Die beiden Bewaffneten setzten sich hinten auf die Reling, während die anderen vorn Platz nahmen. Es war nur eine kurze Fahrt bis zum Flugfeld, auf dem eine einzige Maschine stand. Eine ältere Propellermaschine mit zwei Motoren. Ein Mann in Fliegerkombi erwartete sie. Lorena entdeckte Lucy, die mit einem

Grinsen um das Flugzeug geschlendert kam. Ihre Gefühle überschlugen sich, und sie hätte ihre Schwester am liebsten am Hals gepackt und angeschrien. Wie konnte sie ihnen das antun? Doch sie kam nicht nahe genug an Lucy heran. Überhaupt schien ihre Schwester sehr darauf bedacht, Abstand zu ihnen zu halten.

»Alles klar?«, fragte Grant den Piloten.

Dieser nickte. »Ja, Sie können schon mal einsteigen. Ich checke noch ein paar Sachen, dann geht es los.«

Lucy hüpfte vor ihnen her und kletterte als Erste ins Flugzeug. Lorena kam sie wie ein kleines Mädchen vor, das sich auf einen außergewöhnlichen Ausflug freut. Lucy nahm vorn Platz, während Grant die drei Gefangenen hinten mit Handschellen an das Gestänge der jeweiligen Vordersitze fesselte. Lorena schob ihre Hand zu Jason und berührte seine Finger. Ihre Blicke trafen sich.

»Uns fällt schon was ein«, sagte sie tröstend, obgleich sie keine Ahnung hatte, wie sie aus diesem Schlamassel entkommen sollten.

Jason lächelte schwach. »Du lässt dir deine Hoffnung nicht rauben. Das gefällt mir. Ich würde dich küssen, wenn ich zu dir rüberkommen könnte.«

Grant und Harrison stiegen ein, während die Bewaffneten auf dem Flugfeld zurücktraten. Der Pilot nahm seinen Platz ein und betätigte einige Schalter und Knöpfe. Harrison übernahm den Platz des Kopiloten, während sich Grant dahinter neben Lucy setzte. Die Motoren begannen zu dröhnen, die Propeller erzitterten und drehten sich immer schneller.

Lorena schloss die Augen, doch statt das Rollen der Räder zu spüren, erzitterte das Flugzeug, der Motorenlärm wurde wieder leiser und brach dann mit einem Stottern ab. Sie hörte den Piloten fluchen.

»Was ist los?«, wollte Grant wissen.

»Keine Ahnung. Ich habe heute Morgen alles gecheckt.«

Lorena sah zu Raika hinüber, die nur die Schultern hob. Sie reckte den Hals, um zu sehen, was vorn vor sich ging. Der Pilot öffnete die Tür und stieg wieder aus. Sie konnten ihn draußen klopfen hören. Eine Klappe wurde geöffnet. Er schraubte an irgendetwas herum und fluchte noch einmal. »Das gibt es doch gar nicht!«

Auch Grant löste seinen Gurt und stieg wieder aus. »Haben Sie das Problem gefunden?«

»Vermutlich, aber ich kann mir nicht vorstellen, wie das passiert sein könnte.«

»Das interessiert mich nicht. Beheben Sie es!«, herrschte Grant den Piloten an. »Wir müssen los.«

»Kann ja sein, aber das dauert eine Weile. Sehen Sie, die Welle ist völlig verbogen. Die muss ich austauschen. Das kann ein paar Stunden dauern.«

»Sie haben genau eine!«, polterte Grant.

Aber all sein Schimpfen nützte nichts. Dadurch wurde die Reparatur nicht schneller fertig. Lorena sah durch das Fenster, wie Grant draußen ruhelos hin und her ging, während Harrison mit verschränkten Armen und finsterer Miene dastand. Dann richtete sich sein Blick auf Lucy, die neugierig den Fortschritt der Reparatur verfolgte. Lorena sah, wie ein feines Lächeln Lucys Lippen umspielte, und sie konnte Harrisons Misstrauen geradezu spüren.

»Verflucht, warum lassen Sie uns nicht aussteigen«, begehrte Raika auf. »He! Wir müssen mal auf die Toilette.« Doch Grant reagierte nicht. Sie blieben an ihre Sitze gefesselt.

Es war bereits kurz vor drei, als der Pilot erneut den Motor startete. Dieses Mal schien mit der Maschine alles in Ordnung. Mit einem Rucken rollte sie los, beschleunigte dann und hob ab. Der Pilot drehte einen Bogen, sodass die unfreiwilligen Passagiere einen Blick auf die Salzebene des Badwater Baisins werfen konnten, dann nahm er Kurs nach Westen über die Berge. Sie flogen der Sonne entgegen, die tiefer und tiefer sank und das Land unter ihnen wie in Feuer tauchte.

Der Councillor stand am Fenster des kleinen, unauffälligen Hauses, das er bereits vor einiger Zeit erworben und in ein perfektes Versteck hatte umbauen lassen, und sah über den Seaplane Harbor zum Gelände des Flughafens hinüber, wo internationale Flugzeuge aller Größen im Minutentakt starteten und landeten. Auch auf der anderen Seite der Bucht herrschte auf dem Airport von Oakland reger Flugverkehr. Doch die Maschine, die er so dringend zu sehen wünschte, ließ auf sich warten. Sein Blick glitt immer wieder zu seiner Uhr und dann zur Sonne hinüber, die schon bedenklich tief über dem Bergkamm stand.

»Grant, verdammt, melden Sie sich!«, bellte er in das Satellitentelefon. »Wie weit seid ihr?«

»Wir sind schon über der Bay, aber wir müssen noch eine Schleife drehen. Wir haben noch keine Landeerlaubnis.«

»Verflucht, sagen Sie dem Pilot, er soll sich beeilen!«, raunzte der Councillor, obwohl ihm bewusst war, dass der nichts tun konnte, wenn der Tower ihm kein grünes Licht gab. »Die Zeit läuft uns davon!«

»Ich weiß, Duke, aber machen Sie sich keine Sorgen. Hier ist alles in Ordnung. Sie verhalten sich ruhig.«

»Dennoch wäre es mir lieber, wenn ich sie hier hätte, ehe die Sonne untergeht.«

»Warum?«, ertönte Lucys Stimme aus dem Hintergrund. »Fürchten Sie die Macht der Mahre, wenn die Nacht hereinbricht, Councillor? Das sollten Sie auch!«

In diesem Moment versank die Sonne, und das Gespräch brach ab.

»Wir sind gleich da«, meldete sich Raika, die einen Blick aus dem Fenster warf. »Ich sehe die Bay vor uns, und dahinter ist San Francisco.«

Lucy löste ihren Gurt und kam zu ihnen nach hinten geschlendert. »Wir werden es nicht rechtzeitig schaffen«, sagte sie. »Was für ein dummer Zufall! Kein Verlass auf die Technik.« Sie gluckste.

»Und was nützt uns das?«, fauchte Raika. »Diese Handschellen sind verdammt stabil.«

Lucy nickte. »Ja, die kann nicht einmal ein Nachtmahr aufsprengen. Man bräuchte schon einen Schlüssel, nicht wahr?«

»Verschwinde und behalte deinen Spott für dich!«, erwiderte Raika erzürnt.

Lucy lächelte noch immer, dann beugte sie sich zu Lorena hinüber und tat so, als überprüfe sie ihre Handschellen. Lorena fühlte, wie etwas Kleines, Metallenes in ihre Hand glitt.

Überrascht sah sie auf, doch Lucy hatte sich bereits abgewandt und ging wieder nach vorn. Sie setzte sich hinter Harrison und beugte sich dann zu ihm vor, um ihm etwas zuzuflüstern. Grants Telefon klingelte. Sicher war es der Councillor, der sich fragte, wo sie blieben. Lucy erhob sich wieder und lauschte dem Gespräch, während sie auf die Bucht hinausflogen.

»Warum?«, fragte Lucy in Richtung Grants Telefon. »Fürchten Sie die Macht der Mahre, wenn die Nacht hereinbricht, Councillor? Das sollten Sie auch!«

In diesem Moment ging die Sonne unter. Lorena spürte es wie jeden Tag, als würde ein Stromstoß durch ihre Adern jagen. Blitzschnell öffnete sie die Handschellen mit dem Schlüssel, den Lucy ihr zugesteckt hatte, befreite Jason und schob dann den Schlüssel Raika zu. Aber was nun? Sie waren hoch in der Luft. Bestimmt mehrere Tausend Fuß über dem Wasser.

In dem Moment, als sie ratlos den Blick hob, krachte der Schuss. Sie sah die Pistole in Lucys Hand und das Blut, das aus Grants Kopf spritzte. Sie hatte sich blitzschnell gewandelt. Ehe Lorena klar war, was dort vorn geschah, streckte der nächste Schuss den Piloten nieder. Er sackte nach vorn auf die Instrumente, während sich das Flugzeug nach links neigte.

»Mayday, Mayday«, schrie Harrison in das Funkgerät. Lucy strauchelte und brauchte einige Augenblicke, sich zu fangen. Diese genügten Harrison, sie zu packen und ihr die Pistole aus der Hand zu schlagen. Lucy krallte sich an seinem Hals fest. Lorena wandelte sich ebenfalls, warf die Handschellen ab und sprang auf. Sie stürzte nach vorn, fiel aber gegen die Tür, als sich das Flugzeug noch weiter neigte und zu trudeln begann. Raika kroch über den Boden, auf der Suche nach der Pistole.

Harrison stöhnte. Als Nachtmahr hatte sie genug Kraft, einen Mann zu erwürgen. »Lucy, verdammt, lass mich das Flugzeug aufrichten, oder willst du, dass wir alle abstürzen?«, stieß er mühsam hervor. Einer der Motoren setzte aus, und die Nase der Maschine neigte sich nach vorn. Lucy klammerte sich an ihn.

»Nein, nur du wirst abstürzen. Wir sagen Lebewohl und steigen aus!«, gab sie zurück.

Harrison ließ ihre Arme los und griff nach dem Ruderhorn, um das Flugzeug abzufangen. Lucy lockerte ihren Griff. »Dann macht schnell«, krächzte Harrison. »Ihr habt keine zwei Minuten mehr!«

Raika riss die Tür auf. Die brausende Böe, die sie erfasste, drückte sie nieder, doch sie klammerte sich an einem Griff fest. Lorena packte Jason am Handgelenk und zog ihn zu der offenen Tür. »Wir brauchen einen Fallschirm!«, schrie sie. »Jason braucht einen Schirm!«

Hektisch sah sie sich um. Lucy ließ Harrison los und zerrte an dem toten Piloten herum, doch der hatte sich zwischen Sitz und Ruder verklemmt.

»Raus, sofort!«, schrie Harrison. »Wir zerschellen gleich. Ich kann die Maschine nicht halten.«

Lucy gab es auf. Sie hangelte sich zur Tür und hakte sich bei Jason unter. »Wir schaffen das!«, brüllte sie und warf sich hinaus. Lorena blieb nichts anderes übrig, als mit Jason zusammen hinterherzuspringen. Ein Luftwirbel erfasste sie und riss sie herum. Sie öffnete ihre Schwingen. Das Sirren des Propellers klang in ihren Ohren und dann ein Geräusch wie das Reißen von Stoff. Ein stechender Schmerz durchfuhr sie. Sie spürte Jasons Gewicht in ihren Armen und schlug wie wild mit den Flügeln, doch die Haut war zerschnitten und konnte sie nicht mehr tragen, geschweige denn noch einen Menschen. Lorena spürte, wie sie zur Seite kippte. Sie umklammerte Jason und zog ihn und Lucy mit sich in die Tiefe.

Der Councillor lauschte Lucys Worten. Dann hörte er einen Knall, und das Gespräch brach ab. Etwas krampfte sich in seinem Innern zusammen. Er nahm den Feldstecher und suchte den Luftraum über der Bay nach der zweimotorigen Propellermaschine ab.

Hunter erhob sich aus seinem Sessel. »Stimmt etwas nicht, Duke?«

»Ich weiß es nicht«, sagte er leise, ohne den Blick vom Himmel zu wenden, der sich zunehmend verdüsterte.

Hunter trat zu ihm und stieß einen Schrei aus. »Duke, sehen Sie nur! Dort drüben, über der Brücke.«

Der Councillor richtete den Feldstecher nach Südosten auf die San-Mateo-Brücke aus. Über ihr entdeckte er die Maschine, deren linke Tragfläche sich bedenklich nach unten neigte. Einer der Motoren schien ausgefallen zu sein. Aus seinem Telefon war nur noch ein Rauschen zu vernehmen.

»Sie haben Schwierigkeiten«, sprach Hunter das Offensichtliche aus.

»Funken Sie den Piloten an, verflucht!«, rief der Councillor, während er auf das Flugzeug starrte, dessen Nase sich nun Richtung Wasser neigte.

»Himmel, sie stürzen ab«, stieß Hunter hervor, als sein Funkgerät zu knacken begann.

»Mayday, Mayday«, ertönte eine verzerrte Stimme. Dann raste das Flugzeug auf den Highway zu. Würde es die Brücke treffen? Der Councillor und sein Warrior hielten den Atem an. Sie konnten nichts tun, um das Unglück aufzuhalten. Würden seine mehr als ein Dutzend Jahre gehegten Pläne etwa so enden? Er wollte es nicht glauben, auch wenn das Unausweichliche sich vor seinen Augen abspielte. Das Flugzeug war verloren. Sie konnten den Aufschlag nicht hören. Es verfehlte die Brücke, traf aber eine der Kiesbänke, die hier in der Bucht bis knapp unter die Wasseroberfläche ragten. Ein Feuerball hüllte die Maschine ein, als sie an der Untiefe zerschellte. Die gleißende Kugel breitete sich aus, dann hörten sie die Explosion. Schwarzer Rauch stieg in den Himmel. Das Feuer erlosch. Es fiel in sich zusammen. Der Rauch lichtete sich und löste sich in der zunehmenden Dunkelheit auf. Das Flugzeug war verschwunden. Seine Trümmer breiteten sich im Strom der Bay aus. Zwischen ihnen die zerfetzten Körper seiner Passagiere, die mit all den Hoffnungen des Councillors in der Tiefe verschwanden.

Lorena spürte den eisigen Wind, der an ihren Kleidern und ihren Haaren zerrte. Sie fiel immer schneller und konnte den Sturz nicht aufhalten. Vergeblich stemmte sich Lucy gegen den Fall. Über ihnen hörten sie Raika, die sich kraftlos tiefer sinken ließ, die Hände auf ihre nun wieder offene Bauchwunde gepresst. So trudelten sie immer schneller dem Wasser zu, doch noch schneller schoss das Flugzeug in einem steilen Bogen mit der Nase voran der Erde entgegen. Noch ehe die Mahre und Jason im Wasser landeten, schlug es nahe einer Untiefe auf und explodierte. Der Feuerball war noch nicht erloschen, als die vier auf das Wasser klatschten. Obwohl Lucy wild mit den Flügeln schlug, war der Aufprall so hart, dass Lorena dachte, alle Knochen in ihrem Leib müssten gebrochen sein. Nur Sekunden später tauchte Raika neben ihnen ins eiskalte Wasser. Lorena packte sie an der Schulter und zog sie zu sich. Benommen schüttelte sie den Kopf.

»Was für ein Höllenritt …« Sie keuchte. »Wolltest du uns eigenhändig umbringen, Lucy? Konntest du es nicht erwarten, bis der Councillor es tut?«

»Ich wollte euch retten!«, empörte sich Lucy.

Raika lachte kurz auf. »Mylady, bewahre uns vor unseren Freunden, die uns retten wollen!«

Lucy verzog beleidigt den Mund. »Das war doch perfekt. Seht, von der Maschine ist nichts übrig. Der Councillor denkt nun, wir sind alle tot. Damit sind wir ihn los. Wir müssen nur noch zur Brücke rüberschwimmen und uns aus dem Staub machen.«

Lorena umklammerte Jason, der schwer in ihren Armen hing. Der harte Aufprall auf das Wasser hatte ihn am schwersten getroffen. Die Körper der Nachtmahre waren robuster, außerdem hatten die Schusswunden ihn bereits geschwächt. Und nun sollte er noch durch das eiskalte Wasser schwimmen?

»Jason kann das nicht schaffen. Es ist zu weit …«

»Dann besorge ich ein Boot«, schlug Lucy vor.

»Aber beeil dich«, mahnte Raika. »Wir müssen weg sein, ehe die Männer des Councillors auftauchen.« Auch sie war am Ende ihrer Kräfte und hielt sich gerade noch über Wasser.

Lucy dagegen schien aufzublühen. Sie schoss in die Luft und breitete ihre Schwingen aus. »In Ordnung, bin unterwegs!« Und schon war sie verschwunden.

»Ob wir die noch einmal wiedersehen«, murrte Raika. »So eine Scheiße! Was hat sie sich nur dabei gedacht?«

Lorena antwortete nicht. Sie sah in Jasons Gesicht. Er schnappte in kurzen Stößen krampfhaft nach Luft. Seine Glieder zuckten, und er schien nicht in der Lage, seine Arme und Beine kontrolliert zu bewegen. Lorena umschlang ihn fest und versuchte, ihm den Rest an Kraft zu geben, den sie noch in sich spürte. Er wurde ruhiger, das Zucken verebbte, doch nun hingen seine Arme und Beine schlaff im eisigen Wasser. Jason öffnete die Augen und sah sie an. Was sie in seinem Blick lesen konnte, ließ ihr Herz noch kälter werden als das Wasser, das sie umgab.

»Ich liebe dich«, murmelte er. »Ich wäre dir gern eine größere Hilfe gewesen.«

»Du warst wunderbar«, versicherte sie ihm. »Halte durch! Alles wird wieder gut. Lucy wird bald mit dem Boot da sein.«

Jason schüttelte träge den Kopf. »Sie wird euch retten, bestimmt, aber für mich ist es zu spät, das weißt du. Ich spüre nichts mehr. Ich kann meine Beine nicht bewegen. Und ich bin so müde.«

Lorena schüttelte ihn. »Nein! Nein, Jason, du musst wach bleiben. Sprich mit mir. Du wirst es schaffen. Ich brauche dich doch. Du darfst mich nie verlassen, das hast du mir versprochen!«

»Dann muss ich dich jetzt enttäuschen. Du musst mich gehen lassen. Es ist so kalt. So schrecklich kalt. Konzentriert euch darauf zu überleben, und küss mich noch einmal!«

Lorena presste ihn an sich. Sie küsste seine blauen Lippen, seine Wangen und die nun geschlossenen Lider, doch Jason regte sich nicht mehr. So trieben sie eine Viertelstunde dahin.

Raika griff nach ihrer Schulter. »Lorena, lass ihn los.«

»Nein, niemals!« Sie weinte, und ihr Körper bebte. »Er wird wieder aufwachen, wenn Lucy gleich mit dem Boot kommt.«

»Wie schnell kann sie zurück sein, wenn sie überhaupt wiederkommt? Lorena, Jason ist tot, du musst ihn loslassen. Wir können ihn nicht mitnehmen.«

»Ich kann ihn hier doch nicht allein zurücklassen.«

»Es ist nur sein Körper. Sein Geist ist längst weg. Komm, wir müssen versuchen, die Brücke zu erreichen. Hier wird es bald von Rettungsbooten und Hubschraubern nur so wimmeln. Wenn sie uns aufgreifen, war alles vergeblich. Komm mit und versuch zu schwimmen. Lass Jason nicht umsonst gestorben sein.«

Lorena weinte lautlos. Tränen rannen ihr über das Gesicht. Sie küsste noch einmal Jasons Lippen, dann ließ sie ihn los. Sie wandte sich der Brücke zu und schwamm an Raikas Seite langsam auf einen der aufragenden Pfeiler zu, während das eisige Wasser der Bay den toten Körper in die Finsternis hinabzog.

Hunter kam ins Zimmer und räusperte sich, doch der Councillor reagierte nicht. Er starrte aus dem Fenster auf das grau schimmernde Wasser, über das zähe Nebelschwaden waberten. Es war längst Tag geworden, und noch immer fuhren unzählige Boote auf der Bay auf und ab und sammelten die wenigen Trümmer ein, die noch an der Oberfläche trieben.

»Haben sie irgendetwas gefunden?«, erkundigte sich der Councillor schließlich.

Hunter trat neben ihn. »Nein, nur ein paar Teile des Flugzeugs. Die Reste der Passagiere, die die Explosion übrig gelassen hat, sind vermutlich bereits als Fischfutter verschwunden.«

»Dann werden wir es nie erfahren.«

»Was in der Maschine passiert ist? Nein, vermutlich nicht.«

»Was geschehen ist und ob es Überlebende gab«, ergänzte der Councillor.

Hunter stieß ein Grunzen aus. »Nachtmahre sind nicht

leicht zu töten, aber solch einen Absturz überstehen nicht einmal sie. Ich denke, das Kapitel ist beendet. Es gibt keine Eclipse mehr und auch keinen Auserwählten, der mit ihr einen mächtigen Nachkommen zeugen könnte.«

»Vermutlich hast du recht«, pflichtete der Councillor ihm bei. »Es fällt mir nur schwer zu glauben, dass es auf diese Weise enden kann. Dann bleibt uns also nur noch, unsere Zelte hier abzubrechen und nach England zurückzukehren.«

Epilog

HEIMKEHR

Morla ließ es sich nicht nehmen, die drei Mahre persönlich ins Allerheiligste von Gryphon Manor zu geleiten.

»Mylady, Lorena, Lucy und Raika sind zurück«, verkündete sie, obgleich Mylady natürlich längst davon erfahren hatte. Die drei traten ein und blieben dann an der unsichtbaren Linie stehen, mit der sich die Lady umgab, die Hände vor dem Leib verschränkt, die Blicke gesenkt. Stille legte sich über sie, während sie fühlen konnten, wie die Lady sie musterte. Obwohl Raikas Bauchwunde inzwischen versorgt und Lorenas zerschnittener Flügel genäht worden war, sah man ihnen die Strapazen noch immer an. Lorena wusste, wie blass und hohlwangig sie geworden war, und auch Raikas Schönheit hatte an Strahlkraft eingebüßt. Sie bewegte sich langsam und mit Bedacht. Ab und zu verzog sie das Gesicht zu einer Grimasse und presste die Lippen aufeinander. Nur Lucy stand aufrecht da und sah sich neugierig um.

»Du bist also Lucy«, stellte Mylady fest. »Willkommen daheim im Haus deiner Familie.«

Lucy stieß ein Schnauben aus, senkte dann aber den Blick und murmelte: »Danke, Mylady«.

»Setzt euch«, forderte Morla die drei Mahre auf. »Und dann berichtet Mylady, wie es euch ergangen ist.«

Lorena hob hilflos die Arme. Sie wusste nicht, wo sie anfangen sollte. Zu viel war in den wenigen Tagen geschehen. Zu viele Hoffnungen waren geweckt und vernichtet worden.

»Mylady weiß bereits, dass euch Olivia gestern am Flughafen in San Francisco entdeckte und half, euch im Frachtraum einer Maschine zu verbergen«, fügte Morla hinzu.

»Oh ja, wir hatten einen sehr bequemen Rückflug zwischen ein paar Hundeboxen und einem Container mit zwei Pferden«, sagte Raika sarkastisch.

»Was hätten wir sonst tun sollen?«, meinte Lorena mit einem Seufzer. »Wir hatten nach dem Absturz und unserem eisigen Bad in der Bay keine Papiere mehr und kein Geld.«

»Ich habe jedenfalls, wie versprochen, ein Boot besorgt und die beiden aus dem Wasser gefischt«, meldete sich Lucy zu Wort, der es wichtig schien, diesen Teil ihrer Flucht zu erwähnen. »Wir waren weg, ehe die Suchmannschaften eintrafen und der Councillor Wind davon bekommen konnte, dass wir davongekommen sind.«

»Hauptsache ihr habt alle überlebt und seid zurück«, sagte Morla, die wie üblich den Platz neben Myladys Sessel einnahm und nun aufrecht neben ihr verharrte, ohne sich zu bewegen.

»Es haben nicht *alle* überlebt«, widersprach Lorena. »Jason ist tot. Er kam bei dem Absturz ums Leben, und auch Harrison, der sich im letzten Moment auf unsere Seite schlug, hat das Unglück nicht überlebt.«

»Auch eine unserer Schwestern starb in Alcatraz«, sagte Morla. »Sie haben gut gekämpft und die Wanderer so lange hingehalten, bis ihr mit Lucy entkommen konntet. Opfer gibt es immer.«

»Jason ist tot!«, wiederholte Lorena, die es nicht fassen konnte, dass Morla so darüber hinwegging und die Lady gar nichts dazu sagte. »Er hat alles für uns gegeben und ist dann im eisigen Wasser der Bay erfroren!«

»Ich habe davon erfahren«, meldete sich nun die Lady zu Wort. »Es tut mir leid, mein Kind. Ich weiß, dass du ihn geliebt hast, doch du wirst seinen Verlust verwinden.«

Zorn brandete in ihr auf und überspülte für einen Moment die Trauer und die Verzweiflung, die Lorena seit seinem Tod niederdrückte.

»Sie irren sich! Ich werde niemals darüber hinwegkommen, denn ich bin an seinem Tod schuld.«

»Das bist du nicht«, widersprach die Lady. »Er hat sich dir aus Liebe angeschlossen und sich für dich geopfert. Er hat seine Aufgabe erfüllt.«

Lorena spürte, wie es ihr heiß wurde vor Wut. »Ach, hat er das? Sie nehmen das ja sehr gelassen hin. Ich dachte, Jason wäre Ihnen so wichtig, um diese dumme Prophezeiung zu erfüllen. Damit ist es jetzt vorbei, nicht wahr?«

»Er hat seine Aufgabe erfüllt«, wiederholte die Lady. »Die Tochter der Nacht hat sich mit dem Sohn der Sonne vereint, und es wird große Magie aus ihnen entspringen. Mit eurer Tochter wird ein neues Zeitalter für die Nachtmahre anbrechen.«

»Er ist tot!«, schrie Lorena. »Haben Sie nicht zugehört?«

»Ja, das ist er«, sagte die Lady sanft, »aber du trägst das Vermächtnis in dir.«

Lorena taumelte zurück, als sie begriff, was die Lady ihr damit sagen wollte. »Das kann nicht sein«, stammelte sie.

»Es ist so«, übernahm nun wieder Morla. »Du bist schwanger, und nun ist es unsere Aufgabe, dich zu behüten, bis das Kind geboren wird. Ihr drei bleibt hier in unserer Obhut. Der Councillor und seine Wanderer halten euch für tot, was uns einen Vorteil verschafft. Nun ist es an uns, dafür zu sorgen, dass das so lange wie möglich so bleibt. Daher werdet ihr die Mauern von Gryphon Manor nicht mehr verlassen.«

Lucy stieß einen Seufzer aus. »Habe ich richtig gehört? Ich darf mein altes Gefängnis gegen ein neues eintauschen? Na großartig!«

Lorena reckte sich und stützte die Hände in die Hüften. »Das werden wir ja sehen. In dieser Sache ist das letzte Wort noch nicht gesprochen.«

»Im Augenblick schon«, unterbrach Morla sie barsch. »Mylady entlässt euch, damit ihr euch ausruhen und zu Kräften kommen könnt. Vor allem Lorena muss sich jetzt schonen und auf sich achten, damit dem Kind kein Schaden geschieht.«

Sie glitt in ihrer geräuschlosen Art zur Tür, die der Butler ihnen aufhielt. Lorena warf noch einen letzten Blick auf die Lady, doch sie prallte an ihrer Aura ab, sodass sie wieder einmal nur den Saum ihres altmodischen Gewands erhaschte.

Die drei Mahre folgten Carter in den Westflügel, wo Morla ihnen drei Zimmer hatte richten lassen. Sie waren groß und mit je einem mächtigen Himmelbett sowie schweren, alten Holzmöbeln eingerichtet. Die trüben Scheiben der kleinen Fenster ließen nur wenig Licht herein, dafür zog es, und es war unangenehm kühl und feucht, obwohl in den Kaminen Feuer brannten.

Lorena trat ans Fenster und sah in den von einer hohen Mauer umgebenen Park hinaus. »Ich lasse mich hier nicht monatelang einsperren«, murmelte sie. »Und wenn ich wirklich ein Kind von Jason bekomme, dann ist es mein Kind, über das ich entscheide, und nicht das von Mylady. Ich überlasse es ihr ganz sicher nicht, damit sie ihre Machtspielchen gegen die Wanderer damit führen kann.«

Lucy lachte hell auf. »Du planst wieder einmal eine Flucht? Darin bist du jetzt sicher eine Meisterin. Sag mir Bescheid, wenn es losgeht. Ich bin dabei. Ich sehe, Schwesterherz, langweilig wird es mit dir nicht werden!«